Thomas Finn

Das unendliche Licht

Thomas Finn

Das unendliche Licht

Die Chroniken der Nebelkriege

Ravensburger Buchverlag

Für Tanja,
meinem höchstpersönlichen Irrlicht

Bibliografische Information Der Deutschen Bibliothek

Die Deutsche Bibliothek verzeichnet diese Publikation in der Deutschen Nationalbibliografie; detaillierte bibliografische Daten sind im Internet über **http://dnb.ddb.de** abrufbar.

1 2 3 4 5 06 07 08 09 10

Umschlagillustration: Peter Gric
Redaktion: Ulrike Metzger

Printed in Germany

ISBN-13: 978-3-473-35260-9
ISBN-10: 3-473-35260-8

www.ravensburger.de

Inhalt

»Ach, da kommt der Meister!
Herr, die Not ist groß,
Die ich rief, die Geister,
Werd ich nun nicht los.«
Der Zauberlehrling

Moorgeister

Das Irrlicht tanzte im silbernen Schein des Vollmonds. Von weitem hätte man es für ein Glühwürmchen oder die Laterne eines einsamen Torfstechers halten können. Doch je näher es kam, desto mehr enthüllte sich in der Dämmerung eine lodernde Gestalt mit spindeldürren Armen und Beinen, deren Haupt von einer wabernden Lohe umrahmt wurde. Zögernd tänzelte das Irrlicht mal hierhin, mal dorthin. Dann huschte es im Zickzack über die trügerischen Tümpel hinweg auf die Quelle der Flötenmelodie zu, die wehmütig über dem Moor schwebte.

Kai pustete sich eine Strähne seines schwarzen Haars aus der Stirn und duckte sich noch tiefer hinter das Schilf, das ihm und seiner Großmutter als Versteck diente. Dummerweise waren seine Stiefel bereits bis zum Schaft im Morast eingesunken und so wurde jede Bewegung von einem dumpfen Schmatzen begleitet.

Gequält verzog der Junge das Gesicht. Er konnte nur hoffen, dass das Geräusch von dem Wind geschluckt wurde, der säuselnd über die unheimliche Ödnis strich.

Irrlichter waren scheu.

Auch Kais Großmutter schien nichts bemerkt zu haben. Die erfahrene Irrlichtjägerin kauerte ruhig neben ihm und konzentrierte sich ganz auf das Spiel ihrer Schwanenbeinflöte. Die Tonfolge wurde immer melancholischer und schwermütiger. Irrlichter wurden von traurigen Melodien angelockt. Dieses Wissen gehörte zu den Geheimnissen der Irrlichtjäger, welche die Großmutter an Kai weitergegeben hatte.

Warum dies so war, konnte kein Irrlichtjäger so genau sagen. Man fragte ja auch nicht, warum Gespenster vorzugsweise um Mitternacht spukten oder warum Gnome lieber unter Wurzeln oder in Erdhöhlen lebten, statt sich anständige Unterkünfte zu bauen.

Im Moment war Kai das jedoch egal. Denn wenn er nicht bald aufstehen durfte, würden seine Stiefel mit Wasser voll laufen. Sollte das passieren, würden die folgenden Stunden noch ungemütlicher werden als die vorangegangenen.

Dennoch wagte er es nicht, sich zu rühren. Keinesfalls durfte ihm ein weiterer Fehler wie eben passieren. Ein Irrlichtjäger musste sich in Geduld üben können. Das Irrlicht da vorn war zwar ein recht dummes Geschöpf, aber wenn es sie bemerkte, würde es seine Artgenossen warnen. In diesem Fall konnten sie ihre Ausrüstung gleich wieder zusammenpacken und nach Hause gehen. Dazu durfte es nicht kommen. Nicht an einem Abend wie diesem. Schließlich wollte Kai heute zum ersten Mal selbst ein Irrlicht fangen.

Das Flammenwesen hatte sich ihrem Versteck inzwischen bis auf ein halbes Dutzend Schritte genähert. Wie die meisten Irrlichter war es etwa eine Handspanne groß und Kai erkannte an seinem Schein, dass es noch relativ jung war. Das war gut so. Junge Irrlichter brannten heller als ältere Exemplare. Die Händler aus Hammaburg, die einmal im Monat die Elbe zu ihnen heraufkamen, würden seiner Großmutter einen guten Preis dafür zahlen.

In der großen Hafenstadt wurden Irrlichter zur Straßenbeleuchtung eingesetzt. Die seltenen großen Exemplare, für die die Händler sogar Gold boten, wanderten direkt in die Haushalte der Reichen. Solche Irrlichter waren in der Elbstadt noch begehrter, denn sie veränderten bei Musik ihre Farbe. Spielereien dieser Art waren vor allem bei den so genannten Pfeffersäcken, den reichen Kaufleuten Hammaburgs, beliebt, die sich kostbare Elfenharfen, Waffen aus zwergischer Fertigung oder noch exotischere Güter aus den fernen Reichen der Dschinn leisten konnten. Leider waren solche Irrlichter überaus selten.

In diesem Augenblick verharrte das Irrlicht. Wäre das Schilf nicht gewesen, Kai hätte nach ihm spucken können, so nah war es ihnen inzwischen gekommen. Für einen kurzen Moment flackerte es verwirrt. Plötzlich züngelte sein Feuerleib so heftig wie eine Kerzenflamme im Wind und der lodernde Mund der kleinen Gestalt zog sich geisterhaft in die Länge.

Ein gespenstisches Wehklagen erfüllte das Moor. Kai lief ein Schauer über den Rücken. Diesen Teil der Arbeit mochte er überhaupt nicht. Wie immer erinnerte ihn der Klagelaut des Irrlichts an das verzweifelte Schreien eines Kindes. Als angehender Irrlichtjäger wusste er nur zu gut, dass dem Gesang der Irrlichter eine schwache Zauberkraft innewohnte. Eine gefährliche Eigenheit, die sie erst während ihrer Gefangenschaft verloren. Unerfahrenen Moorwanderern konnte das Gejammer die Sinne verwirren und sie von den Wegen abbringen. Sie verirrten sich und irgendwann verschluckte sie der Sumpf.

Kai und seiner Großmutter konnte das natürlich nicht passieren. Sie hatten sich getrocknete Mistelbeeren in die Ohren gestopft, die Kai vor sieben Tagen eigenhändig von einer hundertjährigen Eiche geschnitten hatte. Mistelbeeren brachen die Zaubermacht des Irrlichtgesangs. Auch dabei handelte es sich um ein wohl gehütetes Geheimnis der Irrlichtjäger. Dennoch war das Geschrei furchtbar.

Kais Großmutter ließ ihr Flötenspiel ausklingen und bedeutete ihrem Enkel mit einem kaum merklichen Nicken, den Lohenfänger in Position zu rücken.

Das Gerät bestand aus einer langen Rute, die aus dem Holz einer Trauerweide geschnitten war. In vielerlei Hinsicht ähnelte der Lohenfänger einer Angel, nur dass an seinem Ende eine Schnur befestigt war, an der statt eines Hakens eine kupferne Laterne mit offenem Türchen baumelte. Im Innern der Leuchte befand sich kostbarer Bernsteinstaub, den die alte Frau von den Hammaburger Händlern erwarb.

Lautlos schwenkte Kai den Lohenfänger Stück für Stück näher an das Irrlicht heran. Solange das Feuermännchen sang, war es abgelenkt. Jetzt galt es, das Wesen in die Falle zu locken. Doch noch immer lief er Gefahr, es durch ein unbedachtes Geräusch zu verschrecken.

Die offene Laterne war nur noch einen halben Schritt von dem Irrlicht entfernt, als dessen Klagelaut abbrach. Einen Moment lang zuckte es in grellen Gelbtönen, dann stob das Flammenwesen mit einem gierigen Jaulen auf die Laterne zu, schlüpfte hinein und suhlte sich im Bernsteinstaub. Kai spürte ein kurzes Rucken an der Rute und hörte, wie sich der wertvolle Staub unter Knistergeräuschen entzündete.

»Gut gemacht!« Seine Großmutter erhob sich mit knackenden Gliedern und zwängte sich behände durch das dichte Schilfgras. Mit fliegenden Fingern verriegelte sie das Türchen und hakte die Lampe von der Schnur, um ihren Fang zu begutachten. Sie schien zufrieden.

Wie erwartet, bemerkte das Irrlicht sie noch nicht einmal. Noch immer hüpfte es verzückt auf dem Bernsteinstaub auf und ab, der bis zu ihrer Heimkehr zu einer gelbbraunen Lache geschmolzen sein würde.

Kai stand ebenfalls auf und steckte die Rute des Lohenfängers neben sich in den Boden. Endlich konnte er seine Stiefel aus dem Schlamm ziehen.

»Ich hatte schon befürchtet, du würdest es vertreiben«, brummte seine Großmutter leicht verärgert.

Also hatte sie seinen kleinen Ausrutscher vorhin doch bemerkt.

Kai sog geräuschvoll die Moorluft ein. Sie roch nach modrigem Wasser und verrottetem Wurzelwerk.

»Tut mir Leid«, murmelte er. »Passiert mir nicht wieder.«

»Na, das will ich hoffen.« Ächzend bahnte sich seine Großmutter einen Weg durch das Schilfdickicht. »Ich gebe es nicht gern zu, aber die Arbeit ist nichts mehr für mich. Sie ermüdet mich von Mal zu Mal mehr. Wir hatten großes Glück und das weißt du.«

Kai nickte stumm und musterte seine Großmutter, die im Schein der Laterne älter als sonst wirkte. Das flackernde Irrlicht enthüllte ihr Gesicht, das von Runzeln übersät war. Die gebogene Nase, dic unter dem Kopftuch hervorlugte, warf einen Schatten auf ihre Wange, der in scharfem Kontrast zu ihrer blassen Haut stand. Wirklich böse schien sie ihm nicht zu sein.

»Du wirst schon sehen. Ich fange gleich noch eines«, sagte Kai zuversichtlich. »Ich will doch morgen beim Sternschnuppenfest nicht mit leeren Händen dastehen.«

»Das wirst du aber, wenn du dein Temperament nicht zügelst«, seufzte die alte Frau.

Als sie beide im Moor nach einem günstigen Versteck Ausschau gehalten hatten, hatte die warme Spätsommersonne noch geschienen. Inzwischen war nur noch schales Abendrot am Horizont auszumachen, das die feinen Nebelschleier, die sich über die Hügel und feuchten Senken des Moors gelegt hatten, in purpurnes Licht tauchte. Bald würde der Vollmond aufgehen. Bestes Irrlichtwetter also. Doch seiner Großmutter schien die Feuchtigkeit mehr auszumachen als früher. Kai bemerkte das nicht zum ersten Mal. Er machte sich Sorgen.

»Komm Großmutter«, sagte er fröhlicher, als ihm zumute war. »Setz dich neben das Irrlicht und wärm dich bei einem Schluck heißen Tee.«

Kai half der alten Frau, sich auf einem Baumstamm niederzulassen. Dann griff er zum Gepäck, das sie in einer Bodensenke abgestellt hatten. An seinem Tornister hingen drei weitere Laternen, die sie eigentlich nur der Vorsicht halber mitgenommen hatten. Es musste schon mit den Moorgeistern zugehen, sollte es ihnen gelingen, mehr als zwei Irrlichter an einem Abend einzufangen. Aber man wusste ja nie. Bei Vollmond war alles möglich. Kai kramte die mit dicken Tüchern umwickelte Teekanne hervor und kurz darauf dampfte es aus einer hölzernen Schale, die er der alten Frau reichte.

Seine Großmutter lächelte und strich ihm liebevoll das schwarze Haar aus dem Gesicht. »Dank dir, mein Lieber.« Vorsichtig nahm sie einen Schluck und betrachtete ihn. »Du weißt, dass es mir schwer fällt, streng mit dir zu sein.«

»Ach, das bist du doch gar nicht.« Kai tat so, als sei er ganz damit beschäftigt, sich die getrockneten Mistelbeeren aus den Ohren zu pulen. Er wusste selbst, dass der heutige Abend über seine Zukunft entschied.

»Eben. Ich frage mich nur, ob ich dir damit einen Gefallen getan habe«, sagte sie nachdenklich. »Ich werde älter. Mir tun die Knochen vom vielen Auf-der-Lauer-liegen weh. Ich weiß nicht, wie lange ich diese beschwerlichen Moorgänge noch machen kann.«

»Unsinn, du wirkst jünger als die meisten im Ort«, entgegnete Kai. »Du wirst noch in zehn Jahren mehr Irrlichter fangen als jeder andere in Lychtermoor. Du bist die beste Irrlichtjägerin weit und breit.«

Seine Großmutter rollte mit den Augen und schob sich ihr Kopftuch zurecht. »Du weißt, dass das nicht stimmt.«

»Mach dir keine Sorgen«, beruhigte sie Kai. »Du hast mich alles gelehrt, was ich wissen muss.«

»Der schwierigste Teil der Arbeit besteht darin, die Irrlichter anzulocken. Man muss … ein Talent dafür besitzen.«

»Ich weiß, Großmutter. Das sagst du jedes Mal. Aber die Melodie, die ich mir ausgedacht habe, ist so traurig, da kommen sogar dir die Tränen.«

Kais Großmutter schmunzelte wider Willen.

»Und mein Instrument ist ebenfalls fertig«, fuhr Kai fort. Er griff entschlossen zu seinem Tornister, öffnete die Verschlüsse und zog stolz eine kunstvoll geschnitzte Flöte aus graubraunem Eichenholz hervor.

Gemäß der alten Tradition der Irrlichtjäger hatte er letztes Jahr zur Sommersonnenwende alleine eine Nacht unter freiem Himmel verbracht. Im verwilderten Garten der alten Mühle hatte er sein Nachtlager aufgeschlagen. Stundenlang hatte er dort den fernen Bo-huu-Rufen der Steinkäuze gelauscht, dem geisterhaften Schwirren der Nachtfalter nachgespürt und sich vom Quaken der Kröten im Moor einlullen lassen.

Dann, als der Schlaf nahte, war er in sich gegangen, um sich ein Instrument vorzustellen, das zu ihm passte. Die Flöte, das Material, selbst ihre äußere Gestalt hatten sich ihm im Traum seltsam klar enthüllt.

Zwei Monate hatte es gedauert, bis er eine Eiche fand, deren Holz ihm geeignet erschien. Den ganzen Winter über hatte er an der Flöte gearbeitet. Und tatsächlich wirkte sie, als wäre sie direkt seinem Traum entsprungen. Es war, als sei ihm dieses Instrument vorherbestimmt gewesen. Schon aus diesem Grund war sich Kai sicher, dass er heute Erfolg haben würde. Seine Wangen glühten vor Aufregung. Wie oft hatte er sich diesen Abend in Gedanken ausgemalt.

»Ich verspreche dir, Großmutter, ich werde dich nicht enttäuschen.«

Zuversichtlich knüpfte er eine der Laternen von seinem Tornister und verankerte sie am Ende des Lohenfängers. Seine Großmutter löste derweil den kleinen Beutel an ihrem Gürtel, in dem sich der kostbare Bernsteinstaub befand. So, wie er es gelernt hatte, streute Kai etwas davon auf den Boden der

Lampe und begab sich wieder zurück zu ihrem Schilfversteck. Diesmal achtete er darauf, dass er festen Boden unter den Füßen hatte, als er sich abermals hinter den langen Halmen niederließ.

Die Sonne war nun endgültig hinter dem Horizont verschwunden und der Mond tauchte das Moor in sein fahles Licht. Abgesehen vom Flattern eines Birkhuhns, das irgendwo in der Ferne zu hören war, herrschte absolute Stille. Selbst die Kröten blieben heute stumm.

Ungerührt verstopfte Kai seine Ohren wieder mit den getrockneten Mistelbeeren und wartete eine Weile, bis sich sein Herzschlag beruhigt hatte. Dann setzte er die Flöte an und begann feierlich seine Weise anzustimmen.

Die Töne, die Kai der Eichenflöte entlockte, waren weich und schwer. Die Melodie war anders als jene, derer sich seine Großmutter bedient hatte, doch sie klang ähnlich traurig. Wehmütig erfüllte sie die Nacht mit ihrem Klang. Geübt wanderten Kais Finger über das Instrument und zunehmend vergaß er alles um sich herum.

Er wusste nicht, wie lange er schon in sein Flötenspiel versunken war, als er einen Anflug von Wärme spürte. Ihm war, als würde sich eine Kerzenflamme seinem Gesicht nähern. Überrascht blinzelte er, doch das seltsame Prickeln auf seiner Haut verging. Ein Irrlicht war nirgendwo auszumachen. Er war sich sicher, dass ihn sein Gefühl nicht getrogen hatte, und konzentrierte sich ein weiteres Mal auf sein Flötenspiel. Es dauerte eine Weile und das eigentümliche Gefühl stellte sich erneut ein. Zu seiner Überraschung spürte er die Wärme diesmal gleich an mehreren Stellen seines Gesichts.

Abermals blinzelte er, doch obwohl die weitläufige Fläche im Mondlicht gut zu überblicken war, konnte er nirgendwo ein verräterisches Flackern erkennen. Weiter. Er durfte nicht aufgeben.

Wärme. Kälte. Wärme. Kälte.

Kai verstand nicht, was mit ihm geschah. Wieso zeigte sich da draußen keines der Irrlichter? Er durfte nicht versagen. Nicht heute.

Panik stieg in ihm auf. Vielleicht musste er die Tonlage der Melodie ändern? Er wollte seinen Plan soeben in die Tat umsetzen, als sich eine Hand auf seine Schulter legte.

Kai brach das Flötenspiel abrupt ab und blickte auf. Seine Lippen schmeckten nach Holz und erst jetzt bemerkte er, wie sehr seine Finger schmerzten. Hinter ihm stand seine Großmutter. Sie sah enttäuscht aus.

»Du spielst jetzt seit über zwei Stunden, Kai. Wenn sich bis jetzt kein Irrlicht gezeigt hat, wird auch in der nächsten Stunde keines kommen. Ich befürchte, gar keines wird erscheinen.« Sie seufzte.

Kai erhob sich und deutete mit der Flöte hilflos auf das Moor. Irgendwo in der Ferne zerplatzte eine Blase.

»Aber … aber ich weiß, dass ich das Zeug zu einem guten Irrlichtjäger habe«, stammelte er. Wie lange hatte er sich auf diesen Abend vorbereitet? Monate. Niemals wäre ihm in den Sinn gekommen, dass ausgerechnet er zu jenen gehören könnte, die bei der alles entscheidenden Prüfung versagten.

»Kai …«

»Großmutter, du musst mir glauben. Ich habe ihre Wärme gefühlt, so wie du es mir beschrieben hast. Aber immer wenn ich mich noch mehr ins Zeug gelegt habe, dann … Sicher mache ich nur irgendetwas falsch. Es muss an der Melodie liegen. Wenn ich …«

»Kai, das Lied ist es nicht allein. Weißt du noch, wie du mich damals gefragt hast, warum sich Irrlichter auf diese Weise anlocken lassen?«

Kai nickte verzagt.

»Ich konnte dir darauf keine Antwort geben. Niemand kann das, aber manchmal glaube ich, das Spiel dient mehr dir selbst. Es soll dem Irrlichtjäger dabei helfen, sein Herz zu öffnen.«

»Wie meinst du das?«

»Ich kann dir das selbst nicht so genau erklären«, flüsterte seine Großmutter. »Es ist nur so ein Gefühl. Nicht jeder besitzt die Fähigkeit, ein Irrlicht anzulocken, und bei manchen dauert es eben etwas länger. Das ist keine Schande. Wir können es im nächsten Monat noch einmal probieren. Vielleicht etwas weiter im Westen? Da habe ich schon viele Irrlichter gefangen. Sollte dann immer noch kein Irrlicht erscheinen, na ja, du bist erst fünfzehn. Aus dir kann auch noch ein tüchtiger Torfstecher werden.«

»Nein!« Kai schüttelte aufgebracht den Kopf und seine Finger schlossen sich fester um das Instrument. »Großmutter, ich spüre sie. Ich fühle ihre Wärme.«

»Ihre? Du willst mir weismachen, du spürst die Anwesenheit mehrerer Irrlichter?«

Kai nickte aufgewühlt.

»Das ist unmöglich.« Unwirsch strich die alte Frau ihr Kleid glatt und brachte einen Schritt Abstand zwischen sich und den

Jungen. Ihre Augen funkelten. »Ich kenne keinen Irrlichtjäger, der mehr als ein Irrlicht auf einmal anzulocken vermag.«

»Großmutter, ich lüge dich nicht an«, begehrte Kai verzweifelt auf. »Ich schwöre dir, ich sage die Wahrheit. Ich konnte mehrere Irrlichter fühlen. Hier.« Er strich sich über die Wange. »Und hier.« Er deutete auf seine Stirn. »Sie sind irgendwo da draußen!«

»Natürlich sind sie irgendwo da draußen. Wir haben heute Vollmond. Da schlüpfen sie so zahlreich aus ihren Verstecken wie in keiner anderen Nacht.« Sie musterte ihn nachdenklich.

»Bitte, lass es mich noch einmal versuchen. Bitte!«, flehte er. »Sicher habe ich nur etwas falsch gemacht.«

Seine Großmutter blickte müde zum Mond auf. »Gut, einen Versuch noch. Aber wenn es dir wieder nicht gelingt, gehen wir. Du weißt selbst, dass es gefährlich ist, um Mitternacht noch im Moor zu sein. Hier leben noch andere Wesen. Man sollte sie nicht herausfordern.« Die alte Frau zog fröstelnd ihr Schultertuch um sich, stapfte zurück zu dem Baumstumpf und ließ sich erneut darauf nieder.

Kai starrte niedergeschlagen seine Flöte an. Er brauchte eine Weile, um seine Verzweiflung abzuschütteln. Bei der Vorstellung, eines Tages als Torfstecher zu enden, krampfte sich sein Magen zusammen. Er durfte nicht versagen. Er wusste, dass er das Talent zum Irrlichtjagen hatte.

Er wusste es einfach.

Manchmal, wenn er allein war, konnte er ein Irrlicht in seiner Laterne nur kraft seines Willens zum Hüpfen bringen. Leider klappte das nie, wenn jemand dabei war. Seine Großmutter hatte ihm nicht geglaubt. Aber es war so. Außerdem wusste er stets, wo sich im Moor die besten Plätze zur Irrlichtjagd befanden. Selbst wenn nicht Vollmond war.

Er musste also etwas falsch gemacht haben. Nur was?

Zum dritten Mal an diesem Abend ließ sich Kai hinter dem Schilfdickicht nieder. Seine Großmutter war also davon überzeugt, dass die Melodie eher für den Irrlichtjäger selbst bestimmt war. Diente sie lediglich der Konzentration? Oder setzte sie besondere Kräfte frei? Vielleicht beides? Nachdenklich massierte er sich die Finger. Wenn er beim Flötenspiel an etwas Trauriges dachte, vielleicht würde sich das auf sein Spiel auswirken? Vielleicht würde die Melodie dann noch schwermütiger klingen? Kai dachte nach. Doch das Betrüblichste, was er sich im Moment vorzustellen vermochte, war die Enttäuschung seiner Großmutter, wenn es ihm abermals nicht gelingen sollte, ein Irrlicht anzulocken.

Kai setzte die Flöte an und spielte abermals die wehmütige Melodie. Er versuchte, eins zu werden mit der Musik. Es dauerte nicht lange und wieder spürte er die Wärme. Es war, als streife ein warmer Sommerwind seine Nasenspitze. Sacht und zart. Irgendwo rechts von ihm, weit draußen im Moor. Kai blinzelte und das Gefühl ebbte ab. Er spielte lauter. Wieder spürte er die Irrlichter. Es mussten drei sein, nein vier. Aufgeregt glitten seine Finger über das Instrument. Doch so sehr er sich auch bemühte, die Flammenwesen zeigten sich nicht. Es war vielmehr so, als wollten sie ihn … ärgern.

So als versuchten sie, ihren Spott mit ihm zu treiben.

Jede Konzentration war dahin.

Die Irrlichter wollten ihn verhöhnen.

Kai wurde wütend.

Er würde es nicht zulassen, dass sie sich über ihn lustig machten.

Ohne es selbst zu bemerken, erhob er sich. Hinter ihm gab seine Großmutter einen Laut der Überraschung von sich. Doch Kai ignorierte sie. Die Melodie, die er nun anstimmte, war nicht mehr von Wehmut durchdrungen, sondern glich dem hitzigen Spiel einer Fidel. Sie war ein Spiegel seiner Wut. Wenn die Irrlichter nicht von selbst kamen, dann würde er sie eben … zwingen!

Zu seiner Überraschung spürte er, wie die Wärmepunkte am Rande seines Gesichtsfeldes unruhig wurden. Unvorsichtig. Leichtsinnig.

In diesem Moment konnte er jenseits eines mondbeschienenen Hügels einen winzigen Glutpunkt ausmachen. Und dann noch einen. Und noch einen. Kai ließ seinen Gefühlen freien Lauf. Diesmal würde er die Irrlichter nicht entkommen lassen.

Je mehr er sich seiner Wut überließ, desto schriller wurde die Flötenmusik. Die Melodie steigerte sich zu einem zornigen Crescendo. Sie schien sich zu einem unsichtbaren Gewebe zu verdichten, das die Irrlichter packte und ihnen seinen Willen aufzwang.

Plötzlich durchfuhr ihn ein heftiger Schmerz. Kai ignorierte das Gefühl und spielte weiter. Als würde eine unsichtbare Hand an den fernen Glutpunkten zerren, sausten die Irrlichter über die glitzernden Wasserflächen und dunklen Hügel auf ihn zu. Die grell leuchtenden Gestalten jammerten nicht, diesmal brüllten sie. Entsetzt brach Kai sein Flötenspiel ab, stolperte und klatschte rücklings in den Morast.

Die Irrlichter kamen. Und sie waren schnell.

»Großmutter, hilf mir!«, rief Kai. Erst jetzt bemerkte er, dass ihm vor Erschöpfung die Arme zitterten. Er ließ die Flöte fallen und kam gerade noch dazu, den Lohenfänger in die Höhe zu reißen, kaum, dass das erste Irrlicht über die Schilfhalme fegte. Nur einen halben Schritt von ihm entfernt schlug das Flammenmännchen einen Haken und stob jaulend in die offene Laterne. Die Wucht, mit der dies geschah, riss Kai fast die Rute aus den Händen. Einen Moment lang befürchtete er, die Kupferlampe würde sich lösen und herabfallen, denn das Irrlicht gebärdete sich wie eine wütende Schmeißfliege.

Kai kam gerade noch dazu, sich aufzurappeln, als der nächste Glutball von jenseits des Schilfs auf den Lohenfänger zuraste und in die offene Leuchte krachte. Winselnd kollidierte das Flammenmännchen mit seinem Artgenossen und man hörte ein lautes Puffen. Funken stoben zu Boden.

Kai traute seinen Augen nicht. In der Laterne befand sich jetzt nur noch ein einziges Irrlicht. Doch dieses war fast doppelt so groß wie jene beiden, aus denen es entstanden war.

»Bei allen Geistern!«, war hinter ihm der aufgeregte Ruf seiner Großmutter zu hören. Längst war die alte Frau aufgesprungen und präparierte hastig auch die beiden anderen Laternen mit Bernsteinstaub.

Kaum war sie damit fertig, nahte auch schon das dritte Irrlicht. Im Zickzack schoss es auf sie zu.

»Schließ die Laterne, Junge!«

Kai, der das große Irrlicht noch immer entgeistert anstarrte, wurde durch den Schrei wachgerüttelt. Er zog die Rute zu sich heran und fischte hastig nach der Klappe.

Verflixt! Der kupferne Riegel war sengend heiß! Er versuchte es noch einmal, und endlich gelang es ihm, die Laterne zu verschließen.

Gerade noch rechtzeitig. Denn in diesem Moment brauste das nächste Irrlicht durch das Schilf. Und ein viertes war dicht hinter ihm. Kai zuckte zusammen und roch verbranntes Haar, so nah war ihm die kleine Feuergestalt gekommen. Gierig umkreiste das Irrlicht die verschlossene Laterne, die Kai schnell wieder von sich fort hielt.

Dann war auch das vierte Irrlicht herangekommen. Fast gleichzeitig entdeckten die beiden Flammengestalten die anderen Köder. Kais Großmutter kam gerade noch dazu, ihre Last fallen zu lassen, als die Lohenmännchen wie zuckende Kugelblitze in die Lampen einschlugen. Eine der Laternen kippte um und eine Weile war nur ungestümes Prasseln zu hören. Rasch bückte sich seine Großmutter und verriegelte die Kupferleuchten. Schwer atmend erhob sie sich wieder und starrte Kai fassungslos an.

»Du meine Güte«, flüsterte die alte Frau und fasste sich ungläubig an ihre Brust. Und dann noch einmal. »Du meine Güte! Wie hast du das gemacht?«

»Ich weiß es nicht. Ich hab ... was anderes ausprobiert.« Der Junge bohrte den Lohenfänger so in den Schlick, dass er nicht umkippen konnte. Beiläufig klopfte er sich den Dreck von der Kleidung und endlich löste sich seine Anspannung. Er lachte.

»Fünf Irrlichter in einer Nacht, Großmutter. Fünf! Nein, jetzt sind es vier. Aber eines so groß, dass sich die Händler aus Hammaburg gegenseitig überbieten werden.«

Die alte Frau trat zögernd an das riesige Irrlicht heran. Es brannte satt und zufrieden.

»Freust du dich denn nicht?«

»Oh doch«, presste sie hervor und rang sich ein Lächeln ab. »Kein Irrlichtjäger, den ich kenne, hat je so etwas vollbracht wie du eben. Wie auch immer du das angestellt hast, es war ... unglaublich. Mir scheint, aus dir wird noch ein Großer. Ja, ein ganz Großer.«

Kai lächelte stolz und wollte bereits die Laterne von der Rute knüpfen, als er die Hand der Großmutter an seinem Arm spürte.

»Mein Junge, was auch immer du da entfesselt hast, es ist nicht ungefährlich. Ich hoffe, du weißt das.«

Kai nickte irritiert. Doch als er das große Irrlicht betrachtete, war die Warnung schnell wieder vergessen.

Ruhe vor dem Sturm

Kai schlug die Augen auf und blinzelte. Vogelgezwitscher hatte ihn geweckt. Es musste bereits später Vormittag sein. Die Sonne stand hoch am Himmel und kitzelte ihn mit ihren warmen Strahlen durch das halb geöffnete Fenster.

Sofort stürmte wieder die Erinnerung an die letzte Nacht auf ihn ein. Er war jetzt kein Lehrling mehr, sondern ein richtiger Irrlichtjäger. Und wenn seine Großmutter Recht hatte, dann würde aus ihm der fähigste Irrlichtfänger weit und breit werden.

Munter schlug Kai die Bettdecke zurück, sprang auf die Füße – und musste sich einen Moment lang am Bettpfosten festhalten. Ihm war schwindlig. Offenbar hatte ihn die Irrlichtjagd mehr angestrengt, als er geglaubt hatte.

Den ganzen Heimweg über hatte ihn seine Großmutter ausgefragt. Alles wollte sie wissen. Wie er sich gefühlt hatte. Was er gefühlt hatte. Wann ihm das neue Lied eingefallen sei. Das und vieles mehr. Dabei wusste er selbst nicht so genau, was gestern geschehen war. Wütend war er gewesen. Ja. Und er schämte sich deshalb ein bisschen. Doch diese Wut hatte etwas in ihm geweckt, dessen er sich bis zur letzten Nacht nicht bewusst gewesen war. Wenn er in sich hineinlauschte, spürte er, dass dieses Gefühl noch immer in ihm schlummerte. Strahlend und kraftvoll wie die Sonne, doch zugleich auch irgendwie quälend. Seltsam.

Dennoch – oder vielleicht gerade deswegen – war ihm so fröhlich zumute wie schon lange nicht mehr. Er kicherte übermütig. Das Schwindelgefühl ebbte ab und mit wenigen Schritten war er beim Fenster und klappte beide Läden weit zurück.

Kai fühlte, wie der warme Wind über sein Gesicht strich. Genießerisch atmete er die frische Luft ein. Wie jeden Morgen wanderte sein Blick über den verwilderten Garten der Mühle. Blumen und Gräser blühten wild durcheinander, die dicken Stämme der Birken wurden von dichten Brombeerbüschen umrankt und wo er auch hinblickte, summten Bienen und andere Insekten. Sogar einen bunten Albenschmetterling konnte er ausmachen. Er flatterte vor dem durchlöcherten Gerippe eines Windmühlenflügels. Er konnte sich kein schöneres Zuhause vorstellen.

Erst jetzt entdeckte er den Handkarren. Er stand auf dem Kiesweg vor dem Eingang. Offenbar war Rufus zu Besuch gekommen. Der alte Fischer besaß ein eigenes Boot, mit dem er auf der Elbe Reusen ausbrachte, um Aale zu fangen. Er und seine Großmutter waren alte Freunde. Wann immer Rufus kam, brachte er den neuesten Klatsch aus Lychtermoor und dem Rest der Welt mit.

Manchmal bedauerte Kai es, dass sie so abgeschieden am Ortsrand lebten. Seine Großmutter schien kein großes Interesse an der Gesellschaft der Dörfler zu haben. Er hingegen fand es stets aufregend, wenn in Lychtermoor Markttag war und sie dort ihre Irrlichter verkauften. Er genoss das bunte Treiben der Händler und Marktschreier. Einmal hatte sich sogar ein zwergischer Händler aus dem fernen Schwarzen Wald in den Ort verirrt. Der bärtige Geselle war auf dem Weg nach Hammaburg gewesen und hatte auf dem Markt Spieluhren und andere mechanische Wunderwerke angeboten. Und bei einem Unwetter vor vier Jahren hatte ein Schiff in Lychtermoor angelegt, das kostbare Glaswaren aus dem Reich der Feenkönigin Berchtis an Bord hatte. Boswin, der Wirt des Feenkrugs, hatte damals für viel Gold eine Kristallkugel erstanden, die wundersame Bilder zeigte, wenn man sie anhauchte.

Angesichts solcher Wunder fragte sich Kai nicht zum ersten Mal, wie das Leben außerhalb Lychtermoors sein mochte. Irgendwann einmal würde er selbst die Welt bereisen. Das hatte er sich fest vorgenommen.

Er war schon gespannt darauf, was Rufus diesmal zu berichten hatte. Beim Gedanken an die geräucherten Aale, die der alte Fischer ganz sicher mitgebracht hatte, knurrte Kai der Magen. Erst jetzt bemerkte er, wie hungrig er war.

Kai schlüpfte rasch in seine Kleider und verließ das Zimmer. Was Rufus wohl zu seinem Fang von letzter Nacht sagen würde?

Er würde ihn überraschen. Kai schlich die Treppe hinunter und warf einen verstohlenen Blick auf den alten Mühlstein, der seiner Großmutter als Ablage für ihre Küchengeräte diente. An den schiefen Wänden hingen Regale mit Geschirr und Einmachgläsern und die Luft roch würzig nach den Kräuterbündeln, die zum Trocknen von der Decke baumelten. Rufus und seine Großmutter saßen am Tisch und tranken Tee. Ihre Unterhaltung war ungewohnt ernst.

»… weiß nicht, wer sie überfallen hat. Nur einer hat es überlebt, aber der ist seitdem nicht mehr ganz richtig im Kopf«, sagte Rufus mit rauer Stimme. »Quatscht ständig von Geistern, die ihm seinen Fang entrissen hätten.« Der hagere Greis strich sich besorgt über die Glatze. »Ich dachte nur, ich warne dich, damit ihr vorsichtig seid.«

»Und hier bei uns?«

»Bis jetzt niemand«, sagte Rufus. »Aber drüben auf der anderen Elbseite hat es zwei erwischt. Und unten in Birkenhain wird ebenfalls einer vermisst. Angeblich ist auch ein Händler aus Hammaburg samt seinem Kahn verschwunden. Die beiden, die man gefunden hat, sollen jedenfalls schrecklich zugerichtet gewesen sein.«

Unvermittelt knarrte eine Stufe unter Kais Füßen. Überrascht drehten sich die beiden Alten zu ihm um und warfen sich dann einen verschwörerischen Seitenblick zu. Rufus wirkte von einem Moment auf den anderen wie ausgewechselt und lachte über das faltige Gesicht. »Ah, da ist ja unsere Schlafmütze. Hab schon gehört, wie erfolgreich du gestern gewesen bist. Kompliment, junger Mann!«

»Danke«, erwiderte Kai höflich.

Seine Großmutter stand auf, um ihm einen Teller mit Suppe zu füllen und etwas Brot und geräucherten Aal zu holen. Er setzte sich und ließ es sich schmecken.

Kai konnte es Rufus und seiner Großmutter an den Nasenspitzen ansehen, dass sie sich fragten, wie viel er von ihrem Gespräch mit angehört hatte.

»Wer ist denn überfallen worden?«, fragte Kai geradeheraus.

Erneut wechselten die beiden einen Blick.

»Du solltest es ihm sagen«, meinte Rufus und kratzte sich das stoppelige Kinn. »Das geht den Jungen auch etwas an.«

Seine Großmutter seufzte. »Irrlichtfänger. Jemand scheint es auf unsereins abgesehen zu haben.«

»Ihr solltet euch trotzdem nicht Bange machen lassen«, wiegelte Rufus ab. »Bislang ist es zu solchen Überfällen nur im näheren Umland Hammaburgs gekommen. Gerüchten zu Folge haben die Ratsherren bereits Patrouillen ausgeschickt, um den Räubern das Handwerk zu legen. Außerdem liegt Lychtermoor fast drei Tagesmärsche von Hammaburg entfernt. Hauptsache, ihr passt ein wenig auf, wenn ihr euch wieder im Moor herumtreibt.«

Kai blickte zweifelnd auf. Das hatte eben aber ganz anders geklungen.

»Nun zieht nicht solche Gesichter. An einem Tag wie heute sollten wir lieber an etwas Schönes denken«, wechselte Rufus plötzlich das Thema. »Ihr kommt doch heute Abend zum Sternschnuppenfest? Im Ort haben sie schon angefangen, den Marktplatz zu schmücken. Ihr werdet es kaum für möglich halten, sogar ein Gaukler ist eingetroffen.

»Ich weiß nicht«, meinte Kais Großmutter zögernd. »Vielleicht ist es im Moment besser, wenn wir uns von den anderen fern halten.«

»Großmutter, du hast es versprochen«, protestierte Kai. »Wir sind so selten im Ort. Ausgerechnet jetzt, wo meine Lehrzeit zu Ende ist. Im Dorf werden sie erwarten, dass wir ein Irrlicht vorbeibringen. Und ich möchte den anderen doch das große zeigen, das ich gestern gefangen habe.«

»Nein, das ist keine gute Idee«, widersprach seine Großmutter.

»Ach komm, lass ihn doch«, mischte sich der alte Fischer wieder ein und berührte sanft die Hand seiner Freundin. »Hast du vergessen, wie sehr wir beide uns immer auf das Fest gefreut haben?«

»Also gut«, seufzte sie. »Meinetwegen. Aber ich werde nicht mitkommen. Das ist nichts mehr für mich. Und das große Irrlicht«, sie blickte Kai ernst an, »das bleibt hier. Du weißt doch, wie die im Dorf sind. Es wird bloß ihren Neid wecken.«

Kai murrte enttäuscht.

»Na komm, hab dich nicht so«, munterte ihn Rufus auf. »Was hältst du davon, wenn du mir einen Gefallen tust und für mich nachher im Feenkrug vorbeischaust? Die Aale, die Boswin bestellt hat, liegen draußen im Karren. Außerdem brennt er darauf, zu erfahren, wie du dich letzte Nacht geschlagen hast.«

»Na gut«, meinte Kai gedehnt.

»Bei der Gelegenheit kannst du auch gleich ein Irrlicht mitnehmen«, fuhr der Fischer fort.

»Ja, aber nur eines der kleinen«, ergänzte seine Großmutter und warf Kai einen strengen Blick zu.

Nachdem Kai fast die doppelte Portion wie üblich verspeist hatte, half er seiner Großmutter beim Spülen. Anschließend zogen sich die beiden Alten schwatzend und lachend in den Garten zurück. Kai sah ihnen nach und schnaubte. Also nur ein kleines Irrlicht.

Missmutig ging er in den Lagerraum, wo sie die eingefangenen Irrlichter aufbewahrten. Wie immer kurz vor den

Markttagen war das Zimmer in rotes Zwielicht gehüllt. Dort, wo früher Mehlsäcke gestapelt worden waren, hingen heute die Irrlichtlaternen an langen Haken von der Decke. Schwach glommen die Lohenmännchen vor sich hin. Insgesamt waren es neun Stück. Für einen Monat Arbeit war das eine hervorragende Ausbeute.

Tagsüber verloren die Irrlichter viel von ihrer Leuchtkraft. Sie schrumpften auf die Größe eines kleinen Fingers zusammen, und es schien, als würden sie schlafen. Doch nach Sonnenuntergang würden sie allesamt wieder lichterloh brennen. Ein volles Jahr über würden sie leuchten, dann verpufften sie von einem Tag auf den anderen in einem kleinen Funkenregen.

Kai trat stolz an die Laterne mit dem großen Irrlicht heran. Die Kopflohe des Feuermännleins leckte müde am Kupfergehäuse empor. Es schien Kais Anwesenheit nicht zu bemerken. Wie seine Artgenossen war auch dieses kleiner geworden, doch im Gegensatz zu den anderen war es noch immer so groß wie ein normales Irrlicht bei Nacht. Vielleicht waren er und seine Großmutter die Einzigen, die wussten, wie ein solches Irrlicht entstand. Vielleicht würde es ihm sogar noch einmal gelingen, zwei der Feuerwesen dazu zu bringen, sich zu einem Exemplar dieser Größe zu vereinigen. Dann konnten sie reiche Leute werden. Ein Lächeln glitt über Kais Gesicht und unvermittelt spürte er ein angenehmes Prickeln auf seiner Haut. Nein, das Gefühl schien irgendwie von innen heraus zu kommen. Es fühlte sich großartig an. Sein Hochgefühl wurde nur dadurch getrübt, dass er schon wieder Hunger hatte. Unwirsch schüttelte er den Kopf.

Mit einem Seufzer wandte sich Kai vom Anblick des großen Irrlichts ab und griff nach einer der anderen Laternen.

Wenig später stand er vor der Mühle und verstaute die Kupferleuchte zwischen den Fischen in Rufus' Karren. Er rief einen lauten Abschiedsgruß und die beiden Alten winkten ihm zu. Dann wuchtete er den Karren herum und brach in Richtung Lychtermoor auf. Diesen Gaukler wollte er unbedingt mit eigenen Augen sehen.

Eine Herausforderung

Als Kai den Dorfplatz mit dem großen Ahornbaum erreichte, leuchteten seine Augen. Die strohgedeckten Bauernkaten waren festlich herausgeputzt. In den Gärten blühten gelb die Königskerzen und die Holunderbüsche waren übersät mit blauen Beeren. Überall waren die Dorfbewohner dabei, Tische und Bänke heranzutragen, die Tanzfläche zu fegen oder große Bratspieße aufzubauen. Schwatzende Bäuerinnen in grün-weißer Tracht trugen Körbe mit allerlei Leckereien heran. Obwohl sich Kai unterwegs noch einen kleinen Aal aus dem Karren genehmigt hatte, lief ihm beim herrlichen Duft der noch warmen Brote und Kuchen erneut das Wasser im Mund zusammen.

Es war nicht schwer, den Gaukler ausfindig zu machen. Sein bunt bemalter Wagen stand unweit vom *Feenkrug*. Lachende Fratzen prangten auf der Außenseite. Wie Rufus berichtet hatte, war der Gaukler noch recht jung. Der Fremde hatte in etwa Kais Größe und war von zierlicher Gestalt. Wie es sich für einen Vertreter seiner Zunft gehörte, war er mit einem rotweiß gestreiften Umhang und einer ebenso gefärbten Narrenkappe bekleidet, unter der silberhelles Haar hervorlugte. Wann immer er einen seiner eleganten Schritte tat, erklangen Schellen, die an den bunten Schnabelschuhen befestigt waren.

Im Moment stand er mit zwei hölzernen Marionetten in den Händen – einem Ritter und einem Burgfräulein – neben der Deichsel seines Wagens und führte vor einer großen Schar Kinder ein Puppenspiel auf.

»… aber nein, Herr Ritter. Wie kommt Ihr darauf, dass ich befreit werden möchte«, drang seine Stimme über den Marktplatz. Der Gauklerjunge ließ die Marionette des Burgfräuleins empört die Ärmchen heben. »Hier im Hort des Drachen ist es nämlich immer so schön warm. Vor allem im Winter. Ganz anders als in Eurer zugigen Burg.«

Die Kinder lachten.

Kai trat näher an das Spektakel heran und wunderte sich darüber, wie sanft und melodisch die Stimme des Gauklers klang. Fast glaubte man, er würde singen.

»Ah, da ist ja unser Goldjunge!«, vernahm er plötzlich eine schnaufende Stimme. Er wandte sich um und entdeckte den dicken Boswin, den Wirt des Feenkrugs.

»Hallo, Boswin«, rief Kai. »Wie ich sehe, willst du dir heute Abend das Geschäft nicht entgehen lassen.«

»Unsinn«, wiegelte der Wirt ab und zückte einen Lappen, mit dem er sich über sein verschwitztes Gesicht wischte. »Immer unterstellt man mir solche Schlechtigkeiten. Erzähl mir lieber, wie es gestern gelaufen ist!«

»Sehr gut. Ich bin jetzt ein richtiger Irrlichtjäger.«

»Na, da gratuliere ich aber.« Boswin nickte anerkennend. »Ich sehe, du hast dein Irrlicht dabei.«

Kai wollte widersprechen und dem Wirt von dem großartigen Fang der letzten Nacht erzählen, doch die mahnenden Worte seiner Großmutter hielten ihn zurück.

»Und Rufus' Aale hast du auch gleich mitgebracht«, fuhr der Wirt fort. »Ist der alte Schwerenöter wieder bei euch zu Besuch? Ich hab schon auf die Lieferung gewartet.« Boswin steckte zwei Finger in den Mund und pfiff nach seinem Sohn, der pflichtvergessen dem Gauklerjungen beim Puppenspiel zusah. Boswins Sohn war ein Jahr jünger als Kai, aber schon jetzt so dick wie sein Vater.

»Ulf, was machst du da hinten?«, polterte der Wirt, als er endlich herangestapft kam. »Du hast in der Küche noch genug zu tun. Schnapp dir die Aale und sieh zu, dass du ins Haus kommst.«

»Ja, Vaddern«, maulte Ulf und wartete, bis Kai die Laterne mit dem Irrlicht an sich genommen hatte. Er bedachte sie mit einem neugierigen Blick, dann zog er mit dem Karren davon.

»Immer das Gleiche mit dem Bengel«, raunzte Boswin.

In diesem Moment brandete lauter Applaus auf und Kai sah aus den Augenwinkeln, wie sich der Gaukler vor seinem Publikum verneigte.

»Ich war es, der ihm den Platz hier neben der Wirtsstube angeboten hat«, erklärte der Wirt mit einem Zwinkern und senkte dann seine Stimme. »Unter uns gesagt ist er ziemlich seltsam. Wollte von mir alles über das Dorf und das Fest wissen. Ich hoffe nur, der ist nicht auf Diebestour. Man weiß ja, wie das fahrende Volk ist.«

»Boswin.« Kai schüttelte lächelnd den Kopf. »Nicht jeder hat es auf deine Ersparnisse abgesehen.«

»Trotzdem.« Der Wirt wischte sich wieder über das Gesicht. »Man kann in Zeiten wie diesen nicht vorsichtig genug sein. Meinetwegen kann er morgen gleich wieder verschwinden.«

»Also, wir sehen uns heute Abend.« Kai verabschiedete sich und eilte zwischen Bänken und schwatzenden Dörflern hindurch in den kühlen Schatten des großen Ahornbaums. Zwischen seinen Ästen baumelten ein Dutzend kupferner Leuchten. Irrlichtlaternen.

All die Laternen dort oben in den Zweigen waren Leihgaben der Irrlichtjäger im Dorf. Sobald die Sonne untergegangen war, würden sie den Festplatz mit ihrem Flackerschein erleuchten.

Kai kletterte auf einer Leiter nach oben und hängte die Laterne in die weit ausladende Krone. Dann sprang er herunter und betrachtete sein Werk zufrieden.

»Du bist also ein Irrlichtjäger?«, war hinter ihm eine samtweiche Stimme zu hören.

Kai fuhr herum und entdeckte zu seinem Erstaunen den fremden Gaukler. Seinem albernen Narrenkostüm zum Trotz beäugte der Junge ihn überaus ernst aus großen, schräg stehenden, hellgrünen Augen. Ein Blick, der bis auf den tiefsten Grund seiner Seele zu reichen schien. Kai lief ein Schauer über den Rücken. Er kam sich vor wie eine Maus, die einer lauernden Katze gegenübersitzt.

»Äh, ja«, stammelte Kai unruhig und fragte sich, wie der Junge es trotz der Schellen vermocht hatte, sich derart leise anzuschleichen. Irgendwie war er ihm unheimlich.

»Ich wundere mich«, fuhr der Gaukler neugierig fort. »Dieses Sternschnuppenfest scheint man nur in Lychtermoor zu feiern, oder?«

»Ja, das stimmt«, fuhr Kai redseliger fort, als es seine Art war. »Die hiesigen Bauern sind vor langer Zeit aus dem hohen

Norden eingewandert. Aus einem Land, an dessen Nachthimmel sich um diese Jahreszeit tatsächlich hunderte von Sternschnuppen zeigen. Hier bei uns kann man Sternschnuppen natürlich nicht so häufig sehen. Aber wenn doch, bringt es Glück. Ich vermute, die Laternen im Baum sollen an die alte Heimat erinnern.«

»Stammst du denn nicht von hier?« Etwas lag in dem hellgrünen Blick des Gauklerjungen, was Kai förmlich in dessen Bann zog. Unwillkürlich blinzelte er, um das seltsame Gefühl abzuschütteln.

»Ich lebe mit meiner Großmutter am Ortsrand«, wich Kai der Frage aus. »In einer alten Mühle.«

Der Junge hob erstaunt eine Augenbraue.

»Und wie ist dein Name?«, wollte er wissen.

»Kai«, antwortete der junge Irrlichtjäger einsilbig. »Und deiner?«

»Man nennt mich Fi. Sag, wie viele Irrlichtjäger gibt es hier bei euch in Lychtermoor?«

Wieso wollte er das wissen?

In diesem Augenblick ertönte hinter ihnen eine gehässige, Kai nur allzu vertraute Stimme.

»Hörst du das, Pogel? Dieses Stück Fallobst spielt sich mal wieder auf als ob er mehr wäre als ein mieser Torfstecher.«

Es war Rorben, ein großmäuliger Junge, der es sich zur Lebensaufgabe gemacht zu haben schien, Kai bei jeder Gelegenheit vor den anderen Jugendlichen im Ort herunterzumachen. Und wo der Muskelprotz auftauchte, war natürlich auch sein dümmlicher Bruder Pogel nicht weit, der Rorben stets wie ein Schatten begleitete. Wichtigtuerisch bauten sich die beiden

Rotschöpfe neben ihnen auf und betrachteten den Gauklerjungen mit unverhohlener Neugier.

»Wenn du richtige Irrlichtjäger kennen lernen willst, halte dich lieber an uns und nicht an diesen Bastard«, fuhr Rorben fort und versetzte Kai einen derben Stoß gegen die Schulter. »Unser Findelkind hier gehört ja noch nicht mal richtig zum Dorf.«

»Verspritz dein Gift woanders, das geht dich nichts an!«, zischte Kai wütend. »Und übrigens: Seit gestern ist meine Lehrzeit beendet.«

»Ja, hab schon von Boswin gehört, dass du Glück hattest«, stichelte Pogel mit seiner lächerlichen Fistelstimme.

»Na ja, was man so Glück nennt«, grinste sein älterer Bruder boshaft. »Ein blindes Huhn findet bekanntlich auch mal ein Korn. Schau dir doch das kümmerliche Irrlicht da oben an. Aber was will man von einem wie dem hier schon erwarten?«

Inzwischen hatten sich einige andere Jugendliche aus dem Ort eingefunden, die die Streiterei zwischen Kai und den Brüdern neugierig verfolgten. Keiner von ihnen mochte Rorben und Pogel sonderlich, aber sich offen gegen sie zu stellen, traute sich auch niemand.

»Du bist selbst erst seit einem Jahr Irrlichtfänger«, funkelte Kai Rorben unerschrocken an. »Und du, Pogel, machst dir doch vor lauter Angst in die Hose, wenn du abends allein ins Moor musst.«

»Du ... du ... Niemand sagt so was über mich«, heulte Pogel und konnte von seinem Bruder nur mit Mühe zurückgehalten werden, auf Kai loszugehen. Der trat vorsichtshalber einen Schritt zurück und bemerkte, dass Fi verschwunden war. Seltsam. Der hatte doch gerade eben noch bei ihnen gestanden.

»Pass mal auf, du Zitterkrähe«, schnaubte Rorben und warf einen misstrauischen Blick hinüber zu den Erwachsenen, von denen bereits einige zu ihnen herüberschauten. »Niemand beleidigt meinen Bruder ungestraft! Und so ein kleines Großmaul wie du schon lange nicht. Ich sag dir was: Wenn du heute Abend hier auftauchst, bist du dran. Du weißt doch, hier gibt es 'ne Menge dunkler Ecken ...«

Kai sah sich verärgert um. Doch niemand stand ihm bei. Einige grinsten sogar.

»Hier reißt nur einer sein Maul auf!«, platzte es zornig aus ihm heraus. Zu seiner eigenen Überraschung schüchterten ihn die Worte von Rorben diesmal nicht ein. Im Gegenteil, er spürte vielmehr, wie er unglaublich wütend wurde. Es gab einen Weg, wie er Rorben vor allen anderen bloßstellen konnte.

»Wenn du ein so toller Irrlichtjäger bist, dann zeig uns doch, wie viel du wirklich draufhast. Oder fehlt dir der Mumm dazu? Was hältst du von einer Wette? Du bringst heute Abend deinen größten Fang mit und ich den meinen. Der Gewinner bekommt beide Irrlichter. Dann wird sich ja zeigen, wer der Bessere von uns beiden ist.«

Irritiert sah der Hüne in die Runde und spuckte verächtlich zu Boden. Kai wusste, dass Rorben die Herausforderung annehmen musste, wollte er nicht vor allen als Feigling dastehen.

»Kein Problem, du mickriger Stichling. Du wirst dich wundern. Vor zwei Tagen habe ich ein Irrlicht gefangen, da werden dir die Augen aus dem Kopf fallen.«

»Gut, dann gilt es«, fuhr Kai triumphierend fort. »Alle, die hier stehen, sind Zeugen. Wir treffen uns eine Stunde vor Mitternacht hinter dem Feenkrug.«

»Verabschiede dich schon einmal von deinem Irrlicht, du Schmeißfliege«, zischte Rorben. Dann stieß er seinen Bruder an und die beiden drängten sich durch den Kreis der Zuschauer.

Kai spürte, wie sein Zorn langsam verrauchte. Bei allen Moorgeistern, was war bloß in ihn gefahren? Egal, es wurde Zeit, dass es diesem Angeber endlich mal jemand zeigte. Rorben würde noch lange an diese Nacht zurückdenken.

Noch lange.

Die Nacht des Sternschnuppenfestes

Zurück in der Mühle konnte Kai es kaum abwarten, bis sich seine Großmutter endlich schlafen gelegt hatte. Sie wunderte sich zwar, dass er nicht gleich nach Sonnenuntergang vom Abendbrottisch aufgesprungen war, um zum Festplatz zu laufen, aber glücklicherweise schluckte sie seine Ausrede, dass er sich vor der Feier, die bis tief in die Nacht dauern würde, noch etwas ausruhen wollte.

In Wahrheit vertrieb sich Kai die Wartezeit damit, in seinem Zimmer unruhig auf und ab zu gehen. Hoffentlich würde Rufus morgen noch ein paar Fische vorbeibringen. Drei ganze Aale hatte er nach seiner Rückkehr in die Mühle vertilgt. Alles, was der alte Fischer mitgebracht hatte. Kai schrieb den Heißhunger seiner Aufregung zu. Noch immer brannte in ihm der Zorn. Bei dem Gedanken an das lange Gesicht, das Rorben heute Abend machen würde, stahl sich ein gehässiges Lächeln auf Kais Lippen. Wie lange hatte er auf eine solche Gelegenheit zur Revanche gewartet! Unmöglich, dass Rorben ein größeres Irrlicht besaß als er. Kai fühlte sich, als könne er es mit der ganzen Welt aufnehmen.

Irgendwann hielt er es nicht mehr aus, steckte seine Flöte in den Gürtel und tastete sich die Treppe hinunter. In der Schlafkammer seiner Großmutter brannte noch Licht. Vorsichtig huschte Kai hinüber zum Lagerraum und öffnete leise den Türriegel.

Der Raum war jetzt in strahlendes Silberlicht getaucht. Die Irrlichter an der Decke flackerten unruhig in ihren Laternen. Das große Irrlicht leuchtete besonders hell. Rasch zog Kai die Tür hinter sich zu. Er wollte vermeiden, dass ihm seine Großmutter doch noch auf die Schliche kam. Längst hatte sich bei ihm das schlechte Gewissen gemeldet. Aber für Reue war es inzwischen zu spät. Er konnte sich im Ort nicht mehr blicken lassen, würde er ausgerechnet jetzt kneifen. Außerdem … außerdem war es unfair von seiner Großmutter, dass er seinen Fang nicht herumzeigen durfte. Mehr als unfair. Ob sie vielleicht neidisch auf ihn war?

Heiß schoss die Empörung durch seine Brust und sofort schämte er sich. Wie konnte er nur so etwas denken? Was war bloß los mit ihm? Kai schüttelte den Kopf. Egal, Rorben und die anderen warteten auf ihn.

Kai hakte die Laterne mit dem großen Irrlicht aus der Verankerung und betrachtete das Flammenwesen stolz. Anschließend warf er ein Tuch über die Leuchte, um sein verräterisches Strahlen zu verdecken. Auf leisen Sohlen verließ er die Kammer wieder, verriegelte die Tür und schlich mit der abgedunkelten Laterne in der Hand zur Ausgangstür.

»Kai?«

Kai hielt inne und sah sich fieberhaft um. Schnell stellte er die Laterne hinter einem Butterfass ab.

»Ich wollte gerade los«, rief er möglichst unbekümmert.

Er atmete tief ein und öffnete die Tür zur Schlafkammer einen Spaltbreit.

Seine Großmutter lag bereits im Bett. Neben ihr auf dem Nachttisch stand ein Leuchter mit Kerzen, die den Raum in warmes Licht hüllten. Aus irgendeinem Grund mochte seine Großmutter die Anwesenheit von Irrlichtern in ihrer Kammer nicht. Als sie Kai bemerkte, ließ sie die Stickerei in ihren Händen sinken.

»Wolltest du dich etwa aus dem Haus stehlen, ohne dich zu verabschieden?«, schmunzelte sie.

»Nein, nein«, stammelte Kai. »Ich dachte bloß, du schläfst schon.«

»Ich lege mich doch nicht zur Ruhe, ohne dir vorher noch viel Spaß zu wünschen. Tut mir Leid, dass du allein gehen musst. Aber ich bin wirklich sehr müde.«

»Mach dir keine Gedanken. Ich werde auch nicht allzu lange fortbleiben.« Kai hoffte, seine Großmutter würde nicht auf den schalen Lichtschein aufmerksam werden, der trotz seiner Vorsichtsmaßnahmen die Dunkelheit hinter ihm durchdrang.

»Geht es dir gut?«, fragte sie ihn mit besorgter Miene.

»Ja. Wieso fragst du?«

»Du wirkst heute so … unruhig. Du isst, als hätte ich dich tagelang hungern lassen. Und vorhin, als du auf dem Zimmer warst, klang es, als würdest du dich auf einen Moorlauf vorbereiten.«

»Ach Unsinn.« Kai rang sich ein gequältes Lächeln ab. Er wollte endlich los. Warum fragte sie ihm ausgerechnet heute Löcher in den Bauch? »Ich freue mich bloß auf das Fest.«

»Erzähle den anderen lieber nichts von gestern Nacht. Ich mache mir noch immer so meine Gedanken deswegen.«

Verständnislos starrte Kai sie an. »Wieso das denn?«

»Was da im Moor geschehen ist, ist mir unheimlich. Solange wir nicht wissen, welche Kräfte das waren, die du geweckt hast, solltest du dich in Acht nehmen. Versprichst du mir das?«

Kai nickte, verstand aber kein Wort.

»Und du bist mir auch nicht böse, weil ich dir verboten habe, den anderen das große Irrlicht zu zeigen?«

Bei diesen Worten lief Kai feuerrot an. Er hoffte, dass es im Raum schummrig genug war und seine Großmutter es nicht bemerkte.

»Nein. Natürlich nicht«, murmelte er.

»Na, dann ist ja gut. Komm, mein Junge«, seufzte sie. »Gib deiner alten Großmutter einen Kuss.«

Kai verdrehte innerlich die Augen, trat an das Bett heran und küsste seine Großmutter auf die Wange. Hoffentlich ließ sie ihn jetzt fort.

Sie fasste ihm an die Stirn.

»Ganz schön warm. Ich hoffe, du hast dich nicht verkühlt.«

»Hab ich nicht«, sagte er gereizt. »Mir geht es gut.« Musste sie ihn jetzt auch noch wie ein kleines Kind behandeln?

»Na, dann amüsiere dich schön.«

»Mach ich«, antwortete Kai ungeduldig. Kurz darauf stand er wieder in der Wohnstube, schnappte sich die Laterne und lief fluchtartig aus der Mühle. Erst auf dem alten Lehmweg zur Ortschaft wurde er langsamer. Zögernd hielt er inne.

Er war ungerecht zu seiner Großmutter gewesen. Sollte er die Laterne doch wieder zurückbringen? Aber sie musste doch einsehen, wie wichtig ihm das Treffen heute Abend war. Sie konnte doch nicht wollen, dass Rorben und sein Bruder ihn weiterhin verspotteten. Die beiden würden ihm das Leben zur Hölle machen, wenn er jetzt kniff. Endlich hatte er die Gelegenheit, diese Angeber vor allen anderen auszustechen. Was konnte daran falsch sein? Sicher würde ihn seine Großmutter verstehen, wenn er es ihr später erklärte.

Es dauerte nicht lange und er hatte Lychtermoor erreicht. Schon von fern trug der laue Nachtwind fröhliche Festmusik heran. Die Klänge von Lauten, Schalmeien und Trommeln erfüllten die Dunkelheit. Kaum hatte Kai die Kate von Bauer Usehup passiert, kam ihm bereits unsicheren Schrittes ein Betrunkener entgegen.

Als er endlich den festlich erleuchteten Dorfplatz betrat, erwartete ihn ausgelassenes Treiben. Es roch nach gebratenem Fleisch und Bier und von überall her erklang gut gelauntes Lachen. Doch den schönsten Anblick bot wie erwartet der alte Ahornbaum. Die Irrlichter in seiner Baumkrone funkelten wie Sterne und in ihrem Silberlicht schien es, als würde ein Zauber auf dem Festplatz liegen. Kai lächelte.

Noch immer stand direkt vor dem Feenkrug der mit bunten Fratzen bemalte Gauklerwagen. Fi trieb im Licht von fünf im Halbkreis aufgestellten Fackeln seltsame Possen. Behände balancierte er auf langen Stangen Bälle, die er anschließend hoch in die Luft warf. Dort zerplatzten sie zum Vergnügen der Umstehenden und entließen einen nach allen Seiten ausschwärmenden Funkenregen in die Nacht. Die Menge applaudierte begeistert.

Ein toller Trick. Leider hatte Kai keine Zeit noch länger zuzusehen. Er war spät dran.

Er zwängte sich an den Feiernden vorbei und eilte direkt auf den Feenkrug zu. Dort wurde er schon erwartet.

»Endlich kommst du«, rief einer der Jungen ungeduldig, als sie ihn in der Menge entdeckten. »Rorben und Pogel warten schon. Im Gegensatz zu den anderen haben wir auf dich gewettet«, fuhr er fort und warf einen hoffnungsvollen Blick auf Kais abgedeckte Laterne. »Aber ich glaube, Rorbens Irrlicht ist ziemlich groß.«

»Keine Bange«, entgegnete Kai. In Wahrheit war ihm nun doch etwas mulmig zumute.

Vorsichtig schaute er sich noch einmal zu den Menschen auf dem Festplatz um. Die mussten von dem Wettstreit ja nicht unbedingt etwas mitbekommen. Wenn es ging, wollte er die Sache möglichst ohne größeres Aufsehen hinter sich bringen.

Gemeinsam mit den anderen eilte er hinter den Feenkrug. Kai riss verblüfft die Augen auf. Im Dunkeln zwischen Wirtshaus und Vorratsschuppen standen fast drei Dutzend Jungen und Mädchen und tuschelten aufgeregt miteinander. Offenbar hatte sich die gesamte Dorfjugend eingefunden. Seine Herausforderung musste sich in Windeseile in Lychtermoor herumgesprochen haben.

Kai schluckte.

»Ah, da ist ja unsere Blindschleiche«, war die siegesgewisse Stimme von Rorben zu hören. Gemeinsam mit seinem Bruder Pogel trat der Muskelprotz nach vorn. In seiner Rechten hielt er eine Laterne, die ebenso verhüllt war wie die von Kai. Die anderen bildeten gespannt einen Kreis um sie und Stille kehrte ein. Jemand hüstelte.

»Ich sehe, du hast dein Glühwürmchen mitgebracht«, stellte Rorben lauernd fest. Pogel lachte.

»Los, lasst sehen!«, rief einer der Jungen.

Rorben machte es spannend und zog langsam das Tuch über seiner Leuchte zurück. Darin flackerte ein Irrlicht, das fast zwei Daumen breit größer war als jene, die sie üblicherweise im Moor fingen.

Unter den Umstehenden brach gespanntes Gemurmel aus.

In diesem Moment wusste Kai, dass er gewonnen hatte. »Das ist alles, was du zu bieten hast?«, höhnte er. »Wegen so einem Winzling spielst du dich hier auf?«

Mit einem Ruck schlug er das Tuch über seiner Laterne zurück.

Ein lautes Ah und Oh erhob sich. Kais Irrlicht züngelte fast bis zur Laternenhaube empor und der Flackerschein erfüllte den Hinterhof bis zum Vorratsschuppen mit silberhellem Licht.

»Kai hat gewonnen!«, rief eines der Mädchen begeistert und sofort brach ohrenbetäubender Jubel aus.

Rorben indes starrte fassungslos und mit offenem Mund auf Kais Laterne, in der das große Irrlicht höhnisch mit seinen Flammenärmchen loderte.

Der Anblick war Gold wert. Kai hätte sich vor lauter Schadenfreude die Hände reiben mögen. Er hatte gewonnen. Gewonnen!

Noch bevor die beiden Brüder etwas sagen konnten, drängten die anderen Rorben und Pogel zurück. Zahlreiche Hände ergriffen Kai und hoben ihn unter begeisterten Rufen empor.

»Das müssen meine Eltern sehen!«

»Ich wusste gar nicht, dass es solche Irrlichter gibt!«

»Kommt, zeigen wir es den anderen!«

Kais Freude wich jähem Schrecken. »Nein«, rief er und versuchte sich zu befreien. »Lieber nicht. Ich will nicht, dass …«

Doch es war zu spät. Die anderen hörten nicht auf ihn. Sie strebten johlend dem Festplatz entgegen, wo sie schnell die Aufmerksamkeit der Menge auf sich zogen. Staunend kamen nun auch die Erwachsenen näher und starrten auf das große Irrlicht in Kais Laterne.

»Donnerwetter!«

»Seht euch das an!«

»Was für ein Fang!«

Die Musik brach ab und auch der seltsame Gauklerjunge warf Kai einen interessierten Blick zu. Jeder wollte nun von ihm wissen, wo er das Irrlicht gefunden hatte. Selbst der dicke Boswin drängte sich durch die Menge.

»Mensch Kai, warum hast du das nicht schon heute Nachmittag erzählt? Wolltest uns wohl überraschen, was?« Begeistert drückte er Kai einen Krug mit Bier in die Hand. »Kommt, lasst den Jungen die Laterne in den Baum hängen. Und dann wollen wir sehen, wie das Irrlicht tanzt!«

Kai wurde zum Ahornbaum geschoben, wo bereits jemand die Leiter für ihn aufgestellt hatte. Er erklomm die Sprossen. Auf halber Höhe schaute er sich um und blickte in unzählige Gesichter, die ihm anerkennend zulächelten. Einige winkten sogar oder prosteten ihm zu.

Eigentlich war das gar nicht so schlimm. Seine Großmutter hatte Unrecht gehabt. Sollten sie doch alle sehen, was er für einen Fang gemacht hatte!

Schnell war ein dicker Ast gefunden, an dem er die Laterne für alle gut sichtbar aufhängen konnte. Kai kletterte wieder nach unten und das laute Treiben auf dem Platz wich erwartungsvoller Stille.

Schließlich setzte die Musik ein. Das große Irrlicht flackerte und schien der Melodie zu lauschen. Dann drehte es sich auf seinen Lohenbeinchen im Kreis. Erst langsam, dann – als die Musik immer rhythmischer und schneller wurde – immer aufgeregter. Sein Flammenleib begann die Farbe zu verändern. Blau. Rot. Grün. Gelb. Gold. Silber. Purpur.

Einige Zuschauer stießen Laute des Entzückens aus und jemand klopfte Kai anerkennend auf die Schulter – als das Donnergrollen zum ersten Mal zu hören war.

Kai achtete zunächst nicht darauf, so sehr war er in den Anblick seines Irrlichts vertieft. Doch dann fiel auch ihm auf, dass die Musik nach und nach verstummte und immer mehr Menschen zum Himmel starrten. Was war das?

Ein geisterhafter Wind kam auf und brachte die Blätter des alten Ahorns zum Rauschen. Wieder grollte ein Donnerschlag durch die Nacht. Er schien von der nahen Elbe zu kommen. Mit großer Geschwindigkeit zog von der Flussseite ein dunkles Wolkenband auf, das zunehmend das Licht des Mondes und der Sterne verschluckte. Ein greller Blitz jagte über den Himmel. Ein Gewitter? Doch nirgends war das Prasseln von Regen zu hören.

Kai spürte plötzlich ein schmerzhaftes Brennen in den Eingeweiden. Stöhnend sank er zu Boden und hielt sich den Bauch.

Bei allen Moorgeistern, was war das?

Der Wind wurde immer stärker und wuchs sich zu einer kalten Sturmböe aus. Nur am Rande vernahm Kai, wie über ihm die Irrlichtlaternen im Wind quietschten und metallen gegen die Äste schlugen. Die Leiter stürzte um und krachte auf einen der Tische, von dem Teller und Krüge zu Boden polterten. Niemand achtete mehr auf ihn. Jeder war damit beschäftigt, sich vor dem Sturm in Sicherheit zu bringen.

Kai spürte zu seiner Erleichterung, wie das Brennen in seinem Inneren nachließ. Er lehnte sich erleichtert gegen den Baumstamm, als von irgendwoher ein schrilles, vielstimmiges Fiepen ertönte.

Kalte Furcht packte ihn, als er sah, was sich rasend schnell vom Fluss her auf sie zu bewegte.

»Ratten!«, war Boswins entsetzte Stimme zu hören. Es mussten hunderte sein.

Die Dorfbewohner, die sich noch auf dem Festplatz befanden, stoben schreiend auseinander. Der dicke Boswin hetzte in sein Wirtshaus und kam mit einer Sense zurück.

Kai indes hob schwer atmend die umgestürzte Leiter auf, um auf den Baum zu flüchten. Doch es war zu spät. Die fiependen Nager hielten direkt auf ihn zu. Panisch ließ er die Leiter fallen und hetzte auf die nächstgelegene Bauernkate zu. Doch was er dort erblickte, ließ ihn vor Schrecken fast ohnmächtig werden.

Neben dem Haus wankte eine Gestalt durch die Nacht, die dem Reich der Toten entsprungen zu sein schien. Sie trug die Kleidung eines Seemanns, doch unter der löchrigen Weste schimmerten bleich die Knochen hindurch. Leere Augenhöhlen glotzten Kai an.

Er schrie, warf sich herum und jagte trotz der Sturmböen zurück in Richtung Festplatz.

Dort tobte das Chaos. Eine Schreckgestalt nach der anderen schälte sich aus der Finsternis. Einige von ihnen waren vollständig skelettiert und die Reste ihrer Kleidung schlotterten wie zerrissenes Segeltuch um ihre Knochen. Sie hielten Entermesser und Äxte in den fleischlosen Klauen und ihre Knochenschädel grinsten diabolisch.

Wer noch am Kampf gegen die Rattenschar teilgenommen hatte, machte nun, dass er fortkam. Von allen Seiten war Gebrüll zu hören. Rücksichtslos bahnten sich die Stärkeren einen Weg durch die flüchtende Menge und von überall her erklang das Fiepen und Piepen der Nager. Sie huschten zwischen den Bänken und Tischen umher und sprangen jeden an, der ihnen in die Quere kam.

Boswin, der noch immer auf der Türschwelle des Feenkrugs stand und mit seiner Sense brüllend unter den Ratten aufräumte, sah sich unversehens einem der Knochenmänner gegenüber. Panisch parierte er mit der Sense den Schlag eines Entermessers, dann sprang er schreiend in die Schankstube zurück und donnerte die schwere Tür zu.

Kai hatte kaum Zeit auf all das Grauen um ihn herum zu achten. Er war damit beschäftigt, sich die Ratten vom Leib zu halten. Angewidert ergriff er eines der Biester am Schwanz und riss es sich von der Hose. Ein zweites beförderte er mit einem wuchtigen Tritt in die Dunkelheit.

»Kai, hierher!« Hinter dem großen Bierfass, das bei Boswins umgestürztem Ausschank stand, winkte ihm Rufus zu. In den Augen des Fischers loderte die Angst. Kai spürte, dass der Alte nur aus Sorge um ihn zum Festplatz gekommen war. So schnell er es vermochte, rannte er auf ihn zu. Der ganze Ort war von lautem Panikgeschrei erfüllt.

»Schnell, wir müssen uns verstecken!«, rief Rufus. Kai nickte und gemeinsam liefen sie gegen den kalten Wind auf einen halb offen stehenden Stall zu. Als wären die Ratten nur hinter ihnen beiden her, war in ihrem Rücken das Getrappel unzähliger Pfoten zu vernehmen.

Kai und Rufus schlüpften durch die Scheunentür und es gelang ihnen im letzten Moment sie zuzuziehen. Draußen warfen sich die Ratten wütend gegen das Holz.

»Was jetzt?«, fragte Kai atemlos. Im Innern des Stalls war es stockfinster und es roch nach Stroh und Pferdeschweiß. Sie konnten die verängstigten Gäule mit den Hufen scharren hören.

»Ich weiß es nicht. Ich weiß es wirklich nicht«, flüsterte Rufus heiser. »Diese Totenschar ist mit einem unheimlichen Schiff den Fluss heraufgekommen. Ich hab sie von meiner Hütte aus beobachtet. Der Kahn sieht aus, als habe er Jahre am Meeresboden gelegen. Ich kann von Glück sagen, dass sie mich nicht entdeckt haben.«

»Los, unters Dach!«, kommandierte Kai. Als die Stalltür noch offen stand, hatte er im Halbdunkel eine Leiter ausmachen können, die nahe einer der Pferdeboxen nach oben auf den Heuboden führte. Keine drei Schritte von ihnen entfernt. Vielleicht waren sie dort sicher.

Kai nahm Rufus' Hand und führte ihn durch die Dunkelheit, bis sie die Leiter erreicht hatten. Plötzlich hörte er hinter sich ein bösartiges Fiepen.

In einer der Boxen bäumte sich ein Pferd auf und schlug wild aus. Die Ratten hatten offenbar einen Weg ins Innere des Stalls gefunden.

»Schnell!«, zischte Kai und folgte dem alten Fischer nach oben durch die Luke zum Heuboden.

Kaum hatten sie in aller Eile einige Strohballen beiseite geräumt, flammte außerhalb des Gebäudes erneut ein greller Blitz auf. Ein mächtiger Donnerschlag folgte, der die Pferde unter ihnen nun vollends durchdrehen ließ. Ihre Hufe hämmerten krachend gegen die Bretterverschläge und ihr verzweifeltes Wiehern verursachte Kai eine Gänsehaut. Zu seinem Entsetzen sah er, dass zu Füßen der Stiege mittlerweile eine ganze Schar der widerlichen Nager lauerte. Boshaft starrten die Ratten zu ihnen empor.

»Wir müssen uns bewaffnen«, keuchte Kai. Doch alles, was er bei sich trug, war seine Flöte.

»Wenn wir nur wüssten, was diese ... diese Toten hier in Lychtermoor wollen«, keuchte Rufus.

»Das werden wir bald erfahren«, ertönte es plötzlich hinter ihnen aus dem Dunkeln. Kai und Rufus wirbelten herum und entdeckten erst jetzt den schlanken Schatten, der sich von einem der Heuballen neben ihnen erhob. Unvermittelt flammte ein kleiner Glutball auf, der den Heuboden mit goldenem Licht beschien. Sie erkannten den Gauklerjungen. Der Lichtschein ging von einer taubeneigroßen Glaskugel aus, die er in seinen Händen hielt.

Fi trug jetzt einen dunkelgrünen Flickenumhang, dessen Stofffetzen ihn wie lebendes Blattwerk umschmeichelten. Sein langes, silberhelles Haar hatte er zu einem Zopf zusammengebunden. Doch was Kai am meisten erstaunte, waren seine Ohrmuscheln. Sie liefen nach oben hin spitz zu.

Fi war kein Mensch, er war ein Elf!

Endlich wurde ihm klar, warum er Fis Stimme als so wohlklingend empfunden hatte. Es hieß, dass Elfen begabte Sänger und Barden seien. Darin war das Alte Volk angeblich ebenso unübertroffen wie bei der Jagd. Ob Fi auch über Zauberkräfte verfügte? Natürlich, er brauchte sich doch bloß die wundersame Leuchtkugel in seinen Händen anzuschauen.

»Du gehörst doch nicht etwa zu denen da draußen, oder?«, fragte Rufus ängstlich.

»Wäre dem so«, antwortete Fi und funkelte sie mit seinen hellgrünen Katzenaugen an, »dann wärt ihr beide jetzt nicht mehr am Leben. Nein, ich warte auf jemanden. Und wenn dieser Jemand eingetroffen ist, werden wir mit dem Spuk dort draußen aufräumen.«

»Du bist also nicht zufällig hier?« Kai musterte den Elfen aufmerksam.

»Nein. Bin ich nicht.« Fi sprang elegant vom Heuballen herab und warf den Ratten unterhalb der Luke einen misstrauischen Blick zu. Verwundert stellte Kai fest, dass die meisten der Tiere verschwunden waren. Er verrenkte seinen Kopf und erkannte, dass die Biester bereits an den schräg stehenden Holzbalken zu ihnen emporkletterten. Unter ihnen war das hysterische Wiehern der Pferde zu hören.

»Halte das mal!« Fi drückte dem staunenden Rufus die leuchtende Glaskugel in die Hand, die der Alte mit offenem Mund anstarrte.

»Elfenzauberei«, murmelte er ergriffen.

»Unsinn, die Kugel hat Magister Thadäus Eulertin angefertigt und mir mitgegeben«, erklärte Fi so, als ob das die größte Selbstverständlichkeit von der Welt wäre.

»Magister Eulertin?«, fragte Kai.

»Der Zunftmeister der Wahrsager und Windmacher in Hammaburg«, antwortete der Elf. »Er ist der größte Zauberer weit und breit. Er war es, der uns ausgeschickt hat, um bei euch in Lychtermoor nach dem Rechten zu sehen.«

»Uns?«, fragte Kai verwirrt. Fi antwortete ihm nicht, sondern bedeutete Kai, ihm zu folgen. Vorsichtig öffnete der Elf eine Luke an der Scheunenwand. »Ich weiß nicht, wer diese Toten entsandt hat. Aber wenn du wissen willst, warum sie hier sind, dann wirf einen Blick nach draußen.«

Ein eiskalter Wind blies ihnen ins Gesicht. Auf dem verwüsteten Festplatz stand eine ganze Gruppe der halb verwesten Gestalten um den Ahornbaum herum und stierte mit leerem Blick zu der erleuchteten Baumkrone hinauf. Zu ihren Füßen wimmelte noch immer ein Meer von Ratten. Zwei weitere Untote wankten aus einer Nebengasse heran. In ihren Pranken hielten sie Laternen, in denen Irrlichter flackerten. Da die Leuchten am Baum noch an ihrem Platz hingen, mussten sie ihre Beute aus den Häusern anderer Irrlichtjäger im Ort geraubt haben.

Endlich begriff Kai.

Bei den Spukgestalten da draußen handelte es sich um die Irrlichträuber, von denen Rufus am Morgen berichtet hatte. Ein eisiger Schreck fuhr durch seine Glieder. Er machte sich nun große Sorgen um seine Großmutter. Nur gut, dass die Mühle etwas außerhalb des Dorfes stand.

Abermals flammte ein greller Blitz am Himmel auf. Als sich Kais Augen wieder an die Dunkelheit gewöhnt hatten, stand unterhalb des Baums eine große, unheimliche Gestalt mit zerschlissener Kapitänsuniform, die einen langen Säbel an der Seite trug. Soweit Kai erkennen konnte, bestand der komplette linke Arm des Finsterlings aus schimmerndem Metall. Ohne Zweifel war er der Anführer der unheimlichen Leichenschar. Kai musste sich zwingen, nicht laut zu schreien.

»Oh nein!«, entfuhr es Fi neben ihm. »Das kann doch wohl nicht wahr sein!«

»Was denn?«, fragte Kai verstört.

»Der Elende da unten ist Mort Eisenhand. Ich dachte, er sei bereits vor über einem Jahr in seine Einzelteile zerfallen. Stattdessen treibt er immer noch sein Unwesen.«

»Und wer … wer ist das, wenn ich fragen darf?«, sagte Kai mit klappernden Zähnen. Bei dem Anblick all der Grabgestalten da unten hatte er Mühe, nicht den Verstand zu verlieren.

»Ein Pirat«, antwortete Fi knapp. »Der schlimmste, der je auf dem Nordmeer sein Unwesen trieb. Aber jetzt wissen wir wenigstens, wer hinter den Überfällen steckt.«

Mort Eisenhand deutete auf den Baum. Auf dieses Kommando schienen die Ratten nur gewartet zu haben. Fiepend walzten die Rattenleiber den Stamm empor, wo sie sich verteilten und dann über Äste und Zweige huschten. Kurz darauf sauste die erste Irrlichtlampe nach unten, wo sie sogleich von einer der Knochengestalten aufgefangen wurde. Und dann noch eine und noch eine. Die Laterne mit dem großen Irrlicht fiel als Letzte. Der unheimliche Piratenkapitän fing sie persönlich auf. Grollendes Gelächter geisterte über den Festplatz.

»Ich störe euch beide nur ungern«, machte Rufus auf sich aufmerksam. »Aber da hinten im Stroh raschelt es. Ich glaube, einige von diesen Biestern sind mittlerweile hier oben.«

»Ich komme.« Fi glitt zurück in die Dunkelheit und nahm dem alten Fischer die Leuchtkugel aus der Hand. Er hielt sie jetzt weit über sein Haupt gestreckt, sodass ihr Licht auch die verborgensten Winkel des Heubodens erreichte. Leise begann er zu singen. Der Elf bemächtigte sich dabei einer Sprache, die von einem Wohlklang war, wie ihn Kai noch nie vernommen hatte.

Zwei Ratten waren bereits auf einen Strohballen gesprungen. Doch statt Rufus und Fi anzugreifen, fauchten sie lediglich und sträubten ihr räudiges Fell.

Das elfische Lied ähnelte unwirklichem Vogelgezwitscher, das ein wohliges Prickeln auf Kais Haut erzeugte. Selbst die Pferde unten in den Verschlägen beruhigten sich. Die Ratten fiepten, zogen sich Stück für Stück zurück und huschten schließlich davon.

Fi atmete schwer und sank auf einen der Strohballen. »Es war schwer sie ... zu überzeugen. Ich musste erst ... den Bann brechen, der auf ihnen lag.«

Kai verstand nicht genau, was der Elf meinte. Seine Erleichterung hielt sich bis jetzt auch in Grenzen. Denn unten auf dem Dorfplatz war die Tat des Elfen nicht unbemerkt geblieben. Der finstere Mort Eisenhand wirbelte herum und deutete zum Stall, in dem sie sich versteckt hielten. Auf ein unhörbares Kommando hin stob eine neue Flut von Ratten auf das Gebäude zu. Drei der Knochenmänner hoben drohend ihre Waffen und folgten ihnen.

Kai wollte sich bereits von der Luke abwenden, als ein gellender Schrei sein Ohr erreichte. Kai erkannte zu seinem Schrecken Rorben. Der Junge wurde von einem der Knochenmänner festgehalten und unerbittlich in Richtung Ahornbaum geschleift. Er strampelte panisch und versuchte verzweifelt sich loszureißen. Zum ersten Mal in seinem Leben hatte Kai Mitleid mit ihm. Der untote Seemann warf Rorben seinem Kapitän vor die Füße, der sich den Jungen nun seinerseits griff und dicht an sich heranzog. Offenbar sprach er mit ihm. Rorben deutete zitternd auf die Laterne mit dem großen Irrlicht, die der untote Pirat in der Panzerhand hielt, und zeigte dann in Richtung Ortsausgang.

In Richtung Mühle!

Kai wurde blass. Dieser elende Dreckskerl.

Mort Eisenhand schleuderte den Jungen beiläufig und mit unvorstellbarer Kraft hinter sich in die Nacht wie eine abgenagte Hühnerkeule. Trotz des Sturms, der am Stalldach rüttelte, konnte man hören, wie irgendwo etwas Schweres auf eines der umliegenden Häuser krachte.

Längst hatten sich die Knochenmänner aufgeteilt. Vier der wandelnden Gerippe nahmen die Laternen an sich und wankten in Richtung Fluss, die anderen hielten auf den Ortsausgang zu.

»Steh nicht rum und halt Maulaffen feil, sondern hilf mir!«, fuhr der Elf Kai an. Fi hatte mit Rufus' Hilfe damit begonnen, aus den Strohballen eine Mauer aufzutürmen, die sie um die Luke herum errichteten. Kai wurde sich erst jetzt wieder der Gefahr bewusst, in der sie selbst schwebten. Längst hatte sich unter ihnen ein neues Rattenheer versammelt, während die

Scheunentür unter den Schlägen von Äxten und Entermessern erzitterte.

»Rufus! Rufus! Diese Piratenskelette brechen zur Mühle auf. Zur Mühle, verstehst du! Wir müssen Großmutter helfen. Wir müssen …«

Der Elf packte Kai am Hemdkragen und rüttelte ihn. »Komm zur Besinnung, Irrlichtfänger! Wir müssen erst mit denen da unten fertig werden, bevor wir an etwas anderes denken können!«

Kai nickte schwach und half Fi und Rufus dabei, weitere Strohballen heranzuschleppen. In diesem Moment flog das Tor der Scheune aus den Angeln und drei Untote wankten herein. Die Pferde donnerten mit ihren Hufen gegen die Stallwände und man hörte Holz splittern.

Fi und Rufus begannen nun damit, den Knochenmännern auf der Leiter große Heuballen entgegenzuschleudern. Doch die Skelette setzten ihren Weg nach oben beharrlich fort. Der erste Untote steckte bereits seinen kahlen Schädel durch die Luke. Ein Entermesser zuckte nach oben, das Fi mit einem langen Messer parierte, das er irgendwo unter seinem Gewand hervorgezogen hatte.

Kai schüttelte es vor Grauen. Hastig ergriff er eine Heugabel mit langen spitzen Zinken, stürmte mit einem Schrei nach vorn und rammte der Knochengestalt die metallenen Spitzen zwischen die Rippen. Klappernd kippte ihr Gegner hintenüber und polterte in die Tiefe. Schon war die nächste der Schauergestalten heran und schwang ihre Axt.

In diesem Moment krachte es im hinteren Teil des Dachstuhls und eine schwere Erschütterung brachte den Heuboden zum Beben. Kai spürte, wie der Sturm heftig an seinen Kleidern zerrte. Erschrocken sah er sich um. Im Dach klaffte ein großes Loch, hinter dem sich finstergrau der bewölkte Nachthimmel abzeichnete.

Kai beschlich ein Gefühl, als flösse Eiswasser durch seine Adern. Eine monströse Gestalt stampfte durch das Dunkel heran und schleuderte achtlos zwei der Strohballen zur Seite. Jene Ratten, die inzwischen einen Weg nach oben gefunden hatten, stoben jaulend nach allen Seiten davon.

»Fiiiii!«, brüllte Kai voller Entsetzen und riss die Heugabel herum.

Die unheimliche Gestalt war in einen weiten, dunklen Kapuzenumhang gehüllt und starrte ihn mit Augen an, die Kai an glühende Kohlen erinnerten.

»Da bist du ja endlich!«, rief der Elf unbeeindruckt und wich erneut einem Entermesserhieb aus. »Wurde auch Zeit!«

»Beiseite, Junge!«, fauchte eine unheimliche Stimme. Kai stolperte verblüfft nach hinten und stürzte neben Rufus, der sich beim Anblick des vermeintlichen neuen Gegners zitternd hinter einem Balken versteckt hatte. Im nächsten Augenblick war das unheimliche Wesen bei der Luke, packte das oberste der wandelnden Piratenskelette und brach ihm mit einem knirschenden Geräusch den Schädel von den Knochen. Gleich einem Raubtier sprang es kurzerhand durch die Luke und war dann außer Sicht. Eine Weile war unten im Stall nur das Knacken von Knochen zu hören, dann wurde es still. Selbst die Ratten hatten die Flucht ergriffen.

Fi hob gleichmütig eine Augenbraue, steckte sein Messer weg und bedeutete Kai und Rufus, ihm nach unten zu folgen.

Unten im Stall kniete der Elf neben einem Berg zertrümmerter Knochen nieder und untersuchte sie im Licht seiner Zauberkugel. Schräg hinter ihm, im Schatten der Pferdeverschläge, stand ihr unbekannter Helfer. Die Augen unter der Kapuze funkelten in tückischem Gelb.

Kai spürte wieder ein seltsames Prickeln auf der Haut.

»Du musst ihnen den Kopf von den Schultern schlagen«, zischte die Kapuzengestalt. Ohne Zweifel, es war die Stimme einer Frau. Wer auch immer die unbekannte Kämpferin war, ihr Anblick machte Kai Angst. Selbst Fi wirkte angespannt.

»Ich werde beim nächsten Mal daran denken«, antwortete der Elf lakonisch. »Wo bist du gewesen? Das eben war verdammt knapp!«

»Ich war da, als du mich brauchtest«, zischte die Kapuzengestalt und verengte ihre Raubtieraugen zu schmalen Sicheln.

»Besser, du gehst wieder nach draußen, Dystariel.« Fi nickte in Richtung der zerstörten Stalltür. »Du machst die Pferde unruhig.«

Die Unheimliche gab ein eigenartiges Geräusch von sich, als schleife Stein über Fels. Dann glitt sie mit wehendem Umhang an ihnen vorbei in die Nacht. Aus der Nähe wirkte es, als verberge ihre seltsame Verbündete unter der Kutte einen großen Buckel. Doch noch immer konnte Kai nicht mehr von ihr erkennen als ein funkelndes Augenpaar, das ihn einen Moment lang streifte. Kai schluckte. Auf gar keinen Fall handelte es sich bei diesem Wesen um einen Menschen. In was war er da nur hineingeraten?

Doch über all das konnte er sich später noch Gedanken machen.

»Fi«, flehte er. »Wir müssen zur Mühle. Diese Toten sind auf dem Weg zu meiner Großmutter.«

Der Elfenjunge erhob sich, betrachtete ihn und Rufus mitfühlend und nickte. »Gut, hoffen wir, dass wir nicht zu spät kommen.«

Kampf um die Mühle

Kai und Fi jagten auf zwei Pferden aus dem Stall ungestüm durch die Nacht. Die Straßen waren menschenleer, und der junge Irrlichtjäger fragte sich, wo sich all die Menschen aus dem Dorf versteckt hatten. Noch immer schien es ihm wie ein kleines Wunder, dass Fi es geschafft hatte, die verängstigten Tiere so schnell wieder zu beruhigen.

Kai klammerte sich verzweifelt an die Mähne seines Pferdes, während Fi das andere antrieb, als habe er sein Leben lang nichts anderes gemacht. Fast um drei Pferdelängen war ihm der zierliche Elf voraus. Rufus war, um sie beide nicht zu behindern, zurückgeblieben, hatte aber versprochen zu Fuß nachzukommen. Ebenso wie ihre unheimliche Verbündete. Wo diese Dystariel allerdings geblieben war, vermochte Kai nicht zu sagen. Sie war von einem Moment zum anderen verschwunden, kaum dass Kai sich auf sein Pferd geschwungen hatte.

Es dauerte nicht lange, bis sich im Zwielicht der große Schatten der Windmühle am Wegesrand abzeichnete.

»Da hinten!«, brüllte Kai. Doch Fi hatte die Mühle längst entdeckt und preschte in wildem Galopp auf sie zu. Kai umklammerte den Griff eines Entermessers, das er im Stall aufgelesen hatte, und trieb verzweifelt sein Pferd an.

So wie es ihm Fi vormachte, galoppierte er querfeldein an zwei großen Birken vorbei, machte mit seinem Pferd einen Satz über einen Wassergraben und näherte sich der Mühle nun von der Seite des verwilderten Gartens.

Hinter den schiefen Fenstern der Wohnstube flackerte silbernes Irrlichtfeuer. Die Tür hing zertrümmert in den Angeln und soeben wankte einer der Knochenmänner mit einer Irrlichtlaternen ins Freie. Zwei der untoten Seemänner luden Lampen auf einen Handkarren.

»Großmutter!«, brüllte Kai voller Entsetzen.

In diesem Moment wurde der Knochenmann, der soeben aus der Tür getreten war, von einem Schatten niedergerissen, der zwischen den Windmühlenflügel hervorgeschossen kam. Im Licht der Laterne konnte Kai den wehenden Umhang Dystariels erkennen.

Verdammt, wie war sie so schnell zur Mühle gelangt?

Mit einem Ruck drehte die Unheimliche der knöchernen Gestalt den Schädel auf den Rücken und war bereits im Haus, noch bevor das Skelett in sich zusammenfiel.

Die beiden anderen Knochenmänner ließen ihre Beute fallen und zückten die Waffen. Jetzt war auch Fi zur Stelle. In vollem Galopp ritt der Elf geradewegs auf die untoten Seeleute zu, ließ sein Pferd aufbäumen und trampelte eine der Grabgestalten nieder.

Auch Kai erreichte jetzt die Mühle. Sein Pferd scheute angesichts all des übernatürlichen Schreckens um sie herum und er hatte Mühe abzusteigen. Fi saß noch immer hoch zu Ross und kämpfte bereits mit dem zweiten Gegner. Doch dieses Skelett machte es dem Elfen nicht so leicht. Der wandelnde

Leichnam zerrte ihn vom Pferd und kurz darauf war Fi in ein erbittertes Gefecht verwickelt.

Kai kam kaum dazu, nachzudenken. Während sein Pferd mit ängstlichem Wiehern zurück in die Dunkelheit galoppierte, flog einer der Fensterläden aus den Angeln. Eine weitere Spukgestalt segelte in hohem Bogen in den Garten und blieb mit zerschmetterten Gliedern neben einer Hecke liegen. Kai schrie auf und stürzte dann zur Fensteröffnung, um einen bangen Blick in den Wohnraum zu werfen, in dem er noch am Morgen zusammen mit Rufus und seiner Großmutter gefrühstückt hatte.

Dystariel hatte ganze Arbeit geleistet. Der Fußboden war übersät mit zerbrochenem Geschirr, abgerissenen Kräuterbündeln und den zerschlagenen Gebeinen ihrer Gegner.

Die Unheimliche selbst stand mit wehendem Umhang direkt neben dem Mühlstein und ließ soeben die bleichen Schädel zweier weiterer Skelette aufeinander krachen.

Doch wo war seine Großmutter?

Aus der Tür zur Irrlichtkammer trat in diesem Moment unheilvoll und Ehrfurcht gebietend jene Gestalt, die Kai schon auf dem Festplatz gesehen hatte: Mort Eisenhand! Aus der Nähe war der Anblick des Piraten noch fürchterlicher. Im Gegensatz zu den untoten Seeleuten, die ihm unterstanden, besaß er harte, stechende, fast lebendig wirkende Augen, in denen ein düsteres Feuer glomm. Davon abgesehen war sein Gesicht bleich und aufgedunsen. Auch das strähnige Haar, das wie fauliger Seetang unter seinem Kopftuch hervorlugte, wirkte, als habe der Piratenkapitän lange Zeit unter Wasser gelegen.

»So sehen wir uns also wieder, Verräterin!«, grollte Eisenhand und zog seinen Säbel. Die Schneide blitzte im Irrlichtfeuer und wies die Einkerbungen ungezählter Schlachten auf. »Komm, mein Täubchen, komm zum alten Mort!«

Eisenhand lachte und Kai beobachtete angewidert, wie ein kleiner Krebs aus der Mundhöhle des Piraten krabbelte, nur um dann wieder unter der zerschlissenen Kapitänsuniform zu verschwinden. Im nächsten Moment sprang der Finstere nach vorn und schlug zu.

Kais unheimliche Verbündete machte sich nicht einmal die Mühe, der Waffe auszuweichen. Die Klinge drang durch ihre Kutte und es klang, als ob Stahl über Stein schrammte. Im selben Moment schlug Dystariel ihrerseits zu und entblößte dabei eine schwarze Klaue, die in langen gebogenen Krallen endete. Kai riss entsetzt die Augen auf. Doch der Pirat war schnell. Er parierte den Schlag mit seinem Panzerarm und ein hässliches Quietschen brachte Kais Ohren zum Klingen. Brüllend ging Eisenhand erneut zum Angriff über. Mit weit ausholenden Schlägen hämmerte er Dystariel abwechselnd Klinge und Faust in den Körper und trieb sie ungestüm auf den Ausgang der Mühle zu. Geschickt tauchte er unter ihren Schlägen hinweg und machte dann einen überraschenden Satz zur Seite. Eisenhand wuchtete den Esstisch empor und schleuderte ihn mit aller Kraft in Dystariels Richtung. Diese flog fauchend gegen den Türrahmen und stürzte dann auf den Kiesweg vor der Mühle. Mit Gebrüll stürmte Mort Eisenhand hinter ihr her und wurde nun seinerseits von einem Schlag getroffen, der ihn quer durch die Luft, direkt auf den Karren mit den Irrlichtlaternen wirbelte. Berstend ging das Gefährt zu Bruch. Fi, der seinen eigenen Gegner inzwischen niedergerungen hatte, konnte gerade noch ausweichen.

»Spiel nicht mit ihm!«, fluchte der Elf und ging vorsichtshalber erneut in Kampfstellung. Dystariel stampfte über den Kiesweg, während Mort Eisenhand ebenfalls wieder auf die Beine kam und sich die Holzsplitter von seiner Uniform klopfte.

»Du hast einen Fehler gemacht, dich mir noch einmal in den Weg zu stellen!«, zischte Dystariel.

»Ich glaube kaum!«, höhnte der Pirat. »Hast du vergessen, was das hier ist?« Er hob seine metallene Faust. »Mondeisen! Und jetzt verabschiede dich von dieser Welt.«

Am Himmel donnerte es. Ein gleißender Blitz flammte weit über ihnen auf, stob im Zickzack auf die Mühle zu und fand sein Ziel. Funken stoben auf, als Dystariels monströse Gestalt gegen die Hauswand geschmettert wurde. Ihre Kutte schwelte und dampfte und mit einem geisterhaften Stöhnen ging sie in die Knie.

Mort Eisenhand hob die Faust und lachte dröhnend. »Tötet die Lebenden! Tötet sie alle, Gefährten der See! Und dann zurück zum Schiff!«

Kai drehte sich hastig um und er sah, wie eines der Gerippe seine Klinge hob. In diesem Augenblick entdeckte Kai unter den Trümmern im Wohnraum eine leblose Gestalt. Seine Großmutter!

»Neiiiiiin!« Kai brüllte vor Entsetzen.

Die Zeit schien stillzustehen. Kai war wie betäubt. Die Geräusche um ihn herum erstarben.

Wumm, wumm! Wumm, wumm!

Kais Herzschlag steigerte sich zu einem rasenden Puls, der ihn schwindeln ließ. Seine Großmutter rührte sich nicht. Sie rührte sich nicht.

Wumm, wumm! Wumm, wumm!

Tränen liefen über sein Gesicht. Etwas in ihm zerbrach. Ein jäher Schmerz setzte seine Brust in Flammen und ließ ihn um Atem ringen.

Wumm, wumm! Wumm, wumm!

Etwas erwachte. Tief in ihm. Heiß, hell und verzehrend. Es wühlte sich wie ein wildes Tier an die Oberfläche seines Bewusstseins. Kai konnte die Hitze jedes einzelnen Irrlichts in den Laternen um sich herum fühlen. Er spürte Fi, als stünde dieser direkt neben ihm, seine Sinne tasteten über Dystariel, die sich anfühlte wie ein Fels in düsterer Brandung, er schmeckte den Modergeruch, der Eisenhand umgab, und er spürte die Kälte, die über den Leib seiner Großmutter kroch.

Kai wimmerte.

Er würde all dem Grauen jetzt ein Ende bereiten.

Er würde sich rächen.

Er ließ das Tier frei.

Im selben Augenblick lag ein bedrohliches Quietschen und Klappern in der Luft. Kai sah, dass die Nägel in den Schränken, Stühlen und Wänden wie von Geisterhand aus dem Holz getrieben wurden. Die Kupferlaternen mit den Irrlichtern wirbelten empor, in der Küche stiegen die Messer, Gabeln und Löffel in die Luft und den Knochenmännern wurden die Entermesser und Beile aus den Händen gerissen.

Fi und der untote Piratenkapitän starrten Kai ungläubig an.

Jäh schlug die entfesselte Macht zu. Sie war überall zugleich.

Die Skelette im Innern der Mühle wurden von einem Hagel aus Stahl und Eisen zerfetzt. Die Irrlichter in den zerstörten Laternen stoben brüllend zur Decke auf und setzten die Holzbalken in Brand. Das Entermesser in Kais Hand raste mit ungeheurer Wucht auf Mort Eisenhand zu und durchbohrte ihn. Etwas Unsichtbares brauste über das Dach des alten Gebäudes und wirbelte die Schindeln gen Himmel. Knarrend setzten sich weit über Kais Kopf die alten Windmühlenflügel in Bewegung. Selbst die Birken im Garten hinter ihm zitterten, als würde ein Riese an ihnen rütteln.

»Lass das!«, schrie der Elf. Er versuchte Kai anzuspringen, doch ein heranpolternder Milcheimer riss ihn zu Boden. Kai bekam von alledem kaum etwas mit. Alles, was er jetzt fühlte, war Wut. Grenzenlose, nicht enden wollende Wut.

Feuer leckte bereits aus den Fenstern der Wohnräume, als ein lang gezogener Schrei Kai wieder zur Besinnung brachte. Es war Fi.

»Hör auf damit!«

Kai glaubte, aus einem Albtraum zu erwachen. Verstört blickte er sich um. Die unsichtbare Gewalt hatte den Elfen inzwischen gegen das Mauerwerk gedrückt und Kai spürte dessen Panik, als wäre es die seine.

Mit aller Kraft versuchte er, sich gegen das zu stellen, was er entfesselt hatte. Doch es gelang ihm nicht. Ihm war, als stemmte er sich gegen eine Tür, hinter der ein Orkan tobte.

»Ich schaffe es nicht!«, wimmerte er verzweifelt. »Ich schaffe es einfach nicht!«

Kai taumelte. Überall um ihn herum prasselten die Dachschindeln zu Boden und er nahm wahr, wie die zerbrochenen Streben der Windmühlenflügel in die Tiefe rasten und sich neben ihn in das Erdreich bohrten.

Plötzlich stand er Mort Eisenhand gegenüber. Noch immer steckte die Klinge des Entermessers bis zum Heft in seinem Körper, doch Eisenhand schien die Waffe nicht zu spüren. Hasserfüllt holte der Finstere mit seinem Säbel aus. Da rissen ihm unsichtbare Gewalten die Waffe aus der Hand und wirbelten sie irgendwo hinter ihm in die Dunkelheit. Wütend stieß der Pirat mit dem Panzerarm zu.

Abermals geschah etwas, was Kai nicht verstand.

Kurz bevor ihn Eisenhands Faust traf, war ihm, als erfüllte ein gellender Schrei sein Inneres. Vor seinen Augen explodierte ein Lichtblitz, und im nächsten Moment fühlte er sich emporgehoben und durch die Luft gewirbelt.

Farbige Schlieren tanzten vor Kais Augen. Stöhnend kam er wieder zu sich. Was war geschehen? Sein ganzer Körper schmerzte. Als er es endlich schaffte, seinen Kopf anzuheben, erkannte er, dass er im hintersten Winkel des verwilderten Gartens lag. Erst jetzt wurde ihm bewusst, dass all das Lärmen und Kreischen einer unheimlichen Stille gewichen war. Sogar das Feuer im Innern der Mühle war erloschen.

Mort Eisenhand war nirgendwo auszumachen. Ächzend richtete Kai sich auf und entdeckte Fi nahe der beiden verbliebenen Irrlichtlaternen vor dem Eingang zur Mühle. Der Elf half Dystariel, die sich von dem Blitzschlag offenbar wieder erholt hatte, dabei, einen Körper aus dem Gebäude zu tragen.

Seine Großmutter! Oh nein.

Ungeachtet der Schmerzen, die seinen Körper peinigten, schleppte sich Kai zurück. Der Elf hatte die alte Frau mittlerweile auf seinen Flickenumhang gebettet. Kummervoll blickte er ihn an.

»Großmutter! Großmutter!« Schluchzend sank Kai neben der Greisin auf die Knie. Auf Höhe ihres Herzens war ein tiefer Einstich zu erkennen. Leblos lag der Körper seiner Großmutter vor ihm. Kai war, als zerreiße es ihm das Herz.

»Nein, nicht du! Nicht du! « Kai sank verzweifelt über der Toten zusammen. Er nahm kaum wahr, wie sich der dunkle Schatten Dystariels über ihn beugte und der alten Frau die Augen schloss.

»Ich allein bin an ihrem Tod schuld«, wimmerte er. »Ich allein!«

Der Rest seiner Worte wurde von einem Strom aus Tränen erstickt.

Elbfahrt

Von irgendwoher war der Schrei eines Flussreihers zu hören. Die Sonne stand hoch am klaren blauen Himmel und gelegentlich zogen Wolken vorüber. Kai hatte für all diese Schönheit keinen Blick. Er saß am Bug des Fischerbootes, das ihnen Rufus überlassen hatte, und starrte teilnahmslos in die Fluten der Elbe.

Tränen hatte er keine mehr. Vielmehr schienen ihm die schrecklichen Ereignisse der vorletzten Nacht sowie der gesamte gestrige Tag so unwirklich wie ein dunkler, unheilvoller Traum.

Kai erinnerte sich nur noch vage daran, wie ihn Fi von dem Leichnam seiner Großmutter weggezerrt hatte. Noch bei Sonnenaufgang hatte er apathisch im verwüsteten Garten der Mühle gesessen. Immer noch darauf hoffend, dass der schreckliche Albtraum, in den er verstrickt war, ein Ende finden würde. Aber das tat er nicht.

Die Wahrheit war, dass es niemals wieder werden würde wie zuvor.

Auch im Dorf hatte es Tote gegeben. Sieben an der Zahl. Außerdem gab es zahlreiche Verletzte zu beklagen. Darunter Rorben, der sich wie durch ein Wunder nur ein Bein gebrochen hatte.

Kai war viel zu erschöpft gewesen, um ihm gegenüber Hass zu empfinden. Wie ein Schlafwandler hatte er diese Nachricht aufgenommen. Zwar hatte Rorben es zu verantworten, dass die Geisterpiraten auf die Mühle aufmerksam geworden waren, doch Kai wusste, dass es zu alldem niemals gekommen wäre, hätte er selbst nicht mit dem großen Irrlicht angegeben. Niemand konnte ihm diese Schuld abnehmen.

Ganz so wie es Brauch in Lychtermoor war, fand bereits am späten Nachmittag die Beerdigung der Toten statt. An der anschließenden Trauerfeier im Feenkrug hatte Kai nicht teilgenommen – er hatte es vorgezogen, alleine zu sein. Später dann hatte er sich in der Hütte von Rufus eingefunden, wo er und der alte Fischer auf ihre Weise seiner Großmutter gedachten.

Irgendwann in der Nacht war zu ihrer Überraschung Fi hinzugekommen. Sein Gauklerwagen war bei dem Angriff zerstört worden und Kai hatte angenommen, dass der Elf das Dorf längst verlassen hatte. In Wahrheit, so erfuhr er, hatte Fi versucht, die Spur Mort Eisenhands aufzunehmen. Doch der Pirat blieb verschwunden.

Fi war es auch gewesen, der nun erstmals die weitere Zukunft von Kai zur Sprache brachte. Der Elf unterbreitete ihm den Vorschlag, ihn mit nach Hammaburg zu nehmen, um ihn zu Magister Eulertin zu bringen. Fi schien dies für überaus wichtig zu halten. Kai hatte seinem und Rufus' Drängen schließlich nachgegeben. Was sollte er auch in Lychtermoor, wo ihn alles an den Tod seiner Großmutter erinnerte und er keine weiteren Verwandten hatte?

Schließlich war es Zeit, Abschied zu nehmen. Er und Rufus lagen sich in den Armen und diesmal hatte auch der alte

Fischer seine Tränen nicht zurückhalten können. Wer wusste schon, wann sie sich wieder sehen würden?

All das lag nun schon einige Stunden zurück. Kai und Fi folgten dem Flusslauf in nördliche Richtung – mit dem Strom und der Stadt Hammaburg entgegen. Um sie herum plätscherte das Flusswasser beruhigend gegen die Bootswand. Wenn Kai aufblickte, sah er an den sonnenbeschienenen Ufern des breiten Stroms grüne Bäume und sanft geschwungene Hügel vorüberziehen. Noch nie hatte er sich so weit von zu Hause entfernt. Hin und wieder fiel sein Blick auf Mägde, die am Ufer Wäsche wuschen und ihnen fröhlich zuwinkten. Einmal kam ihnen sogar ein kleiner Flusssegler entgegen, auf dem drei bärtige Schiffer standen, die sie freundlich grüßten. Nichts erinnerte mehr an den Schrecken, dem Kai erst vor kurzem entronnen war. Sogar das merkwürdige taube Gefühl, das er seit der Todesnacht seiner Großmutter empfunden hatte, verging mit jeder Meile, die sie zwischen sich und Lychtermoor brachten.

War es tatsächlich erst zwei Tage her, dass er alles verloren hatte, was ihm lieb und teuer gewesen war?

In Kais Händen lag der Lederbeutel mit den getrockneten Mistelbeeren und dem restlichen Bernsteinstaub, den seine Großmutter stets bei sich getragen hatte. Es war alles, was ihm von ihr geblieben war. Kai schlug traurig die Augen nieder und knotete das Behältnis an seinen Gürtel. Er war jetzt ein Irrlichtjäger. Auf diese Weise konnte er seine Großmutter am besten in Ehren halten.

Zögernd drehte sich Kai zu Fi um, der seit Fahrtbeginn barfüßig im Heck des Fischerbootes stand und ihr Gefährt mit der langen Ruderpinne routiniert durch die Fluten steuerte. Heute war der Elf mit einer derben Leinenhose bekleidet, über der er nach Flussschifferart ein Hemd und eine graue Wollweste trug. Seine spitzen Ohrmuscheln hielt er unter einem Kopftuch verborgen, das Kai schmerzhaft an den Anblick Mort Eisenhands erinnerte.

Kein Zweifel, Fi befuhr den Fluss nicht zum ersten Mal. Woher Fi wohl stammte? Vor langer Zeit, so hieß es, als die Menschen noch keine Städte bauten, konnte man Elfen überall auf der Welt antreffen. Doch heutzutage lebte das Alte Volk versteckt und zurückgezogen. Angeblich befand sich in den Zauberwäldern im Westen ein großes Elfenreich. Und auch auf Albion, der großen Insel jenseits des Nordmeeres, konnte man auf Elfen stoßen. Zumindest, wenn man den Geschichten glaubte, die man sich über die Insel erzählte. Doch seit die finstere Nebelkönigin Morgoya das Reich mit ihren Zauberkräften unterjocht hatte, drangen nicht mehr viele Nachrichten zum Festland herüber.

»Wie lange wird es dauern, bis wir in Hammaburg sind?«, krächzte Kai.

Der Elf lächelte ihm aufmunternd zu. »Wenn Frau Elbe uns weiterhin gewogen bleibt und uns keine launischen Windgeister begegnen, werden wir Hammaburg morgen Abend erreicht haben.«

Kai nickte und schwieg eine Weile. »Sag, wo ist eigentlich Dystariel? Ist sie zurückgeblieben? Ich habe sie seit … seit dieser Nacht nicht mehr gesehen.«

Das Gesicht des Elfen verfinsterte sich. »Sie war immer bei uns, Irrlichtjäger. Sie ist es noch … Immerhin war es Dystariel, die darauf bestanden hat, dass du mit nach Hammaburg kommst.«

»Was?«, fuhr Kai verblüfft hoch. »Ich dachte, *du* wolltest, dass ich mitkomme?«

Fi verzog spöttisch den Mund und korrigierte den Kurs des Fischerbootes, um einem treibenden Baumstamm auszuweichen. »Das eine muss das andere ja nicht ausschließen. Ich zog es lediglich vor, dich mit Argumenten zu überzeugen. Dystariel ist da nicht so zimperlich. Sie hätte dich im Falle einer Weigerung ganz bestimmt gewaltsam nach Hammaburg geschafft.« Fi musterte Kai mit seinen schrägen Katzenaugen, doch er ließ sich seine Gefühle nicht anmerken. »Ich vermute, ihr haben deine seltsamen Kräfte imponiert. Würde mich jedenfalls nicht wundern.«

»Wer ist diese Dystariel eigentlich?«, fragte Kai leicht verärgert. »Oder vielmehr, *was* ist sie?«

»Besser, du zügelst deine Neugier«, erwiderte Fi mit einem scharfen Unterton. »Merke dir einfach, dass sie gefährlich ist. Sehr gefährlich sogar. Niemals solltest du sie dir zum Feind machen. Du hast gesehen, wie sie mit ihren Gegnern umgeht. Ich arbeite nur mit ihr zusammen, weil Magister Eulertin ihr vertraut. Und der ist über jeden Zweifel erhaben.«

Kai schnaubte ungehalten. Eines Tages würde er schon herausfinden, was es mit der unheimlichen Kreatur auf sich hatte.

»Darf ich fragen, was ein Elf wie du in einer Stadt wie Hammaburg macht?«

Fi zögerte und starrte eine Weile auf den Fluss hinaus. »Ich gehe meinen eigenen Geschäften nach. Besser, du weißt nicht zu viel darüber. Aber vielleicht tröstet es dich zu wissen, dass ich in der Vergangenheit ebenso viel verloren habe wie du. Vielleicht sogar noch mehr.« Er blickte Kai traurig an.

»Was soll diese Heimlichtuerei?«, protestierte Kai. »Ich finde, ich habe etwas mehr Vertrauen verdient.«

Fi schien mit sich zu hadern. Dann zuckte er mit den Achseln. »Ach, was soll's. Ich arbeite in Hammaburg als Rattenfänger und schlage mich im Hafen mit Gelegenheitsarbeiten durch. Nicht gerade das, was du dir von einem Elfen vorgestellt hast, oder?«

Kai schüttelte verwirrt den Kopf. »Ehrlich gesagt weiß ich nicht, was ich über das Alte Volk denken sollte. Ich bin schon einmal einem zwergischen Händler begegnet, aber einem Elfen wie dir noch nie. Aber man erzählt sich natürlich so einiges über euch.«

»Das ›Alte Volk‹? So, so …« Fi lächelte spöttisch. »Ich vergesse immer, dass ihr Menschen von den wirklich alten Völkern kaum etwas wisst. Und was ist mit dir? Außer deiner Großmutter scheinst du in Lychtermoor keine Verwandten zu haben.«

Kai schluckte bei dem Gedanken an seine Großmutter. »Ich kenne meine Eltern nicht«, sagte er gereizt. »Ich bin vor fünfzehn Jahren als Säugling in Lychtermoor ausgesetzt worden. Irgendwo am Rand des Moors, nicht weit von unserer Mühle entfernt.« Kai wartete darauf, dass Fi weitere Fragen stellte, aber das tat der Elf nicht. Und so fuhr er fort. »Ich hatte damals großes Glück. An dem Abend zog ein mächtiger Sturm über Lychtermoor hinweg. Meine Großmutter hat mich gefunden und zu sich genommen.«

»Sieh an!« Fi musterte ihn neugierig. »Und es gibt keinen Hinweis auf deine Eltern?«

»Nein, nichts.« Kai fühlte einen neuerlichen Anflug von Zorn. »In Lychtermoor sind alle blond oder rothaarig. Ich aber habe schwarzes Haar. Wahrscheinlich stamme ich also von außerhalb.«

»Wer auch immer dich dort im Moor abgelegt hat, er oder sie muss wohl recht verzweifelt gewesen sein«, grübelte Fi.

»Verzweifelt? Meine Eltern wollten mich wohl eher loswerden«, schnaubte Kai. »Ein unnützer Esser weniger. Aber du siehst ja, Unkraut vergeht nicht.«

Sein Lächeln fiel ziemlich bitter aus. Beide schwiegen sie nun wieder und jeder hing für sich seinen Gedanken nach.

Am Spätnachmittag frischte der Wind von Nordwesten her auf und es wurde kühl. Die Sonne war längst über den Himmel gewandert und versank allmählich glühend rot hinter dem Horizont. Kai hatte kaum einen Blick dafür. Denn nachdem er sich zunächst etwas besser gefühlt hatte, wurde ihm nun wieder elend zumute. Zunächst schrieb er das Gefühl seinem Kummer zu, bis er bemerkte, dass ihm der Magen knurrte. Er hatte Hunger.

»Ich glaube, ich muss etwas essen«, sagte er nach einer Weile.

Fi nickte und steuerte das Fischerboot auf den Schilfgürtel am Ufer zu, wo er ihr Gefährt geschickt vertäute. Anschließend wateten sie an Land und bereiteten im Licht der beiden verbliebenen Irrlichtlaternen, die Kai mitgenommen hatte, ihr Nachtlager. Als Fi endlich das Proviantbündel auspackte, stürzte sich Kai gierig auf Aal und Brot und trank mit großen

Schlucken aus Fis Wasserschlauch. Das bohrende Gefühl in seinem Inneren legte sich.

Der Elf starrte ihn befremdet an. Kai merkte erst jetzt, dass er sich auch über Fis Portion hergemacht hatte.

»Tut mir Leid«, stammelte er betroffen.

Was war nur in ihn gefahren? Gut, seit der schrecklichen Nacht hatte er kaum etwas gegessen, doch dass er sich derartig gehen lassen würde, hätte er nie für möglich gehalten. Seine Großmutter hätte sich für ihn geschämt.

»Iss nur«, meinte der Elf gleichmütig. »Ich brauche nicht so viel Nahrung wie ihr Menschen. Es ist noch etwas Brot übrig. Außerdem habe ich einige von Rufus' Angelhaken entdeckt, die ich auswerfen werde. Wer weiß, vielleicht ist uns Frau Elbe bis zum Morgen gewogen?«

Mit diesen Worten erhob sich Fi und ging zum Boot, das zwischen den Schilfhalmen im Wasser dümpelte. Er grub im Schlick nach Würmern und wenig später hörte Kai, wie etwas ins Wasser plumpste. Beschämt deckte Kai die beiden Irrlichtlaternen ab, kroch unter seine Decke und schloss die Augen. Es dauerte nicht lange und er war eingeschlafen.

Als Kai erwachte, war es tief in der Nacht. Es war windig und hoch über ihm am Himmel jagten die Wolken vor der bleichen Mondscheibe vorbei. Er erinnerte sich vage daran, dass ihn düstere Träume gequält hatten. Doch das war es nicht, was ihn aufgeweckt hatte. Vielmehr hatte er wieder Hunger.

Vorsichtig spähte Kai auf das eingerollte Bündel neben sich. Fi schien fest zu schlafen. Kai versuchte, es ihm gleichzutun, doch das bohrende Gefühl in seinen Eingeweiden ließ nicht nach. Im Gegenteil. All seine Gedanken kreisten um Berge gerösteten Brotes und Teller voll von köstlichem Schinken und gebratenem Speck.

Unruhig wälzte er sich hin und her, schließlich erhob er sich leise. Hatte Fi nicht gesagt, dass noch Brot übrig sei? Sicher hatte er nichts dagegen, wenn er einen Kanten davon aß.

Er schlich zum Ufer, wo sie ihr Boot festgemacht hatten. Um ihn herum gluckste es, während er mit fliegenden Fingern die Reisetasche unter der hinteren Sitzbank durchwühlte. Schnell fand er das Gesuchte: einen halben Laib Brot. Mit knurrendem Magen brach er einige Stücke davon ab und stopfte sie sich in den Mund. Er hatte noch immer Hunger. Was schadete es, wenn er noch ein klein wenig mehr nahm? Kai aß und aß, bis schließlich nur noch einige wenige Krümel übrig waren. Erschrocken keuchte er auf, doch bereits im nächsten Moment geisterte sein Blick hinüber zu den Angelschnüren, die der Elf ins Wasser geworfen hatte. Ob schon ein Fisch angebissen hatte?

Krampfhaft unterdrückte er den Wunsch nachzusehen. Etwas stimmte nicht mit ihm. So viel Hunger konnte ein normaler Mensch doch nicht haben.

Kai atmete tief ein, unterdrückte das unangenehme Gefühl und stakste widerwillig zu ihrem Schlaflager zurück.

Fi schien glücklicherweise nichts bemerkt zu haben. Wie sollte Kai ihm den Zwischenfall morgen bloß erklären? Zerknirscht verkroch er sich wieder unter seine Decke und schloss die Augen.

Er hatte noch immer Hunger.

Als er wieder aufwachte, war es bereits hell. Die Sonne tauchte Land und Fluss in rotes Morgenlicht. Kai fühlte sich sterbenselend. Wo war nur Fi? Der Schlafplatz neben ihm war leer.

In diesem Moment stieg der Geruch von Rauch und gebratenem Fisch in seine Nase. Kai sprang erregt auf. Tief in seinem Bauch rumorte es. Erst jetzt entdeckte er das kleine Lagerfeuer, das sein Begleiter entfacht hatte. Fi hockte neben der Glut und wendete drei Fische, die an langen Stöcken über dem Feuer brieten.

»Ich hätte dir gern noch etwas Brot angeboten«, meinte der Elf, ohne Kai dabei anzusehen, »aber du hast ja vorgezogen, dich letzte Nacht damit voll zu stopfen.«

Dann hatte Fi also doch wach gelegen?

Erst jetzt blickte ihn der Elfenjunge an. Der zornige Ausdruck in seinen Augen wich jäher Bestürzung. »Bei den Zähnen eines Trolls, du siehst gar nicht gut aus.«

Kai schüttelte gereizt den Kopf und stierte die brutzelnden Fische an. »Ist das Essen fertig?«

Fi nickte und erhob sich zögernd.

Ohne weiter darüber nachzudenken, stürzte Kai zum Feuer, rupfte mit zitternden Händen die Fische von den Stöcken und verschlang sie, ohne auf Schuppen und Gräten zu achten. Gierig leckte er sich die Finger ab und bemerkte erst jetzt, wie ihn der Elf entgeistert anstarrte.

»Was ist?«, zischte Kai wütend. »Ich hatte eben Hunger. Du hast selbst Schuld, davon wird doch keiner satt.«

Aufgebracht lief Kai wieder zurück zum Schlafplatz, las wütend seine Sachen auf und warf sie in das Boot. »Und jetzt lass uns endlich losfahren, damit wir dieses verdammte Hammaburg erreichen«, tobte er. »Es war sowieso eine dumme Idee,

Lychtermoor zu verlassen. Ja, eine ausgesprochen dumme Idee.«

Einen Moment lang wurde Kai schummrig vor den Augen, doch er bemühte sich, sich nichts anmerken zu lassen. Knurrend sprang er in das schwankende Gefährt und nahm wie schon am Vortag im Bug Platz. Fi löschte still das Feuer und verstaute auch den Rest ihrer Ausrüstung. Dann löste er die Leine. Schweigend stieß er das Boot ab und kurz darauf befanden sie sich wieder auf dem Fluss.

Kai kauerte auf seinem Sitz und starrte ins Wasser. Er wusste selbst, dass mit ihm irgendetwas nicht stimmte. Aber deswegen brauchte ihn dieser Elf nicht so vorwurfsvoll anzustarren. Er sollte ihn bloß nicht ansprechen.

Sein Magen knurrte.

Kai biss die Zähne zusammen und schloss die Augen.

In diesem Moment stimmte Fi ein Lied an. Es klang so ähnlich wie jenes, das er vorgestern Abend im Stall gesungen hatte.

Was sollte das?

Wollte der Elf etwa wieder irgendwelche Ratten vertreiben? Mit zusammengekniffenen Lidern betrachtete Kai die Wasserfläche, doch nirgendwo war einer der Nager auszumachen. Fast bedauerte er dies.

Ob man Ratten essen konnte? Kais Magen knurrte bei dem Gedanken. Unsinn, irgendwo mussten sie doch noch etwas anderes zu essen auftreiben können. Irgendetwas.

Aber was war, wenn man ihnen nichts gab? Immerhin waren sie Fremde.

Nun, dann würde er eben etwas stehlen müssen. Ja.

Etwas stehlen.

Kai rieb sich den Bauch und kicherte hämisch. Fi sang etwas lauter.

Natürlich durften sie sich dabei nicht erwischen lassen. Bauern bewachten ihr Vieh in der Regel recht gut.

Verdammt, warum musste dieser dumme Elf nur singen? So konnte sie doch jeder hören, wenn sie sich anschlichen. Nun gut, es gab ja auch noch Tiere, die frei herumliefen. Hunde zum Beispiel. Oder Katzen.

Ja. Das war die Lösung. Nur weil man Hunde und Katzen für gewöhnlich nicht aß, musste das ja nicht heißen, dass sie nicht schmeckten.

Wieder kicherte Kai. Diesmal klang es böse.

Genau. Ganz sicher würde ihnen jemand eine Katze gegen ein Irrlicht tauschen. Es gab schließlich genug von den streunenden Biestern. Und wenn sie sich mit Ratten und Mäusen voll gefressen hatten, waren sie auch ordentlich fett. Kai lief das Wasser im Mund zusammen. Er würde vielleicht sogar mehr als eine bekommen. Man müsste es ausprobieren …

Kai wurde mit einem Mal seltsam zumute. Die Gedanken an Ratten, Hunde und Katzen verflogen so schnell wie sie gekommen waren. Fi sang noch immer und je länger Kai ihm lauschte, desto mehr vergaß er das bohrende Gefühl in seinen Eingeweiden. Seine Lider wurden schwer. Etwas stimmte nicht. Aber er konnte nicht sagen was. Es war auch unwichtig. Kai lächelte und gab sich ganz der sanften Stimme seines Begleiters hin.

Hin und wieder, wenn er aufschaute, entdeckte er, wie ihnen auf der blau glitzernden Elbe Flusssegler entgegenkamen. Er wollte ihnen zuwinken, aber sein Arm war so schwer. Na ja, vielleicht würde er es später tun. Er hatte Zeit. Viel Zeit.

Er blinzelte.

Komisch, waren da oben am Himmel nicht eben noch Möwen gewesen? Und wieso stand die Sonne auf einmal schon so tief?

Etwas stimmte nicht.

Nein, etwas stimmte ganz und gar nicht.

Wieso merkte Fi das nicht?

Und warum konnte er nicht endlich mit seiner verdammten Singerei aufhören?

Kai keuchte und riss die Augen auf. Der Fluss hatte sich verbreitert. Am Horizont waren vom Abendlicht beschienene Häuser zu sehen. Kleine Häuser und große Häuser. Es waren viele. Ein Meer aus Häusern. Kai klapperte mit den Zähnen. Dazwischen – oder davor? – waren große, bauchige Schiffe auszumachen. Ihre gewaltigen Masten ragten hoch zum Abendhimmel auf.

Jemand musste Fi sagen, dass sie die Stadt Hammaburg erreicht hatten.

Jemand … musste … es … ihm … sagen.

Kai drehte mit Mühe seinen Kopf und spürte unvermittelt einen brennenden Schmerz in seinem Inneren. Er würgte. Es war, als würde etwas an seinen Eingeweiden nagen und ihn von innen auffressen.

Kai krümmte sich zusammen und glaubte, sich übergeben zu müssen. Doch als er sich aus dem Boot lehnen wollte, krachte er hintenüber. Er zitterte vor Schwäche.

»Fi«, wimmerte er. »Es tut so weh. Es tut so weh!«

»Halte durch, Kai«, erklang die beschwörende Stimme des Elfen. »Wir haben die Stadt bald erreicht.«

Kai sah noch, wie sich sein Begleiter besorgt über ihn beugte, dann wurde es schwarz um ihn.

Windmachergasse 7

Mit einem unangenehmen, metallischen Geschmack im Mund kam Kai wieder zu sich. Sein Kopf schmerzte und er fühlte sich benommen. Von irgendwoher hörte er Regentropfen gegen eine Scheibe trommeln. Ein Geräusch, das von einem saugenden Schmatzen unterbrochen wurde, das verdächtig dem Geräusch eines Stiefels ähnelte, den man aus einem Sumpfloch zog. Nur, dass es sehr viel leiser klang.

Was war das? Kai schlug die Augen auf.

Sein Blick erfasste eine niedrige Zimmerdecke, die von zwei schiefen Balken gestützt wurde. In der Wand links neben ihm befand sich ein schmales Sprossenfenster, durch das er dunkle Wolken erkennen konnte. Regenwasser lief an den Scheiben entlang. Und soeben war eine daumennagelgroße Rempelspinne dabei, in einer der Fensterecken ihr kunstvolles Netz zu spinnen.

Bei allen Moorgeistern, wo war er? Ihn fröstelte.

Erst jetzt bemerkte Kai, dass er mit nacktem Oberkörper und ausgestreckten Gliedern auf einem Bett lag. An mehreren Stellen seines Bauches brannte es. Das Gefühl war nicht annähernd mit dem Schmerz zu vergleichen, der ihn während der Flussfahrt gepeinigt hatte, doch es war unangenehm. Irgendwie wie der Biss einer Ameise.

Ächzend hob er seinen Kopf und starrte entgeistert auf das, was sich auf Höhe seines Magens befand. Dort wanden sich ein halbes Dutzend zeigefingergroße Würmer, deren schleimige, halb durchsichtige Leiber rötlich glänzend. Wann immer sie sich bewegten, blitzte es in ihnen auf. Doch das war nicht das Schlimmste: Die Würmer schienen ihre Köpfe wie Zecken in seine Haut gebohrt zu haben.

»Aaaahh!« Voller Entsetzen versuchte Kai aufzuspringen. Vergeblich. Ein scharfer Schmerz schnitt in seine Hand- und Fußgelenke und er fiel wieder zurück auf die Strohmatratze. Jemand hatte ihn an das Bettgestell gefesselt.

Jede Benommenheit wich schlagartig.

»Hilfe!«, brüllte er und bäumte sich erneut auf. »Haut ab! Weg mit euch! Ksch!«

»Sieh an, der junge Herr ist erwacht«, säuselte eine Wisperstimme.

Kai blickte sich voller Panik um. Vom Bett abgesehen war die schmale Kammer sparsam mit einem Kleiderschrank, einem Stuhl sowie einer Kommode ausgestattet. Die Möbel wiesen seltsame Schnitzereien auf: Blütenfeen, Einhörner, Nymphen und andere Zauberwesen. Auf der Kommode stand eine kupferne Waschschüssel. Seine Kleidung hing über dem Stuhl und auch die beiden Irrlichtlaternen hatte man ihm gelassen.

Kai nahm erst jetzt einen dreibeinigen Schemel neben dem Bett wahr, auf dem sieben bauchige Flaschen standen. In zweien von ihnen wanden sich weitere Würmer, die übrigen Gefäße waren leer. Ebenso leer wie der Rest des Zimmers.

Aber wer hatte dann mit ihm gesprochen?

»Wer ist da?«, fragte Kai und warf erneut einen angewiderten Blick auf seine Bauchdecke. Abermals blitzte es in einem der Wurmleiber auf. Kam es ihm nur so vor oder pulsierten diese ekligen Dinger tatsächlich in einem unhörbaren Takt?

»Wenn der junge Herr mir verspricht, nicht wieder zu schreien«, rasselte es von der Raummitte her, »werde ich mich gern enthüllen.«

Kai starrte dorthin, von wo die Stimme erklungen war, und entdeckte zu seinem Erstaunen ein achtes Glasgefäß. Auch in diesem lag ein Wurm. Doch dieser Umstand war es nicht, der Kai ungläubig mit den Augen blinzeln ließ. Es handelte sich vielmehr um die unleugbare Tatsache, dass die Flasche in der Luft schwebte!

Verblüfft sah er mit an, wie sich das Gefäß in Bewegung setzte und neben die anderen Flaschen auf den Schemel glitt.

»Was geht hier vor sich?«, stammelte er.

»Ihr werdet ganz sicher nicht schreien?«, wollte die unheimliche Stimme wissen.

Kai presste die Lippen aufeinander, atmete tief durch und nickte dann zögernd.

»Nun gut.«

Mitten im Raum materialisierte sich eine grauenvolle Geistergestalt mit überlangen Nebelarmen und einem Schädel, der einem aufgedunsenen Kürbis nicht unähnlich sah. Das Wesen starrte Kai aus beklemmend schwarzen, weit aufgerissenen Augen an.

Kai war vor lauter Grauen nicht fähig, auch nur einen Laut von sich zu geben. Wo waren die Beine dieses Dings? Dort, wo sich Füße befinden sollten, war ebenfalls nur ein Nebelstreif zu erkennen. Das unheimliche Geschöpf schwebte gute zwei Handspannen über dem Boden.

Die Würmer waren vergessen. Ebenso wie das Versprechen, das er gegeben hatte. Kai begann laut zu schreien.

»Ach, ach. Es ist doch immer das Gleiche«, seufzte die Schauergestalt und enthüllte einen geisterhaften Mund, der beim Sprechen Fäden wie Spinnenweben zog. Die Kreatur gab ein Geräusch von sich, das wie ein rasselnder Atemzug klang. Im selben Moment begann der Eichenschrank zu zittern und zu klappern.

Kai hörte auf zu brüllen und keuchte schwer. Nur mit Mühe gewann er seine Fassung wieder zurück.

»Entschuldigt«, wisperte die Geistergestalt und starrte zerknirscht hinter sich, indem sie ihren Kopf kurzerhand auf den Rücken drehte. Der Schrank stand wieder still. Anschließend wandte sich das abscheuliche Geschöpf wieder Kai zu. »Sicher kennt Ihr das. Bestimmte Gewohnheiten wird man einfach nicht los.«

»Was … wer bist du?«

»Danke zunächst einmal, dass Ihr aufgehört habt zu schreien, junger Herr«, antwortete das Wesen erleichtert. »Ihr müsst wissen, dass ich Lärm selbst nur schlecht ertrage. Aber Fluch ist Fluch. Da hilft kein Wimmern und kein Klagen. Ich höre auf den Namen Quiiiitsss. Ich bin der Hausdiener des größten Zauberers zwischen Albion und dem Albtraumgebirge. Sicher habt Ihr bereits von ihm gehört. Ich spreche von dem weisen, vielmals gepriesenen Magister Thadäus Eulertin. Wir alle haben ihm viel zu verdanken. Auch Ihr, junger Herr, wenn Ihr mir diese Bemerkung gestattet.«

»Aha«, stammelte Kai. Das erklärte immer noch nicht, warum man ihn an das Bett gefesselt hatte, was für Dinger sich auf seiner Bauchdecke festgesaugt hatten oder was für eine Schauergestalt da vor ihm schwebte. Aber wenigstens konnte man mit diesem … Monster? … reden. »Das heißt, ich befinde mich jetzt im Haus dieses Zauberers?«

»Sehr wohl, junger Herr«, wisperte sein geisterhaftes Gegenüber. »Ihr befindet Euch in der Windmachergasse Nummer 7. Mein Herr gestattet es nur sehr wenigen Besuchern, hier zu nächtigen. Euch wurde also eine große Ehre zuteil.«

»Darf ich, äh, fragen, was du, na ja, was du bist?«

»Oh ja, natürlich. Ich bin ein Poltergeist.«

Vor dem Haus ging jetzt ein Sturzregen mit solchem Getöse nieder, dass sich sogar die Rempelspinne in ihre Fensterecke verkroch.

»Wie bitte?«

»Ihr habt Euch nicht verhört«, raunte Quiiiitsss.

Kai meinte leises Bedauern in der Geisterstimme mitschwingen zu hören.

»Ich spuke in diesem Haus schon seit 276 Jahren, drei Monaten, vier Tagen und elf Stunden.«

»Gut, das zu wissen«, krächzte Kai. Nur mit Mühe vermochte er ein irres Kichern zu unterdrücken. »Ist es denn üblich, dass Zauberer solche, ähem, Diener wie dich haben?«

Quiiiitsss gab ein sphärisches Zischen von sich. Es klang mürrisch. »Der letzte Besitzer dieses Hauses hat mich auf überaus hinterlistige Weise eingefangen und mit schwarzen Künsten in seine Dienste gezwungen. Wahrscheinlich war er meiner fatalen Neigung überdrüssig, seine Laborgeräte zu

Bruch gehen zu lassen. Ich gestehe, bei ihm war es mir aber auch eine Freude. Er war ein böser Mann. Seitdem muss ich jedem dienen, der in dieses stattliche Heim einzieht. Im Falle von Magister Eulertin ist mir das aber eine Ehre. Leider hat mein neuer Herr den unseligen *Kontrakt*, wenn ich ihn einmal so nennen darf, nicht aufheben können. Aber er hat mir versprochen, daran zu arbeiten. Eure Frage beantwortet das natürlich nicht. Ehrlich gesagt, weiß ich es nicht. Es ist auch schon eine Weile her, dass ich mit anderen meiner Art gesprochen habe. Unsereins ist recht standorttreu, wenn Ihr versteht, was ich meine?«

»Nein. Ehrlich gesagt nicht«, japste Kai und zerrte an den Lederschlaufen um seine Arm- und Fußgelenke. Doch seine Befreiungsversuche waren zwecklos.

»Es hat etwas mit der Art und Weise zu tun, wie unsereins zu Tode kommt«, quasselte Quiiiitsss redselig weiter, während er mit einem seiner Geisterarme nach einer leeren Flasche griff. »Also Ort und Umstände des Todes, Stellung der Planeten, Mondphasen und so weiter und so fort. Magister Eulertin war so frei, mich darüber aufzuklären. Ein guter Zauberer. Ein großer Zauberer.« Der Poltergeist beugte sich geschäftig über Kai und zerrte mit seinen Geisterfingern an einem Wurm.

»Autsch!«, fluchte Kai.

Ein leises Schmatzen ertönte, als Quiiiitsss das Ekelwesen von Kais Bauchdecke zupfte. Er mochte sich irren, aber Kai schien es, dass über das entstellte Gesicht des Polstergeistes ein schadenfrohes Lächeln huschte, als er den Wurm in das Glas plumpsen ließ.

»Schließlich hätte aus mir auch ein veritabler Spuk werden können«, fuhr Quiiiitsss fort, so als sei nichts geschehen. »Oder ein richtiges Schreckgespenst. Oder ein anderer Geist mit etwas mehr Würde. So einer wie der Blutige Pfeifer, der jenseits der Elbe sein Unwesen treibt. Oder die berühmte Weiße Frau. Die kennt Ihr doch, oder?«

Kai schüttelte den Kopf.

»Bedauerlich«, seufzte Quiiiitsss. »Sehr bedauerlich. Nun ja, bei meinem damaligen Lebenswandel hat es wohl leider nur für diese Erscheinungsform gereicht.«

»Und was war das für ein Lebenswandel?« Obwohl Kai Quiiiitsss durchaus dankbar dafür war, dass er ihn von den Würmern befreite, lief ihm in seiner Nähe eine Gänsehaut nach der anderen über den Körper.

»Diese Frage, mein junger Herr, ist zugegeben sehr privat. Sagen wir es so: ein verpfuschtes Leben als raffgieriger Leuteschinder, kombiniert mit einer rachsüchtigen Hexe, die sich auf einige ausgezeichnete Flüche versteht, kann – ich sage: kann – zu einem Schicksal wie dem meinen führen.«

Der Poltergeist hatte inzwischen alle Würmer von Kais Bauch entfernt und sicher in die bereitstehenden Glasflaschen gesperrt. Jedes Mal war dem Jungen, als würde ihm Eulertins Hausgeist eine Nadel mit Widerhaken aus dem Bauch ziehen.

»Quiiiitsss, warum bin ich gefesselt? Und was sind das für schreckliche Viecher auf meinem Bauch?«

»Oh!« Der Geist zog die Brauen über seinen tiefschwarzen Augen pikiert in die Höhe und entfernte den letzten Wurm. »Das sind nicht irgendwelche Viecher, mein junger Herr, sondern kostbare Gewitteregel. Die Fesseln dienen lediglich Eurem Schutz. Sie sollen verhindern, dass Ihr Euch die Egel im Schlaf abreißt. Magister Eulertin hat diese Behandlung nach Eurer Ankunft angeordnet und mich in den letzten drei Tagen damit beauftragt, die Tiere auszuwechseln, sobald sie sich an Euch satt gefressen haben. Wartet einen Moment, gleich befreie ich Euch.«

»Ich liege bereits seit drei Tagen hier?« Kai riss ungläubig die Augen auf.

»Aber ja, junger Herr.« Quiiiitsss gab einen rumpelnden Laut von sich und das Bett wackelte, als würde unter den Dielen des Zimmers ein Mühlwerk rattern. Unvermittelt lösten sich die Lederschlaufen. Kai richtete sich auf und rieb sich die schmerzenden Handgelenke. Ihn schwindelte. Offenbar eine Nachwirkung der langen Liegezeit.

Verzweifelt versuchte er sich die zurückliegenden Ereignisse ins Gedächtnis zu rufen. Da war diese Flussfahrt mit Fi gewesen. Und er erinnerte sich auch an den bohrenden Hunger, der in seinen Eingeweiden getobt hatte. Der Rest bestand aus verschwommenen Erinnerungsfetzen. Er hatte keine Ahnung, wie er hierher gekommen war.

»Was hat es mit diesen Egeln auf sich?« Kai deutete angewidert in Richtung der Gläser.

»Diese possierlichen Tierchen ernähren sich von magischen Energien, junger Herr«, antwortete der Poltergeist bereitwillig. »Und von diesen scheint Ihr schlimmer heimgesucht zu werden, als gut für Euch ist. Ihr habt ihnen Euer junges Leben zu verdanken. Und das solltet Ihr durchaus als kostbar erachten, wenn ich mir diese Bemerkung gestatten darf. Ich weiß, wovon ich spreche …«

Kai seufzte und starrte den lebenserfahrenen Poltergeist zweifelnd an. Eigentlich war es mit Quiiiitsss wie anfangs bei den Irrlichtern. Hatte man sich erst an den Anblick gewöhnt, verflog die Angst.

Schlagartig kam ihm ein Gedanke.

»Quiiiitsss, würdest du mir eine Frage beantworten?«

»Aber natürlich, mein junger Herr.«

»Du hast wirklich mal gelebt?«

»Aber ja. So wahr ich in diesem Haus spuke. Einst war ich ein ebenso ansehnlicher Bursche wie Ihr.«

»Quiiiitsss, meine Großmutter ist vor einer Woche gestorben. Ich meine, wenn du ein Geist bist, ist es dir vielleicht möglich ... also könntest du sie ... ich würde so gern noch einmal mit ihr sprechen.«

»Ach, ach!« Ein düstergrauer Schatten huschte über die Gestalt des Poltergeists und Quiiiitsss ließ sich auf dem Stuhl nieder. Betrübt starrte er Kai an. Wieder spürte der Junge, wie sich die Härchen auf seinem Körper aufrichteten.

»Das ist mir leider nicht möglich, mein junger Herr. Das Geisterreich ist nur eine Zwischenstation. Aber wenn Eure Großmutter ein guter Mensch war ...«

»Oh ja, das war sie!« Kai traten bei der Erinnerung an sie Tränen in die Augen.

»Nun, wenn dem so ist, dann verweilt sie jetzt an einem besseren Ort. Verlasst Euch drauf.«

»Ich bin für ihren Tod verantwortlich«, stammelte Kai mit erstickter Stimme.

»Ja, diese Kunde drang schon zu mir«, raunte Quiiiitsss. »Leider kann Euch niemand von dieser Schuld freisprechen.

Ich kann Euch nur raten, so zu leben, wie es sich Eure Großmutter gewünscht hätte.«

Kai nickte schwach.

»Und nun, junger Herr«, Quiiiitsss glitt wieder zur Raummitte und sammelte die Wurmflaschen ein, »schlage ich vor, dass Ihr Euch anzieht und Magister Eulertin Eure Aufwartung macht. Er geht unten im Haus seinen Geschäften nach. Besinnt Euch Eurer Manieren und denkt stets daran, dass Ihr einem der bedeutendsten Zauberer der freien Welt gegenübersteht.«

Kai nickte.

Quiiiitsss umschloss die Flaschen mit seinen Geisterarmen, verneigte sich und glitt mit einem donnernden Laut, der sogar den Regen übertönte, direkt durch die geschlossene Zimmertür hindurch.

Kai starrte ihm verblüfft nach. Auf der Tür haftete ein schillernder Schleimfilm. Wie Tau in der Morgensonne war der Fleck schon nach wenigen Augenblicken verschwunden.

Welch ein Erwachen. Kai atmete tief ein und stand auf. Seine Beine kribbelten und wieder fühlte er leichten Schwindel. Doch schon nach wenigen Atemzügen verging das Gefühl. Er musste sich dringend bewegen. Außerdem schien es ihm an der Zeit sich anzuziehen. Er wollte diesem Magister Eulertin als vollwertiger Irrlichtjäger gegenübertreten. Nur weil er aus Lychtermoor stammte, sollte dieser Zauberer nicht glauben, vor ihm stünde ein einfacher Bauer.

Wie Magister Eulertin wohl aussah? Sicher war er ein strenger Mann mit Rauschebart, spitzem Hut und einem Blick, der bis auf den Grund seiner Seele zu blicken vermochte. Rufus hatte vor Jahren mal einen Magier über die Elbe gerudert und er hatte sich nicht gerade begeistert über seinen schlechtgelaunten Fahrgast geäußert. Na, er würde ja sehen.

Kai zog sein Hemd über, befestigte seine Flöte neben Großmutters Beutel mit dem Bernsteinstaub am Gürtel und warf einen bekümmerten Blick auf die beiden Irrlichtlaternen. Die Lohenmännchen brannten müde vor sich hin und wie immer beachteten sie ihn nicht weiter. Sie erinnerten ihn an das Leben, das unwiderruflich hinter ihm lag.

Dann öffnete er die Tür. Hinter ihr verlief ein dunkler, fensterloser Gang, der mit einem ausgetretenen Läufer ausgelegt war. Die Luft roch muffig. Wohin jetzt? Links und rechts des Ganges gingen drei weitere Türen ab. Eine von ihnen war mit seltsamen Schriftzeichen und Symbolen bemalt.

Kaum setzte Kai einen Fuß auf den Läufer, entzündete sich an der Wand schräg gegenüber mit leisem »Puff« eine Kerze. Sie steckte in einer gusseisernen Wandhalterung, die dem Kopf eines Drachen nachempfunden war. Am Ende des Ganges war ein Turmerker sichtbar, in dem eine Wendeltreppe nach unten führte. Kai starrte die Kerze beeindruckt an und schritt den Gang hinunter.

Zögernd blieb er neben der Tür mit den seltsamen Zeichen stehen. Es handelte sich um verschlungene Runen, kryptische Buchstaben und Symbole, die an die Sterne des Nachthimmels erinnerten. Eigentlich konnte es nicht schaden, wenn er sich etwas umsah, bevor er den Zauberer traf.

Kai blickte sich verstohlen nach dem Poltergeist um und presste neugierig sein Ohr gegen das Holz. Er vernahm ein leises Quietschen, das von gelegentlichem Getrappel abgelöst wurde. Es klang, als würde hinter der Tür ein halbes Dutzend Kobolde ein Wettrennen veranstalten.

Was war das?

Kai beschloss es herauszufinden.

»Hallo?« Er klopfte an, doch er bekam keine Antwort. Kurzerhand stieß er die Tür auf.

Vor ihm lag ein Raum mit einem hohen Fenster, gegen das der Regen prasselte. Die Wände wurden von unzähligen hölzernen Sockeln gesäumt, auf denen Schuhe standen. Große Schuhe und kleine Schuhe, schäbige Schuhe und elegante Schuhe. Reitstiefel, Wanderschuhe und Pantoffeln, sogar Rittersporen und Galoschen waren hier ausgestellt. Es war beinahe jede Fußbekleidung darunter, die man sich vorstellen konnte.

Kai schüttelte verwirrt den Kopf. Aus welchen Gründen legte man eine solche Sammlung an? Er betrat den Raum und schnupperte. In dem Zimmer roch es nach Leder und Fett. Er fragte sich, was an all diesen Schuhen so Besonderes war.

Überrascht blieb er vor einem Sockel stehen, auf dem zwei einfache Lederschlappen lagen. Sie ähnelten jenen, die seine Großmutter stets zu Hause getragen hatte. Kai presste bekümmert die Lippen zusammen und strich wehmütig über das Leder.

In diesem Moment schlugen Tür und Fensterläden des Raums mit lautem Knall zu und es wurde finster. Von überallher war ein lautes Trappeln, Laufen und Rennen zu hören. Ein geisterhafter Windzug zerzauste Kais Haar und der Boden des Raums erbebte. In den Wänden quietschte und ächzte es und die Sockel mit den Schuhen wackelten und zitterten, als würden unzählige Geister an ihnen rütteln. Dann wurde es still und die Fensterläden öffneten sich wieder. Von draußen war ein Gewittergrollen zu hören.

»Quiiiitsss, warst du das?«, flüsterte Kai erschrocken. Doch er erhielt keine Antwort.

Eilends rannte er zur Tür, zog sie auf und stolperte in ein weiträumiges Schlafzimmer mit Balkendecke, in dem es nach Staub und alten Laken roch. Verflucht! Wo war bloß der Gang mit dem Drachenleuchter geblieben?

Kai blickte gehetzt hinter sich und entdeckte, dass sich dort, wo er den Raum betreten hatte, nur noch eine Wand mit welliger Stofftapete befand. Die Tür hinter ihm war verschwunden. Kai ballte die Fäuste. Ganz ruhig. Nur nicht in Panik geraten. Misstrauisch sah er sich um.

Vor dem einzigen Fenster dieses Raums hing ein zerschlissener Vorhang, durch den sich mühsam das Tageslicht quälte. An einer Wand stand ein heruntergekommenes Baldachinbett, das so wirkte, als sei es seit Jahrzehnten nicht mehr benutzt worden.

Kais Blick glitt weiter über eine kunstvoll geschnitzte Truhe, streifte einen einsamen Kleiderständer und blieb schließlich an einem vornehm wirkenden Schminktisch hängen, auf dem verstaubte Tiegel und Flakons standen. Nicht weit davon entfernt befand sich eine Tür. Also los.

Vorsichtig schlich er durch das Zimmer und bemerkte erst jetzt den kostbaren Wandspiegel neben dem Bett. Sein silberner Rahmen bestand aus verschlungenen Blattornamenten. Staunend hielt Kai inne. Spiegel waren kostbare Besitztümer und noch nie zuvor hatte er sich in voller Größe in einem betrachten können. Gespannt trat er neben den Bettkasten und besah interessiert sein Spiegelselbst. So also sah er aus: schwarzes, lockiges Haar, fleckiges Hemd und eine schlabberige Leinenhose. Kai sah die Schatten unter seinen Augen und musste zugeben, dass er müde und abgespannt wirkte. Doch davon abgesehen war er eigentlich ganz zufrieden mit sich.

»Mir scheint, dass du mal eine ordentliche Mahlzeit gebrauchen könntest«, quäkte unvermittelt eine hochnäsige, metallische Stimme. »Bei so einem Hungerhering wie dir krümmt sich einem ja die Spiegelfläche vor Gram.«

Kai schreckte zurück und entdeckte, dass sich inmitten der Blattornamente am oberen Spiegelrahmen zwei Augen geöffnet hatten, die ihn hochmütig musterten.

»Wer … was …?«

Doch der Spiegel fuhr respektlos fort. »Und dann diese unmögliche Frisur! Zumindest solltest du dich dazu entschließen, mal wieder einen Barbier aufzusuchen. Barbier, verstehst du? So jemand schneidet einem die Haare. Aber wem sage ich das? So wie du aussiehst, steht zu vermuten, dass dir auch Begriffe wie Bürste, Kamm und Schere nur wenig sagen. Bei dir muss ich wirklich ganz von vorn anfangen. Ganz von vorn.« Der Spiegel seufzte. »Allein der Respekt vor der emsig arbeitenden Handwerkszunft verbietet es mir, Worte wie ›Schneider‹ oder ›Schuhmacher‹ überhaupt auszusprechen. Warum nur überlässt man immer mir diese hoffnungslosen Fälle?«

»Ich muss weiter«, stammelte Kai und stürzte fluchtartig zur Tür. Rasch zog er sie auf und erreichte zu seiner großen Erleichterung wieder den Gang mit der Kerze, die sich erneut entzündete. Erst auf dem Gang fiel ihm auf, dass er schräg gegenüber der seltsamen Tür mit den Symbolen herausgekommen war.

Bei allen Moorgeistern! Wie konnte das sein?

Verwirrt starrte er von einer Tür zur anderen.

Dies war das Haus eines Zauberers. Besser, er vergaß das nicht so schnell wieder. Kai hastete zu der Wendeltreppe im Turmerker, in der Hoffnung, dass ihn unten nicht noch mehr derartige Überraschungen erwarteten.

Magister Thadäus Eulertin

Die düstere Standuhr in der Eingangshalle von Eulertins Heim reichte hoch hinauf bis zur Decke und erfüllte den vorderen Teil des Hauses mit ihrem schwermütigem Ticktack. Kai schien es, als wetteifere das Ticken mit dem Plätschern und Gurgeln der Wassermassen, die draußen noch immer niedergingen. Ob dieses Wunderwerk der Uhrmacherkunst wohl den legendären Werkstätten der Zwerge entstammte? Die Machart der Uhr ließ ihn jedoch daran zweifeln. Nicht nur, dass auf dem Uhrgehäuse alle Sternbilder plastisch herausgearbeitet worden waren – zwischen den Sternen lauerten allerhand unheimliche Gestalten.

Kai gruselte es bei ihrem Anblick. Auch das vergoldete Zifferblatt gab ihm Rätsel auf. Es ähnelte einem weit geöffneten Auge. Neben Zahlen von eins bis dreizehn waren dort spiralförmige Symbole eingraviert, die ebenso geheimnisvoll wirkten wie die sieben unterschiedlich langen Zeiger, die unermüdlich im Kreis herumwanderten. Wahrscheinlich war es besser, nicht weiter über den Sinn des mechanischen Monstrums nachzudenken.

Kai wandte seinen Blick ab und betrachtete den gekachelten Hallenboden, auf dem Wolken abgebildet waren, zwischen denen pausbäckige Windgeister ihr Spiel trieben. Das

Licht, das von der Straßenseite her durch zwei große, schlanke Sprossenfenster mit aquamarinblauen Scheiben fiel, beleuchtete drei ausgestopfte Tierköpfe an der Wand gegenüber. Es waren die Köpfe eines Hirsches, eines Schwerthais und eines Stiers mit ihren mächtigen Geweihen und Hörnern. Wann immer Kai seine Aufmerksamkeit einem anderen Objekt zuwandte, konnte er sich des Gefühls nicht erwehren, dass die Tiere ihn heimlich anstarrten.

Über seinem Kopf indes hing an einer Kette das bauchige Modell einer Kogge. Die Segel des Handelsschiffes blähten sich stolz. Seltsam war, dass es sich immer wieder neu ausrichtete, so, als folge es einem geisterhaften Wind. Ganz sicher hatte der Bug des Schiffes vorhin noch zu einer prachtvollen Vitrine gezeigt, die unweit der Haustür stand. Jetzt aber war er auf einen großen Schiffskompass gerichtet, der die Wand unweit des Turmerkers schmückte.

Kai ignorierte all die Seltsamkeiten trotzig und versuchte, es sich auf einem harten Korbstuhl bequem zu machen. Dieser schien einzig und allein zu dem Zweck aufgestellt worden zu sein, Wartende wie ihn zu vergraulen. Kais Laune war inzwischen auf einem Tiefpunkt angelangt. Eine Stunde mochte es mittlerweile her sein, seit er hier Platz genommen hatte.

Als er die Eingangshalle betreten hatte, war augenblicklich Quiiiitsss erschienen. Der Poltergeist hatte nichts Besseres zu tun gehabt, als ihn zunächst einmal gehörig zu erschrecken. Gut, eigentlich hatte ihn der Hausgeist nur freundlich darauf hingewiesen, dass sich Magister Eulertin noch in einem geschäftlichen Gespräch befand und Kai sich deswegen etwas gedulden möge. Doch Kai war davon überzeugt, dass sich

Quiiiitsss seiner Wirkung sehr wohl bewusst war, wenn er von einem Moment zum anderen einfach durch eine Tür hindurchglitt – und das auch noch in seiner schrecklichen Schauergestalt. Kai beschloss, es sich künftig nicht mehr anmerken zu lassen, sollte Quiiiitsss ein weiteres Mal versuchen, ihm Furcht einzujagen.

»Ein Tässchen Tee?", raunte es unmittelbar neben ihm.

Kai wirbelte erschrocken herum und starrte direkt in die grässliche Fratze des Poltergeists. Diesmal hatte Quiiiitsss seinen kürbisgroßen Geisterschädel kurzerhand durch eine der Wände gesteckt und schenkte Kai sein lieblichstes Spinnweblächeln.

»Nein«, zischte Kai.

»Wie der junge Herr wünscht.« Quiiiitsss glitt zur Gänze aus der Wand und Kai bemerkte erst jetzt das Tablett in seinen Geisterarmen. Auf ihm standen eine dampfende Teekanne, drei Tonbecher und eine Art winziger Fingerhut. Kurz darauf war der Poltergeist durch eine der beiden Türen verschwunden, die von der Eingangshalle abgingen.

Es dauerte nicht lange und Quiiiitsss kam auf demselben Weg wieder zurück.

»Ich denke, es wird jetzt nicht mehr lange dauern, mein junger Herr.«

»Wie du meinst.« Kai beäugte den Poltergeist misstrauisch, der feixend durch die andere Tür schwebte.

Diesmal war dem jungen Irrlichtjäger aufgefallen, dass sich kurz vor Quiiiitsss' Erscheinen die Härchen auf seinen Armen aufgerichtet hatten. Jetzt wusste er, auf was er achten musste, um nicht mehr überrascht zu werden.

Kai beschloss, sich die Beine zu vertreten. Er stand auf und starrte verärgert durch die bläulichen Scheiben der regennassen Hallenfenster nach draußen. Schräg gegenüber war ein schiefes Fachwerkgebäude zu erkennen, über dessen Eingang ein Ladenschild hin- und herschwang. Auf diesem war ein schlafender Mann abgebildet. Eigenartig. Aber vor allem war es überaus unhöflich von Magister Eulertin, ihn hier so lange warten zu lassen.

Vielleicht wollte ihn der Zauberer auf die Probe stellen und ließ ihn absichtlich hier herumsitzen? Ein Gedanke, der Kai noch wütender machte.

Eine Weile ging er auf und ab, dann fasste er jenen Eingang ins Auge, durch den Quiiiitsss das Tablett mit der Teekanne getragen hatte.

Vorsichtig schaute er sich um, überprüfte die Härchen auf seinen Armen und schlich zur Tür, um sein Ohr gegen das Holz zu pressen. Kai vernahm gedämpfte Stimmen. Magister Eulertin hatte tatsächlich Besuch.

»... ist die Frage, was wir jetzt tun sollen!«, sagte eine klangvolle Bassstimme. »Solange Morgoya das Nordmeer beherrscht, reichen Seesoldaten alleine nicht aus. Unsere Leute sind ihren Nachstellungen mit herkömmlichen Mitteln nicht gewachsen. Ich erinnere an das Schicksal der *Sturmbeißer*. Man stelle sich nur vor: Das Schiff wurde von einem haushohen Kraken zerstört. Einem Kraken! Und das in unseren Gewässern! Man könnte fast den Eindruck gewinnen, als zöge diese dreimal verfluchte Hexe gezielt ihre Kräfte zusammen, um Hammaburg und die anderen Städte der Hanse endgültig vom Seehandel abzuschneiden.«

»Nicht zu vergessen die Piraten, mit denen sie sich verbündet hat, werter Kollege«, antwortete eine Frauenstimme. »Mit ihrer Hilfe kann sie auch die Küstengebiete unsicher machen. Die Lage für die Kapitäne unserer Stadt wird also immer bedrohlicher. Selbst der Schutz durch Bildung von Schiffskonvois reicht nicht mehr aus. Den wagemutigen Kapitänen, die sich überhaupt noch hinaus auf See trauen, hilft einzig und allein Schnelligkeit. Aber wie sollen wir Windmacher unserer geliebten Stadt helfen, wenn Ratsherr Schinnerkroog dafür sorgt, dass es für unsereins immer schwieriger wird, unsere Kunst auszuüben?«

»Magister Eulertin«, forderte ein Dritter. »Als unser Zunftmeister müsst Ihr Eure Stimme im Rat erheben und dafür sorgen, dass die Waren, die wir benötigen, von den Kriegszöllen verschont bleiben.«

»Richtig«, pflichtete die Bassstimme bei. »Ich begreife ja, dass die Stadtverteidigung Gold kostet, aber ausgerechnet jene Güter mit immer höheren Zöllen zu belegen, die wir Windmacher benötigen, das ist doch blanker Irrsinn!«

»Machen wir uns nichts vor«, ereiferte sich jetzt wieder die Frau, »Ratsherr Schinnerkroog hasst uns Zauberer!«

»Ja!«

»So ist es!«

Hinter der Tür kam es zu erregten Anschuldigungen, alle redeten durcheinander.

»Gemach! Gemach!«, forderte eine feine, kaum hörbare Stimme und es kehrte unverzüglich wieder Stille ein. Offenbar erhob in diesem Moment Magister Eulertin das Wort. »Ich verstehe Eure Sorgen nur zu gut. Ich verspreche, dass ich all meinen Einfluss geltend machen werde, um diesem unerträglichen Zustand ein Ende zu bereiten.«

Kai runzelte die Stirn, denn die Stimme war nur mit äußerster Anstrengung zu verstehen.

»Ob Ratsherr Schinnerkroog nun Vorbehalte gegenüber der magischen Zunft pflegt oder nicht«, fuhr die leise Stimme fort, »ich bin mir sicher, die übrigen Ratsmitglieder werden sich unseren Argumenten nicht verschließen.«

»Besser, wir unterschätzen den Einfluss des Ersten Ratsherren nicht, Magister Eulertin«, maulte die Bassstimme. »Die Zauderer und Angsthasen sind allesamt auf seiner Seite. Die glauben, Morgoya würde Hammaburg vergessen, wenn wir uns nur ruhig verhielten.«

Aha, die leise Stimme gehörte also tatsächlich Eulertin.

»Nun, dann liegt es an uns, sie vom Gegenteil zu überzeugen«, warf Eulertin ein. »Schinnerkroog besitzt als Erster Ratsherr zwar weit reichende Befugnisse, aber noch regiert er die Stadt nicht alleine. Ich habe bereits gestern mit einigen der hochweisen Herren gesprochen. Sie haben unserer Zunft Unterstützung zugesagt. Vergessen wir nicht, dass die meisten Ratsherren finanziell vom Seehandel abhängig sind. Es liegt also auch in ihrem Interesse, uns zu unterstützen.«

»Was ist denn mit dem Feenkristall? Wann bekommen wir die Lieferung?«, wollte die Frauenstimme wissen. »Ohne die Gefäße brauchen wir neue Beschwörungen gar nicht erst in Angriff zu nehmen.«

»Gestern ist ein fliegender Bote aus dem Reich der Feenkönigin Berchtis eingetroffen«, antwortete der Magister fast im Flüsterton. »Er hat mir berichtet, dass die Lieferung bereits auf ein Schiff verladen wurde und unterwegs ist. Sie sollte in wenigen Tagen eintreffen.«

»Na, dann wollen wir hoffen, dass Ratsherrn Schinnerkroog nicht wieder etwas Neues einfällt, mit dem er uns das Leben schwer machen kann«, seufzte die Bassstimme.

»Wie dem auch sei«, schloss Magister Eulertin, »ich werde die Herren und Damen Kollegen über den Stand der Verhandlungen in Kenntnis setzen, sobald ich der nächsten Ratsversammlung beigewohnt habe.«

Stühle wurden gerückt und Kai schaffte es gerade noch, neben die große Pendeluhr zu springen, als sich die Tür öffnete und drei seltsam gekleidete Gestalten die Halle betraten: eine hagere Frau mit hochmütigen Gesichtszügen sowie zwei Männer, von denen einer so dick war, dass sich Kai wunderte, wie er überhaupt durch den Türrahmen gepasst hatte. Sie alle trugen vornehm bestickte Gewänder, auf denen magische Symbole, Wellenmuster und Wolken zu sehen waren. Die Frau und der Dicke stützten sich auf knorrige Zauberstäbe, die mit Kristallen und Goldornamenten verziert waren. Nur der dritte Besucher trug einen dieser typischen, spitz zulaufenden Zauberhüte, von denen ihm Rufus berichtet hatte.

Die drei Windmacher beachteten Kai nicht, sondern eilten aufgebracht schwatzend auf die Ausgangstür zu. Dann waren sie verschwunden.

Kai bemerkte, dass sich seine Härchen aufstellten.

»Kann ich jetzt zu Magister Eulertin, Quiiiitsss?«, fragte er schnell und blickte sich triumphierend um. Ganz in seiner Nähe entdeckte er den Poltergeist, der soeben aus einer der Wände getreten war.

»Wartet einen Moment, junger Herr«, antwortete dieser säuerlich.

Ohne Zweifel, Quiiiitsss war enttäuscht über seinen misslungenen Überraschungsauftritt. Kai lächelte innerlich, tat nach außen hin aber so, als sei nichts Besonderes vorgefallen.

Der Hausgeist schlüpfte in den Besprechungsraum und kam kurz darauf mit drei Stühlen zurück. »Magister Eulertin erwartet Euch.«

Kai trat nun seinerseits durch die Tür – und hielt staunend inne.

Vor ihm lag eine verwinkelte Studierstube, ganz wie er sie von einem berühmten Zauberer und Gelehrten erwartet hatte. An den Wänden standen hohe Regale, die sich unter der Last von Büchern und Schriftrollen bogen. Von der Decke hing neben einem eisernen Leuchter mit zwölf Tropfkerzen das präparierte Skelett eines großen Tiers mit langen Reißzähnen. Sein langer, knöcherner Schwanz reichte bis zu einem offenen Kamin in einer der hinteren Ecken. Über dem Feuer stand ein großes, gläsernes Gefäß auf einem eisernen Dreifuß, in dem eine schwarze Flüssigkeit blubberte. Verschlungene Glasröhren leiteten den hellblauen Dunst, den die Flüssigkeit absonderte, zu einer anderen Ecke. In dieser befand sich allerlei alchemistisches Werkzeug. Alles war voll gestopft mit bauchigen Flaschen, gläsernen Zylindern sowie Tiegeln und Phiolen, die verschiedenfarbige Flüssigkeiten und Pulver enthielten.

Unwillkürlich rümpfte Kai die Nase. Tatsächlich hing im ganzen Raum ein Dunst aus Rauch, Leder, Wachs, altem Papier und unbekannten alchemistischen Zutaten. Seiner Ansicht nach war es dringend Zeit, mal wieder zu lüften.

Misstrauisch starrte Kai die Fledermaus mit den gespreizten Flügeln an, die an der Wand über dem Labortisch hing. Sie wurde von einem großen Hexagramm aus Kreide eingerahmt. Nicht weit davon entfernt befand sich das einzige Fenster. Auf dem Sims standen vier große Gläser mit kleinen Leitern darin, auf denen vier grüne, mit dunklen Punkten gesprenkelte Frösche hockten. Sie glotzten Kai mit großen Glupschaugen durchdringend an.

Vorsichtshalber wandte Kai sich von ihnen ab, bis sein Blick einen gusseisernen Buchständer streifte, auf dem ein aufgeschlagenes Buch ruhte. Neugierig trat Kai näher um es sich genauer anzusehen. Die Seiten wurden von einem ausgestopften Salamander beschwert und zeigten farbige Abbildungen seltsamer Meeresgeschöpfe, darunter Nixen, Riesenseepferdchen und gefährlich aussehende Polypen.

Nur vom Zauberer war nichts zu sehen.

Da krachte die Tür hinter ihm ins Schloss. Kai zuckte zusammen und ihm war, als höre er von irgendwoher Quiiiitsss' hämisches Gekicher. Er atmete tief ein und blickte sich ein weiteres Mal um. Doch Magister Eulertin konnte er nirgendwo entdecken.

»Schön, dass wir uns endlich kennen lernen«, war am jenseitigen Ende des Raums ein leises Stimmchen zu hören. »Du bist also Kai?«

Verwirrt trat Kai einen Schritt vor und entdeckte, dass an der gegenüberliegenden Wand steinerne Stufen zu einem dunklen Durchlass führten. Der Zugang endete vor einer wuchtigen Tür mit schweren Eisenriegeln. Doch auch dort stand niemand.

»Ja, der bin ich«, antwortete Kai zögernd. »Darf ich fragen, wo Ihr seid, Magister Eulertin? Ich hoffe, ich spreche nicht schon wieder mit einem Geist?«

Er blickte sich nochmals um. Auf einem hohen Lehnstuhl in der Nähe des alchemistischen Labors stand die Miniaturversion eines Hauses. Eines der Fenster war beleuchtet. Was war das? Unwichtig. Die Stimme war von weiter rechts erklungen.

»Einem Geist?«, wiederholte das dünne Stimmchen und seufzte. »Aber nein, mitnichten. Ich erfreue mich bester Gesundheit. Offenbar hat es Quiiiitsss nicht für nötig gehalten, dich über meine Natur in Kenntnis zu setzen. Na, das sieht ihm ähnlich. Er vergisst oder verdreht gerne Dinge, die man ihm aufträgt. In diesem Fall empfehle ich dir, deine Aufmerksamkeit auf das Schreibpult neben dem Kamin zu lenken.«

Kai tat, wie ihm geheißen wurde.

Sein Blick streifte einen wuchtigen Sekretär an der Stirnseite des Raums, neben dem ein hoher, fünfarmiger Leuchter stand. Die Kerzenhalter hatten die Form von Schlangen und machten auf Kai alles andere als einen Vertrauen erweckenden Eindruck. Doch auch dort war niemand zu sehen. Wieso hatte ihn der Zauberer dann auf das Pult hingewiesen? Es war übersät mit Papieren, Büchern und Schreibutensilien. Kai wollte erneut sein Bedauern kundtun, als er plötzlich auf eine Gänsefeder aufmerksam wurde. Sie steckte in einem Tintenfass und wackelte heftig hin und her.

»Siehst du mich jetzt?«, fragte die Stimme.

»Äh, nicht wirklich.« Kai räusperte sich und trat einen weiteren Schritt an das Pult heran. Einen Moment hatte er das

Gefühl, dass sich im Schatten des Tintenfässchens etwas bewegte.

»Ach, potz Blitz, es ist doch immer dasselbe mit euch Menschen«, grollte die Stimme.

Jäh erfüllte ein luftiges Brausen den Raum, das stark genug war, um einige achtlos zu Boden geworfene Blätter aufflattern zu lassen. Kurz darauf schwebte ein Vergrößerungsglas von einem der Regale zu dem Pult hinüber und kam hochkant neben einer Ledermappe zum Stehen.

In der Glaslinse wurde ein großes Auge mit dunkler Pupille sichtbar, das Kai gereizt anblinzelte. Es gehörte zu einem weißhaarigen alten Mann mit spitzer Nase und kühn geschwungenem Kinn, dessen Gesicht von einem sorgfältig gepflegten Backenbart eingerahmt wurde.

»Ist es so besser?«, tönte es vom Pult.

Kai gab einen Laut der Überraschung von sich. »Bei allen Moorgeistern! Seid Ihr das, Magister?«

»Sapperlot noch mal. Ja!«, antwortete der Zauberer. »Siehst du hier noch jemand anderen?«

Das Vergrößerungsglas schwebte wieder zurück zum Bücherregal, während Kai entgeistert das Männlein auf dem Tisch anstarrte.

Der Zauberer war nicht größer als ein ausgestreckter Zeigefinger. Der puppenhafte Gehrock aus dunkelblauem Stoff, der zierliche Gürtel – selbst die Stiefel waren kaum größer als Erbsen. Mit offenem Mund näherte Kai sich seinem seltsamen Gegenüber. Der winzige Magister stand mit in die Hüften gestemmten Händen auf der Ledermappe und blickte ungeduldig zu ihm auf.

»Hattet … hattet Ihr einen Unfall, Magister? Soll ich Quiiiitsss rufen, damit …«

»Sag mal, Junge, sperrst du zwischendurch auch mal deine Ohren auf?«

Kai schluckte, während der Magister mit seiner Beschimpfung fortfuhr. »Als ich vorhin sagte, es sei ›immer dasselbe mit euch Menschen‹, was schließt du daraus?«

»Dass Ihr kein Mensch seid?«

»Nicht schlecht, Junge. Du kannst also, wenn du nur willst.«

»Und was seid ihr dann? Ein Gnom?«

»Ein Gnom? Mitnichten. Hast du noch nie etwas vom stolzen Volk der Däumlinge gehört?«

Kai schüttelte bedauernd den Kopf. Angesichts der winzigen Gestalt des Zauberers schien es ihm wie ein Wunder, dass er Eulertin überhaupt verstehen konnte. Sicher war bei alledem Zauberei im Spiel.

»Nun ja«, murmelte der Däumling und kratzte sich am Bart. »Ich gestehe, dass du nicht der einzige Unwissende bist. Ehrlich gesagt, liegt meinem Volk auch nicht viel daran, Aufsehen zu erregen. Doch in Zeiten wie diesen können wir uns Zurückhaltung nicht mehr leisten. Die freien Völker müssen angesichts der Bedrohung, die von der finsteren Nebelkönigin Morgoya ausgeht, zusammenhalten. Das ist auch der Grund, warum ich heute in Hammaburg wirke.«

Eulertin verschränkte seine Arme hinter dem Rücken und ging auf der ledernen Mappe auf und ab.

»Also, mein Junge. Wie du mitbekommen hast, bin ich sehr beschäftigt. Sicher wirst du eine Reihe Fragen haben. Jetzt ist der Zeitpunkt gekommen, sie zu stellen.«

Kai trat einen Schritt zurück. Die direkte Art des Magisters verwirrte ihn ebenso wie alles andere im Haus des Zauberers.

»Ich weiß gar nicht, wo ich anfangen soll«, seufzte er. »In den letzten Tagen ist so viel geschehen.«

»Ja. Ich wurde darüber in Kenntnis gesetzt«, murmelte der Däumling.

»Vielleicht könnt Ihr mir erklären, warum es zu dem Überfall auf Lychtermoor kam?«, brachte Kai schließlich hervor. »Denn wäre dieser verfluchte Mort Eisenhand nicht gewesen, wäre meine Großmutter jetzt noch am Leben.«

»Ja, auch von diesem schlimmen Verlust habe ich gehört«, sagte der Zauberer und blieb stehen, um Kai einen mitfühlenden Blick zu schenken. »Warum Eisenhand in die Irrlichtdiebstähle verwickelt ist, wissen wir leider nicht. Noch nicht. Doch allein die Erkenntnis, dass er hinter alledem steckt, bringt uns schon ein gutes Stück voran. Offenbar plant er eine größere Schurkerei, so viel ist gewiss.«

»Könnt Ihr mir sagen, wer dieser Eisenhand ist? Er und diese Dystariel, die Ihr ausgeschickt hattet, kannten sich offenbar. Eisenhand nannte sie eine Verräterin.«

»Soso, tat er das? Nun, dann ist es wohl wahr«, antwortete Magister Eulertin orakelhaft. »Sie ist übrigens eine meiner engsten Vertrauten. Außerdem hat *diese* Dystariel dein Leben gerettet. Das nur zu deiner Information.« Der Däumling hob mahnend einen Zeigefinger, an dem ein Saphirring funkelte. »Aber das beantwortet natürlich deine Frage nicht. Mort Eisenhand war die rechte Hand eines Hexenmeisters mit Namen Morbus Finsterkrähe. Beide dienten sie als Agenten der schrecklichen Nebelkönigin Morgoya von Albion. Finsterkrähe und Eisenhand haben in Morgoyas Auftrag versucht, Hammaburg zu unterwerfen. Das Ganze liegt erst ein knappes Jahr zurück.«

»Hammaburg stand kurz davor, an Morgoya zu fallen?« Kai umfasste erschüttert die Eichenflöte an seinem Gürtel. Er wusste nicht viel über die böse Zauberin jenseits des Nordmeeres. Und von diesem Morbus Finsterkrähe hatte er noch nie gehört. In Lychtermoor war nur bekannt, dass die unheimliche Nebelkönigin vor etwa zwei Jahrzehnten den König von Albion gestürzt und auf der Insel ein Reich der Schatten errichtet hatte. Man erzählte sich Schreckliches darüber.

»Dass du davon nichts wusstest, ist kein Wunder«, fuhr Eulertin fort. »Der Stadtrat hat Finsterkrähes Intrige bislang geheim halten können. Man wollte eine Panik verhindern. Ich berichte dir nur deswegen davon, weil du schon so tief in die Geschichte verstrickt bist. Wäre es mir nicht gelungen, Morbus Finsterkrähe zu besiegen, vielleicht würde Morgoya bereits heute über jeden von uns triumphieren.«

»Aber Albion ist doch weit weg«, meinte Kai. »Morgoya herrscht bloß über eine Insel. Habe ich jedenfalls gehört.«

»Bei den Winden des Nordmeeres, nur eine Insel?« Der Däumlingszauberer starrte kopfschüttelnd zu Kai auf. »Ich vergesse immer wieder, dass es bei euch Menschen so wenig Schulen gibt. Du hast ja keine Vorstellung. Komm, ich zeige dir diese … *kleine Insel.*«

Der Däumlingszauberer schnippte fast unhörbar mit den Fingern und der Gänsekiel glitt hinter ihm aus dem Tintenfässchen. Die Schreibfeder klopfte sich selbstständig am Glasrand ab, nahm eine waagerechte Position ein und schwebte direkt neben Eulertin. Der Däumling setzte sich mit einer geübten Bewegung auf sie und nickte. Sanft erhob sich die Feder und segelte mitsamt ihrem Passagier quer durch den Raum auf eines der Regale zu. Kai folgte dem kleinen Zauberer staunend.

Der suchte indes die Regalwand ab.

»Wo habe ich sie nur wieder hingelegt«, fluchte der Winzling und kratzte sich den Bart. »Ich hab doch gestern noch mit ihr gearbeitet. Los, Junge, bring mir mal meine Wünschelrute. Sie liegt auf dem Pult neben dem Brieföffner. Hoffe ich jedenfalls.«

Kai suchte die Arbeitsfläche des Schreibpultes ab. Schnell war der Brieföffner gefunden. Er bestand aus Fischbein und hatte die Form einer Kralle mit langem, spitzem Nagel. Aber wo war diese Wünschelrute, von der der Däumlingszauberer gesprochen hatte? Erst auf den zweiten Blick entdeckte er den gegabelten Holzspan. Er hatte kaum die Größe eines Zahnstochers.

»Meint Ihr das hier?« Kai hielt das zerbrechliche Hölzchen hoch.

»Ja, das ist sie«, antwortete Eulertin zufrieden. »Ich lege sie immer dort ab. Damit ich wenigstens sie finde, wenn ich schon alles andere verlege.«

Vorsichtig reichte Kai dem Zauberer seine Wünschelrute.

»Leider werde ich mit den Jahren immer vergesslicher«, entschuldigte sich Eulertin bei Kai und zwinkerte ihm zu, während er die Wünschelrute in beide Hände nahm und das Ende auf das Zimmer ausrichtete. »Aber so schlimm wie bei meinem einstigen Lehrmeister, dem seligen Balisarius Falkwart, ist es noch lange nicht. Der hat mit zweihundertdreißig Jahren nicht einmal mehr sein Bett gefunden.«

Eulertin war zweihundertdreißig Jahre alt? Kai sah den Däumling mit großen Augen an.

»Außerdem beschleicht mich schon lange der Verdacht, dass Quiiiitsss hin und wieder Dinge versteckt, um mich zu ärgern«, murmelte Eulertin, während er sich mitsamt der Feder mal hierhin und mal dorthin drehte. »Aus diesem Grund habe ich diese Wünschelrute angefertigt. Wenn ich mal wieder etwas vermisse, finde ich mit ihrer Hilfe alles wieder. Ah, da ist sie ja!«

Die kleine Rute in Eulertins Hand zuckte unmerklich und der Zauberer flog zu einem Bord an der Wand, auf dem verschieden große Kristalle glitzerten. Versteckt zwischen den Kristallen steckte ein aufgerolltes Pergament.

Der Zauberer legte die Wünschelrute auf der Feder ab und klatschte dreimal in die Hände. Abermals strich eine sanfte Brise durch den Raum. Das Pergament rutschte von seinem Platz und entrollte sich in der Luft, wo es wie von unsichtbaren Fäden gehalten hängen blieb. Es handelte sich um eine Landkarte, die die Umrisse der Insel Albion und den südlich davon gelegenen Kontinent zeigte.

Neugierig näherte sich Kai. Bis heute war ihm nicht bewusst gewesen, wie groß Albion war! Die Karte bildete auch große Teile des Kontinents ab, auf dem sie lebten. Sie reichte von den Frostreichen der Nordmänner bis hinunter zum Albtraumgebirge im tiefen Süden. Im Westen waren die geheimnisvollen Elfenwälder verzeichnet und im Südosten konnte er das ferne Riesengebirge ausmachen, von dem es hieß, dass dort Drachen und Trolle hausten. Das nördlich gelegene Hammaburg und der Elbstrom waren ebenso auf der Karte eingetragen wie andere große Städte, mit denen die Stadt Handel trieb, darunter das wehrhafte Fryburg, das zwischen dem Albtraumgebirge und dem Schwarzen Wald lag, das verzauberte Colona am Rande der Elfenwälder, wo vornehmlich Kobolde leben sollten oder die berühmte Universitätsstadt Halla am Rande der Harzenen Berge. Sogar das verwunschene Reich der Feenkönigin Berchtis war auf der Karte als schraffierte Fläche auszumachen. Angeblich hielt die Feenkönigin ihre schützende Hand über den Kontinent. Es hieß, dass sie einen Zaubergarten hütete, in dem unzählige magische Pflanzen und Kräuter gediehen.

»Morgoya hat schon lange ein Auge auf Hammaburg geworfen«, führte Eulertin weiter aus und schwebte näher an die Karte heran, um mit seiner Wünschelrute auf die Hafenstadt zu deuten. »Wir vermuten, dass sie hier einen Brückenkopf errichten wollte. Denn über die Elbe können ihre dunklen Heerscharen zügig ins Herz des Kontinents vorstoßen. Glücklicherweise war Morbus Finsterkrähe unvorsichtig. Einige der hiesigen Windmacher wurden auf sein Treiben aufmerksam und schickten nach mir, um ihn aufzuhalten. Ich bin dem Ruf gefolgt und in der Tat ist es mir geglückt, Finsterkrähe im Zweikampf zu bezwingen. Ich habe ihn in eine steinerne Statue verwandelt, die heute an einem sicheren Ort verwahrt ist.« Eulertin räusperte sich. »Dieser Sieg gebührt im Übrigen nicht mir allein. Es ist mir nur deshalb gelungen, über Morbus Finsterkrähe zu triumphieren, weil Dystariel dem Hexenmeister zuvor die Hand, sagen wir mal, abgetrennt hatte. Anschließend haben die Spökenkieker der Stadt natürlich unisono behauptet, sie hätten meinen Sieg vorausgesehen. Solch ein Unsinn. Scharlatane. Alles Scharlatane.«

»Spökenkieker?«, fragte Kai.

»Das ist die hiesige Bezeichnung für Wahrsager«, antwortete der Däumling und sorgte mit einem leisen Schnalzen dafür, dass sich die Landkarte wieder aufrollte und zurück ins Regal zu den anderen Pergamentrollen glitt.

»Aber Mort Eisenhand ist entkommen?«

»Hm, ja. So sieht es aus«, sprach der Zauberer mit strengem Blick. Er schwebte an Kai vorbei zurück zum Lesepult. »Damit hat niemand von uns rechnen können. Eisenhand ist eine Kreatur der Finsternis. Als Pirat hat er über Jahrzehnte das Nordmeer unsicher gemacht. So lange, bis es tapferen Männern gelang, seiner habhaft zu werden. Vor drei Jahren wurde er hier in Hammaburg hingerichtet. Doch Morbus Finsterkrähe hat den Schurken wieder aus dem Grab zurück in die Welt der Lebenden gerufen. Eigentlich dürfte Eisenhand ohne seinen Meister nicht weiterexistieren. Offenbar haben wir die Kräfte unterschätzt, die ihm dieser Arm aus Mondeisen verleiht.«

Kai lauschte mit wachsender Verwunderung.

»Was ist das, Mondeisen?«

»Ein magisches Metall, das nur Zwerge und Drachen herzustellen vermögen«, erklärte der Däumlingszauberer und legte die Wünschelrute wieder neben den Brieföffner. Der schwebende Gänsekiel glitt in das Tintenfässchen zurück. »Angeblich entstammt dieses Zaubermetall den Knochen der Berge. Es kann ausschließlich in einem Feuer geschmiedet werden, das kein menschlicher Schmied zu entfachen vermag. Mondeisen ist härter als alles, was wir kennen. Die sagenumwobenen Drachenlanzen der Zwerge bestehen aus diesem Material, ebenso wie die machtvollsten magischen Artefakte. Abgesehen von Zwergen und Drachen verstanden sich nur die Sonnenmagier Albions darauf, Gegenstände aus Mondeisen zu fertigen. Doch die Sonnenmagier sind Vergangenheit. Sie wurden ausgelöscht. Morgoya hat sie allesamt zur Strecke gebracht.«

Er wartete auf weitere Erklärungen, doch Magister Eulertin brütete finster vor sich hin. Und eigentlich reichte Kai diese kurze Lektion fürs Erste. Für seinen Geschmack hatte sich sein Leben in viel zu kurzer Zeit viel zu sehr verändert.

»Was geschieht jetzt mit mir?«, fragte Kai.

»Nun, du wirst wohl noch eine Weile bei mir bleiben, damit ich dich untersuchen und mich gegebenenfalls deiner annehmen kann«, seufzte der Zauberer.

»Wegen der Ereignisse in Lychtermoor?«

»Ja, auch«, antwortete Eulertin ernst. »Vornehmlich aber deswegen, weil du ohne meine Hilfe vermutlich sterben wirst.«

»Wie bitte?« Kai riss schockiert die Augen auf.

»Nun hab dich nicht so, Junge«, beschwichtigte Magister Eulertin. »Noch ist es ja nicht so weit. Im Übrigen wäre ein solches Schicksal vergleichsweise angenehm, angesichts dessen, was dir noch drohen könnte.«

»Was meint Ihr damit?« Kai wurde bleich. »Sprecht Ihr von dem seltsamen Hunger, der mich auf der Herfahrt befallen hat? Ich fühle mich gut. Es geht mir wieder besser.«

»Jetzt vielleicht«, antwortete Eulertin. »Aber spätestens morgen Früh wird sich dieser Hunger zurückmelden. Und es steht zu befürchten, dass er immer schlimmer wird, wenn wir nichts dagegen unternehmen.«

»Das heißt, ich bin krank?«

»Nein. Ich will damit sagen, dass in dir das Zeug zu einem Zauberer steckt, Junge. In dir schlummern magische Kräfte, die dich umbringen werden, wenn es uns nicht gelingt, sie zu bändigen.«

»Ich bin ein *Zauberer*?«, stammelte Kai.

»Nein, das bist du *nicht*«, widersprach Eulertin und hob die winzigen Hände. »Du hast lediglich eine Begabung. Es gibt nur sehr wenige Menschen, die mit deinen Fähigkeiten auf die Welt kommen. Werden sie nicht rechtzeitig von einem anderen Zauberer ausgebildet, und das ist bei dir der Fall, können zweierlei Dinge geschehen. Entweder verkümmert die magische Gabe. Das geschieht am häufigsten. Oder aber die Kräfte bahnen sich auf andere Weise ihren Weg und beginnen damit, dich von innen heraus zu verzehren. Dein Körper und dein Geist fallen der Finsternis anheim. All dein Sinnen wird von nun an darauf gerichtet sein, einen Hunger zu stillen, der niemals endet – und für den du zerstören und töten wirst. Manche verwandelt die Kraft in Werwölfe oder noch schrecklichere Wesen der Finsternis. Wenn dich die dunkle Seite überwältigt hat, gibt es keine Hoffnung mehr. Dann bist du ein Feind der Ordnung, den es zu bekämpfen gilt. Oder die Macht wird dich vernichten.«

Kai taumelte und hielt sich bestürzt an dem Kerzenleuchter fest. »Und was bedeutet das in meinem Fall?«

»Ich will ehrlich zu dir sein«, antwortete der Däumlingszauberer. »Ich werde dich nicht ewig mit Gewitteregeln behandeln können, um dir die magischen Energien zu entziehen. Üblicherweise beginnt man einen Zauberer bereits mit sieben oder acht Jahren auszubilden. Du aber bist deutlich älter. Vielleicht zu alt. Ich weiß also nicht, ob es mir noch gelingen wird, deinen Geist zu formen. Du hast also zwei Alternativen: Zum einen kannst du wieder zurück nach Lychtermoor gehen. Ich werde dich nicht daran hindern. Aber sei dir gewiss, dass ich dich von Dystariel beobachten lassen werde. Zeigt sich das erste Anzeichen dafür, dass du den Kampf gegen dich selbst verlierst – woran ich keinen Zweifel habe –, werden sie oder ich dich zur Strecke bringen. Und glaube mir, wir werden dich aufspüren. Egal wo du dich verkriechst, egal was du tust.« Die winzigen Augen des Magisters funkelten stählern. Hatte der Däumlingszauberer bislang einen eher niedlichen Eindruck auf Kai gemacht, war von alledem nun nichts mehr zu spüren. Eulertins Worte und sein Mienenspiel waren von einem tödlichen Ernst durchdrungen.

»Und die zweite Möglichkeit?«, brach es stockend aus Kai heraus.

»Kannst du lesen?«

»Ja. Meine Großmutter hat es mir beigebracht.«

»Und rechnen?«

Kai nickte.

»Bist du tüchtig oder faul?«

»Mein Freund Rufus behauptet, ich sei tüchtig.«

»Gut, dann bin ich bereit, dich als meinen Zauberlehrling aufzunehmen«, entschied Eulertin. »Verabschiede dich von deinem alten Leben. Du wirst von nun an alles tun, was ich dir auftrage. Du wirst mehr an dir arbeiten, als es je ein anderer Zauberlehrling vor dir getan hat. Schwäche werde ich nicht dulden. Die Mächte der Finsternis warten nur darauf, dich zu verderben. Leben oder Tod. Um nichts anderes geht es von nun an! Habe ich mich klar genug ausgedrückt?«

Kai nickte.

»Gut«, antwortete Magister Eulertin und zog unter seinem Gehrock eine winzige Pfeife hervor, die er ruhig zu stopfen begann. »So sei es!«

Lehrzeit

Die folgenden drei Wochen wurden zu den schlimmsten und entbehrungsreichsten in Kais bisherigem Leben. Sein neuer Tagesablauf begann damit, dass er jeden Morgen eine Stunde vor Sonnenaufgang von Quiiiitsss geweckt wurde, der ihn mit hämischem Spinnweblächeln Gewitteregel auf den Bauch setzte. Ohne Zweifel hatte der Poltergeist Freude an der schmerzhaften Behandlung. Das Brennen, das die eigentümlichen Tiere verursachten, hatte nur einen Vorteil: Es verhinderte, dass Kai wieder einschlief.

Kai nutzte die frühen Morgenstunden dazu, das am Vorabend Gelesene zu wiederholen. Jeden Tag trug ihm Magister Eulertin auf, eines seiner Bücher zu studieren, um ihn am folgenden Nachmittag darüber abzufragen.

In den Schriften standen wundersame Dinge. So erfuhr Kai, dass die Kraft der Magier darauf basierte, sich jene vier Elemente nutzbar zu machen, aus denen die Welt bestand: Feuer, Wasser, Luft und Erde. Diese Elemente waren von unterschiedlichen Energien durchdrungen und ermöglichten jeweils andere Formen von Zauberei. Andere Bücher beschäftigten sich mit magischen Symbolen und Meditationen, die dabei helfen sollten, die elementaren Kräfte anzurufen, wieder andere weihten ihn in die Grundzüge der Alchemie ein.

Der Magister ließ ihn stundenlang Formeln aus vergilbten Schriftrollen pauken, bis die Augen des Jungen zu tränen begannen. Es waren komplizierte Zaubersprüche in einer fremden Sprache, mit deren Hilfe man zum Beispiel Dinge zum Schweben bringen oder Licht- und Geräuschzauber erzeugen konnte. Theoretisch natürlich. Denn die dazugehörigen Gesten und die richtige Aussprache, ohne die die magischen Sprüche wirkungslos blieben, brachte der Däumling ihm nicht bei. Kai hielt das alles für reine Schikane. Wie sollte er denn lernen, seine Kräfte zu nutzen, wenn er sie nicht ausprobieren durfte?

Erschwerend kam hinzu, dass der Inhalt der meisten dieser Bücher und Schriften unglaublich langweilig war. Kai glaubte bereits, ein geheimer Schlafzauber liege auf ihnen. Wie sonst war es zu erklären, dass ihm, kaum dass er ein paar Seiten umgeblättert hatte, stets die Augen zufielen? Wenn Eulertin dies bemerkte, erwarteten Kai wüste Beschimpfungen. Und wusste er auf inhaltliche Fragen keine Antwort, schickte ihn Eulertin ohne Abendessen zu Bett.

Es war die Hölle. Kai hatte sich daher schon am dritten Tag eine Schnelllesetechnik angewöhnt, mit der er zumindest grob den Inhalt der dicken Wälzer erfasste. Ein Trick, mit dessen Hilfe er sich zumindest jeden zweiten Tag das Abendbrot sichern konnte.

Eulertin schien davon besessen zu sein, Kai an die Grenzen seiner Leistungsfähigkeit zu führen. Mehr als einmal sehnte sich der Junge nach seiner Großmutter und dem beschaulichen Leben in Lychtermoor zurück. Immerhin war auch das Leben als Irrlichtjäger alles andere als leicht gewesen. Wie oft hatten sie ganze Nächte im feuchten Moor ausharren müssen, ohne ein Irrlicht zu fangen. Doch seine Großmutter hatte ihm wenigstens hin und wieder eine Pause gestattet.

Nicht so der Däumlingszauberer. Fünf Stunden Schlaf waren das Höchste, was er Kai an Ruhe zugestand. Und so war es kein Wunder, dass er angesichts des ungeheuren Unterrichtspensums immer wieder vor Anstrengung einnickte. Geschah dies, weckte ihn der Zauberer, indem er unter Kais Hinterteil eine kleine Flamme entzündete.

Überhaupt führte Magister Eulertin nur Klagen über ihn. Ständig warf er ihm Faulheit, Unachtsamkeit und mangelnden Lerneifer vor. Und Kais kleine Erfolge schien er nicht einmal zu bemerken. So hatte er von Kai seit der ersten Unterrichtsstunde verlangt, ein Hühnerei nur kraft seines Willens zum Schweben zu bringen. Irgendwann war es Kai zu seiner eigenen Überraschung gelungen, das Ei zittern zu lassen. Leider war es dabei zerbrochen. Magister Eulertin hatte ihn daraufhin beschuldigt, nicht richtig bei der Sache zu sein. Die Strafe bestand aus einer weiteren Nacht ohne Abendessen.

Es schien Eulertin auch gleichgültig, dass Kai aufgrund des ungeheuren Lernstoffes beständig Kopfschmerzen plagten, die es ihm schwer machten, der Vielzahl an Lektionen überhaupt zu folgen. Denn natürlich war die Übung mit dem Hühnerei nur eine von vielen sinnlosen Aufgaben, mit denen ihn der Däumlingszauberer quälte.

Statt ihn endlich richtig in die Geheimnisse der einen oder anderen Zauberformel einzuweihen, verlangte der Magister beispielsweise von ihm, einen Rubin von drei Bergkristallen zu unterscheiden. Leider hielt der Magier die vier Edelsteine unter Lederbechern versteckt, die er mittels seiner Zauberkraft ständig hin und her schob. Natürlich versagte Kai kläglich bei dieser Prüfung. Zur Strafe musste er einen Turm aus siebzig Knochenwürfeln errichten. Kai war fast an dieser Aufgabe gescheitert. Es war ihm erst weit nach Mitternacht gelungen, nachdem er die Würfel in seiner Verzweiflung förmlich dazu gezwungen hatte, nicht mehr herunterzufallen.

Besonders schleierhaft erschien Kai des Magisters Vorliebe für knifflige Rätsel, für deren Lösung er ihm jeweils einen Tag Zeit gewährte. Angeblich sollten sie seine Zaubersinne schärfen. Doch wozu sollte einem echten Zauberer die Beantwortung von Fragen dienen wie: »Wer reicht hinauf bis an die Sterne? Sag', dies wüsst ich gar zu gerne!« Am liebsten hätte er mit »Ein Däumlingszauberer auf einem Katapult«, geantwortet. Doch das wagte er natürlich nicht. Die richtige Lösung hatte in diesem Fall »der Blick« gelautet.

Immerhin, wenigstens auf diesem Gebiet war der Magister eine gute Woche lang zufrieden mit ihm gewesen. Dann hatte er leider herausgefunden, dass Kai die Fragen morgens dem arglosen Quiiiitsss stellte, der die Antworten natürlich allesamt kannte. An jenem Tag hatte Kai erfahren müssen, dass man neben Federn und Eiern auch noch andere Dinge Schweben lassen konnte. Magister Eulertin hatte ihm das anhand eines Rohrstocks vorgeführt, den er schmerzhaft auf sein Hinterteil sausen ließ.

Erholung blieb bei alledem eine Wunschvorstellung. Mehrfach schreckte er mitten in der Nacht hoch, nur um dann wieder in traumlosen Schlaf zu fallen. Hin und wieder glaubte er, durch ein Rumpeln vom Dach geweckt worden zu sein. Doch er war stets so müde, dass er nicht wusste, ob er wachte oder träumte. Es war ihm auch egal. So, wie ihm zunehmend alles egal wurde.

Nach zwei Wochen hatte Kai einen solchen Grad an Erschöpfung erreicht, dass es schließlich zum großen Knall kommen musste. Sein Magen hing ihm in den Kniekehlen, sein Kopf dröhnte und sein Körper schmerzte bei jeder Bewegung.

Eulertin hatte ihn an jenem Nachmittag gezwungen, sich im Kopfstand gegen eines der Bücherregale zu lehnen und sich währenddessen auf ein Blatt Papier zu konzentrieren. Darauf hatte der Magier ein Tridekagramm mit dreizehn Zacken gezeichnet, das von magischen Symbolen und Runen umgeben war.

Willenlos tat Kai auch an diesem Nachmittag so, wie ihm geheißen wurde – mit der Folge, dass ihn unmittelbar darauf eine verwirrende Abfolge an Erinnerungen überwältigte. Er wurde Zeuge der ersten und einzigen Tracht Prügel, die ihm seine Großmutter verabreicht hatte, und er durchlebte erneut die unzähligen Male, in denen Rorben und sein Bruder ihn vor den anderen Jugendlichen in Lychtermoor schikaniert hatten. Und plötzlich stürmten die Bilder vom Tod seiner Großmutter auf ihn ein. Bei dieser letzten leidvollen Erinnerung wurden Kais Arme so lahm, dass er vor dem Tridekagramm zusammenbrach. Tränenüberströmt und wie ein Häufchen Elend war er wieder zu sich gekommen.

Eulertin hatte ihn daraufhin ungerührt aufgefordert, die Übung zu wiederholen. Doch Kai wollte nicht mehr.

Was konnte er für all das, was in Lychtermoor geschehen war? Was konnte er für dieses Tier in sich? Es war ungerecht. Ungerecht! Völlig am Ende seiner Nerven sprang er auf und trampelte so lange auf dem Blatt mit der verfluchten Zauberzeichnung herum, bis nur mehr Fetzen davon übrig waren.

»Ich halte das nicht mehr aus. Ihr seid ein elender Leuteschinder!«, schrie er den Däumlingszauberer an. »Habt Ihr Spaß daran, mich so zu quälen? Freut es Euch, mich immer wieder vorzuführen? Mir tut alles weh. Nicht einmal sitzen kann ich mehr vor Schmerzen. Gebt es doch zu: Ihr wollt gar nicht, dass ich Erfolg habe!«

»Soso. Du fühlst dich also ungerecht behandelt?«, sagte der Däumlingszauberer grimmig. Mit einer verschlungenen Handbewegung beschwor Eulertin eine unsichtbare Macht herauf, die Kai packte und so hart gegen das Bücherregal presste, dass dem Jungen die Luft aus den Lungen getrieben wurde.

»Denkst du wirklich, es bereitet mir Vergnügen, jeden Tag aufs Neue mit anzusehen, wie du dich immerzu in neue Ausreden flüchtest und mir anzuhören, warum dieses oder jenes nicht zu schaffen sei? Glaubst du, es macht mir Freude, meine Geschäfte zu vernachlässigen und Tag für Tag meine kostbare Zeit damit zu verschwenden, dich den Umgang mit der Magie zu lehren? Wach auf, Junge! Es dreht sich nicht alles nur um dich. In den letzten Tagen hat Mort Eisenhand weitere Irrlichtjäger im Umland Hammaburgs überfallen. Sogar hier in Hammaburg sind die Irrlichtlaternen zweier ganzer Straßenzüge geraubt worden. Mitten in der Stadt! Und wir wissen noch immer nicht, welche Teufelei er plant. Trotzdem bin ich Stunde um Stunde an deiner Seite. Und warum? Weil ich geschworen habe, deinen Geist gegen die Macht zu wappnen, die in dir wütet. Ein Versprechen, das ich nur deswegen halte, weil ich noch immer nicht die Hoffnung aufgegeben habe, dass du standhältst. Schmerzen?« Der Däumling schnaubte verächtlich. »Was du derzeit erleidest, sind keine Schmerzen. Nicht im Vergleich zu dem, was dir bevorsteht, wenn du versagst. Hast du erwartet, dass ich dich mit Honigkuchen voll stopfe, um dich zu retten? Hör endlich auf mit deinem Gejammer! Ich habe geschworen, deinen Körper und deinen Geist zu stählen! Denn die Schatten werden dich versuchen, Junge! Sie werden jede deiner Schwächen nutzen, um dich zu Fall zu bringen. Wie willst du diesen Angriffen widerstehen, wenn du deine verwundbaren Stellen nicht einmal kennst? Es geht hier um nichts Geringeres als um dein Leben! Wann begreifst du das endlich? Und nun frage ich dich zum letzten Mal: Willst du aufgeben? Willst du jetzt, hier und heute, dein Versagen eingestehen? In diesem Fall geh rauf, pack deine Sachen und mach, dass du aus dem Haus kommst! Ich werde dich nicht daran hindern.«

»Nein«, schluchzte Kai.

»Du sprichst so leise. Ich habe dich nicht gehört«, zischte Eulertin.

»Nein!«, schrie Kai.

Die unsichtbare Macht ließ ihn los und er rutschte auf den Fußboden zurück.

»Gut«, seufzte der Magister und schwebte auf seinem Gänsekiel so dicht an Kai heran, dass sie ihn an der Wange kitzelte. In der feinen Stimme des Zauberers schwang zum ersten Mal eine Spur Mitleid. »Dann wäre das entschieden. Ich bin nicht dein Feind, Kai. Versuche dich darauf zu besinnen, wozu all diese Übungen dienen. Sie sollen dich stark machen. Du hast keine andere Wahl, dir läuft die Zeit davon. Ich muss dir innerhalb von Wochen beibringen, was andere erst in vielen Jahren begreifen. Ja, ich versuche, dich an deine Grenzen zu führen. Und wenn du dem nicht standhältst, bist du verloren. Dann kannst du nur noch darauf warten, bis das Tier in dir erwacht und dich bis auf den Grund deiner Seele zernagt. So lange, bis nichts Menschliches an dir mehr übrig ist. Hast du mich verstanden?«

Kai nickte erschöpft.

»Gut, dann fang endlich an, dich anzustrengen. Für heute hast du frei.«

Kai hatte sich nach dieser Lektion zurück auf sein Zimmer geschleppt und sich müde und zerschlagen auf sein Bett geworfen. Schlaf hatte er dennoch keinen gefunden. Doch er hatte begriffen, dass er die Qualen um seiner selbst willen aushalten musste. Nicht um Magister Eulertin zu gefallen, nicht, um ein herausragender Zauberer zu werden, sondern um sich vor einem grausamen Schicksal zu bewahren.

Kai beschloss zu kämpfen.

Die Übungen und Aufgaben, die ihm der Däumlingszauberer Tag für Tag abverlangte, waren noch immer hart. Härter als alles, was er bis dahin zu ertragen gehabt hatte. Doch Kai begann sein Schicksal zu akzeptieren und den Druck, der auf ihm lastete, mit Gleichmut hinzunehmen. Letztlich war es so, wie es ihm der Magister gesagt hatte: Er hatte keine Wahl. Kampf oder Untergang. Leben oder Tod.

Bereits zwei Tage später gelang es ihm endlich, eines der Hühnereier allein durch seine Willenskraft schweben zu lassen. Es blieb unversehrt. Und er schaffte die Übung auch an den darauf folgenden Tagen. Diesmal auch mit Schreibfedern, Knochenwürfeln und Steinen. Es war das erste Mal, dass Kai erfolgreich Zauberei angewandt hatte. Und es war auch das erste Mal, dass Kai ein Lächeln über des Magisters Lippen hatte huschen sehen. Zur Belohnung hatte der Däumlingszauberer sogar versprochen, ihm in den nächsten Tagen die Stadt zu zeigen. Kai hatte zu diesem Zeitpunkt fast schon vergessen gehabt, dass um das Haus des Zauberers herum noch andere Menschen lebten.

Eines Nachts wurde er abermals durch ein lautes Rumpeln geweckt. Inzwischen hatten sich sein Geist und sein Körper an den unerbittlichen Rhythmus gewöhnt, den ihm sein winziger Lehrmeister aufzwang. Und so wusste Kai diesmal, dass das eigentümliche Geräusch nicht seinen Träumen entsprungen war. Wer oder was also hatte diesen Laut verursacht?

Kai konzentrierte sich auf seine magischen Sinne, ganz so, wie es ihm Magister Eulertin beigebracht hatte. Schließlich vernahm er ein Kratzen, das sich langsam entfernte. Das Geräusch kam tatsächlich vom Dach des Hauses.

Ohne Zweifel, dort oben war jemand. Kai haderte einen Moment lang mit sich, dann sprang er aus dem Bett. Vielleicht handelte es sich um einen Einbrecher? Er musste Klarheit gewinnen, was da über ihm vor sich ging.

Im trüben Licht seiner verbliebenen Irrlichtlaterne schlich er zur Zimmertür. Um die andere hatte ihn schon vor zwei Wochen Magister Eulertin gebeten, der damit den Eingangsbereich seines Hauses beleuchten wollte. Kai hatte ihn nicht genauer danach gefragt, aber er hielt es durchaus für möglich, dass der Magister sie als eine Art Köder nach draußen gehängt hatte. Denn wenn er Eulertin richtig verstanden hatte, war das Haus mit einer Reihe von wirksamen Schutzzaubern gesichert.

Wie konnte es dann aber sein, dass ein Unbekannter unbehelligt auf dem Dach ihres Heims herumkraxelte?

Leise zog Kai die Tür auf. Wieder flammte an der Wand gegenüber die Kerze auf dem Drachenleuchter auf. Hoffentlich bemerkte ihn niemand. Sicher sah es der Däumlingszauberer nur ungern, wenn Kai mitten in der Nacht durch das Haus stromerte. Abgesehen von seiner Kammer, der Küche, den Vorratsräumen und der Studierstube war es ihm streng verboten, die Zimmer des Hauses zu betreten. Einen genauen Grund hatte ihm Magister Eulertin nicht genannt. Kai wusste nur, dass das Haus vor dem Däumling zahlreiche andere Bewohner gehabt hatte. Und sie alle hatten hier ihre Spuren hinterlassen. Da Kai sich noch gut an seinen unerquicklichen Ausflug in den merkwürdigen Raum mit den Schuhen zurückerinnerte, hatte er sich bislang nicht schwer damit getan, der Anordnung Eulertins Folge zu leisten.

Jetzt aber wollte er wissen, was da oben über das Dach kletterte. Kai überprüfte vorsichtshalber die Härchen auf seinen Armen. Kein Quiiiitsss weit und breit. Inzwischen konnte er den Poltergeist sogar spüren, wenn sich dieser im Raum nebenan befand. Sicher spukte Quiiiitsss gerade unten in der Küche. Aus unerfindlichen Gründen war der große Herd sein liebster Aufenthaltsort. Und da Kai inzwischen ebenfalls darüber aufgeklärt war, dass der Däumlingszauberer die Studierstube nur sehr selten verließ, fühlte er sich vor Entdeckung relativ sicher. Eulertins wahres Zuhause war das kleine Häuschen auf dem Lehnstuhl, das Kai am Tag seines Erwachens in der Studierstube gesehen hatte. Die geringe Größe des Zauberers brachte ihn bisweilen noch immer zum Staunen.

Das Geräusch auf dem Dach war längst verstummt. Dafür spürte Kai jetzt ein leichtes Vibrieren in der Wand. Kai runzelte misstrauisch die Stirn. Fast konnte man meinen, das unbekannte Etwas sei auf dem Weg ... nach unten.

Ein Geist? Irgendeine Kreatur, die durch Wände gehen konnte? Was, wenn jemand versuchte, Magister Eulertin im Schlaf zu überraschen?

Alarmiert lief Kai zu dem Erker mit der Wendeltreppe und tastete sich über die Stufen nach unten. Kurz darauf hatte er die Eingangshalle erreicht.

Durch die beiden hohen Sprossenfenster mit den aquamarinblauen Scheiben fiel das Licht der Irrlichtlaterne herein. Sie hing direkt über der Eingangstür und wiegte sich leicht im Wind.

Ihr silberner Lichtschein erhellte auch das Fachwerkgebäude gegenüber. Dort wohnte eine Magierin namens Alpme Somnia. Kai hatte sie schon zweimal dabei beobachtet, wie sie große Kisten in ihren Laden trug. Bei der gedrungenen Frau, die stets ein braunes Kopftuch trug, handelte es sich nicht, wie sonst in der Windmachergasse üblich, um eine Windmacherin, sondern um eine Traumhändlerin. Im Fenster ihrer Auslage bot sie Schlafmittel, Tinkturen und geheimnisvolle Pülverchen an, die man vor dem Zubettgehen einnehmen musste. Angeblich kam der Käufer dieser Mittelchen so in den Genuss abenteuerlicher Traumreisen. Doch Quiiiitsss hatte angedeutet, dass Alpme Somnia unter der Ladentheke noch ganz andere Träume verkaufte. Es waren dies Traumgespinste, in denen die Käufer ihre düsteren Machtfantasien und geheimsten Gelüste ausleben konnten. Außerdem hatte die Zauberin sogar Träume von Zwergen, Kobolden und Elfen im Angebot.

Wann immer Kai daran dachte, fragte er sich, was wohl aus Fi geworden war. Er hatte den Elfen jetzt schon seit fast einem Monat nicht mehr gesehen. Wahrscheinlich war Fi froh darüber. Sicher hatte Kai keinen besonders guten Eindruck bei ihm hinterlassen.

Doch im Moment hatte Kai andere Sorgen. Er ließ sich auch nicht von der leise tickenden Standuhr oder den drei ausgestopften Tierköpfen an der Wand gegenüber beirren, die ihn heimlich zu beobachten schienen. Sein Blick galt allein dem Lichtschein, der unter der Tür zur Studierstube auszumachen war.

Magister Eulertin war noch wach? Zu dieser späten Stunde war das selbst für ihn ungewöhnlich.

Kai lauschte und vernahm gedämpfte Stimmen. Offenbar unterhielt sich der Däumling mit jemandem. Einen Augenblick lang schwankte Kai zwischen Respekt und Neugier. Schließlich siegte die Neugier.

Wie an dem Tag seiner ersten Begegnung mit dem Magister schlich er zur Tür des Studierzimmers. Er bückte sich, um einen Blick durch das Schlüsselloch zu werfen.

Vor Überraschung blieb ihm fast das Herz stehen. Schräg gegenüber dem Fenster stand Dystariel. Kai hatte das unheimliche Wesen in den letzten Wochen fast vergessen. Wie damals in Lychtermoor war ihr Gesicht unter einer weiten Kapuze verborgen. Aufgrund ihrer monströsen Erscheinung stieß sie mit dem Kopf fast an den Leuchter mit den zwölf Kerzen und deutlich zeichnete sich unter der dunkelgrauen Kutte ein großer Buckel ab. Einzig ihre Klauenhände waren sichtbar. Sie drehte darin beiläufig einen knöchernen Hundeschädel, den sie aus einem der Regale genommen hatte. Kai schauderte.

»Seit den Vorkommnissen in Lychtermoor gab es sieben weitere, von denen wir wissen«, sagte sie mit Grabesstimme. »Unter den Irrlichtjägern der Elbregion herrscht Panik. Eisenhand schlägt stets aus dem Hinterhalt zu. Ich kann leider nicht überall zugleich sein.«

»Wenn ich nur wüsste, was er mit den Irrlichtern will«, erklang von irgendwoher die feine Stimme Eulertins. »Vielleicht suche ich Koggs noch einmal auf und bitte ihn ein weiteres Mal um Hilfe.«

»Was willst du damit erreichen?«, zischte Dystariel und stellte den Schädel wieder zurück ins Regal. »Seine Leute machen ihm Meldung, wann immer sie etwas hören. Oder erwartest du ernsthaft, dass sie an meiner Seite erfolgreicher sind? Fi hat mich schon behindert, und das, obwohl er zugegebenermaßen über nützliche Fähigkeiten verfügt.«

»Du bist ungerecht, meine Liebe.« Kai konnte den Magister nicht sehen, aber er stimmte ihm innerlich zu.

»Ich mag keine Begleiter«, grollte die Unheimliche. »Vor allem nicht solche, die Geheimnisse vor mir haben. Und vor allem mag ich keine Elfen. Das gilt insbesondere für Fis Volk. Es ist schwach. Es war leicht, sie zu unterwerfen und zu Sklaven zu machen.«

Wovon sprach Dystariel? Kai blinzelte verwirrt.

»Du vergisst die Umstände«, widersprach der Däumlingszauberer. »Und du urteilst vorschnell. Was Fis Geheimnisse betrifft, nun, darf ich dich an deine eigenen erinnern? Vielleicht hat es einen Grund, dass euch das Schicksal hier in Hammaburg zusammengeführt hat.«

»Schicksal? Was soll das?«, fauchte Dystariel. »Mein Schicksal habe ich mir nicht ausgesucht. Das weißt du besser als jeder andere.«

»Hin und wieder etwas Gesellschaft zu haben tut dir durchaus gut, liebe Freundin.« Kai kannte den Magister inzwischen gut genug, um so etwas wie Belustigung aus seiner Stimme heraushören zu können.

»Pah. Mir reicht die deine.« Dystariel reagierte mit einem unwilligen Schnauben. »Also schön, ich werde weiter mit diesem Elfen zusammenarbeiten, wenn du darauf bestehst. Doch im Moment kann er mir nicht helfen. Sag mir lieber, wie sich dein neuer Schüler macht. Bist du zufrieden mit ihm?«

»Ach, der Junge ...«, antwortete Eulertin gedehnt und Kai konnte den Däumlingszauberer auf seiner Feder durch das Blickfeld des Schlüssellochs huschen sehen. Aufmerksam spitzte er die Ohren. »Ja, er macht sich. Inzwischen lernt er mit einer Hingabe, wie ich es in den ersten Wochen nicht für möglich gehalten hätte. Ich weiß nicht, welche Unterweisungen er bei seiner Ausbildung zum Irrlichtfänger erhalten hat, aber sie scheinen alles in allem recht hilfreich gewesen zu sein. Mittlerweile verfügt er über Fähigkeiten, die üblicherweise erst ausgebildete Zauberer vorweisen können. Aber jedes Mal, wenn er seine Gabe gebraucht, befürchte ich, dass er das Tier in sich ein Stück zu weit von der Kette lässt.«

»Du hättest ihn in Lychtermoor erleben sollen.« Dystariel klang auf Besorgnis erregende Weise begeistert. »Diese Kraft, die er entfesselt hat. Ich bin mir sicher, er ist es!«

»Ja, ich weiß, welche Hoffnungen du hegst, teure Freundin«, unterbrach sie der Magister sanft. »Aber noch gibt es keinen Beweis. Und sollten deine Vermutungen zutreffen, was sich erst noch erweisen muss, können wir ihm nicht helfen. Zumindest kann *ich* ihm nicht helfen. Das weißt du.«

Dystariel gab einen knurrenden Laut von sich. »Das akzeptiere ich nicht. Es muss einen Weg geben. Es muss!«

Kai stutzte. Über was sprachen die beiden da?

Eulertin seufzte. »Helfen wir dem Jungen zunächst einmal, zu sich selbst zu finden. Noch ist nicht sicher, ob er die nächsten Wochen übersteht.«

»Hilf ihm, Thadäus. Hilf ihm!«, zischelte die unheimliche Dystariel. »Du weißt, was von ihm abhängt, wenn ich Recht habe.«

»Ja, ich weiß«, seufzte der Däumling. »Und das macht es nicht besser. Wahrhaftig nicht.«

Die Gassen Hammaburgs

Der folgende Tag begann wie jeder andere in den vorangegangenen vier Wochen. Quiiiitsss traktierte Kai bereits vor Sonnenaufgang mit den widerlichen Gewitteregeln und dieser war in eines seiner Bücher vertieft. Es handelte sich um das Kaleidoskop der heimlichen und unheimlichen Kreaturen, das ein Gelehrter namens Vico von Rankenstein vor über 250 Jahren verfasst hatte. Seitenlang berichtete von Rankenstein darin über seine Forschungen, die ihn vom eisigen Norden der Welt bis hinunter in das finstere Albtraumgebirge geführt hatten. Kapitel für Kapitel erzählte er darin über Vampire, Werwölfe, Ghoule, Nachzehrer, Nachtmahre und andere Geschöpfe der Finsternis, die in den Nischen und Winkeln der Welt darauf lauerten, über die Lebenden herzufallen.

Unter anderen Umständen hätte Kai an dem Band seine helle Freude gehabt. Im Gegensatz zu den Werken, die ihm Magister Eulertin üblicherweise zu lesen aufgab, bestand das dicke Buch zu einem guten Drittel aus Bildtafeln, die plastisch genug gewesen wären, ihm einen wohligen Schauer über den Rücken laufen zu lassen. Leider aber führten ihm die Abbildungen dieser Geschöpfe der Nacht nur zu deutlich vor Augen, welches Schicksal ihm selbst blühte, sollte es ihm nicht gelingen, seine Zauberkraft zu bändigen. Anfangs hatte er das

Buch deshalb in die hinterste Ecke seines Zimmers verbannt und sich geweigert, es auch nur in die Hand zu nehmen. Doch heute hatte er einen besonderen Grund, wie besessen das *Kaleidoskop* durchzublättern.

Er hatte gerade ein Kapitel aufgeschlagen, das mit *Der Alb* betitelt war. Es handelte sich bei diesem Wesen um eine fürchterliche Schattenkreatur, die schwarze Hexen und Zauberer beschworen, um ihre Opfer mit schrecklichen Trugbildern zu quälen, im Volksmund Albträume genannt.

Die abgebildete Kreatur ähnelte einer rabenschwarzen Katze mit Fledermauskopf und spindeldürren Gliedmaßen, die den Betrachter mit glühenden Augen anstarrte. Ob dieser Alb wirklich so aussah? Kai hielt es für möglich, dass der Zeichner leicht übertrieben hatte. Er konnte sich nicht wirklich vorstellen, dass die Geschöpfe, die in dem Band versammelt waren, für die Bildtafeln Modell gestanden hatten.

Kopfschüttelnd blätterte er weiter. Was er suchte, waren Informationen über eine Kreatur, die stark und groß wie ein Bär war; ein Geschöpf, das Krallenhände besaß, das imstande war, einen Säbelhieb unbeschadet zu überstehen und das überdies einen Buckel hatte. Kurz, er suchte nach einem Hinweis, wer oder was Dystariel war.

Vergeblich.

Zu seinem Erstaunen hatte Kai nach dem nächtlichen Zwiegespräch zwischen Magister Eulertin und Dystariel beobachtet, wie die Unheimliche durch einen Geheimgang verschwunden war. Er lag hinter einem der Regale des Studierzimmers verborgen und führte offenbar hinauf zum Dach des Hauses.

Er selbst war auf dem Rückweg zu seinem Zimmer fast von Quiiiitsss erwischt worden. Einzig seinen geschärften Sinnen hatte er es zu verdanken gehabt, dass er dem Poltergeist nicht direkt in die Arme gelaufen war. Anschließend hatte er noch eine gute halbe Stunde wach gelegen und über das belauschte Gespräch nachgedacht. Doch einen Reim konnte er sich noch immer nicht darauf machen.

Inzwischen kitzelten die Strahlen der Morgensonne Kais Nase. Quiiiitsss hatte soeben den letzten Gewitteregel zurück in sein Glasgefäß gesperrt, als es leise an die Zimmertür klopfte. Sogar der Poltergeist drehte seinen Kopf überrascht auf den Rücken. Die Tür schwang wie von Geisterhand auf und erst der auf den Fußboden gerichtete Blick des Hausgeists machte Kai klar, wer der Besucher war: Magister Eulertin. Inmitten des vergleichsweise gewaltigen Türrahmens wirkte seine winzige Gestalt wie verloren.

Der Däumlingszauberer hatte ihn noch nie auf seinem Zimmer besucht. Hatte er gestern Nacht etwas mitbekommen? Verlangte er nun Rechenschaft von ihm? Mit puterrotem Gesicht klappte Kai das *Kaleidoskop der heimlichen und unheimlichen Kreaturen* zu und schwang sich aus dem Bett.

»Gu... guten Morgen, Magister Eulertin«, stammelte er, was Quiiiitsss dazu brachte, ihm einen misstrauischen Seitenblick zuzuwerfen. »Ich wollte gleich zu Euch runterkommen.«

»Guten Morgen, mein Junge. Ah, ich sehe, deine Behandlung ist soeben zu einem Ende gelangt. Sehr gut.«

»Habt Ihr einen neuen Auftrag für mich, Herr?«, rasselte Quiiiitsss mit einer Stimme, die die Irrlichtlaterne an der Wand zum Klingen brachte.

»Nein, im Moment nicht«, antwortete der Magister und trippelte mit auf dem Rücken verschränkten Armen auf das Bett zu. »Es wäre allerdings nett, wenn du dem jungen Mann hier ein kräftiges Frühstück zubereiten könntest. Und wenn du schon dabei bist, dann sieh doch einmal im Zimmer des seligen Magister Gismo nach, ob du nicht ein paar Kleider auftreibst, die Kai passen. Heute werden wir von unserem üblichen Tagesablauf etwas abweichen. Kai wird mich in die Stadt begleiten.«

Quiiiitsss nickte ergeben, sammelte die Flaschen mit den blassroten Egeln auf und schwebte ganz entgegen seiner Art durch die offen stehende Zimmertür hinaus.

»Wir sehen uns Hammaburg an?« Kai sprang begeistert auf. Die Aussicht, nach so vielen Wochen endlich das Haus verlassen zu können, ließ ihn sogar die scheußliche Behandlung mit den Gewitteregeln vergessen.

»Nun ja, eigentlich geht es um eine Versammlung des Stadtrats, zu der ich als Zunftmeister geladen bin«, antwortete ihm der Zauberer. Seine Stimme klang belustigt. »Aber ich denke, auf dem Weg zum Rathaus wird sich eine kleine Stadtführung durchaus einrichten lassen.«

»Ich werde Euch ganz sicher nicht enttäuschen, Magister«, beteuerte Kai und wandte sich wieder dem Zimmerboden zu. Doch da war niemand.

»Hier bin ich!«, ertönte neben ihm die Stimme des Däumlings. Der kleine Zauberer saß mit übergeschlagenen Beinen auf einem der Bettpfosten und berührte beiläufig seinen winzigen Saphirring. Einen Moment später kramte er seinen kleinen Tabaksbeutel mit der zierlichen Pfeife hervor und stopfte diese. Kai blinzelte irritiert. Wie war der Däumling so schnell auf das Bett gekommen?

»Vorher werden wir allerdings Bäckermeister Mehldorn einen Besuch abstatten«, fuhr der Zauberer fort. »Seine Backstube befindet sich im Hafen. In seinem Geschäft hat sich vor einigen Tagen ein Schlinger eingenistet, der ihm zunehmend Kummer bereitet.«

»Ein was?«

»Ein Schlinger«, antwortete der Magister. Inzwischen hatte er seine Pfeife entzündet und blies gelassen einen winzigen Rauchkringel in die Luft. »Auch als Kuchenalb bekannt. Ein Feenartiger der schlimmsten Sorte. Diese Kreatur vertilgt, wenn sie hungrig ist, in einer Stunde bis zu zwei Laibe Brot. Aber was rede ich, eigentlich hat ein Schlinger immer Hunger. Ich werde ihn austreiben müssen.«

»Aha«, sagte Kai.

»Das wird aber nicht lange dauern. Es gibt da einige Zauber, die diese Geschöpfe gar nicht schätzen. Danach geht es dann weiter zum Rathaus. Ich hoffe, du weißt dich zu benehmen.«

»Ich werde mich bemühen.«

In diesem Moment rumpelte es draußen und Quiiiitsss kam wieder herein. Er trug einen Stapel Kleider.

»Ich hoffe, die Sachen passen Euch, junger Herr«, rasselte der Geist. »Wenn ich anmerken darf: Nebenan befindet sich ein Zauberspiegel, der Euch beim Ankleiden behilflich sein wird. Er ist zwar etwas von sich eingenommen, aber …«

»Nein, danke«, entfuhr es Kai. »Den kenne ich. Kein Bedarf.«

»Soso?«, meldete sich Eulertin zu Wort und musterte Kai interessiert. »Den kennst du also bereits?«

»Ich, äh …« Kai hätte sich am liebsten auf die Zunge gebissen und ignorierte den hämischen Blick, den ihm der Poltergeist zuwarf. »Das war am ersten Tag. Also, bevor ich wusste, wo ich hingehen darf – und wohin nicht.«

»Nun gut«, antwortete Eulertin. »Ich hoffe, du hältst dich auch weiterhin daran. Einige Teile dieses Hauses sind überaus gefährlich. Und jetzt schlage ich vor, dass du dich beeilst. In einer halben Stunde treffen wir uns unten in der Halle.

Kai wartete, bis Eulertin und Quiiiitsss die Kammer verlassen hatten, und brachte in Windeseile seine Morgentoilette hinter sich. Anschließend schlüpfte er in die neue Kleidung, die ihm der Poltergeist gebracht hatte: Sie bestand aus einem eleganten Gehrock mit Messingknöpfen, zu dem ein blütenweißes Hemd und Beinlinge aus dunklem Leder gehörten. Noch nie hatte er so vornehme Kleidung getragen. Seine Freude wich, als er die engen Spangenschuhe anprobierte. Schmerzhaft drückten sie gegen die Zehen. Kai hätte jede Wette darauf abgeschlossen, dass ihm Quiiiitsss mit Absicht Schuhe gebracht hatte, die ihm zu klein waren. Er schnaubte wütend und schlüpfte kurzerhand in seine alten Stiefel. Den Bernsteinbeutel und seine Flöte befestigte er gut sichtbar am Gürtel.

Schon war er auf dem Weg in die Küche, wo ihm der Poltergeist mit hinterlistigem Spinnweblächeln eine lauwarme Milchsuppe servierte, die verdächtig säuerlich roch. Doch Kai war das egal. Heute würde er endlich Hammaburg kennen lernen .

Pünktlich fand er sich in der Empfangshalle ein, wo Magister Eulertin bereits auf ihn wartete. Der Däumling stand, in ein feierliches, dunkelblaues Zeremonialgewand gekleidet, auf der Lehne des Korbstuhls und beäugte von dort aus die große Standuhr. Sein schlohweißes Haar wurde von einer blauen Seidenkappe verhüllt, die nach oben hin in einem halbmondförmigen Zipfel auslief. Kai glaubte, kleine Sternschnuppen auf dem Gewand ausmachen zu können. Vielleicht waren es aber auch nur Staubflusen.

Magister Eulertin blickte hinauf zu der seltsamen Uhr mit den vielen Zeigern, über die sich Kai bei seiner ersten Begegnung mit dem Däumling gewundert hatte.

»Mir scheint, wir sollten heute Augen und Ohren offen halten«, murmelte der Däumling nachdenklich. »Es könnte sein, dass sich uns einige Widrigkeiten in den Weg stellen.«

Kai folgte dem Blick des Zauberers hinauf zum Zifferblatt. Dieses Monstrum von Uhr war ihm nach wie vor unheimlich.

»Verratet Ihr mir, was es damit auf sich hat?«, fragte er schüchtern.

»Hm«, sagte der Däumling und blickte ihn ernst an. »Ich habe sie sozusagen geerbt. Dämonen haben sie in den Schattenklüften des Albtraumgebirges gefertigt. Angeblich existieren nur drei ihrer Art. Eine von ihnen soll sich im Besitz der Nebelkönigin Morgoya befinden. Hexer können dieser Uhr den günstigsten Zeitpunkt für ihre Beschwörungen entnehmen, Todgeweihte können mit ihr den genauen Zeitpunkt ihres Ablebens vorhersagen und Wahrsager vermögen mit ihrer Hilfe Horoskope mit beängstigender Aussagekraft anzufertigen. Kurz, sie zeigt das Schicksal an. Allerdings darf man dieser Uhr nicht trauen. Sie versucht ihren Besitzer zu täuschen.«

»Warum habt Ihr sie dann nicht zerstört?«, fragte Kai und betrachtete die Uhr misstrauisch aus den Augenwinkeln.

»Weil das noch gefährlicher wäre«, antwortete Eulertin. »Und außerdem können auch wir weißen Magier Hinweise aus ihr ziehen – zum Beispiel wann es gilt, auf der Hut zu sein. Und damit dient diese Uhr einem Zweck, für den sie eigentlich nicht geschaffen wurde: dem Gleichgewicht der Kräfte!« Der Winzling zwinkerte Kai aufmunternd zu. Anschließend breitete er seine Arme aus und beschwor einen Wind herauf, der ihn bis hinauf zu Kais Schulter trug. Dort ließ er sich mit der größten Selbstverständlichkeit nieder.

»Worauf wartest du?«, sagte er. »Lass uns aufbrechen. Ich sehe es dir doch an der Nasenspitze an, dass du es kaum abwarten kannst, Hammaburg kennen zu lernen.«

Voller Vorfreude ließ Kai die Tür hinter sich ins Schloss fallen und atmete befreit die Stadtluft ein. Neugierig schaute er sich um. Das Heim des Magisters erwies sich wie erwartet als ein ebenso gespenstischer wie verwinkelter Bau, dessen Fassade von zwei runden Turmerkern flankiert wurde. Wehmütig blickte er zu der Irrlichtlaterne über dem Eingang auf. Dann wandte er sich auf Weisung Eulertins in östliche Richtung.

Obwohl jenseits der spitzen Häusergiebel die aufgehende Sonne lachte, war die Gasse noch immer tief in Schatten gehüllt. Sie war nicht mehr als ein holpriger Pfad, der gerade so breit war, dass ein Pferdekarren hindurchpasste. Links und rechts wurde sie von schiefen Fachwerkhäusern gesäumt, die so eng beieinander standen, dass sich die Nachbarn durch die Fenster die Hände schütteln konnten.

Die wie Drachenköpfe, Einhörner und andere Zauberwesen geformten Dachgiebel ragten zum Teil weit in die Gasse hinein und allerorten baumelten kunstvoll bemalte Schilder, die die Dienste von Wahrsagern, Windmachern und anderem Zaubervolk anpriesen. Die Magier, die hier lebten, trugen so spektakuläre Namen wie Theophrastus Bombador oder Magna Illuminata. Und in den Auslagen der Zaubergeschäfte waren seltsame Gegenstände ausgestellt: bunte Flaschen, in denen Dampf wölkte, Lampen, die in einem grünen Licht leuchteten, Masken, in deren Augen das Sternenlicht funkelte, Bücher, die mit aufwändigen Schlössern gesichert waren, und Pergamente, auf denen Augen und Hände mit eigentümlichen Linien und Mustern abgebildet waren. Neugierig blieb Kai vor einem Laden stehen, über dem ein Schild mit der Aufschrift *Zacharias' Zauberelixiere* angebracht war. Sein Besitzer bot Tinkturen feil, die verheißungsvoll beschriftet waren: *Elixier der immerwährenden Jugend*, *Trank der Weisheit* oder *Tonikum der ätherischen Essenz.*

»Pah, lass uns weitergehen«, meinte Eulertin verächtlich. »Zacharias, der alte Scharlatan, versteht es noch nicht einmal, ein zweitklassiges Haarwuchsmittel zu brauen.«

Kai zog mit leuchtenden Augen weiter. Die meisten Dinge, die in der Windmachergasse angeboten wurden, waren sündhaft teuer. Es wunderte ihn daher nicht, dass sie hier ausschließlich gut betuchten Bürgern begegneten. Eulertin grüßte zwei Kapitäne in schmucken Uniformen, eine fein gekleidete Dame in Begleitung einer jungen Zofe und einen Brillenträger mit einem Doktorhut, der vermutlich aus der Gelehrtenstadt Halla angereist war.

Die Windmachergasse machte einen scharfen Knick und stieß auf eine breite Straße, in der Fischhändler, Wasserträger, Dienstmädchen, Knechte und manch anderes Stadtvolk ihrem Tagwerk nachgingen. Hier roch es nach Schmutz und Pferdeäpfeln. Hin und wieder rumpelten Fuhrwerke an ihnen vorbei, die Säcke mit Gerste und Fässer mit Stockfisch geladen hatten.

Kai konnte nur staunen. Er hatte natürlich gewusst, dass Hammaburg groß war, aber dass so viele Menschen an einem Platz leben konnten, überstieg seine Vorstellungskraft.

Kai folgte dem Straßenverlauf gen Norden und konnte jenseits der spitzgiebeligen Häuser und Gebäude den hohen Wall ausmachen, der die Stadt umschloss. Hammaburg verfügte über keine Stadtmauer, sondern war von einer schweren Palisadenbefestigung umringt, die in unregelmäßigen Abständen mit steinernen Wachtürmen gesichert war. Auf den Zinnen standen Gardisten und beobachteten aufmerksam das Umland Hammaburgs. Einer dieser Türme diente zugleich als Stadttor, durch das ein reger Strom an Fußgängern und Fuhrkarren in die Stadt drängte.

Gemeinsam mit Eulertin reihte sich Kai in den Strom der Passanten ein. Die Fassaden der kleinen, hohen, schiefen und stolzen Fachwerkhäuser, an denen sie vorbeikamen, fesselten Kais Blick ebenso sehr wie die Kanäle, die Hammaburg gleich einem Gespinst aus Adern durchzogen. Die Wasserstraßen wurden von Schiffern befahren, auf deren Schuten sich Bierfässer und Kisten stapelten. Mit langen Piken schoben sie ihre

Lastkähne an hohen Speichern und Wohnhäusern vorbei, deren Fundamente direkt an die Kanäle grenzten.

Eulertin gab Kai gerade die Anweisung, in eine Quergasse einzubiegen, als dieser nahe einem der Lagerhäuser Geschrei vernahm. Vor einem der Speicher entdeckte er ein halbes Dutzend kniehoher Männlein mit langen Nasen, die damit beschäftigt waren, einen der Kähne zu entladen. Ihr Anführer tippte immerzu auf eine Schiefertafel in seiner Hand und stritt sich lautstark mit dem Schutenführer. Offenbar waren einige Kisten zu wenig angeliefert worden.

»Was sind das dort für Wesen?«, wandte sich Kai verwundert an den Magister.

»Wichtel«, erklärte dieser knapp. »Ein fleißiges Völkchen aus den Harzenen Bergen, das sich virtuos auf den Umgang mit Zahlen versteht. Einige der hiesigen Kaufleute beschäftigen sie als Buchhalter, andere vertrauen ihnen die Lagerverwaltung an.«

Wenig später kamen sie an einer Brauerei vorbei, über der eine schwer nach Hopfen stinkende Dunstglocke hing. Kai beschleunigte seinen Schritt und so erreichten sie einen Markt, auf dem Fleischhauer, Gemüsehöker und Geflügelhändler lautstark ihre Waren anboten. Der Platz lag im Schatten eines protzigen Steingebäudes mit grünem Kupferdach, vor dessen Eingang zwei Stadtgardisten mit weißen Halskrausen und gekreuzten Hellebarden standen. Der Däumlingszauberer wies Kai darauf hin, dass hier die begehrten Hammaburger Gold- und Silbermünzen geprägt wurden, über deren Reinheitsgehalt Meister Alberik wachte, ein eigens vom Stadtrat eingestellter Zwerg.

Schließlich gelangten sie in ein Viertel mit gepflegten Häusern, vor deren blitzblanken Fenstern adrette Blumenkästen hingen. Hier waren Goldschmiede, Knopfmacher, Konfektbäcker und Tuchscherer ansässig. Sogar ein studierter Apothecarius aus Halla bot seine Dienste an. Er hatte sein Geschäft ganz in der Nähe einer Nachtwächterstube eröffnet.

Kai und der Zauberer überquerten zwei weitere der unzähligen Brücken und kamen an Hausierern vorbei, die Blumen, Kuchen und Bastkäfige mit herumflatternden Albenschmetterlingen anpriesen. Kai konnte es nicht fassen, dass die bunten Falter in Hammaburg ebenso begehrt waren wie in Lychtermoor.

Glücklicherweise beachteten die meisten Städter die beiden nicht weiter. Hin und wieder wurde aber doch einer der Passanten auf den Däumling auf Kais Schulter aufmerksam. Dreimal führte dies dazu, dass sich eine tuschelnde Menschengruppe bildete, die ihnen mehr oder minder unauffällig folgte. Einmal wurde es Magister Eulertin zu bunt.

»Sapperlot«, fuhr er die Verfolger an. »In Euren Augen bin ich doch winzig klein. Was gibt es da also zu sehen?«

Die Leute lachten und zerstreuten sich. Bei einer Horde Straßenkinder musste sich Eulertin schon etwas anderes einfallen lassen. Als diese es nicht leid wurden, ihn immer wieder zu fragen, ob er wirklich der berühmte »Winzlingszauberer« sei, befahl er Kai anzuhalten.

Jetzt wollten sie natürlich unbedingt einen Zaubertrick sehen. Der Däumling beschrieb auf Kais Schulter eine verschlungene Geste und intonierte einen komplizierten Zauberspruch. Zum Vergnügen der Kinder regnete es Blütenblätter vom Himmel, die sich in quakende Kröten verwandelten, kaum dass sie das Pflaster berührten.

Wahrscheinlich hätten die Kinder sie noch weiter verfolgt, wäre es in diesem Moment nicht zu einem erstaunlichen Ereignis gekommen. Hoch über ihren Köpfen war das Schlagen von Flügeln zu hören und kurz darauf tauchte jenseits der Hausdächer ein majestätisches Geschöpf auf, das erhaben über den Straßenzug glitt: ein gewaltiger Schwan! Das Tier war so groß wie ein Segelschiff, besaß ein strahlend weißes Gefieder und sein Schnabel glitzerte golden. Kai gab einen überraschten Laut von sich.

Johlend stoben die Kinder die Straße hinunter, um das wundersame Geschöpf nicht aus den Augen zu verlieren.

»Bei allen Moorgeistern!«, platzte es aus Kai heraus. »Was war das?«

»Oh, ja«, meinte Eulertin. Er wirkte ebenfalls beeindruckt. »Wir wurden soeben Zeuge des Patrouillenfluges eines unserer Lyren.«

»Unserer was?«

»Lyren«, wiederholte der Däumlingszauberer. »Diese Wesen sind erbitterte Feinde alles Bösen. Sie stammen aus dem Reich der Feenkönigin Berchtis. Die Königin hat sie der Stadt vor einem Jahr geschenkt, damit sie über Stadt und Land wachen. Hammaburg verfügt über sieben dieser erstaunlichen Geschöpfe. Sie lassen sich abrichten, akzeptieren aber im Gegensatz zu den geflügelten Pferden Berchtis' keine Reiter.«

»Unglaublich«, flüsterte Kai und reckte seinen Hals, um abermals einen Blick auf das strahlende Zauberwesen zu erhaschen. Es war jedoch längst außer Sichtweite. Dafür gewahrte er einen dunklen Hügel jenseits einer Reihe schlichter, dicht aneinander gedrängter Holzbaracken.

»Was ist das dort?«, fragte er und deutete mit dem Finger auf seine Entdeckung.

»Oh, wir kommen noch daran vorbei«, antwortete der Däumling. »Keine Bange.«

Der Magister lenkte Kais Schritte durch eine schmale, abschüssige Gasse, über der Leinen mit Wäsche gespannt waren. Zunehmend roch es nach Fisch und Tang.

»Ich vermute, dass wir bald den Hafen erreicht haben«, schnaufte Kai.

»Ja, es dauert nicht mehr lange«, antwortete der Magister. »Wir sind der Elbe nun sehr nah. Wenn ich deinen geneigten Blick zuvor auf das Mahnmal unserer Stadt lenken dürfte.«

Kai gehorchte und blieb überrascht stehen. Jenseits einer großen Scheune erhob sich ein sanft geschwungener Hügel, der dicht mit Büschen überwuchert war. Doch das war es nicht, was seine Aufmerksamkeit fesselte. Auf der Anhöhe thronte die rußgeschwärzte Ruine einer alten Burg. Wind und Wetter hatten ihre Spuren an dem Gemäuer hinterlassen. Die Mauern waren mit dunklem Moos bewachsen und von tiefen Rissen durchzogen. Um die alte Feste herum war der Berg von Schutt übersät und aus den Burgmauern gähnten den Betrachter dunkle Fensteröffnungen an. Kai gruselte bei diesem Anblick. Der einstmals mächtige Bergfried musste schon vor langer Zeit in sich zusammengestürzt sein.

»Ist das … die Hammaburg?«, fragte er.

»Ja, das ist sie«, antwortete der Zauberer. »Von ihr hat die Stadt ihren Namen. Sie fiel vor über vierhundert Jahren. Die

Nordmänner segelten damals auf ihren Drachenbooten die Elbe hinauf und legten Burg und Stadt in Schutt und Asche.«

»Warum hat man sie nicht wieder aufgebaut?«

»Weil es heißt, dass es dort oben spukt«, wisperte Eulertin. »Und anscheinend tut es das tatsächlich ... Einige Steine der Burg hat man zum Bau neuer Befestigungen verwendet. Doch stets ist in diese Bauten über kurz oder lang der Blitz eingeschlagen und sie sind abgebrannt. Außerdem heißt es, dass noch heute Menschen in der Ruine verschwinden, die so dumm sind, sich in das alte Gemäuer vorzuwagen. Die Hammaburg ist alt. Sehr alt sogar. Und die Geschichten, die man sich über sie erzählt, stimmen einen sehr nachdenklich.«

Wie immer wenn es interessant wurde, verfiel Magister Eulertin wieder in sein nur allzu bekanntes Schweigen. Kai starrte den Däumling auf seiner Schulter missmutig an und wünschte sich, dass sich dieser nur einmal klarer ausdrücken würde.

Stattdessen klatschte der Magister in die winzigen Hände. »Und jetzt hurtig, Junge. Ende der Stadtführung. Meister Mehldorn und der Stadtrat warten auf uns!«

Die Ratsversammlung

Am Himmel kreischten die Möwen und eine steife Brise fuhr über Kais Gesicht. Er strich sich eine dunkle Haarsträhne aus der Stirn und atmete tief die Hafenluft ein. Sie roch verwirrend nach Holz, Fisch und Teer. Doch er achtete kaum darauf, denn der Anblick, den ihm der Hafen Hammaburgs bot, war überwältigend.

Das große Hafenbecken wurde von hohen Speichern, Ankerschmieden und den Kontoren reicher Handelsherren gesäumt. Überall waren Schauerleute, Lagerverwalter und Fischhändler zu sehen, die rufend und krakeelend ihren Geschäften nachgingen.

Kai konnte einen großen hölzernen Kran ausmachen, dessen gewaltiger Lastarm soeben über den Stauraum einer dickbäuchigen Kogge schwenkte. Das Handelsschiff war an einer nahen Kaimauer vertäut und auf dem Deck turnten Matrosen mit bunten Pluderhosen herum. Sie waren damit beschäftigt, schlanke Amphoren aus dem Schiffsbauch zu hieven. Kai fragte sich, welche exotischen Meere dieses Schiff wohl schon befahren hatte. Es war natürlich nur eines von vielen, die im Hafen vor Anker lagen. Schwarz ragten ihre Masten zum leicht bewölkten Himmel auf. Kai erschienen sie wie ein Wald entlaubter Bäume.

Dann streifte sein Blick eine große Galeere an einer Kaimauer im Westen, deren ramponierte Schiffsverkleidung aussah, als ob dort ein Riese ein Stück herausgebissen hätte. Die Galeere besaß ein Bugkastell, auf dem eine gewaltige Harpune befestigt war. Erst jetzt entdeckte Kai die Männer und Frauen in schweren Teerjacken, die an der Hafenmole eine sicher fünfzehn Schritt lange Seeschlange mit drachenartigem Kopf zerlegten. Das Geschöpf besaß Flossen, die so groß wie die Segel mancher Jollen waren, die im Hafen kreuzten. Ein beständiger Blutstrom ergoss sich von der Kaimauer in das Hafenbecken und färbte das Wasser rot.

»Ich fasse es nicht«, murmelte Kai verwundert. »Ich dachte immer, die Geschichten über Seeschlangen seien reines Seemannsgarn.«

»Mitnichten«, entgegnete Magister Eulertin. »Da draußen im Nordmeer begegnet man noch ganz anderen Wesen, wenn man nicht vorsichtig ist. Seit Morgoya über Albion herrscht, werden es von Monat zu Monat mehr. Allerdings bringen nur die wenigsten Kapitäne den Mut auf, ihnen gezielt nachzustellen. Leute wie Kapitän Asmus gehen ein großes Wagnis ein. Aber der Gewinn, den sie mit dem Fleisch machen, ist gewaltig. Ganz zu schweigen von den Verkäufen an Alchemisten und Scharlatane, die sich noch für so manch andere Körperteile dieser Ungeheuer interessieren. Und nun sei so gut und bring mich zu Meister Mehldorn. Seine Backstube liegt dort hinten, gleich neben dem Schiffsausrüster mit dem Anker vor dem Geschäft.«

Kai fasste eine niedrige Häuserzeile mit Ladengeschäften ins Auge. Sie säumten den Platz mit der großen Waage Hammaburgs, über deren geeichte Gewichte drei Stadtbüttel mit Hellebarden wachten.

Noch immer beeindruckt von dem, was er gesehen hatte, blickte Kai zum Hafenbecken und dem gewaltigen Elbstrom zurück. Erst jetzt fiel ihm auf, dass auch am jenseitigen Ufer der Elbe Gebäude zu erkennen waren. Soweit er es aus der Entfernung ausmachen konnte, handelte es sich um ein Meer windschiefer Baracken und Zelte. Sogar eine Vielzahl von Schiffen dümpelte vor der Ansiedlung im Wasser, darunter schlanke Flussschiffe und Fischerboote, von denen aber keines die Größe einer der stattlichen Koggen erreichte.

»Das Schmugglerviertel«, erklärte Eulertin ruhig, der dem Blick des Jungen gefolgt war. »Aber von diesem Namen sollte man sich nicht beirren lassen. Dort drüben leben einige äußerst mutige Männer und Frauen. Hammaburg sollte stolz auf sie sein, statt sie nur verschämt zu dulden.«

»Was meint Ihr damit?«, wollte Kai wissen. Sie hatten die Backstube inzwischen fast erreicht.

»Ich meine damit, dass diese Schmuggler überaus tapfer sind. Einige von ihnen bereisen noch heute das Nordmeer und halten Kontakt zu der geknechteten Bevölkerung Albions. Alles, was wir über die Zustände in Morgoyas Schattenreich wissen, erfahren wir von ihnen. Fi lebt übrigens ebenfalls dort drüben«, ergänzte der Däumling.

»Ah, Magister Eulertin, da seid Ihr ja!« Aus der Backstube kam schnaufend ein dicker Mann mit weißer Schürze geeilt, der Kai entfernt an Boswin erinnerte. Der Bäcker verbeugte sich ehrerbietig vor dem Däumlingszauberer. Für Kai hatte er nur einen kurzen Blick übrig. »Dieses verdammte Mistvieh hat heute Morgen eine ganze Kiste Schiffszwieback vertilgt. Ich werde noch wahnsinnig.«

»Nun, dann nehmen wir uns mal dieses Schlingers an«, antwortete der Däumlingsmagier und stieg hoch erhobenen Hauptes auf die ausgestreckte Hand des Bäckermeisters. »Kai, warte bitte hier. Die Sache kann gegebenenfalls etwas ungemütlich werden, und ich will nicht, dass du dich vor unserem Besuch im Rathaus schmutzig machst.«

Kai rollte enttäuscht mit den Augen.

»Kommt, ich bringe Euch zu den Öfen«, flüsterte der dicke Bäcker Eulertin zu und schaute sich argwöhnisch um. »Bis jetzt habe ich die Anwesenheit dieses Schmarotzers geheim halten können. Ich wage mir nicht auszumalen, was geschieht, wenn meine Kundschaft von den Vorfällen erfährt.«

Kai sah mit an, wie die beiden in der Backstube verschwanden. Schiffszwieback also. Offenbar schien jeder in diesem Viertel von der Schifffahrt zu leben.

Neugierig schlenderte er zu dem Laden nebenan, vor dessen schiefem Treppenzugang der große Anker lag. In der Auslage waren Buddelschiffe, Seekarten und große Kompasse zu bewundern. Schwach waren hinter den trüben Butzenscheiben Regale zu erkennen, in denen weitere maritime Gerätschaften lagen – darunter obskure optische Instrumente, Lampen und eine dickwandige Flasche, in der heftig der Widerschein eines kleinen Feuers flackerte. Was war das? Die Flasche übte eine schier magische Anziehungskraft auf Kai aus.

Der Junge schaute sich um. Ob Magister Eulertin etwas dagegen hatte, wenn er nur mal kurz einen Blick in den Laden warf? Er würde auch bestimmt nicht lange bleiben. Kurz entschlossen betrat er die Kellerstiege. Eine kleine Schiffsglocke schlug an, als er die Tür aufzog.

Es war, als habe Kai eine andere Welt betreten. Am Boden stapelten sich Taurollen, an den Wänden standen lange Reihen gebrauchter Ruder und von der Decke baumelten rostige Schiffslaternen unterschiedlicher Größe und Gestalt. Sogar eine vom Seewasser zerfressene Galionsfigur befand sich zwischen all dem Plunder. Sie stellte eine dickbrüstige Frau mit wehenden Haaren dar, deren Augen voller Angst geweitet schienen.

Kai schluckte. Irgendwie stank es im ganzen Raum nach Fäulnis und verrotteten Planken. Auf der Suche nach der seltsamen Flasche streifte sein Blick über lange Regalreihen, auf denen schmutzige Stiefel, abgegriffene Seerohre, Winkelmaße und unzählige andere Gerätschaften lagen.

»Einen Augenblick«, krächzte im Hintergrund eine schnarrende Stimme. »Ich komme gleich.«

Weiter hinten war eine verschattete Ladentheke auszumachen, vor der zwei muskulöse Männer standen, die sorgsam ein grünes Fischernetz prüften. Kai beachtete die beiden nicht weiter, sondern ging zielstrebig auf die große Flasche zu, in der es wild flackerte. Verblüfft starrte er sie an. In ihrem Innern befand sich ein Flammenmännlein, das ungestüm in rotblauem Feuer flackerte. Es ähnelte den Irrlichtern, mit denen Kai vertraut war, schien aber keines zu sein. Was war das nur für ein Wesen?

»Zu teuer!«, war im Hintergrund eine schneidende Stimme zu hören. »Fünfzehn Goldmünzen, das ist unser letztes Angebot.«

»Fünfzehn Goldmünzen?«, krächzte die Stimme, die offensichtlich dem Ladenbesitzer gehörte, empört. »Ich bin nicht bereit zu schachern. Das Netz besteht immerhin aus Nixenhaar!«

Kai spitzte interessiert die Ohren.

»Es war schwierig genug, es zu besorgen«, fuhr die schnarrende Stimme fort. »Wer sich einmal in diesem Netz verfängt, dem helfen nicht einmal mehr Zauberkräfte, um sich daraus zu befreien. Nehmt es zu meinem Preis oder lasst es hier.«

Die beiden Männer grunzten unwillig, dann war das klingende Geräusch eines Geldbeutels zu hören, der den Besitzer wechselte.

»Na, geht doch«, krächzte der Ladenbesitzer zufrieden.

Einer der Männer warf sich das grünlich schimmernde Netz über die Schulter, dann wandten sich die beiden dem Ausgang zu. Ihre Gesichter waren narbenzerfurcht und sie musterten Kai argwöhnisch, als sie an ihm vorbeigingen. Kurz darauf war wieder das Klingeln der Schiffsglocke zu hören.

»Manchmal kann zu viel Neugier ein tödlicher Fehler sein. Meint Ihr nicht auch?«, zischelte es auf einmal hinter ihm. Kai wirbelte herum und blickte erschrocken das Wesen an, das zwischen den Regalreihen aufgetaucht war. Der Besitzer des Ladens reichte ihm nur bis zum Bauchnabel und mit seinen großen, behaarten Ohren und den Reihen spitzer Zähne erinnerte es Kai fatal an eine Fledermaus. Bei allen Moorgeistern! Vor ihm stand ein Kobold. Er sah genauso aus wie in den Geschichten, die ihm seine Großmutter erzählt hatte. Davon abgesehen trug sein Gegenüber eine vornehme Weste, aus deren Brusttasche eine silberne Uhrkette hervorguckte.

»Ich weiß nicht, wovon Ihr sprecht«, entgegnete Kai lässig und war selbst überrascht darüber, wie selbstbewusst er klang.

»Nun, was kann ich für Euch tun?«, wechselte der Kobold das Thema.

»Ich, äh, ich wollte Euch fragen, was das da für ein Geschöpf ist.« Kai deutete auf die flackernde Flammengestalt in der Flasche.

»Ah. Dies ist also das Objekt Eures Begehrens«, kicherte sein Gegenüber und rieb sich die überlangen Finger. Aufmerksam musterte der Kobold Kai und zuckte dann mit seinen Fledermausohren. Sein Blick blieb an Flöte und Bernsteinbeutel hängen. »Wie ich sehe, seid Ihr ein Irrlichtjäger, richtig?«

Kai nickte erstaunt.

»Habe ich es mir doch gleich gedacht.« Wieder kicherte der Kobold. »Da wünscht man sich dieser Tage doch gleich, dass man ein anderes Handwerk erlernt hätte, was? Einen Beruf, der weniger gefährlich ist ...«

Kai antwortete nicht, sondern starrte den Kobold wachsam an. Und so wechselte dieser abermals das Thema.

»Euer fachkundiger Blick hat natürlich gleich das erlesenste Stück meiner bescheidenen Gebrauchtwarensammlung erfasst«, schmeichelte er ihm und bleckte seine Nadelzähne. »Vor Euch seht Ihr ein Elmsfeuer. Sie sind mit den Irrlichtern entfernt verwandt, doch weitaus seltener und gefährlicher. Hin und wieder zeigen sie sich auf den Masten stolzer Schiffe. Vornehmlich dann, wenn sich das Schiff in einem schweren Sturm befindet. Elmsfeuer gelten als Unglücksbringer. Seid Ihr denn an Unglück interessiert?«

Kai schüttelte den Kopf. Dieser Kobold war ihm nicht geheuer. Besser, er sah zu, dass er wieder nach draußen kam. »Nein, bin ich natürlich nicht«, meinte er in bemüht gleichgültigem Tonfall. »Außerdem habe ich kein Geld.«

Mit einem Kopfnicken verabschiedete sich Kai und versuchte seinen Abgang nicht wie eine Flucht aussehen zu lassen. Als er wieder draußen stand, atmete er erleichtert die salzige Hafenluft ein. Er konnte spüren, wie ihm der merkwürdige Kobold durch die Fenster seines Geschäfts nachstarrte.

In diesem Moment öffnete sich nebenan die Tür der Bäckerei und der dicke Meister Mehldorn trat heraus. Auf seiner ausgestreckten Hand stand Magister Eulertin. »Danke. Danke. Danke, Magister. Ihr glaubt nicht, welchen Gefallen Ihr mir erwiesen habt.«

»Nun, das war nicht schwer«, antwortete der Däumling und klopfte sein blaues Zaubergewand ab. Es war über und über mit Mehl bestäubt. »Und lasst Euch nicht einfallen, den Schlinger einem missliebigen Konkurrenten unterzujubeln. Ihr liefert ihn wie vereinbart morgen bei einer der Wachstuben ab.«

»Aber natürlich, hoch verehrter Magister. Was denkt Ihr denn von mir?« Der Bäcker tat empört, wirkte aber wie ein Lehrling, der beim heimlichen Griff in die Kasse ertappt worden war.

»Komm her, Junge, damit du mich wieder tragen kannst«, rief der Magister, als er Kai erblickte.

Der tat, wie ihm geheißen wurde, und gemeinsam ließen sie weitere Dankesbekundungen des Bäckers über sich ergehen.

Anschließend bedeutete Eulertin seinem Schüler, in eine breite Geschäftsstraße einzuschwenken, die parallel zu der finsteren Ruine der Hammaburg verlief.

»Beeile dich«, wies ihn der Däumlingszauberer an. »Leider hat uns die kleine Stadtführung mehr Zeit gekostet, als ich beabsichtigt hatte. Ratsherr Schinnerkroog wird es nur zu gern sehen, wenn ich mich verspäte.«

Kai erinnerte sich wieder an das Gespräch mit den Windmachern, das er vor einigen Wochen belauscht hatte.

»Ist er ein wichtiger Mann?«, tat er arglos.

»Ja, leider«, antwortete der Däumlingszauberer missmutig. »Er ist der Erste Ratsherr der Stadt. Ein unbelehrbarer Wichtigtuer, auf den das Schimpfwort ›Pfeffersack‹ besser zutrifft als auf jeden anderen der ach so hochweisen Herren Stadträte. Am liebsten wäre es ihm, wenn man die Zauberwerker Hammaburgs gänzlich aus den Stadtwällen vertriebe.«

»Wieso das?«, fragte Kai, während er einer eleganten Kutsche auswich, die auf dem Weg zum Hafen war.

»Nun, früher hatte Schinnerkroogs Bruder Simor das Amt inne«, berichtete der Magister. »Diesem Simor Schinnerkroog hat die Stadt die Ergreifung von Mort Eisenhand zu verdanken. Er kam später durch einen Fluch Morbus Finsterkrähes ums Leben. Der jetzige Schinnerkroog ist leider aus gänzlich anderem Holz geschnitzt. Wenn es nach ihm ginge, würde die Stadt vor der Nebelkönigin Morgoya kuschen. ›Neutralität bewahren‹, nennt er das«, fluchte Eulertin. »Er glaubt allen Ernstes, dass Hammaburg so vor ihrem Einfluss geschützt werden könne. Leider gewinnt er unter den Zauderern und Angsthasen der Stadt immer mehr Anhänger.«

Inzwischen hatten sie einen großen, gepflasterten Platz erreicht, der von vornehm aussehenden Gebäuden flankiert wurde. Eulertin machte Kai auf die Börse der Stadt aufmerksam, einem prunkvollen Bau mit marmornen Säulen, über dem ein Fresko angebracht war, das Säcke und Fässer zeigte, die eine große Waage einrahmten. Die Börse stand direkt gegenüber des so genannten Commerziums, in dem die Kapitäne und Kaufleute der Stadt tagten. Es handelte sich um einen Fachwerkbau, der ebenfalls recht ansehnlich war. Unter dem hölzernen Dachgiebel über dem Eingang hing das bronzene Bildnis einer protzigen Kogge mit stolz geblähten Segeln, auf dem sich golden die Strahlen der Sonne brachen.

Überall auf dem Platz waren geschäftige Kaufleute unterwegs, zwischen denen Schreiber und wichtigtuerische Stadtbeamte herumwuselten. Vor allem aber stach ein stattlicher, weiß gekalkter Steinbau mit grünem Kupferdach hervor: das Rathaus Hammaburgs.

Es lag neben einem großen künstlichen Wasserbecken, das über Kanäle mit der Elbe verbunden war. Drei leuchtend weiße Schwäne zogen auf der Wasserfläche ihre Bahn. Vor dem Rathaus standen zahlreiche Kutschen und versperrten den Blick auf eine Fassade, in die eine endlose Zahl von Nischen eingelassen war. Darin standen die Statuen ernst dreinblickender Männer und Frauen.

»Das sind all die Ersten Ratsherren Hammaburgs, die seit dem Untergang des Kaiserreichs in den Schattenkriegen die Amtsgeschäfte geführt haben«, erläuterte Eulertin.

»Was für ein Kaiserreich? Und was für Schattenkriege?«, fragte Kai erstaunt.

»Ach, Junge«, seufzte der Däumling auf seiner Schulter. »Du hast nie von Kaiser Kirion gehört, den ihr Menschen ›den Löwen‹ nennt?«

Kai schüttelte beschämt den Kopf.

»Deine Unbildung ist wirklich erschütternd. Leider ist für weitere Geschichtslektionen jetzt keine Zeit. Wenn du vielleicht einen Schritt zulegen könntest.«

Kai schnaubte unwillig und kam an einer langen Reihe von Irrlichtlaternen vorbei, die nachts den Rathausplatz beleuchteten. Wie am Tage üblich, waren die Lohenmännlein müde in sich zusammengesunken und glimmten mit schwacher Flamme vor sich hin. Immerhin, hier war vom Irrlichterraub nichts zu bemerken.

Der Zauberlehrling drängte sich mit seinem Meister auf der Schulter zwischen den Pferden und Kutschen hindurch, dann hatten sie die steinerne Treppe zum Eingang des Rathauses erreicht. Flankiert wurde sie von zwei streng dreinschauenden Gardisten mit Halskrausen und blinkenden Helmen, die kämpferisch ihre Hellebarden aufgepflanzt hatten. Soeben kam ein hagerer Stadtschreiber mit ledernen Ärmelschonern aus dem Gebäude. Er grüßte Magister Eulertin knapp. Kai beachtete er überhaupt nicht.

Schließlich betraten sie die weiträumige, mit Säulen geschmückte Eingangshalle des Rathauses. An den bis hoch zur Decke getäfelten Wänden hingen riesige Gemälde, die stolze Hammaburger Schiffe zeigten. In der Mitte der gefliesten Halle erhob sich ein marmorner Springbrunnen, dessen Muschelbecken von steinernen Wassernixen getragen wurde. Bewundernd glitt Kais Blick über die schimmernden Fischschwänze der Skulpturen, in die dünne Silberschuppen eingebettet waren.

Natürlich war ihr Kommen nicht unbemerkt geblieben. Sie wurden von einem Dutzend Schreibern und anderen Stadtbediensteten beäugt, die überall auf den Gängen standen und sich leise unterhielten.

»Ah, der hoch verehrte Zunftmeister Magister Eulertin!«, säuselte eine Stimme. Ein blonder Mann im rotblauen Wams eines Ratsdieners kam auf sie zu und verneigte sich. »Die hochweisen Herren und Damen Stadträte haben sich bereits oben im Windsaal versammelt. Ratsherr Schinnerkroog hat die Sitzung um eine Stunde vorverlegt. Hat man Euch nicht darüber informiert?«

»Nein«, schnaubte Eulertin entrüstet. »Aus irgendeinem Grund hat diese sicher unbedeutende Terminänderung nicht den Weg in die Windmachergasse gefunden. Ist wenigstens Ratsherr Hansen vor Ort?«

»Ja, der hochweise Herr wohnt der Versammlung bei.«

»Gut, immerhin«, murrte der Däumling. »Sputen wir uns also.«

Der Ratsdiener führte sie eine große Freitreppe hinauf, über der ein Relief hing, auf dem übergroß der Stadtschlüssel vor dem Wappen Hammaburgs zu sehen war: eine Burg, vor der sich stolz ein Schwan abzeichnete.

»Wer ist dieser Ratsherr Hansen?«, flüsterte Kai.

»Der Stadtkämmerer Hammaburgs«, brummte Eulertin. »Er verwaltet die Finanzen. Zugleich ist Hansen einer meiner engsten Verbündeten unter den Stadträten. Ein ehrenvoller Mann.«

Sie liefen einen Gang hinunter, direkt auf ein großes Doppelportal zu, auf dessen Flügeln abermals Stadtschlüssel und Wappen zu erkennen waren.

Der Ratsdiener legte den Finger auf die Lippen und öffnete leise die Tür. Von drinnen ertönte erregtes Gemurmel.

Vor Kai und dem Däumlingszauberer erstreckte sich ein großer Saal mit leicht abschüssigen Sitzreihen, an dessen Stirnseite zwei Prunkfenster hoch zur Raumdecke aufragten. Ein Glasmaler hatte sie mit bunten Bildern von Koggen sowie exotischen Ländern und fernen Meeren geschmückt.

Im Saal hatten sicher an die siebzig Männer und Frauen Platz genommen. Da sich das große Portal im Rücken der hier Versammelten befand, konnte Kai ihre Gesichter nicht sehen. Staunend betrachtete er die düstere Amtstracht, die die hochweisen Damen und Herren trugen. Die Männer waren in schwarz wattierte Mäntel mit weißen Halskrausen gekleidet. Viele von ihnen trugen dazu passende dunkle, breitkrempige Hüte, die nach oben hin in abgeflachten Kegeln endeten. Die Ratsdamen trugen Kleider aus dem gleichen dunklen Stoff, welche am Hals weiß gerüscht waren. Ihre Haare hatten sie zu turmartigen Gebilden hochgesteckt. Sie alle starrten zu einem großen Rednerpult zwischen den beiden hohen Fenstern hinunter. Dort stand ein hagerer Mann mit stechendem Blick und hängenden Mundwinkeln, der sein strähniges Haar eitel über die Halbglatze gekämmt hatte. Auch er trug die düstere Tracht der Ratsherren, nur dass vor seiner Brust eine goldene Medaille baumelte, auf der das Stadtwappen prangte.

Kai wusste auch ohne nachzufragen, wer der Mann da unten war: Schinnerkroog, der Erste Ratsherr der Stadt.

»… und deswegen, hochverehrte Herrschaften«, deklamierte Schinnerkroog mit schriller Stimme, »und deswegen ist es unsere Pflicht, mit dem Übel in unserer Stadt aufzuräumen! Haben die Gründerväter dieser Stadt nicht geschworen, ein Heim für fleißige und strebsame Kaufleute zu schaffen? Lag es nicht in ihrer Absicht, Redlichkeit und Anstand zu fördern, indem sie einen Ort schufen, in dem sittliche Menschen Schutz und Obdach finden? Ich spreche von nichts Geringerem als jenen Tugenden, die unsere Stadt einst groß gemacht haben!«

Zustimmendes Gemurmel kam auf, während Kai auf einem Hocker in der letzten Reihe Platz nahm. Magister Eulertin stand angespannt auf seiner Schulter und lauschte konzentriert den Worten des Ersten Ratsherrn.

»Was ist aus alledem geworden?«, keifte Schinnerkroog. »Lasst mich offen sprechen. Hammaburg ist zu einem Hort des Schmutzes und des Lasters verkommen! Überall in der Stadt suhlen sich kriminelle Elemente, die sich wie Blutegel an unserem Gemeinwesen gütlich tun. Abschaum, den wir aus falsch verstandener Hilfsbereitschaft in unserer Mitte dulden und der unsere Güte Tag für Tag missbraucht. Ich spreche von jenem Hort der Gesetzlosigkeit auf der anderen Seite der Elbe. Jenem verderbten Pfuhl von Dieben, Schmugglern und Mördern, der die Lebensader unserer Stadt wie eine schwärende Wunde zu vergiften droht. Lasst uns kurzen Prozess machen mit diesem Aussatz. Lasst uns ein Ende machen mit all diesen Provokateuren, die das gestrenge Albion Monat um Monat aufs Neue provozieren. Entfernen wir die Eiterbeule vom Hammaburger Stadtgebiet!«

Ganze Reihen unter den Ratsmitgliedern erhoben sich und klatschten begeistert Beifall. Die andere Hälfte applaudierte nur zögerlich oder enthielt sich gänzlich einer Gefühlsregung.

Schinnerkroog lächelte zufrieden und verließ das Pult, an das nun ein prächtig ausstaffierter Ratsdiener mit Silberkette trat.

»Ruhe bitte! Ruhe bitte!« Vernehmlich klopfte dieser mit einem Hammer auf das Pult, bis wieder Stille im Saal eingekehrt war. »Da es einige der hochweisen Herren und Damen, die sich heute auf der Rednerliste eingetragen hatten, vorgezogen haben nicht zu erscheinen«, rief er mit näselnder Stimme, »ist die Versammlung für heute geschlossen. Ich bitte die Herrschaften daher ...«

»Halt!«, brüllte Magister Eulertin in einer Lautstärke, die Kais Ohr zum Klingen brachte. Ungezählte Köpfe ruckten zu ihnen herum und starrten sie an. Diejenigen, die offenbar zu Schinnerkroogs Anhängern gehörten, verzogen missmutig die Mienen, die anderen Ratsleute lächelten erfreut.

»Los, nach vorn, Junge«, wisperte ihm Eulertin ins Ohr und hob an, während Kai die Stufen zu dem Pult hinabschritt, mit seltsam verstärkter Stimme weiterzusprechen. »Leider hat mich die Nachricht, dass die Ratsversammlung vorverlegt wurde, nicht erreicht. Ich bitte daher, mein spätes Erscheinen zu entschuldigen.«

Schinnerkroog starrte von seinem Platz aus finster zu ihnen herüber, und Kai fühlte, dass auch er interessiert von ihm beäugt wurde.

»Sicher ist daran Euer neuer Sekretär schuld«, meinte Eulertin an Schinnerkroog gewandt und deutete auf den Ratsdiener vorn am Pult. Der starrte verstört zum Ersten Ratsherrn hinüber. »Bestimmt hat er sich im Gassengewirr der Stadt verlaufen, als er Eure Nachricht in die Windmachergasse bringen sollte. Wäre ja nicht das erste Mal …«

Gelächter ertönte.

Schinnerkroog selbst bewahrte Gleichmut. Er stand auf und lächelte Eulertin hämisch an. »Euer Humor spottet wie immer Eurer Größe, verehrter Magister. Ihr dürft Euch darauf verlassen, dass dieses Missgeschick selbstverständlich eine Untersuchung nach sich ziehen wird.«

»Aber nicht doch«, entgegnete Eulertin mit ironischem Unterton und bedeutete Kai, ihn auf dem Pult abzusetzen. Die Mitglieder des Rates reckten ihre Hälse, um einen besseren Blick auf den Däumling zu erhaschen. Zwei ältere Ratsherren setzten sich sogar ein Monokel auf. »Vielleicht bedient ihr Euch das nächste Mal einfach eines Laufburschen aus dem von Euch so geschmähten neuen Stadtviertel jenseits der Elbe«, fuhr der Zauberer in spöttischem Ton fort. »Schließlich beweisen die Bewohner dieses Viertels, hochverehrter Erster Ratsherr, schon seit Jahren mehr Weitblick als manch anderer alteingesessene Bürger dieser Stadt.«

Angesichts der versteckten Kritik an Schinnerkroogs Amtsführung brach Getuschel im Saal aus. Schinnerkroog selbst presste die Lippen aufeinander und wurde blass vor Zorn.

»Ich halte es daher für meine Pflicht«, führte Eulertin aus, »einige Fakten richtig zu stellen, die sicher irrtümlich in solch missverständlicher Weise Zugang zu dieser Versammlung gefunden haben. Dies ist umso bedauerlicher, als dass noch Euer seliger Bruder Simor, hochverehrter Erster Ratsherr, mit größter Achtung von den Bewohnern der anderen Elbseite gesprochen hat. Sicher wäre er nicht erfreut darüber, all diese Männer und Frauen heute als Diebe und Mörder verunglimpft zu wissen. Denn wie Euch vielleicht noch bekannt ist«, Eulertin nickte Schinnerkroog zu, »war es Eurem Bruder nur mithilfe dieses, wie nanntet Ihr sie gleich noch? Ja, richtig: *Abschaum*. Nun … war es Eurem eigenen Bruder nur mit Hilfe dieses *Abschaums* möglich, den gefürchteten Mort Eisenhand zu stellen. Ein Pirat, der nicht weniger als sechsunddreißig Handelsschiffe Hammaburgs aufgebracht und der Stadt unermesslichen Schaden zugefügt hat.«

Unter den Ratsleuten kam es ein weiteres Mal zu erregtem Getuschel. Schinnerkroogs Gesichtszüge waren zu Eis erstarrt. Der Ratsdiener, der voreilig das Ende der Sitzung hatte einläuten wollen, trat neben ihn und flüsterte dem Ersten Ratsherrn etwas ins Ohr. Über das Gesicht Schinnerkroogs huschte ein gehässiges Lächeln.

»Und ich möchte ebenfalls daran erinnern«, fuhr Eulertin fort, »dass Hammaburg ohne die Lotsen dieses Viertels in eine fatale Lage gebracht wird. Niemand kennt die tückischen Gewässer zwischen Albion und dem Kontinent besser als sie.«

»Verzeiht, dass ich mich einmische, verehrter Magister«, unterbrach ihn der Ratsdiener mit der silbernen Kette näselnd. »Vielleicht erinnert Ihr Euch an den Paragraf sechzehn der vor einem Jahr überarbeiteten Rathausordnung, der die Einbringung ungeprüfter magischer Artefakte in die hiesigen Räumlichkeiten untersagt?«

»Natürlich, ich habe diesen Entschluss schließlich mitgetragen«, antwortete Eulertin lauernd und trat kämpferisch an die

Kante des Pults. »Es ging damals darum, Fälle auszuschließen wie jenen, als Morbus Finsterkrähe einer der hier anwesenden Damen eine magische Schminkdose geschenkt hatte.«

»Richtig«, flötete der Ratsdiener. »Eine Dose, die sich dann als Heim eines gefährlichen Feuerdämons entpuppte.«

»Darüber müsst Ihr mich nicht aufklären«, sagte der Däumling. »Vor Euch steht jener Zauberer, der diesen Teufel ausgetrieben hat, bevor er Schaden anrichten konnte.«

»Umso mehr schmerzt es mich, dass ich ausgerechnet Euch bitten muss, jenes Kleinod an Eurer rechten Hand abzulegen. Jedenfalls so lange, bis es von drei unabhängigen Windmachern auf seine Unbedenklichkeit hin überprüft wurde.«

Eulertin starrte überrumpelt den schimmernden Saphirring an, den er am Finger trug.

»Ohne dieses Artefakt wird mich niemand in diesem Saal verstehen!«, zürnte er. »Ihr wisst nur zu gut, dass meine Stimme ohne dieses Hilfsmittel nicht weit genug trägt.«

Kai starrte den Däumling überrascht an. Das also war das Geheimnis von Eulertins übermenschlicher Lautstärke.

»Wie bedauerlich«, murmelte Ratsherr Schinnerkroog süffisant.

In den Reihen hinter ihm brach leises Gelächter aus. Auf der anderen Seite des Saals hingegen wurden Rufe der Empörung laut. Nur einige schienen nicht so recht zu wissen, wie sie sich verhalten sollten.

»Darf ich also bitten?« Schinnerkroogs Hofschranze trat an das Pult heran und streckte die Hand aus. »Ich bedauere wirklich. Aber Ihr wisst ja, wie das ist: Anordnung ist Anordnung!«

»Ihr glaubt doch nicht wirklich, dass ich ein so gefährliches Objekt in die Hände eines unbedarften Laien gebe, oder?«, zischte der Däumlingszauberer säuerlich. »Wenn Ihr gestattet, werde ich den Ring meinem Schüler anvertrauen.«

»Eurem Schüler? Soso. Aber natürlich.« Der Sekretär Schinnerkroogs musterte Kai misstrauisch und entfernte sich wieder.

Kai nahm bedrückt den Zauberring entgegen und presste ihn zwischen Daumen und Zeigefinger, um das winzige Ding nur ja nicht zu verlieren. Die Empörungsrufe unter den Ratsleuten wurden derweil immer lauter. Vor allem ein kleiner Mann mit schlohweißen Haaren und Nickelbrille tat sich dabei hervor. Ob das Magister Eulertins Verbündeter war, dieser Stadtkämmerer Hansen?

Längst waren auch einige andere Ratsleute aufgestanden und schrien wild durcheinander.

»Ungeheuerlich!«

»Durchsichtiges Manöver!«

»Schämt Euch!«

Magister Eulertin stand derweil vorn am Pult und versuchte die Menge zu beruhigen. Heftig winkte der Däumling mit seinen kleinen Armen, doch niemand beachtete ihn. Ohne seinen Ring wirkte er verloren und hilflos.

»Dann werde ich eben für den Magister sprechen!«, rief Kai plötzlich lauthals in das Lärmen und Schreien hinein. Von einem Augenblick zum anderen ebbte der Tumult ab und es wurde so still im Saal, dass man eine Stecknadel hätte fallen hören können. Aberdutzende Augenpaare waren auf Kai geheftet. Selbst Magister Eulertin schaute ihn verblüfft an.

Unruhig trat Kai von einem Fuß auf den anderen. »Es sei denn, es gibt ein Gesetz, das auch das verbietet?«

»Aber nein.« Diesmal stand Ratsherr Schinnerkroog persönlich auf und sah ihn belustigt an. »Als Zunftmeister der Windmacher und Spökenkieker«, höhnte er, »ist der große Magister Eulertin den Ratsherren natürlich gleichgestellt. Er kann selbstverständlich einen Vertreter benennen, der für ihn spricht. Wenn er diese gewichtige Aufgabe einem kleinen Jungen übertragen will, nur zu.«

Kai starrte Schinnerkroog böse an. »Das habe ich damit nicht gemeint, hochweiser Herr. Ich meinte das eher im übertragenen Sinne.« Er zwinkerte dem Däumlingszauberer zu und legte die freie Hand aufs Pult, sodass dieser auf sie steigen konnte. Anschließend setzte er den Däumling dicht neben seinem Ohr ab.

Schinnerkroogs Gesicht verfinsterte sich, dann setzte er sich wieder.

»Eine vortreffliche Idee, Junge. Du erstaunst mich immer wieder.« Magister Eulertins natürliche Stimme war kaum lauter als das Summen eine Biene. Stocksteif vor Aufregung und mit klopfendem Herzen trat Kai dicht an das Pult und versuchte, so gut es ging, die vielen Augenpaare zu ignorieren, die auf ihn gerichtet waren.

Er räusperte sich nervös. Dann lauschte er dem, was ihm der Däumling ins Ohr flüsterte.

»In Anbetracht der Umstände«, hob Kai vorsichtig zu sprechen an, »werden wir uns kurz fassen. Magister Eulertin gibt zu bedenken, dass sich unter den Bewohnern des Schmug…, äh, Viertels auf der anderen Elbseite viele Flüchtlinge aus

Albion befinden, die sich auf den Schutz Hammaburgs verlassen. Wir sind moralisch verpflichtet, ihnen beizustehen. Darüber hinaus sollte einigen der hier Anwesenden bekannt sein, dass den Bewohnern dieses Viertels von Simor Schinnerkroog, dem einstigen Ersten Ratsherrn dieser Stadt, ein lebenslanges Bleiberecht zugesagt wurde.«

»Was?«

»Unmöglich!«

»Doch, das ist richtig!«

Die Bemerkung löste sofort erregte Diskussionen unter den Ratsleuten aus.

»Diese Zusage liegt sogar in schriftlicher Form vor«, fuhr Kai mutiger werdend fort. »Und zwar für die Verdienste bei der Ergreifung Mort Eisenhands. Wird diese Zusage gebrochen, wird sich das herumsprechen und als sehr schädlich für den Ruf der Handelsstadt erweisen. Außerdem fragen wir uns, ob Ihr, Erster Ratsherr, Euch deswegen so wenig für den Seehandel einsetzt, weil ihr Eure Waren inzwischen auf dem Landwege befördern lasst.«

Schinnerkroog sprang wutentbrannt auf. »Wage es nicht noch einmal, mir solche Unterstellungen anzuhängen, du kleines Schandmaul!«

Kai war sich nicht sicher, wen genau der Erste Ratsherr mit dieser Äußerung gemeint hatte.

»Der Magister wünscht überdies, dass bei der nächsten Versammlung die Zollgesetze neu verhandelt werden. Für heute verzichtet er darauf. Danke und gut gemacht, Junge!«

»Du Torfkopp«, summte Eulertin. »Der letzte Satz war für dich und nicht für die Herrschaften des Rates bestimmt.«

Kai lief rot an und trat vom Pult zurück. Schinnerkroogs Sekretär schloss eilig die Versammlung und die Ratsmitglieder erhoben sich. Wilde Diskussionen entbrannten und wenig später bestürmte eine größere Gruppe Kai und den Magister mit Fragen. Unter ihnen befand sich der schmächtige Mann mit der Nickelbrille, der sich tatsächlich als Stadtkämmerer Hansen entpuppte. Erst auf Kais Hinweis hin, dass der Magister nur außerhalb des Gebäudes sprechen könne, trat die Gruppe den Weg zum Vorplatz an.

Als sie die Treppe vor dem ehrwürdigen Gebäude endlich erreicht hatten, gab Kai dem Magister den Ring zurück und stellte den Däumling auf das Geländer. Dort führte Magister Eulertin die Unterhaltung alleine fort.

Kai trat erleichtert ein Stück zurück und war froh, nicht mehr im Zentrum des Interesses zu stehen. Aufmerksam beobachtete er, wie die Herren und Damen des Rates nach und nach aus dem Gebäude strömten, um den Heimweg anzutreten. Plötzlich stutzte er. Kai entdeckte etwas abseits, im Schatten einer besonders prachtvollen Kutsche, Ratsherrn Schinnerkroog. Wild gestikulierend redete er auf zwei grobschlächtige Männer ein, die Kai bekannt vorkamen.

Natürlich! Es handelte sich bei ihnen um die beiden zwielichtigen Gesellen, denen er im Geschäft dieses Kobolds begegnet war. Was machten die hier? Kai wusste es nicht. Nur eines fühlte er: Ratsherrn Schinnerkroog war nicht über den Weg zu trauen.

Verirrt!

Na, wer sagt's denn? Geht doch, mein Junge!«

Kai klebte wie eine Fliege kopfüber an der Decke der Eingangshalle und konnte noch immer nicht fassen, dass das magische Elixier, das er unter Anleitung des Däumlings gebraut hatte, tatsächlich Wirkung zeigte. Ein Teil von ihm hatte noch immer Angst davor, dass der Zaubersaft von einem Moment zum anderen seine Wirkung verlieren und er wie ein Stein in die Tiefe sausen würde. Doch zugeben würde er das natürlich nicht. Gleichwohl starrte er zweifelnd zu dem mit Wolken und Windgeistern bemalten Fliesen des Hallenbodens hinab. Wie leicht konnte man sich bei einem solchen Sturz das Genick brechen.

Im Gegensatz zu dem Unsichtbarkeitselixier, das er vor zwei Tagen hatte brauen sollen, war der Spinnentrank nicht sofort in einer grünen Rauchwolke zerstoben. Die schmierigen Flecken seines Erstversuchs hatte Quiiiitsss noch immer nicht aus seiner Kleidung entfernen können. Der Spinnentrank war ihm hingegen recht leicht von der Hand gegangen. Einzig die Zutaten, die er benötigt hatte, um ihn herzustellen, verursachten ihm immer noch Übelkeit.

Der große Löffel voll Faulwasser, das er zusammen mit Rattenblut und saurem Wein in einem Glaskolben hatte destillieren müssen, waren noch die harmlosesten Ingredienzien dieses Tranks gewesen. Viel abstoßender waren all die getrockneten Spinnen und Fliegen, die er so lange in einem schweren Mörser zerstoßen hatte, bis nur noch ein übel riechendes, grauschwarzes Pulver übrig geblieben war. Hinzu kamen Zaubersalze und Öle wie Albenstößel, Nieswurz und Koboldsvitriol, die er zusammen mit dickflüssigem Hornissenmet exakt eine Stunde über einer schwefligen Flamme hatte aufkochen müssen. Das Gemisch wurde zwar anschließend durch ein Sieb gerührt und geschmacklich mit Minze verfeinert, doch noch immer glaubte Kai, dass ihm ein halbes Spinnenbein zwischen den Zähnen klebte.

Immerhin, das Resultat war beachtlich. Seine Hände und Füße hafteten selbst auf glatten Flächen, als wäre er eine Fliege. Nur der klebrige Schleim, den seine Hand- und Fußflächen absonderten, war etwas gewöhnungsbedürftig.

»Wenn Ihr nichts dagegen habt, Magister, komme ich jetzt wieder runter«, rief Kai und umrundete patschend die Aufhängung der eigentümlichen Kogge, um an der Wand neben der Standuhr den Abstieg zu wagen.

Als er wieder festen Boden unter den Füßen hatte, atmete er erleichtert auf.

»Wundervoll. Absolut wundervoll«, erging sich Magister Eulertin in Lobeshymnen. Der Däumlingszauberer stand auf der Lehne des Korbstuhls und beschrieb mit der Rechten eine komplizierte Geste. Mit einem leisen »Puff« erschien neben ihm eine Pusteblume, mit deren Hilfe er gemächlich zum Hallenboden hinabschwebte. Kaum berührte der Däumling die Steinfliesen, verschwand die Blume wieder. Sichtlich zufrieden trippelte der kleine Magister auf Kai zu. »Wer hätte das gedacht? In dir steckt also doch ein passabler Alchemist.«

Kai presste die Handflächen aufeinander und starrte mürrisch die Fäden an, die sie beim Öffnen zogen. »Gibt es ein Mittel dagegen oder muss ich jetzt an allem kleben bleiben, was ich anfasse?«

»Die Antwort liegt hier oben, Junge.« Magister Eulertin schaute zu ihm auf und tippte sich an die Stirn. »Konzentration ist alles. Als Zauberer kannst du die Wirkung minderer Elixiere allein kraft deines Willens aufheben. Besinne dich auf das ›Gewebe des Schutzes‹, das wir gestern geübt haben.«

Kai nickte und schloss die Augen. Er beschrieb mit einer seiner klebrigen Hände ein sternförmiges Symbol und versuchte, sich im Geist ein helles Licht vorzustellen. Bereits beim zweiten Anlauf gelang es ihm. Er spürte, wie die Reste des Zaubertranks wie bröseliger Lehm von seinen Händen abfielen. Er lächelte stolz.

Da begann unvermittelt sein Magen zu rumoren und alle Zufriedenheit wich von ihm. Kai legte sich besorgt die Hände auf den Bauch.

»Hm«, brummte Eulertin nachdenklich und fuhr sich über seinen Backenbart. »Mir scheint, dass wir uns schon bald des vordringlichsten Problems von allen annehmen müssen. Offenbar lässt sich das Tier in dir nicht so leicht einschüchtern, wie ich gehofft hatte.«

Der Magister trippelte auf die Tür seiner Studierstube zu und öffnete diese mittels eines Windes, den er mit einer weit ausholenden Geste heraufbeschwor. Kai ging ihm hinterher und sah bedrückt mit an, wie der Däumling die Gänsefeder vom Schreibpult zu sich heranwinkte und mithilfe der Feder die Reihen der Bücher und Schriften in den Regalen abflog.

Wieder einmal dachte Kai an die vergangenen Wochen zurück. Jahre schienen ihn von seiner Zeit in Lychtermoor zu trennen. Er hatte inzwischen so viel Aufregendes erfahren und so viel Neues gelernt, dass er sich sein altes Leben kaum noch vorstellen konnte. Nur bei dem Gedanken an Rufus und seine Großmutter beschlich ihn hin und wieder Heimweh. Inzwischen hätte er nicht mehr zu sagen vermocht, wo er eigentlich hingehörte. Hinzu kam, dass die Ereignisse vor drei Tagen im Rathaus das Verhältnis zwischen ihm und dem Däumlingszauberer bedeutend verbessert hatten. Der Magister schien seitdem weniger streng zu sein. Hin und wieder gestattete er sich ihm gegenüber sogar einen Scherz. Nicht zum ersten Mal fragte sich Kai, was Eulertin für seinen Dienst in Hammaburg aufgegeben hatte. Leider schwieg sich der Zauberer über das wie über so viele andere Dinge aus.

Kais Großmutter hätte den Magister ganz sicher gemocht. Allein die Vorstellung, dass irgendwo da draußen, unentdeckt zwischen den Menschen ein Volk von Winzlingen lebte, das ihnen so sehr ähnelte, hätte sie ganz sicher entzückt. Ganz zu schweigen von dem Umstand, dass Magister Eulertin Kai dazu gebracht hatte, ohne zu murren sein Zimmer aufzuräumen. Und das auch noch jeden Tag. Kai wurde wehmütig zumute.

»Ach, verflucht noch eins!«, grummelte der Däumlingszauberer. »Dieser elende Foliant muss hier doch irgendwo stehen.«

Eulertin sauste auf der Feder quer durchs Zimmer und sah sogar auf dem Leuchter und zwischen den Gläsern mit den

Fröschen am Fenster nach. Dann gab er es auf, flog zum Pult und las seine Wünschelrute auf. Doch das magische Hölzchen zuckte nur müde.

»Quiiiitsss, du alter Quälgeist!«, rief der Däumling. »Sieh zu, dass du deinen Nebelleib in die Studierstube bewegst.«

Es dauerte nicht lange und der Poltergeist glitt durch die schwer verriegelte Tür im hinteren Teil des Zimmers. Schon oft hatte sich Kai gefragt, was hinter ihr verborgen lag.

»Da bin ich, Herr und Meister«, rasselte Quiiiitsss und riss seine pechschwarzen Augen auf. »Ganz Euer ergebener Diener.«

»Was machst du da hinten?«, fauchte Eulertin wütend. »Du hast dort nichts zu suchen! Erwische ich dich noch einmal dort oben, sperre ich dich in einen Beschwörungskreis und lasse dich so lange von der Sonne bescheinen, bis du verdampfst. Haben wir uns verstanden?«

»Gnade, verehrtester aller Gebieter!«, jammerte Quiiiitsss und gab ein Rumpeln von sich, das das Skelett an der Raumdecke zum Klappern brachte. Inzwischen wusste Kai, dass es sich dabei um das Exemplar einer jungen Seeschlange handelte.

»Und erspare es uns *beiden*«, wütete Eulertin weiter, »mir immerzu Honig um den Mund zu schmieren. Wo hast du den *Codex der Heptessenz* versteckt?«

»Mit Verlaub, verehrter Magister, daran bin ich nicht schuld«, stöhnte Quiiiitsss beleidigt. »Der liegt noch bei Meister Vermis. Gemeinsam mit der *Ätherischen Stille*, den *Sieben Schleiern der Illusionografie* und den Bänden zwei und drei des *Kompendiums der arkanen Abschwörungen*.«

»Ach so, ja. Stimmt. Ähem.« Eulertin bedeutete ihm unwirsch, dass er sich entfernen durfte.

Gleich einer dunklen Regenwolke schwebte der Poltergeist an Kai vorbei in die Eingangshalle und verschwand gekränkt durch die Wand.

»Wie dumm. Sogar sehr dumm«, murmelte der Däumlingszauberer und kratzte sich gedankenvoll an der Schläfe. »Meister Vermis ist ein angesehener Buchbinder. Die Bände, von denen Quiiiitsss gesprochen hat, waren von Bücherwürmern befallen. Ich habe sie ihm vor einigen Wochen vorbeibringen lassen, damit er sich ihrer annimmt. Wir brauchen das Buch. Ich muss um deinetwillen dringend etwas nachschlagen. Dummerweise bekomme ich gleich Besuch von einer der Ratsdamen …«

»Wenn Ihr wünscht, hole ich das Buch für Euch ab«, bot sich Kai an.

»Hm, ich weiß nicht«, murmelte Magister Eulertin. »Du kennst dich doch in Hammaburg überhaupt nicht aus. Du warst erst ein einziges Mal in der Stadt unterwegs.«

»Beschreibt mir einfach, wo ich den Laden finde. Notfalls frage ich mich durch.«

Der Magister musterte ihn und seufzte dann. »Und du treibst dich auch nicht herum?«

Kai schüttelte heftig den Kopf.

»Na gut. Meister Vermis lebt in der Admiralitätsstraße. Sein Geschäft ist auffallend genug, sodass du es kaum übersehen wirst. Denk dran, dass bereits in zwei Stunden die Sonne untergeht. Bist du bis dahin nicht zurück, erlebst du ein Donnerwetter.«

Eulertin erklärte Kai den Weg. Der Junge prägte sich die Beschreibung ein und flitzte hoch in sein Zimmer, um sich Stiefel und Jacke zu holen. Wenig später verließ er das Haus des Zauberers und eilte die Windmachergasse hinunter.

Es dauerte nicht lange und er hatte die Straße zum Stadttor erreicht. Die Sonne stand tief am Himmel und so lagen die Gassen bereits im Schatten der hohen Fachwerkbauten. Noch immer herrschte geschäftiges Kommen und Gehen. Fuhrwerke mit Fässern, Kisten und Strohballen rumpelten an ihm vorbei und auch die Krämer, Handwerker und vornehmen Bürger, die ihm begegneten, schienen so beschäftigt zu sein wie am Vormittag.

Seine Freude darüber, erstmals allein die Stadt durchstreifen zu können, wich schnell einer gewissen Beklemmung. Denn Hammaburg war verdammt groß. Überall zweigten Straßen und Gassen ab, und so musste sich Kai anstrengen, der Wegbeschreibung, die ihm Eulertin mitgegeben hatte, richtig zu folgen. Wie es ihm der Magister gesagt hatte, bog er bei der ersten Irrlichtlaterne in eine Gasse ein, die auf eine der Kanalbrücken zuführte. Anschließend überquerte er einen lehmigen Platz, auf dem Gemüsebauern und Blumenmädchen ihre Waren feilboten. Dort angekommen musste er jedoch feststellen, dass dort nicht drei, sondern gleich vier Gassen abzweigten. Eulertin hatte ganz sicher von dreien gesprochen. Er sollte die mittlere von ihnen nehmen. Was nun? Er entschied sich für die breiteste und kam an einem Hufschmied vorbei, dessen metallisches Hämmern die Straße erfüllte. Nun nach rechts. Der Beschreibung des Däumlings nach musste hier ein Brunnen stehen. Stattdessen landete Kai auf einem gepflasterten Platz mit einer Pferdetränke, vor der einige Mietdroschken standen. Sicher hatte der Zauberer diese Pferdetränke gemeint. Kai eilte weiter. Mal hierhin und mal dorthin. Vor und dann wieder zurück. Nach einiger Zeit beschlich ihn Panik. Wo war diese verdammte Pferdetränke? Er musste falsch abgebogen sein.

Die Sonne stand inzwischen so tief, dass jenseits der Hausdächer nur noch ein schwacher roter Schein auszumachen war.

Kai seufzte. Er hatte sich hoffnungslos verirrt. Zwei ausgemergelte Tagelöhner kamen ihm entgegen, die einen gierigen Blick auf den Bernsteinbeutel an seinem Gürtel warfen.

Hastig machte Kai, dass er weiterkam. Hier musste doch irgendwo ein Geschäft oder eine Wirtsstube sein, in der er sich nochmals nach dem Weg erkundigen konnte.

Tatsächlich machte er hinter der nächsten Kurve ein wurmstichiges Tavernenschild aus, auf dem dunkel ein Haifisch zu erahnen war. Aus der Schankstube drang raues Gelächter. Er wollte schon darauf zulaufen, als er die beiden Gestalten erblickte, die in diesem Moment aus der Schenke traten. Es waren die beiden grobschlächtigen Kerle von vor drei Tagen, die er erst im Hafen und dann im Gespräch mit Ratsherrn Schinnerkroog gesehen hatte. Der eine trug ein großes Bündel auf dem Rücken, der andere sah sich misstrauisch nach allen Seiten um. Kai versteckte sich rasch in einem Hauseingang und spähte vorsichtig um die Ecke.

Ohne ihn zu bemerken, stapften die Männer in eine Nebengasse.

Kai überlegte, was er nun tun sollte.

Er hatte sich sowieso verlaufen. Also konnte er auch versuchen herauszufinden, was die beiden im Schilde führten. Und wenn es ihm nur dabei half, wieder zu einer der großen Straßen zurückzufinden.

Kurz entschlossen stieß sich Kai von der Hauswand ab und hastete hinüber in die Gasse, in der die beiden Männer verschwunden waren. Trotz des Grölens aus der Taverne hinter ihm, konnte er ihre Schritte hören.

In sicherem Abstand stiefelte er hinter den beiden her und kam an düsteren Buden mit engen, ausgetretenen Stiegen vorbei, aus denen das Keifen von Frauen und das Plärren von Kindern drang. Es roch schwer nach Kohlsuppe und Exkrementen. Jäh musste er sich wieder in einen Hauseingang zurückziehen. Keine zehn Schritte von ihm entfernt, an einer weiteren Abzweigung, hielten die beiden Männer inne. Der Kerl mit dem Sack klopfte gegen eine schwere Tür, aus der jetzt zwei hagere Gestalten auf die Straße traten und sich den beiden Riesen anschlossen. Unter ihren Umhängen blitzten lange Messer. Die vier unterhielten sich leise und einer der beiden Hünen lachte gefährlich. Was ging hier vor sich? Planten die vier einen Diebeszug?

Aufgeregt verließ Kai sein Versteck, darauf bedacht, so wenig Lärm wie möglich zu machen. Es dauerte nicht lange und die vier hielten abermals inne. Einer der beiden Messerträger postierte sich neben dem Eingang zu einem Hinterhof, während der andere sich hinter einer großen Regentonne auf der Straßenseite schräg gegenüber versteckte. Die beiden Hünen knüpften indes den mitgeführten Sack auf und zogen das seltsame, dunkelgrün schimmernde Netz aus Nixenhaar hervor.

Mit fliegenden Fingern rollten sie es auf, dann huschte einer der beiden damit eine der überdachten Stiegen hinauf und war verschwunden. Kurz darauf war er in einem der schmalen Fenster schräg über dem Eingang des Hauses zu sehen. Er schwang sich hinaus und legte sich, das Netz in der Hand, flach auf das schiefe Vordach der Treppe auf die Lauer. Sein Kumpan hatte sich inzwischen in einen Hauseingang gegenüber zurückgezogen.

Stille kehrte ein. Im Zwielicht war nur noch die hagere Gestalt vor dem Eingang zum Hinterhof zu sehen, die lässig an der Wand lehnte und leise ein Liedchen summte.

Kai verfluchte seine Dummheit. Natürlich. Das roch verdächtig nach einem Hinterhalt. Aber wem galt die Falle? Gespannt wartete Kai ab, was passierte. Zwei betrunkene Matrosen wankten vorüber, die bei den Männern ebenso wenig Beachtung fanden wie der Wasserträger, der nach ihnen das Gässchen hinaufeilte. Plötzlich stimmte die Gestalt an der Hauswand eine andere Melodie an. Kai bemerkte, dass der Messerträger hinter der Regentonne in Lauerstellung ging. Die Umrisse einer zierlichen Gestalt wurden sichtbar, die vorsichtig die Gasse entlanghuschte. In der Dämmerung konnte Kai nicht erkennen, um wen es sich handelte, aber irgendwie kam ihm die Person bekannt vor. Der Unbekannte sah sich wachsam um und blieb stehen.

»Hallo, suchst du mich?« Der Kerl, der beim Hinterhof gestanden hatte, trat vor und spuckte gelangweilt zu Boden.

»Kann schon sein«, war eine melodische Stimme zu hören. »Trägst du den Stab bei dir?«

Bei allen Moorgeistern, das war Fi!

»Aber natürlich«, antwortete der Fremde gedehnt. »Aber erst will ich das Gold sehen.«

Kai beobachtete, dass sich der Hüne auf dem Vordach leicht bewegte.

Endlich begriff er, was der Kobold mit dem Hinweis gemeint hatte, dass man sich aus dem Netz selbst mit Zauberkraft nicht befreien konnte. Ganz sicher war der Elf damit gemeint gewesen.

»Fi, pass auf! Eine Falle!« Kai sprang aus seinem Versteck hervor und blickte sich gehetzt um. Der Kopf des Elfen flog zu ihm herum, dann machte Fi einen eleganten Satz zur Seite. Keinen Augenblick zu spät, denn schon klatschte das Netz aus Nixenhaar auf die Straße. Hinter dem Elfen flog eine Tür auf und einer der beiden Hünen drängte auf die Gasse. In seiner Rechten hielt er ein Kurzschwert. Sein Kumpan auf dem Dach gab nun ebenfalls seine Deckung auf und machte sich fluchend an den Abstieg. Der Kerl hinter der Regentonne wandte sich mit gezücktem Messer Kai zu.

Fi reagierte schnell. Mit einem kräftigen Tritt kickte er seinem Angreifer die Waffe aus der Hand und stieß ihn hart zur Seite. Gerade noch rechtzeitig, denn schon warf sich der zweite Hüne von hinten mit Gebrüll auf ihn.

Nur aus den Augenwinkeln bekam Kai mit, dass bereits der nächste Angreifer angerannt kam.

Wumm, wumm. Kais Herzschlag beschleunigte sich.

Wumm, wumm. Kai fühlte Zorn in sich aufsteigen.

In seinen Eingeweiden brannte es. Es war das gleiche Gefühl wie damals bei der Mühle. Nein, es war sogar schlimmer. Es war, als würde ihn etwas von innen zerreißen. Eulertin hatte Recht. Das Tier, das in seinem Inneren lauerte, ergriff Besitz von ihm.

Kai schrie laut auf und taumelte zurück.

Keinesfalls durfte er sich von dem Feuer, das in ihm tobte, überwältigen lassen. Er musste das Tier zügeln. Er musste es bändigen und die Kräfte in sich kanalisieren.

Kai dachte verzweifelt an die Übung mit den schwebenden Hühnereiern zurück. Er würde dem Angreifer mithilfe seiner Gedankenkraft die Waffe entreißen. Gebieterisch streckte er dem Messerträger seine Hände entgegen und versuchte den Strom der Macht zu lenken, die ihn zu überwältigen versuchte.

Kai ächzte. Es war, als bräche ein Vulkan in ihm aus. Zu stark. Das Tier in ihm war zu stark!

Wie durch einen Schleier nahm Kai wahr, wie der Fremde gegen eine unsichtbare Wand prallte und sein Schrei durch die Gasse hallte. Wie von Geisterhänden gepackt wirbelte der Mann durch die Luft und blieb zwei Schritte über dem Erdboden hängen. Kai stemmte sich verzweifelt gegen die Macht, die er entfesselt hatte. Seine Beine zitterten und ihm traten Schweißperlen auf die Stirn. Das Ziehen und Reißen, das von seinen Fingerkuppen und von seinem Kiefer ausging, verebbte. Doch das Tier wollte nun mehr. Viel mehr! Es schrie und brüllte in ihm: *Töte! Töte! Töte!*

»Neiiiiiin!« Kai musste all seinen Willen aufbieten, um das Feuer in sich zu ersticken. Verzweifelt umschloss er die Flöte in seinem Gürtel – und auf einmal war ihm, als würde eine schwere Last von seinen Schultern genommen. Das Feuer erstarb, so wie es aufgeflammt war. Jäh stürzte der Messerträger zwischen die Kämpfenden und riss die beiden Hünen zu Boden.

Keuchend klappte Kai zusammen.

»Los, komm!« Eine Hand packte ihn und riss ihn hoch. Kai entdeckte wie im Nebel Fi neben sich. Die vier Angreifer hatten sich von ihrer Überraschung bereits wieder erholt und liefen mit gezückten Waffen auf sie zu. Die Männer trugen das Netz bei sich.

Gemeinsam hetzten die beiden die Straße zurück, aus der Kai gekommen war. Kai ließ sich von Fi willenlos in eine Seitengasse schleifen. Nur einmal wandte sich der Elf zu den Verfolgern um und schien sich auf etwas zu konzentrieren. Kai konnte hinter sich das laute Fauchen zweier Katzen vernehmen, die einen der Verfolger unerwartet ansprangen. Ein saftiger Fluch ertönte.

»Tut mir Leid, Samtpfoten«, wisperte der Elf und eilte weiter.

Immer tiefer drangen sie in das Gewirr von Gassen vor, doch es gelang ihnen nicht, die Kerle abzuschütteln.

»Fi, ich kann nicht mehr«, stöhnte Kai. »Das … das vorhin hat mich all meine Kräfte gekostet.«

Wie durch einen Schleier nahm er wahr, dass ihn der Elf eine Treppe hinaufschleppte und neben einer schimmeligen Hauswand ablegte.

»Hörst du mich, Kai?«, wisperte Fi.

Kai nickte entkräftet.

»Das sind Kopfgeldjäger. Wir müssen uns trennen. Ich lenke sie ab. Bleib hier, bis ich dich wieder abhole, verstanden?«

Kai nickte abermals und spürte, wie ihm Fi ein langes Jagdmesser in die Hände drückte.

»Nur für den Notfall, klar?« Fi sprang wieder auf die Straße und rannte los, wobei er so viel Lärm wie möglich machte. Nur Augenblicke später trampelten die vier Verfolger an Kais Versteck vorbei.

Kai schaffte es nicht einmal mehr, den Kopf zu heben. Alles um ihn herum schien sich zu drehen, dann umfing ihn Dunkelheit.

Der Schattenmarkt

Als Kai wieder zu sich kam, war es Nacht. Der Mond war von einem blauweißen Hof umgeben und sein Silberlicht erfüllte Dächer und Fassaden mit kaltem Glanz.

Schmerzhaft wurde sich Kai der harten Stufen in seinem Rücken bewusst. Wie lange lag er hier bereits? In seinen Händen hielt er noch immer Fis Messer. Der Griff bestand aus Perlmutt und hatte die Form eines Delfins. Kai steckte die Klinge in seinen Gürtel. Leider war die Erinnerung an den Überfall und die wilde Flucht durch die Straßen lückenhaft. Doch er spürte noch immer ein seltsames Prickeln, als er an den Einsatz seiner Zauberkräfte zurückdachte.

Er musste fort von hier. Was hatte Fi noch gesagt? Kai konnte sich schwach daran erinnern, dass er ihre Verfolger ablenken wollte. Doch das musste inzwischen Stunden her sein. Hoffentlich war dem Elfen nichts geschehen.

Kai erhob sich und kämpfte ein leichtes Schwindelgefühl nieder. Ohne Zweifel, das wilde Tier in ihm lauerte nur darauf, wieder hervorzubrechen. Eine wichtige Lehre hatte er immerhin aus alledem gezogen: Er musste seine Gefühle besser kontrollieren. Er durfte Wut und Zorn nicht mehr freien Lauf lassen. Die verzehrenden Kräfte in ihm benutzten sie jedes Mal als Tor, ihn zu überwältigen.

Kai schaute sich um. Es war totenstill. In den schmutzigen Lachen spiegelte sich das Mondlicht und nicht weit von Kai entfernt war eine Ratte zu sehen, die an etwas nagte.

Bloß weg von hier.

Das enge Gassengewirr, das er nun durchstreifte, war an vielen Stellen überbaut; mancherorts zweigten verschmutzte Höfe ab, in denen Müll lag und Katzen balgten. Einstöckige Buden wechselten sich mit schmalen Häusern ab, deren hohe Giebel sich eng aneinander drängten. Dazwischen stank es nach Moder und Abfällen. Das ganze Viertel zeugte von der Armut seiner Bewohner. Zu allem Unglück schoben sich hin und wieder dunkle Wolken vor den Mond, sodass die Gassen in tiefer Finsternis lagen. Erstmals fiel Kai auf, dass die nächtliche Dunkelheit in Hammaburg nicht so durchdringend war, wie er es aus Lychtermoor kannte. Vielmehr schien der Himmel weiter im Norden in einem schwachen, pastellfarbenen Licht zu glühen. Ein fernes Feuer? Kai hatte dafür keine Erklärung. Sehr seltsam.

Plötzlich hörte er leise Geräusche. Am Ende einer der Gassen war ein bläulicher Lichtschein auszumachen. Kai stieg vorsichtig über den Kadaver eines Hundes und riss entgeistert die Augen auf.

Vor ihm lag ein verwinkelter Platz, von dem beständiges Raunen und Wispern drang. Zwischen schäbigen Marktständen, auf denen geöffnete Truhen, Säcke und glitzernde Gegenstände lagen, huschten tief verhüllte Gestalten umher, die sich flüsternd unterhielten. Einige von ihnen hielten Laternen in den Händen, in denen es blau flackerte. Immer wieder wechselte ein Geldbeutel den Besitzer.

Der Platz grenzte an einen Kanal, an dem Boote festgemacht hatten, in denen schemenhaft Männer zu sehen waren, die Säcke, Bündel und Käfige nach oben reichten.

»Feenflügel, Feenflügel«, raunte eine leise Stimme. »Junger Herr, seid Ihr an frisch gerupften Flügeln von Blütenfeen interessiert?«

Kai blickte überrascht zu einem Maskierten mit weitem Mantel auf, der unbemerkt an ihn herangetreten war. Unter der Maske verzogen sich blutleere Lippen zu einem geschäftstüchtigen Lächeln. Der Fremde enthüllte die Innenseite seines Mantels, an der ein Dutzend in allen Farben des Regenbogens schillernde Flügelchen hingen. »Keine zwei Tage alt. Die Körper kann ich auch liefern.«

Kai schüttelte angewidert den Kopf und so verzog sich die Gestalt wieder.

Bei allen Moorgeistern, was war das hier?

Obwohl ihm alles andere als wohl zumute war, zog Kai sich die Kapuze seines Umhangs ins Gesicht und mischte sich unter das Publikum, das wispernd und raunend von Stand zu Stand schlich.

Was Kai auf dem heruntergekommenen Platz entdeckte, entsetzte ihn zutiefst. Die Händler versuchten nicht nur Hehlerware abzusetzen, sondern boten auch verfluchte Zaubermittel und abstoßende Jagdtrophäen feil. Einer pries für viel Gold das abgesägte Horn eines Einhorns an. Ein anderer verkaufte in verkorkten Flaschen das Blut von Mördern und Gehenkten. Dazwischen erblickte Kai Schachteln und Phiolen mit irrwitzigen Aufschriften: *Tränen eines Spuks*, *Blick eines Basilisken* oder *Schatten eines Unsichtbaren*.

Mitleidig starrte er zu einem engen Käfig, in dem eine geflügelte Schlange züngelte. Und regelrecht würgen ließ ihn das, was ein zahnloser Fischer auf einem Hackklotz anbot. Dort lag der abgeschlagene Fischschwanz einer Meernymphe. Kai wollte gar nicht wissen, was sich eingeschlagen in einer Decke hinter dem Stand verbarg.

Unvermittelt wurde er auf ein überraschtes Raunen aufmerksam, das am Kanal seinen Anfang nahm und sich schnell ausbreitete. Im fahlen Mondlicht war eine schwarze Barke auszumachen, die soeben an der Kaimauer festmachte. Drei vermummte Gestalten betraten den Platz und wandten sich sogleich einer verschreckten Händlerin zu, die sich tief vor den Neuankömmlingen verneigte.

Kai trat stirnrunzelnd näher. Die Frau schaute sich um und öffnete unterwürfig den Deckel eine Kiste, aus der kurz ein silberhelles Licht drang. Kai wusste sofort, was sich darin verbarg: ein Irrlicht!

Jäh kam ihm ein fürchterlicher Verdacht.

»Seid Ihr sicher, dass Ihr Euch nicht verlaufen habt?«, wisperte eine Stimme neben ihm. Erschrocken wandte sich Kai um und erblickte eine Kapuzengestalt, die ihm nur bis zum Bauch reichte. Die Stimme kam ihm irgendwie bekannt vor. Natürlich, das war dieser Kobold vom Hafen! Der Hehler entblößte unter der Kapuze sein widerliches Rattengebiss.

Kai wollte sich schon davonmachen, als der Kobold einen schrillen Schrei ausstieß und mit seinem Spinnenfinger auf ihn deutete.

»Passt auf! Der hier gehört zum Zunftmeister der Windmacher!«

Ungezählte Augenpaare waren mit einem Mal auf Kai gerichtet. Doch bevor auch nur einer der Umstehenden seine Hand erheben konnte, war vom Kanal her wütendes Gebrüll zu hören.

»Arrrrrhhh!« Die mittlere der verhüllten Gestalten, die sich eben noch das Irrlicht angesehen hatten, schlug ihre Kapuze zurück und deutete mit einem gepanzerten Arm auf Kai. »Der Junge gehört mir!«

Es war Mort Eisenhand.

Die Leute auf dem Platz stoben schreiend auseinander, als auch die Begleiter des untoten Piraten ihre Tarnung aufgaben. Ihre knöchernen Fratzen suchten den Platz nach Kai ab, während sie ihre Entermesser zogen.

Längst hatte Mort Eisenhand die Händlerin vor sich zur Seite gestoßen und flankte mit einem großen Satz über die Kiste mit den Irrlichtern hinweg. Sein aufgedunsenes Gesicht war hassverzerrt.

Kai rollte keuchend unter dem Marktstand mit der geflügelten Schlange hindurch und hechtete dorthin, von wo er gekommen war. Doch hier verstellte ihm eine gedrungene Gestalt den Weg. Er schlug einen Haken und rannte auf eine andere Gasse zu. Hinter seinem Rücken brach ein Tumult aus. Das Wutgebrüll Eisenhands donnerte über den Platz. Kai warf einen gehetzten Blick über die Schulter und entdeckte den Geisterpiraten nur ein halbes Dutzend Schritte hinter sich. Eisenhand warf kurzerhand einen Marktstand um und zog seinen Säbel, mit dem er sich rücksichtslos einen Weg durch jene hindurchbahnte, die nicht schnell genug beiseite sprangen.

Kai hetzte weiter und tauchte in einen Hinterhof ein. Hastig bestieg er einen hohen Abfallberg und kletterte über eine niedrige Ziegelmauer. Schwer krachte er auf modernde Holzkisten, sprang wieder auf und stürmte weiter. Eisenhand war dicht hinter ihm. Ein schriller, metallischer Laut war zu hören und die Ziegelwand brach berstend auseinander.

»Komm zum alten Mort!«, hallte das kehlige Gebrüll seines Verfolgers über den Hinterhof. »Du bist mein. Du weißt es nur noch nicht!«

Voller Panik stürzte Kai auf einen der Kanäle zu. Doch statt einer Brücke entdeckte er am Ende seines Weges nur schlüpfrige Stufen, die zu einem kleinen Boot hinunterführten. Da er nicht schwimmen konnte, sprang er kurzerhand in das schwankende Gefährt und säbelte verzweifelt mit Fis Messer an der Vertäuung herum. Kai kam gerade noch dazu, das Boot mit der Ruderstange von der niedrigen Kanalmauer abzustoßen, als Mort Eisenhand auch schon heran war. Seine finstere Gestalt ragte nur wenige Schritte von ihm entfernt zwischen den Gebäuden auf und er deutete mit dem Arm aus Mondeisen drohend auf ihn.

»Dein Fluchtversuch ist unsinnig, Kleiner«, höhnte der Finsterling und enthüllte beim Sprechen faulige Zahnstummel. Eisenhand starrte ihn mit Augen an, in denen ein schreckliches Feuer glomm. Kai hatte Todesangst. Doch noch immer wagte er es nicht, seine Kräfte anzurufen. Sie lauerten nur auf eine Gelegenheit wieder hervorzubrechen. Kai fühlte, dass sie ihn diesmal überwältigen würden.

»Komm zurück«, forderte ihn der Pirat auf und zeigte ein fauliges Lächeln. »Hat doch keinen Sinn.«

Auf der anderen Kanalseite fiepte es. Ein Meer von Ratten walzte heran und stürzte sich ins Wasser. Kai schrie erschrocken auf und hatte Mühe, auf dem schwankenden Boot das Gleichgewicht zu bewahren. Abwehrend hob er das Ruder. Am unteren Kanalende war bereits jene Barke zu sehen, mit der Mort Eisenhand zum unheimlichen Markt gekommen war. Die beiden Skelette am Heck steuerten zügig auf ihn zu.

»Einen wie dich könnten wir sogar lebend brauchen«, lockte Eisenhand mit Grabesstimme. »Du kannst mir nicht entkommen. Das Wasser ist mein Element!«

»Nicht so voreilig, Eisenhand. Es ist auch das meine!«, schnarrte es aus dem Dunkeln. Überrascht drehte sich Kai um und entdeckte eine Schute, die in diesem Moment aus einem Seitenkanal glitt und auf seine kleine Nussschale zuhielt. Auf dem Heck konnte er zu seiner Erleichterung die zierliche Gestalt Fis ausmachen. Doch der Elf war es nicht, der gesprochen hatte. Am Bug des Kahns stand ein bärtiges Männchen mit Dreispitz, Schmähbauch und roter Säufernase, das rauflustig die Faust schüttelte. Der Unbekannte war nicht größer als ein Kobold.

»Koggs Windjammer!«, wütete Eisenhand mit Donnerstimme und hob seinen Arm aus Mondeisen. Über ihnen am Himmel begann es dumpf zu grollen und jäh zogen Sturmwolken über der Stadt auf. »Wage es nicht, mir noch einmal in die Quere zu kommen. Ich bin jetzt kein Mensch mehr.«

Die knollennasige Gestalt kicherte und entkorkte mit den Zähnen eine Flasche, die mit einer schwach phosphoreszierenden Flüssigkeit gefüllt war. »Na, das trifft sich gut. Wie du weißt, bin ich das ebenfalls nicht.«

Der bärtige Kauz ließ die Flüssigkeit aus der Flasche ins Wasser plätschern. Der Kanal erstrahlte an der Stelle in fahlblauem Licht und die Ratten, die Kais Boot fast erreicht hatten, drehten hysterisch piepsend ab. Um sie herum gurgelte und plätscherte es.

»Neiiiin!«, brüllte Mort Eisenhand zornig und ballte die eiserne Faust. Am Himmel über ihnen rumorte es. Die Wolken zogen sich spiralförmig zusammen und nahmen eine schwefelgelbe Färbung an.

In diesem Augenblick schäumte das Wasser um Kai herum auf. Sein Boot wurde von einer machtvollen Welle angehoben, die ihn hoch hinauf bis zu den Fenstern der angrenzenden Speicher trug.

Eisenhand brüllte vor Wut. Doch es war zu spät. Die gewaltige Flutwelle rollte auf ihn zu und spülte alles fort, was sich ihr in den Weg stellte. Kai stürzte nach hinten und konnte nur aus den Augenwinkeln mit ansehen, wie die Barke mit den Knochenmännern gegen eine Mauer geschmettert wurde. Mort Eisenhand traf die Wand aus Wasser am heftigsten. Mit Macht erfasste sie den Piraten und spülte ihn gurgelnd und fauchend die Gasse hinauf, aus der sie gekommen waren.

Am Himmel flammte ein gleißender Blitz auf und schlug in einen der Hausgiebel ein. Funken stoben herab. Die Fluten beruhigten sich wieder und rauschend strömte das Wasser zurück in den Kanal.

»Los, her mit dir, du Landratte!«

Der Bug des Lastschiffes schrammte gegen die Nussschale, in der Kai lag, und er ergriff erstaunt die ausgestreckte Hand des kleinen Mannes mit der Knollennase. Mit mehr Kraft, als

Kai ihm zugetraut hätte, zog der Fremde ihn zu sich auf den Kahn. Erst jetzt bemerkte Kai, dass sein Retter ein Holzbein besaß.

»Danke.«

»Hier nicht für«, brummte der Dickbäuchige und schniefte großspurig. »Als mich damals vor Albion dieser gewaltige Fisch verschluckt hatte und ich nichts anderes besaß als eine Rolle Garn und dieses winzige Fischmesser, da …«

»Nicht jetzt, Koggs!« Fi trat nach vorn und half Kai Platz zu nehmen.

»Pah, dann sauft doch Seewasser!«, brummte der kleine Kapitän und drehte sich beleidigt zu einer Seekiste um, in der weitere Flaschen standen. Sein Holzbein verursachte bei jedem seiner Schritte ein leises Klopfgeräusch. »Eigentlich solltet ihr jungen Heringe froh darüber sein, dass ich euch an meinen reichhaltigen Erfahrungen teilhaben lasse.«

»Wieso bist du nicht wie vereinbart dort geblieben, wo ich dich zurückgelassen hatte?«, fragte Fi und warf Kai einen verärgerten Blick aus seinen Katzenaugen zu.

»Was heißt hier ›wie vereinbart‹?«, stammelte Kai atemlos.

»Ist dir klar, dass Magister Eulertin alle Hebel in Bewegung gesetzt hat, um dich zu finden? Du hast wirklich ein Talent dafür, das Unglück anzuziehen.«

Obwohl Fi aufgebracht wirkte, meinte Kai in seiner Stimme eine gewisse Erleichterung mitschwingen zu hören.

»Darüber könnt ihr euch auch später noch unterhalten«, krähte Koggs Windjammer. »Wir müssen fort von hier. Eisenhand kann jeden Augenblick zurück sein. Noch mal lässt der sich nicht hereinlegen.«

Schnalzend entkorkte Koggs eine weitere Flasche. Darin wallte ein feiner Nebel. Zu Kais Verwunderung setzte der kleine Kapitän die Flasche kurzerhand an und nahm einen tiefen Schluck. Er schüttelte sich und rülpste laut. »Kraken und Polypen. Genau der richtige Stoff für lauschige Sturmabende. Welch eine Verschwendung.«

Scheinbar achtlos warf er die Flasche hinter sich, wo sie an einer der Kanalwände zerschellte. Von einem Augenblick zum anderen umfing sie dichter Nebel.

»Worauf wartet ihr?«, krähte der kleine Kapitän tatendurstig. Aus dem wabernden Grau drang das leise Pochen seines Holzbeins. »Hol an die Ruder, besetzt den Ausguck und dann auf zu heimischen Gewässern!«

Im Schmugglerviertel

Das Gewirr von Holzbuden und Zelten, durch das Kai von Koggs Windjammer geführt wurde, war trotz der späten Stunde noch immer belebt. Es roch nach Fisch und Rauch und auf zahlreichen Plätzen flackerten Lagerfeuer. Um die Feuerstellen saßen Männer und Frauen in derber Kleidung, die allesamt Knüppel, Enterhaken und lange Messer griffbereit trugen. Sie hatten Tonkrüge und Flaschen in den Händen und sangen wehmütige Lieder, die fremd in Kais Ohren klangen. Hin und wieder stromerten spielende Kinder mit schmutzigen Gesichtern an ihnen vorbei.

»Stell dich mir, verfluchte Hexe!«, rief ein Junge mit heller Stimme und trat einem Mädchen mit rußgeschwärztem Gesicht entgegen, das einen abgebrochenen Zweig in Händen hielt. »Ich bin König Drachenherz und diesmal werde ich mich nicht bezwingen lassen.«

»Das ist doch blöde«, maulte seine Mitspielerin. »Du kannst höchstens ein fremder Prinz sein. Drachenherz ist tot. Außerdem will ich auch mal der Ritter sein. Nicht immer Morgoya.«

»Quatsch, du bist ein Mädchen«, rief der Junge. »Also bin ich der König.«

»Dann musst du dich auch besiegen lassen. Gegen meine Zauberkraft bist du machtlos.«

»Joon, Dana, hört auf mit diesem Unsinn!« Zwischen den Zelten trat eine rothaarige Frau hervor und stemmte resolut die Arme in die Hüften. »Wie oft habe ich euch gesagt, dass ihr etwas anderes spielen sollt? Damit treibt man keine Scherze. Und jetzt ab in die Hütte mit euch!«

Kai sah den dreien nach, während ihn Koggs Windjammer zu einem altersschwachen Kahn führte, der vor langer Zeit an Land gezogen worden sein musste. Das Schiff wurde von dicken Pfählen gestützt und war offenbar nicht mehr seetauglich. Kai entdeckte in der Außenbordwand eine Tür, über der eine Markise aus Segeltuch angebracht war. Direkt daneben prasselte eine im Erdboden verankerte Fackel.

»Hieß der einstige König Albions Drachenherz?«, fragte Kai.

»Ja, so ist es«, brummte Koggs Windjammer. »Die Hälfte all jener, die hier leben, stammen von drüben. Es sind Flüchtlinge. Du machst dir keine Vorstellung, welche Zustände auf der Insel herrschen. Noch hoffen einige von ihnen, dass eines Tages wieder bessere Zeiten kommen. Aber die meisten glauben schon lange nicht mehr an eine Rückkehr.«

Sein Retter lüpfte den Dreispitz und zog einen Schlüssel aus dem Hut hervor, mit dem er die Tür seines seltsamen Heims öffnete.

Kai nutzte die Gelegenheit, seinen Retter unbemerkt zu mustern. Inzwischen wusste er, was es mit Koggs Windjammer auf sich hatte. Fi hatte ihm in einem günstigen Moment berichtet, dass es sich bei dem einbeinigen kleinen Mann um einen Klabauter handelte. Er gehörte zu den engsten Verbündeten Magister Eulertins.

Angeblich hatte der Seekobold sogar die Dschinnreiche im fernen Süden der Welt bereist. Leider wusste man bei all dem Seemannsgarn, das Koggs spann, nie, wann er die Wahrheit sprach und wann er flunkerte. Seine Heldentaten waren jedenfalls haarsträubend. Nach eigener Aussage hatte Koggs sogar schon einmal einen wilden Ritt auf dem Rücken einer großen Seeschlange unternommen, war mittels einer List aus dem Bauch eines inselgroßen Walfisches entkommen und hatte nur deswegen nicht die schöne Tochter des Undinenkönigs Niccuseie heiraten können, weil er in eine Palastintrige geraten war, die damit endete, dass er als Sklave in den Vulkanschmieden der Zyklopen Dienst tun musste. Natürlich war Koggs seiner Gefangenschaft auf irrwitzige Weise entkommen und hatte bei der Gelegenheit auch gleich noch ein machtvolles Zyklopenschwert entwendet, mit dem er später einen gewaltigen Drachen mit fünf Köpfen besiegt hatte.

Kai lächelte. Seine Ohren klangen noch immer von all den prahlerischen Geschichten, die ihm Koggs erzählt hatte. Doch ohne Zweifel trug der tapfere Klabauter das Herz am rechten Fleck.

Hinter ihnen lag eine gefährliche Flucht durch die Kanäle Hammaburgs. Mort Eisenhand hatte nicht aufgegeben, sie zu suchen. Nur dank des gespenstischen Nebels, den Koggs gewoben hatte, und nicht zuletzt aufgrund seiner hervorragenden Ortskenntnis war es ihnen gelungen, unversehrt die Elbe zu erreichen. Statt Kai irgendwo in der Stadt abzusetzen, hatte es Koggs vorgezogen, ihn zur anderen Elbseite zu bringen. So war er zu einem unverhofften Besuch des Schmugglerviertels gekommen, das Thema der leidigen Ratsversammlung gewesen war. Und ganz nebenbei hatte er erfahren, dass Koggs der Anführer der hiesigen Männer und Frauen war.

Fi hingegen hatte sich zu Kais Bedauern kurz nach ihrer Ankunft im Viertel von ihnen getrennt und war zwischen den Buden und Zelten verschwunden. Der Elf hatte versprochen, Magister Eulertin eine Nachricht zu schicken. Sehr gern hätte Kai sich noch etwas mit ihm unterhalten. Denn wenn er Fi während ihrer Flussfahrt nach Hammaburg richtig verstanden hatte, war er ebenso ein Heimatloser wie all die anderen hier.

Koggs Windjammer humpelte mit seinem Holzbein wieder aus dem Schiff und reichte Kai eine Pferdedecke. »Hier, das sollte für heute Nacht reichen«, brummte er. »Jetzt müssen wir nur noch einen Schlafplatz für dich finden. Morgen werde ich dich dann wieder nach drüben in die Stadt bringen. Schätze, Thadäus, der alte Bücherwurm, wird sich freuen, dich heil und gesund wiederzubekommen.«

»Er wird sicher sehr verärgert sein«, seufzte Kai.

»Verärgert? Unsinn, du alte Landratte«, schnaubte Koggs und strich mit dem Daumen über eine der beiden Flaschen Met, die er sich in den Hosenbund gestopft hatte. »Dem bist du mehr ans Herz gewachsen als du glaubst. Hat sich unglaubliche Sorgen gemacht, der Winzling. Schätze, du erinnerst ihn an seinen letzten Zauberlehrling.«

»Was meint Ihr damit?« Kai hob erstaunt eine Augenbraue.

»Ach, leidige Geschichte. Wird er dir vielleicht eines Tages selbst erzählen. Komm jetzt.«

Der Klabauter entstöpselte eine der Flaschen und tat einen kräftigen Schluck, während er Kai vorbei an Bretterbuden und

Zelten zu einem der Lagerfeuer führte. Dort saßen raubeinige Gesellen, die Fleisch an langen Stöcken über dem Feuer rösteten. Der würzige Duft ließ Kai das Wasser im Mund zusammenlaufen. Sein Magen antwortete mit leisem Knurren.

»Habt ihr noch Platz für 'nen einbeinigen Käpt'n und einen Jungen, der nichts als Flausen im Kopf hat?«, krähte der Klabauter.

Die Männer und Frauen winkten sie heran und reichten Kai einen Spieß. Koggs indes zog sich etwas von den anderen zurück und sann seinen Klabautergedanken nach. Überhaupt schien der Seekobold nur zwei Stimmungen zu kennen. Stille Wehmut oder redselige Ausgelassenheit. Zwischen beidem schwankte er ansatzlos hin und her. Kai beobachtete ihn dabei, wie er innerhalb kürzester Zeit den Inhalt beider Flaschen in sich hineinschüttete.

»Mast und Schotbruch«, lallte sein Retter. Ohne jede Vorwarnung kippte er hintenüber und begann laut zu schnarchen. Die Umsitzenden reagierten mit verhaltenem Gelächter.

»Du bist also der Zauberlehrling vom kleinen Eulertin?«, wollte einer der Schmuggler wissen. Das Gesicht des Mannes war aschgrau und von der Stirn bis zur Wange von einer mondförmigen Narbe entstellt. Die anderen sahen gespannt auf. Kai schluckte schnell seinen Bissen hinunter und nickte.

»Wird Zeit, dass ihr Zauberer endlich was gegen Morgoya unternehmt«, forderte der Mann mit der Narbe.

»Ja, ist längst überfällig«, bekräftigte eine der Frauen und spuckte ins Feuer. »Nur weil ihr die Feenkönigin an eurer Seite wähnt, solltet ihr nicht glauben, dass Morgoya untätig bleibt.«

Kai sah verwundert auf. Die Feenkönigin?

»Oh nein«, fuhr die Frau mit bitterer Stimme fort. »Morgoya hockt drüben auf der Insel wie eine Spinne im Netz und wartet nur darauf, auch diesen Teil der Welt zu unterjochen. Spätestens dann werdet ihr begreifen, was es bedeutet, in einem Reich der Finsternis zu leben. Aber dann ist es zu spät.«

»Verzeiht mir«, antwortete Kai. »Ich bin erst vor ein paar Tagen in Hammaburg eingetroffen. Ich weiß ehrlich gesagt nicht viel über die Nebelkönigin.«

»Wir nehmen diesen Namen nicht in den Mund, Junge!«, fauchte die Frau. »Für uns gibt es nur einen König. Und das war Drachenherz!«

»Entschuldigt«, sagte Kai hastig. »Wie … wie ist es denn drüben in Albion?«

Die Männer und Frauen blickten ihn starr an und die unangenehme Stille, die sich über den Platz senkte, wurde nur hin und wieder vom Knacken der Scheite unterbrochen.

»Drüben herrschen Tod und Verdammnis«, flüsterte der Narbengesichtige. »Seit die dunkle Zauberin herrscht, liegt das Land unter einer trostlosen Wolkendecke begraben. Es ist überall das gleiche Bild: Nebel, Regen und Wolken. Am Tage ist es trübe und bei Nacht so finster wie … wie …«

»Wie in einer Gruft!«, ergänzte die Frau. »Es gibt drüben Kinder, die noch nie in ihrem Leben die Sonne gesehen haben. Ihr Licht ist nicht mehr als ein trüber Fleck im ewigen Himmelsgrau. Ohne Kraft. Ohne Feuer. Die Ernten verfaulen. Vieh und Menschen werden über die Jahre verrückt. Täglich sterben hunderte an Hunger und Entbehrung.«

»Oder durch die Willkür von Morgoyas Horden«, fuhr der Narbengesichtige zornig fort. »Das Wenige, was unsere Leute drüben noch besitzen, das pressen sie ihnen mit Gewalt ab. Niemand wagt es, ihnen zu widersprechen. Sie entführen Männer, Frauen und sogar Kinder. Was mit ihnen geschieht, das weiß niemand. Und selbst die alten Adelsgeschlechter Albions …«

»Du meinst jene Verräter, die mit Morgoya gemeinsame Sache machen!«, zischte die Frau erbost.

»Ja, natürlich … Wer noch von Drachenherz mit Titeln und Ämtern belehnt wurde, den hat die dunkle Zauberin längst ausgelöscht. Aber selbst jene Adligen, die sich mit ihr verbündet haben, müssen ihr die erstgeborenen Kinder als Geiseln überlassen. Du kannst dir ja vorstellen, Junge, was mit ihnen passiert, sollten ihre Eltern eines Tages doch auf den Gedanken kommen, sich gegen diese Hexe zu verschwören. Sie überbieten sich daher mit Grausamkeiten, damit sie nur ja nicht ihren Argwohn erregen.«

»Pah. Ich habe kein Mitleid mit diesen Elenden«, presste ein Dritter mit rauer Stimme hervor. Seine langen roten Haare hingen über eine schwarze Augenklappe. »Sollen diese Speichellecker doch allesamt verrecken.« Er schnaubte ungehalten. »Wen kümmert es schon, was mit ihnen passiert. Die sind nicht das Schlimmste, was drüben auf einen wartet. Oh nein. Am Furcht erregendsten sind Morgoyas Kreaturen, auf die du jetzt auch am helllichten Tag überall in Albion stößt. Ich war früher Bauer. Unser Dorf lag eine Tagesreise von der Königsstadt Alba entfernt, der größten Stadt Albions. Kennst du Alba?«

Kai schüttelte den Kopf und der Mann zuckte bekümmert mit den Achseln. »Alba liegt an der Mündung der Teus und wurde vor vielen Generationen vom Königsgeschlecht der Drachenherz' begründet. Einst war sie der ganze Stolz Albions. Sie war die schönste Stadt der bekannten Welt. Heute ist Alba ebenfalls in Morgoyas Hand. Wie dem auch sei. Tag und Nacht wurde unser Dorf von Schattenkreaturen heimgesucht. Vampire, Ghule, Riesenfledermäuse, gewaltige Spinnen … Es war fürchterlich. Niemand schützte uns vor ihnen. Wir wandten uns in unserer Not daher an einen von Morgoyas Statthaltern. Wir hätten das besser nicht getan. Zur Strafe ließ er jeden Dritten von uns hinrichten. Zwei Nächte darauf kamen seine Schergen noch mal ins Dorf und holten die Toten aus der Friedhofserde.«

»Was?« Kai lief eine Gänsehaut über den Rücken. Er dachte augenblicklich an Mort Eisenhand und seine Piraten. War es das, wofür Morgoya die Verstorbenen brauchte?

»Ja, von ähnlichen Geschehnissen habe auch ich gehört«, schnaubte der Narbengesichtige. »Allerdings weiter drüben im Westen.«

»Es heißt«, fuhr jener mit der Augenklappe fort, »dass Morgoya die Toten mit ihren dunklen Kräften belebt und sie in ihre Armeen einreiht.«

»Vergiss die Ratten nicht!«, schnaubte die Frau. »Diese widerlichen Nager sind die Augen und Ohren der Finsteren. Einer Ratte Leid zuzufügen, wird in Albion mit der Todesstrafe geahndet.«

»Was wird in Albion denn nicht mit dem Tod bestraft?«, fauchte der Narbengesichtige voller Bitternis.

Kai legte die Stirn in Falten. Er erinnerte sich nur zu gut an die Rattenschar, die über Lychtermoor hergefallen war.

»Und Morgoya?«, wollte er wissen. »Weiß man, wo sie sich versteckt hält?«

»Versteckt hält?«, wiederholte die Frau ungläubig. »Morgoya hat es nicht nötig sich zu verstecken. Es heißt, dass sie sich bevorzugt im Norden Albions aufhält. In einer mächtigen Wolkenfestung über den Hochländern der Insel.«

»Eine Wolkenfestung?«, stammelte Kai entgeistert.

»Oh ja«, antwortete der Narbengesichtige. »Eine Wolkenfestung. Das hat man sich auch bei uns erzählt.«

Bedrücktes Schweigen senkte sich herab und die Männer und Frauen sannen ihren trüben Gedanken nach. Kai war erst in diesem Augenblick bewusst geworden, wie machtvoll die Nebelkönigin war.

»Lasst uns aufhören, Freunde«, polterte der Mann mit der Augenklappe plötzlich und warf einen neuen Scheit ins Feuer. »Das bringt doch alles nichts. Wir stumpfen noch genauso ab, wie unsere Brüder und Schwestern, denen die Flucht nicht vergönnt war. Lasst uns an etwas anderes denken. Sag mal, Bürschchen«, grinste er Kai nun an und deutete auf dessen Gürtel. »Trägst du diese Flöte dort nur zum Spaß oder kannst du uns auch was darauf vorspielen?«

Kai sah auf und lächelte schmal. »Was wollt ihr denn hören?«

»Egal. Irgendwas, was uns an die Heimat erinnert.«

An Albion? Er kannte die Insel doch überhaupt nicht.

Kai führte die Flöte zögernd an seine Lippen und überlegte. Schließlich entschied er sich für das Lied, das er sich damals zur Irrlichtjagd ausgedacht hatte. Es schien ihm irgendwie passend. Kurz darauf erfüllte eine melancholische Melodie den Lagerplatz, der die Männer und Frauen andächtig lauschten. Kai spielte noch zwei weitere traurige Weisen und entschied sich dann für ein fröhliches Stück, das die Anwesenden wieder aus den trüben Gedanken riss. Vor ihm im Feuer knallte es und er sah verblüfft den Funken nach, die hoch zum Himmel stoben.

Eigenartig. Die Flammen schienen sich im Spiel seiner Flöte sachte hin und her zu wiegen. Kai musste an den Kampf in der Gasse denken, bei dem er es erst durch den Griff zu seiner Flöte geschafft hatte, das verzehrende Brennen in seinem Körper zu ersticken.

Inzwischen hatten auch andere Bewohner des Viertels den Weg zu ihnen gefunden. Sie trugen ebenfalls Musikinstrumente bei sich und wenig später erfüllte der muntere Klang von Fideln und Trommeln den Platz. Kai steckte seine Flöte weg und bemerkte, dass er noch immer Fis Messer bei sich trug. Er sollte es ihm zurückgeben, bevor er morgen in die Windmachergasse zurückkehrte.

»Sagt, wisst Ihr, wo ich Fi finde?«, fragte er einen Greis, der sich mitsamt seinem Krückstock neben ihn gesetzt hatte.

»Du meinst unser Elfchen?«, krächzte der Alte. »Soweit ich weiß, treibt er sich meist dort oben im verwilderten Garten herum.«

Er deutete mit dem Krückstock auf einen mit Bäumen bewachsenen Hügel, der sich schwach hinter all den Zelten und Buden abzeichnete. »Aber sei vorsichtig, es heißt, dort gehe es nicht ganz geheuer zu. Elfenmagie, du verstehst?« Verschwörerisch zwinkerte ihm der Greis zu. »Unser Fi liebt die Einsamkeit.«

Kai dankte dem Alten und erhob sich.

Sein Weg führte ihn an einer Vielzahl weiterer Zelte und Notunterkünfte vorbei. Einmal wurde er von einer Wache angesprochen, doch der Hinweis auf Koggs reichte, um jeden Verdacht zu zerstreuen. Offenbar hatte sich seine Ankunft wie ein Lauffeuer im Viertel herumgesprochen.

Schließlich erreichte er den Hügel. Er erstreckte sich wie ein Halbmond bis zum Fluss und war dicht mit Hecken und Linden bewachsen, die sich gespenstisch in der Dunkelheit abzeichneten. Hin und wieder waren kleine Lichtpunkte zu erkennen, die mal hierhin und mal dorthin sausten. Irrte er sich oder erhoben sich hinter den Bäumen die Fundamente eines alten Gebäudes?

Kai machte sich an den Aufstieg. Der im Schmugglerviertel allgegenwärtige Gestank nach Rauch und Fisch verflog und an seine Stelle trat der würzige Geruch von Blattwerk und Humus. Schon nach wenigen Schritten hatte er über die Buden und Zelte hinweg einen wundervollen Blick auf die nächtlich glitzernde Elbe und die Stadt auf der anderen Flussseite. Im Mondlicht zeichnete sich dort drüben ein Meer aus Häusern und Türmen ab. In hunderten von Fenstern blinkten Lichter, einzig der düstere Schatten der Hammaburg hatte etwas Bedrohliches. Kai entdeckte erst jetzt, dass der alte Burgwall direkt am Ufer der Elbe errichtet worden war. Und wie schon einige Stunden zuvor, kurz bevor er auf dem Schattenmarkt gelandet war, fiel ihm noch etwas auf. Die Dunkelheit, die sich über Stadt, Fluss und Land gelegt hatte, war tatsächlich nicht vollkommen. Der gesamte nördliche Horizont glühte in pastellfarbenem Licht. Entstammte dieser Schein etwa dem fernen Meer? Doch von einem Meeresleuchten wie diesem hatte er noch nie gehört. Egal. Darum konnte er sich später kümmern.

Kai zuckte mit den Schultern und trat unter den Laubkronen der Bäume hindurch. Die Art und Weise, wie die Linden gesetzt waren, verriet ihm, dass sie tatsächlich einst zu einem Garten gehört hatten. Viel erstaunlicher war jedoch, dass überall um ihn herum Glühwürmchen in der Luft tanzten. Kai hatte das Gefühl, dass es mit jedem seiner Schritte mehr wurden.

Auf einmal befand er sich auf einer Rasenfläche, die halb im Schatten lag und halb vom Mondlicht beschienen war. Seltsam. Kai trat aus dem Schatten heraus an die eigentümliche Grenzlinie heran, hinter der es viel heller war als in jener Richtung, aus der er gekommen war. Vorsichtig streckte er seine Hand aus. Ein Schauer lief über seinen Körper. Von einem Moment zum anderen schälte sich direkt auf der eigentümlichen Grenze eine geisterhafte Pforte aus dem Dunkeln. Sie glitzerte und funkelte wie der Sternenhimmel über ihm.

War das Elfenmagie?

Magister Eulertin hatte einmal angedeutet, dass diese ganz anders sei als die Magie anderer Völker. Was das genau bedeutete, wusste er nicht, doch er hatte schon einige Male bemerkt, dass Fi mit seinen Elfenkräften Tiere beeinflussen konnte.

Ob die Pforte als eine Art Einladung zu verstehen war?

Vorsichtig trat Kai durch sie hindurch und fand sich in einer wundersamen, fremden Welt wieder. Es war, als habe er ein verwunschenes Traumreich betreten. Jeder Baum, jeder Strauch, selbst die Grashalme um ihn herum leuchteten in fahlem Silberlicht. Von irgendwoher war das harmonische Spiel einer Harfe zu hören, das von leisem Plätschern begleitet wurde. Hin und wieder erreichte wohlklingendes Lachen seine Ohren, doch die Stimmen waren wie Wind, der launenhaft auf- und abschwoll. Dann war das Galoppieren von Hufen zu hören, in das sich wundervolles Vogelgezwitscher mengte.

Kai trat staunend an die im Mondlicht glitzernden Fundamente jenes Gebäudes heran, das er bereits unten vom Fuß des Hügels aus gesehen hatte. Die herumliegenden Steine und Schindeln ließen vermuten, dass es lange her sein musste, seit jemand hier gewohnt hatte. Doch das war es nicht, was ihn ungläubig blinzeln ließ. Über die alten Mauern hatte sich das transparente Bild einer Säulenhalle geschoben.

Was war das hier? Ein Geisterreich?

Kai lauschte den sphärischen Klängen um sich herum und meinte, inmitten des traumhaften Geschehens wehmütigen Gesang zu hören. Er umrundete das glitzernde Truggebilde und erreichte eine Art Terrasse. Umrahmt von mondbeschienenen Hecken, die die Form springender Einhörner besaßen, stand ein großer Alabasterbrunnen mit sanft geschwungenem Füllhorn, aus dem Wasser plätscherte. Kai hielt inne.

In dem Brunnen stand mit geschlossenen Augen ein Mädchen und sang. Es war nackt. Und schön. Halblanges, silberblondes Haar kitzelte seine zierlichen Schultern. Es schien ganz in sein melancholisches Lied versunken zu sein, während es Wasser aus einem Krug sanft über Arme und Körper laufen ließ. Doch das Wundersamste an ihm war das leuchtende Amulett, das an einer feinen Kette zwischen seinen Brüsten hing. Es hatte die Gestalt eines Sterns oder einer Sonne. Das rätselhafte Schmuckstück schien der Ursprung all des Gleißens und Glitzerns um das Mädchen herum zu sein.

Doch was noch viel erstaunlicher war: Bei dem Mädchen handelte es sich um Fi!

Kai musste sich regelrecht zwingen, die Elfe nicht weiter anzustarren. Schweren Herzens drehte er sich um und räusperte sich vernehmlich.

All der Zauber verging mit einem Schlag. Das helle Glitzern verschwand, die Trugbilder lösten sich auf und die wohlklingende Melodie der Harfe brach ab. Ebenso wie Fis Gesang. Der Garten lag wieder im Dunkeln.

Kai hörte hinter sich ein überraschtes Keuchen.

»Dreh dich um!«, zischte Fi zornig.

Kai gehorchte. Die Elfe hatte sich in einen Umhang gehüllt und stand im Halbdunkel neben einem alten, moosbewachsenen Brunnenbecken. Doch das war es nicht, was Kai beunruhigte. Vielmehr war es der große Bogen mit dem Pfeil, den sie auf ihn gerichtet hielt.

»Hey, es tut mir Leid«, stammelte Kai. »Das konnte ich doch nicht wissen.«

»Wie bist du hierher gelangt?«, knurrte Fi wütend.

»Äh, durch diese Pforte«, antwortete Kai und fixierte beklommen die Pfeilspitze. »Jedenfalls sah sie so aus.«

»Unmöglich! Du hast mit deinen Kräften nachgeholfen, gib es zu.«

»Nein«, ereiferte sich Kai. »Warum sollte ich dich anlügen? Es war, als bestünde sie, na ja, aus Sternenlicht oder so. Genauso, wie all das andere, was eben noch hier war …«

Fi schüttelte ungläubig ihr feuchtes Haar und starrte ihn finster an. Ganz langsam senkte sie den Bogen.

Kai atmete erleichtert aus. »Glaub mir, ich wollte dich nicht überraschen. Ich konnte doch nicht wissen, dass du … also, dass du, na ja, ein Mädchen bist.«

»Schwöre mir, dass du niemandem davon erzählst!«, sagte Fi und funkelte ihn wütend an.

Kai hob feierlich seine rechte Hand. »Ich schwöre.«

Zögernd legte Fi ihren Bogen ab und steckte den Pfeil zurück in einen Köcher, der neben der Beckenwand lehnte. Der Brunnen wirkte jetzt schlicht und von Menschen gemacht.

»Dreh dich gefälligst wieder um«, fauchte sie.

»Ja, natürlich.« Kai tat wie ihm geheißen. Erst als Fi ihm die Erlaubnis gab, wagte er es wieder, ihr sein Gesicht zuzuwenden. Die Elfe saß, nun wieder bekleidet, mit versteinertem Gesicht am Brunnenrand.

Verlegen trat Kai zu ihr und reichte ihr das Jagdmesser. »Hier. Deswegen bin ich gekommen. Ich wollte es dir zurückgeben.«

Fi nahm ihm die Waffe schweigend ab. Da sie nichts sagte, setzte sich Kai neben sie.

»Ich verstehe das nicht«, murmelte Fi und griff nach ihrem Amulett. «Wie konntest du die Barriere überwinden?«

»Du meinst diese Grenze aus Mondlicht?« Kai zuckte mit den Achseln. »Die Pforte ist einfach erschienen.«

Die Elfe funkelte ihn böse an. »Das kann nicht sein. Du musst etwas getan haben. Niemand kann die Barriere durchbrechen, wenn ich die Traumbilder rufe. Die Magie schützt mich.«

»Na ja«, meinte Kai und warf einen schüchternen Blick auf die Stelle an ihrer Brust, die Fi mit der Hand bedeckte. »Ich bin ja nicht gekommen, um dir was zu tun. Vielleicht deswegen? Ist das Amulett aus diesem legendären Mondeisen?«

»Du scheinst in den letzten Wochen viel von Magister Eulertin gelernt zu haben«, sagte Fi gereizt und pustete sich ungehalten eine feuchte Haarsträhne aus dem Gesicht. »Ja. Es besteht aus Mondeisen. Ich bin seine Hüterin. In ihm sind die Erinnerungen meines Volkes eingewoben. Doch es vermag weit mehr. Es ist unendlich wertvoll. Du darfst mit niemandem darüber sprechen. Nicht einmal mit Magister Eulertin.«

»Ganz wie du willst«, murmelte Kai. »Aber wenn es dich schützt, warum hast du es nicht neulich in Lychtermoor benutzt? Oder vorhin in der Stadt?«

»So einfach ist das nicht«, sagte Fi. »Man darf es nicht im Kampf benutzen. Das würde seine Macht verderben. Es wurde zu einem anderen Zweck geschaffen.«

»Und zu welchem?«

Die Elfe blitzte ihn wütend an und schwieg.

»Na gut. Verrätst du mir wenigstens, warum du dich verkleidest?«

»Kannst du dir das nicht denken?«, schnaubte sie.

Kai konnte seinen Blick nicht von ihr wenden. Fi sah reizend aus, wenn sie wütend war.

»Niemand darf wissen, wer ich bin und wo ich bin«, fuhr sie fort. »Hast du mich verstanden?«

»Bist du auf der Flucht?«

»Ja und nein. Nennen wir es lieber eine Mission, von welcher der Ausgang des nächsten großen Krieges abhängt.«

Kai hob besorgt eine Augenbraue. Doch da er bereits ahnte, dass ihm Fi über all das nicht mehr enthüllen würde, wechselte er das Thema. »Ist denn Fi dein richtiger Name?«

»Nein.« Die Elfe schien zu überlegen, wie weit sie ihm trauen konnte. »Ich heiße in Wahrheit Fiadora. Besser, du nennst mich weiterhin Fi.«

Kai nickte und fragte sich, was es war, was Fi vor ihm verbarg. Er wusste nicht viel über die Elfen, aber er hätte seine Hand dafür ins Feuer gelegt, dass die Mission, von der Fi gesprochen hatte, in Zusammenhang mit Morgoya stand. Alles Übel der Welt schien irgendwie von der dunklen Zauberin auszugehen. Ihm kam ein beunruhigender Gedanke.

»Du entstammst jenem Elfenvolk, das auf Albion heimisch ist, richtig?«

Fi starrte ihn überrascht an. »Ja – ich komme von dort. Morgoya hält mein Volk in grausamer Knechtschaft, Kai.«

»Du bist also eine entflohene, äh …«

»Sklavin? War es das, was du sagen wolltest?«, fauchte sie.

Kai sah die Elfe erschrocken an. »Hey, Fi. Ich bin nicht dein Feind. Im Gegenteil. Ich versuche doch nur, dich zu verstehen. Ich will dir helfen, wenn ich kann.«

»Du kannst mir nicht helfen.« Die Elfe senkte ihre Schultern und sah ihn traurig an. »Und du musst mir versprechen, dass du über all das Stillschweigen bewahrst!«

»Ich verspreche es dir beim Andenken an meine Großmutter. In Ordnung?« Kai erhob sich feierlich, doch Fi blieb regungslos sitzen. Es schien ihr noch immer schwer zu fallen, ihm zu vertrauen. Aus irgendeinem Grund versetzte ihm das einen Stich.

Doch was hatte er erwartet? Fi war immerhin eine Elfe. Er hingegen war nicht mehr als ein unwissender Bauerntölpel vom Lande. Und außerdem kannten sie sich kaum. Mit einem Mal kam er sich ziemlich töricht vor.

»Na ja, dann gehe ich wohl besser mal.« Kai räusperte sich verlegen und nickte Fi zum Abschied zu. Nachdenklich machte er sich wieder auf den Rückweg. Doch kaum, dass er die Baumgrenze des verwilderten Gartens erreicht hatte, ließ ihn Fis Ruf innehalten.

»Und dir hat sich wirklich eine Pforte im Licht geöffnet?«

Kai drehte sich überrascht um. »Ja, das hat es. Ich konnte ganz einfach hindurchschreiten und war in deiner Welt.«

Fi blickte ihn mit ihren unergründlichen Katzenaugen an. »Dann wirst du von nun an an meinen Träumen teilhaben, Zauberlehrling. Ich befürchte, sie werden dir nicht gefallen.«

Verbotene Pforten

Und du bist dir sicher, dass du diese zwei Kopfgeldjäger im Gespräch mit Ratsherrn Schinnerkroog beobachtet hast?«

»Ja«, antwortete Kai dem Däumlingszauberer. »Darauf würde ich meine Flöte verwetten. Diese Mistkerle würde ich jederzeit wiedererkennen.«

Magister Eulertin ging gedankenverloren auf dem *Codex der Heptessenz* auf und ab, der aufgeschlagen auf der Arbeitsfläche seines Schreibpultes lag. Wann der Zauberer das Buch bei Magister Vermis abgeholt hatte, wusste Kai nicht. Als er gegen Mittag in der Windmachergasse eingetroffen war, war es bereits im Haus gewesen.

Natürlich hatte Koggs Windjammer es sich nicht nehmen lassen, Kai persönlich zurück zur anderen Elbseite zu bringen. Von seinem nächtlichen Rausch war dem Klabauter nichts mehr anzumerken gewesen. Im Gegenteil, Koggs hatte ihn bereits kurz nach Sonnenaufgang geweckt und ihn anschließend einigen Leuten aus dem Schmugglerviertel vorgestellt. Und jedem, der es wissen oder nicht wissen wollte, hatte der Klabauter in äußerst ausschmückender Weise von ihrem Kampf gegen den untoten Piraten erzählt. Kai hatte vorsichtshalber zu allem genickt. Ganz sicher würde die Geschichte bereits in wenigen Tagen vollkommen entstellt sein.

Immerhin, auf diese Weise hatte Kai erfahren, woher der Seekobold Mort Eisenhand kannte: Der Klabauter war drei Jahre zuvor entscheidend an dessen Ergreifung beteiligt gewesen. Koggs behauptete natürlich, dass er selbst es gewesen sei, der den Piraten niedergestreckt und in Ketten gelegt hatte. Kai hatte da so seine Zweifel.

Fi hatte ihn anschließend zum Haus des Zauberers geführt. Geredet hatten sie nicht viel miteinander. Sowohl Kai als auch die Elfe waren sichtlich befangen gewesen. Dass Fi ein Mädchen war, schien Kai mittlerweile mehr als augenfällig. Ihr schmales, herzförmiges Gesicht, die graziösen Bewegungen, einfach alles deutete darauf hin. Doch er musste zugeben, dass sie auch ihn gekonnt an der Nase herumgeführt hatte.

Bei dem Gedanken an Fi wurde Kai rot. Das Bild, wie sie gestern nackt in diesem Brunnen gestanden hatte, wurde er einfach nicht los. Die ganze Nacht über hatte er von ihr geträumt. Und im Gegensatz zu dem, was sie ihm letzte Nacht prophezeit hatte, waren diese Träume alles andere als unangenehm gewesen. Er musste verrückt sein, auf diese Weise an sie zu denken. Aber war nicht alles ziemlich verrückt, was er in den letzten Wochen erlebt hatte?

Mit Macht schob Kai die Erinnerung an die Elfe beiseite und konzentrierte sich wieder auf das Wesentliche. Wenigstens war der Empfang, den ihm Magister Eulertin nach seiner Ankunft bereitet hatte, glimpflicher verlaufen, als er befürchtet hatte. Natürlich hatte ihn der Däumlingszauberer gescholten, aber eher wegen seines Leichtsinns. Eulertin hatte immerhin die Größe besessen einzugestehen, dass es zum Teil seine eigene Schuld war, dass sich sein Schüler verlaufen hatte.

Anschließend hatte er Kai seine obligatorische Behandlung mit den Gewitteregeln nachholen lassen. Und Quiiiitsss hatte die Zeit, in der Kai hilflos auf seinem Bett lag, wie erwartet dazu genutzt, ihm in düsteren Farben auszumalen, was Mort Eisenhand alles mit ihm angestellt hätte, wäre es diesem geglückt, seiner habhaft zu werden.

Da Eulertin am Nachmittag zu einer Versammlung der Windmacher einbestellt worden war, die sich bis zum Sonnenuntergang hinzog, kamen sie erst nach dem Abendessen dazu, sich detailliert über die Ereignisse der letzten Nacht zu unterhalten.

Alles hatte der Däumling wissen wollen: was er gefühlt hatte, als er den Kopfgeldjägern entgegengetreten war, wen und was er auf dem unheimlichen Schattenmarkt gesehen hatte und natürlich jede Einzelheit der nächtlichen Verfolgungsjagd. Die grauenhaften Schmerzen, die mit der Anrufung der Zaubermacht verbunden gewesen waren, verschwieg Kai vorsichtshalber. Und so bereitete dem Magister vor allem der Umstand Sorgen, dass Schinnerkroog insgeheim eine Art Privatkrieg gegen Koggs' Leute zu führen schien.

Fi war die rechte Hand des Klabauters. Vielleicht hatte Schinnerkroog vorgehabt, Koggs mit Fis Gefangennahme zu erpressen?

Oder besaß Schinnerkroog gar Kenntnis von Fis wundersamem Amulett? Unmöglich. Oder doch? Kai seufzte. Ohne weitere Hinweise war es müßig, sich über Schinnerkroogs Motive Gedanken zu machen.

Leider musste er über all das Stillschweigen bewahren. Fi hatte ihn am Mittag noch einmal beschworen, dass er niemandem etwas erzählen durfte. Und Kai hatte ihr sein Wort gegeben. Glücklich machte ihn das natürlich nicht. Doch andererseits erwischte er sich dabei, dass es ihn mit Genugtuung erfüllte, einmal eine Entdeckung gemacht zu haben, von der niemand sonst wusste. Immerhin hatte auch der Magister seine Geheimnisse vor ihm. Und das waren, wenn man es recht bedachte, sogar ziemlich viele.

Kai fand, dass er wirklich etwas mehr Vertrauen verdient hatte.

»Wir werden sehen, was wir mit alledem anfangen können«, meldete sich der kleine Magister wieder zu Wort. »Auf jeden Fall werde ich Koggs eine Warnung zukommen lassen. Was Fi betrifft, hoffe ich, dass er nun von sich aus etwas vorsichtiger ist.« Eulertin schmunzelte. »Wenn es stimmt, was Koggs mir über ihn erzählt, seid ihr beide gar nicht so verschieden voneinander. Jung, aufbrausend und stets davon überzeugt, alles richtig zu machen. Na ja, das ist wohl das Vorrecht der Jugend.«

»Wie alt ist Fi eigentlich?«, fragte Kai möglichst beiläufig.

»Schwer zu sagen«, meinte der Magister. »Vielleicht vierzig oder fünfzig Jahre. Ganz sicher nicht älter als sechzig.«

»Was?« Kai riss die Augen auf. »Ich dachte, Fi sei kaum älter als ich.«

»Junge, Fi ist ein Elf«, winkte Eulertin ab. »Die werden gut und gerne fünfhundert Jahre alt. Aber legt man menschliche Maßstäbe an, ist Fi tatsächlich ungefähr so alt wie du.«

»Aha«, meinte Kai ernüchtert. Zugleich fragte er sich, wie es wohl sein mochte, mit einem so langen Leben gesegnet zu sein.

»Und jetzt zeig mir doch bitte noch einmal deine Flöte, Junge.«

Kai sah den Däumling überrascht an. Zögernd kramte er sein Musikinstrument hervor und legte es auf die Seiten des *Codex*. Bereits vorhin hatte der Magister aufgemerkt, als er ihm von seinen eigentümlichen Entdeckungen der letzten Nacht berichtet hatte. Zum einen von seinem Eindruck, dass ihm der Griff zu dem Instrument dabei geholfen hatte, das Tier in sich niederzukämpfen und dann von den merkwürdigen Beobachtungen beim Lagerfeuer.

Eulertin lief neugierig neben dem Instrument auf und ab und strich über das Holz. »Und diese Flöte ist dir im letzten Jahr wirklich im Traum erschienen?«

»Ja«, sagte Kai zögernd. »Eigentlich ... eigentlich darf ich Euch nichts darüber erzählen. Das gehört zu den Geheimnissen der Irrlichtjäger.«

»Soso«, murmelte der Däumling. »Zu den Geheimnissen der Irrlichtjäger also. Das ist Eichenholz, richtig?«

Kai nickte.

»Eiche also«, wiederholte der Zauberer und tippte sich mit der Fingerspitze grüblerisch gegen die winzige Nase. »Äußerst interessant. Ja, in der Tat.«

»Hat das irgendeine Bedeutung?«

»Hm, vielleicht«, meinte der Zauberer geheimnisvoll. »Vielleicht. Doch im Moment ist es zu früh, um dich mit alledem zu belasten.«

Kai presste die Lippen aufeinander. Sein Lehrer machte ihn manchmal rasend mit seinen Andeutungen. Aufgebracht nahm er die Flöte wieder an sich und steckte sie weg. Längst war in ihm der Entschluss gereift, dass er künftig eigene Wege gehen würde, um das zu erfahren, was er wissen wollte.

Auf jeden Fall konnte es nicht schaden, dem Magister klar zu machen, dass er nicht so allwissend war, wie er offenbar glaubte. Von einer Sache hatte Kai ihm nämlich noch nicht berichtet.

»Da ist noch etwas«, erklärte Kai leicht patzig. »Mort Eisenhand sprach von sich in der Mehrzahl, als er meinte, er könne mich lebend gut gebrauchen.«

»Wie bitte?« Magister Eulertin sah gespannt zu ihm auf.

»Ja«, antwortete Kai. »Er sagte ›wir‹.«

»Nun, du machst den Eindruck auf mich, als hättest du dir bereits deine Gedanken dazu gemacht. Heraus damit.«

»Na ja«, meinte Kai und pustete sich eine seiner schwarzen Strähnen aus der Stirn. »Ihr habt mir doch neulich erklärt, dass der Hexenmeister Morbus Finsterkrähe in Hammaburg Anhänger hatte, richtig? Und dass womöglich einige von ihnen noch nicht enttarnt wurden.«

Der Däumling nickte.

»Und Ihr habt mir berichtet, dass Ratsherr Schinnerkroog erst nach dem Tod seines Bruders an die Macht kam«, fuhr Kai fort. »Kann es nicht sein, dass Morbus Finsterkrähe dem heutigen Schinnerkroog auf diese Weise ganz gezielt zur Macht verholfen hat?«

»Das sind schwere Anschuldigungen, die du da erhebst, Junge«, sagte Magister Eulertin ernst.

»Ich weiß, aber es passt alles zusammen. Ihr wart es, der davon überzeugt war, dass Morgoya in Hammaburg einen Brückenkopf errichten wollte«, ereiferte sich Kai.

»Davon bin nicht nur ich überzeugt«, unterbrach ihn der Däumling.

»Ja, aber überlegt doch, Magister: Wer hat diese Intrige vereitelt? Das waren zunächst die Windmacher. Denn die sind auf Finsterkrähes Aktivitäten aufmerksam geworden. Und die haben Euch gerufen, damit Ihr den Hexenmeister stellen konntet. Und wenn ich das alles recht durchdenke, habt Ihr, abgesehen von dieser Dystariel, vor allem auf die Hilfe von Koggs und seinen Leuten zählen können.«

Magister Eulertin brummte zustimmend. Kai tat es dem Magier nun gleich und ging seinerseits einige Schritte in der Studierstube auf und ab. Irritiert hielt er inne, als er sah, wie einer der vier Frösche auf der Fensterbank mit langer Zunge nach einer Fliege schnappte.

»Morbus Finsterkrähe ist besiegt«, erklärte Kai und wandte sich wieder dem Pult zu. »Aber was ist mit den Anhängern des Hexenmeisters? Und wenn Ratsherr Schinnerkroog ebenfalls dazugehört? Vielleicht arbeiten die beiden zusammen? Das würde erklären, warum Schinnerkroog gegen die Zauberer der Stadt hetzt. Sie sind die Einzigen, die Morgoyas Zaubermacht im Ernstfall entgegentreten könnten. Und das erklärt auch, warum Schinnerkroog die Politik Hammaburgs auf so seltsame Weise lenkt. Vor allem aber erklärt es, warum er Kopfgeldjäger anheuert. Vielleicht wollte er über Fi an Koggs Windjammer herankommen. So hätte er den Anführer des Schmugglerviertels in seiner Hand gehabt.«

Magister Eulertin verengte seine winzigen Augen und schlug die Arme übereinander. »Ich gebe zu, dass mir dein Verdacht nicht behagt. Ganz und gar nicht. Allerdings können wir es uns nicht leisten, diese Möglichkeit außer Acht zu lassen. Nur gibt es keine Beweise, die für eine Zusammenarbeit zwischen Schinnerkroog und Eisenhand sprechen.«

»War ja nur ein Gedanke«, brummte Kai. »Wäre doch möglich, dass Schinnerkroog sich erhofft, im Falle von Morgoyas Sieg alleiniger Herrscher dieser Stadt zu werden.«

»Ich will dich auch nicht vom Denken abhalten, Junge. Im Gegenteil. Wie man sieht, kommen dabei durchaus nützliche Dinge heraus.« Amüsiert blinzelte ihm der Magister zu und wurde dann wieder ernst. »Was du nicht weißt, ist, dass ich in Finsterkrähes Hinterlassenschaft Hinweise darauf gefunden habe, dass der Hexenmeister die Macht in Hammaburg nicht mittels eines einfachen Staatsstreichs an sich reißen wollte. Das, was ich gefunden habe, deutet vielmehr darauf hin, dass er versuchte, eine gewaltige, unheimliche Macht zu entfesseln. Er wollte etwas wecken oder beschwören. Was genau, wissen wir nicht. Aber ich bin davon überzeugt, dass es Hammaburg zerstören sollte. Seien wir froh, dass ich ihm zuvorgekommen bin. Finsterkrähe hat Schinnerkroog daher nicht unbedingt benötigt. Es ist also gut möglich, dass unser Erster Ratsherr in seinem Handeln allein von seinen Vorurteilen gegen uns geleitet wird.«

Kai runzelte die Stirn. Vielleicht. Vielleicht aber auch nicht. Er war noch immer davon überzeugt, dass an der Sache etwas dran war.

»So, mein Junge«, Eulertin verschränkte die Arme wieder hinter dem Rücken. »Und jetzt denke ich, dass du dir etwas Ruhe verdient hast. Wir beide machen morgen eine Reise. Ich will, dass du ausgeruht bist.«

»Eine Reise?« Kai riss überrascht die Augen auf. Zugleich wusste er, dass weitere Fragen zwecklos sein würden. Wo auch immer es hinging, ganz sicher würde es ihm der Magister erst am nächsten Tag verraten. Es war alles wie immer.

Kai verabschiedete sich wortkarg und eilte hoch in sein Zimmer, das hell von der Irrlichtlaterne beleuchtet wurde. Es war schon spät. Er schlüpfte aus den Stiefeln und legte sich verärgert auf sein Bett. Verdammte Geheimniskrämerei.

Doch nach und nach glitten seine Gedanken zu den traumhaften Ereignissen der letzten Nacht zurück. Er musste schon wieder an Fi denken. Vierzig oder fünfzig Jahre alt war sie also. Irgendwie machte ihn diese Erkenntnis nicht gerade glücklich.

Besser, er schlief. Mit etwas Glück würde die Welt am nächsten Morgen bereits wieder anders aussehen. Missmutig erhob er sich wieder und warf eine Decke über die Irrlichtlaterne. Kaum war die Kammer in Dunkelheit getaucht, vernahm er über sich auf dem Dach des Hauses ein dumpfes Rumpeln.

Gespannt spitzte er die Ohren. Wie schon die vielen Male zuvor waren leise Geräusche zu hören. Ohne Zweifel: Das war Dystariel. Sie stattete dem Zauberer wieder einen ihrer nächtlichen Besuche ab.

Kai war davon überzeugt, dass sich irgendwo auf dem Dach eine Tür zu einem Geheimgang befand, der direkt hinunter in die Studierstube führte. Er hatte schon mehrfach festgestellt, dass das Gebäude einige architektonische Seltsamkeiten aufwies. Eine davon bestand darin, dass im Haus nirgendwo eine Treppe hinauf auf den Dachboden zu führen schien.

Kai überlegte nicht lange und verließ leise sein Zimmer. Vielleicht gelang es ihm ein weiteres Mal, Dystariel und Eulertin zu belauschen. Lautlos schlüpfte er an der aufflackernden Kerze vorbei auf die Wendeltreppe am Ende des Ganges zu, als ihn ein im wahrsten Sinne des Wortes haarsträubendes Gefühl innehalten ließ.

Quiiiitsss nahte!

Kai war sicher, dass sich der Poltergeist bereits unten am Fuß der Wendeltreppe befand und sich soeben anschickte, nach oben zu schweben. Auf gar keinen Fall durfte er ihn dabei erwischen, wie er nachts durchs Haus stromerte. Quiiiitsss würde es große Genugtuung bereiten, dies sofort Magister Eulertin zu petzen.

Panisch suchte er eine Tür. Die nächste war jene mit den Symbolen und seltsamen Schriftzeichen. Egal. Rasch zog er sie auf und schlüpfte in den Raum mit den vielen Schuhen. Der Geruch von Leder und Fett, der im Raum hing, erinnerte ihn wieder an den Tag seines Erwachens. Kai schloss die Tür keinen Augenblick zu spät. Schon konnte er fühlen, wie Quiiiitsss den Flur entlanggeisterte.

Glück gehabt. Leise atmete er aus.

Wie schon bei seinem ersten Besuch war hin und wieder ein geisterhaftes Trippeln zu hören. Misstrauisch drehte sich Kai um. Im Mondlicht, das durch das schmale Fenster fiel, waren lediglich die Schatten der vielen Sockel mit den Schuhen zu erkennen. Ansonsten war der Raum leer.

Er wollte sich gerade wieder abwenden, als er plötzlich andere Geräusche vernahm: eine gedämpfte Unterhaltung.

Konnte das sein? Kai überblickte die Kammer und kam zu dem Schluss, dass der Raum direkt über Eulertins Studierstube liegen musste.

Vorsichtig kniete er sich hin und legte sein Ohr auf den Fußboden. Er musste schon seine geschärften Sinne anstrengen, um etwas verstehen zu können.

»… gesamte Kristallladung aus Berchtis' Reich gestohlen«, war Dystariels Grollen zu vernehmen.

»… kann nicht sein!«, wütete im Raum unter ihm Magister Eulertin. »Was … Unhold vor?«

Dystariel antwortete etwas Unverständliches.

»Geht nicht!«, entgegnete der Däumling kaum hörbar. »Wir brechen morgen … der Winde.«

Kai verzog missmutig das Gesicht. Der Fußboden war einfach zu dick, um mehr als nur Bruchstücke der Unterhaltung mitzubekommen. Eine Kristallladung war also gestohlen worden. Sicher handelte es sich um jene, die die Windmacher erwarteten.

»Weiß der Junge … bevorsteht?«

»Nein!«, antwortete Magister Eulertin mit seiner leisen Summstimme. »… inzwischen … deinen Verdacht bestätigen. Wenn das … ihm nicht helfen.«

Unter ihm herrschte betretenes Schweigen.

Kai richtete sich verstört auf.

Eulertin konnte ihm nicht helfen? Das klang gar nicht gut. Wäre er nur besser im Bett geblieben. Das hatte er jetzt davon. Was hatte Eulertin morgen nur mit ihm vor?

Unter ihm waren noch immer Gesprächsfetzen zu hören, doch Kai war die Lust vergangen, weiter mit dem Ohr am Dielenboden zu kleben. Er wollte sich gerade wieder der Zimmertür zuwenden, als er unter sich ein leises Quietschen vernahm. Die geheimnisvolle Tür in Eulertins Studierzimmer?

Dann ertönten Schritte aus der Wand, die irgendwo über ihm entschwanden.

Das war interessant. Dieser Geheimgang musste direkt neben dem Raum mit den Schuhen verlaufen.

In diesem Moment war ein leises Poltern zu hören. Es schien vom Dach zu kommen. Kai schlich zum Fenster. Von hier aus hatte man einen guten Blick auf die Dächer und Hinterhöfe des Viertels. Zwar war der Mond von Wolken verhüllt, doch noch immer zeichneten sich die Umrisse der Nachbardächer scharf gegen den eigentümlich rosa schimmernden Nachthimmel ab.

Angestrengt versuchte Kai, einen Blick hinauf zum überhängenden Hausgiebel zu erhaschen – und zuckte zurück. Ihm war, als sei soeben ein großer Schatten über die Hinterhöfe gesprungen. Tatsächlich. Wie eine riesige Spinne klebte an einer der gegenüberliegenden Hausfassaden ein schauerliches Wesen. Salamandergleich huschte es zu einer der Dachschrägen hinauf, um anschließend hinter einem schiefen Schornstein zu verschwinden.

Was, in des Schicksals Namen, war Dystariel für ein Geschöpf? Er würde es eines Tages herausfinden. Irgendwie.

Kai drehte sich um – und stieß unsanft gegen eine der Säulen in seinem Rücken. Gerade noch konnte er das ausgetretene Paar Stiefel daran hindern, auf den Boden zu fallen.

In diesem Moment klappten hinter ihm die Läden des Fensters zu und Dunkelheit erfüllte den Raum. Oh nein! Nur das nicht.

Wie schon vor einigen Wochen wurde das Zimmer von einem Moment zum anderen von lautem Trappeln, Laufen und Rennen erfüllt. Abermals fuhr ihm von irgendwoher ein geisterhafter Windzug über das Gesicht. In den Wänden quietschte und ächzte es und die Sockel mit den Schuhen wackelten und zitterten. Schlagartig wurde es still.

Wie von Geisterhand bewegt, öffneten sich hinter ihm die Fensterläden. Graues Licht sickerte bis zur Zimmertür.

Kai fixierte sie beklommen. Irgendwie wusste er, dass sie nicht zurück in den Gang zu seiner Kammer führen würde.

Das verfluchte Kabinett

Finsternis hüllte Kai ein und in seinem Rücken erklang ein seltsames Schmatzen. Erschrocken wandte er sich um, doch es war wie vor einigen Wochen, als er zum ersten Mal Bekanntschaft mit dem Schuhzimmer gemacht hatte. Die geheimnisvolle Tür, durch die er eingetreten war, blieb verschwunden. Stattdessen strichen seine Finger über rissigen Stein.

Keinesfalls befand er sich wieder in dem Schlafzimmer mit dem Spiegel. Dafür roch es um ihn herum allzu seltsam. Staubig. Trocken. Und irgendwie nach alten Fellen und ranzigem Fett.

Kai rümpfte die Nase und streckte die Hände weit von sich, um einen Anhaltspunkt zu finden, der ihm half sich zu orientieren. Kaum hatte er einen Schritt gemacht, glommen rechter Hand zwei unheimliche Lichtpunkte auf. Sie glühten rot und hatten die Form von Augen. Kai schrie entsetzt auf und bemerkte erst dann, dass das Augenpaar zu einer schwarzen Wolfsmaske gehörte, die nicht weit von ihm entfernt von einer Dachschräge hing. Es waren keine richtigen Augen, sondern geschliffene, aus sich selbst heraus leuchtende Rubine, die in den Tierkopf eingesetzt worden waren.

Nach und nach schälten sich im roten Dämmerlicht andere Gegenstände aus dem Dunkeln. Da war eine unheimliche

Gliederpuppe aus rötlich schimmerndem Holz, auf deren Kopf ein diabolisches Lächeln aus Kreide aufgemalt worden war. Sie lag irgendwie verdreht neben einem Richtklotz, in dem eine gewaltige Axt steckte. Unweit davon entfernt standen klobige Folterinstrumente, darunter Daumenschrauben, Stachelstühle und eiserne Quetschstiefel, die wenigstens zu Teilen gnädig von weißen Leinentüchern verhüllt wurden. Kai schluckte. Was war das nur für ein schrecklicher Ort? Gebannt blieb sein Blick an einem Sammelsurium an Messern, Sägen und Bohrern hängen, über deren Verwendungszweck er lieber nicht weiter nachdachte.

Langsam gewöhnten sich seine Augen an die Dunkelheit, und er begriff, wo er gelandet war: auf dem Dachboden von Eulertins Haus.

Misstrauisch beäugte er die Dachsparren, von denen Henkerschlingen und von Netzen umhüllte Glaskugeln baumelten. Das wäre nicht weiter schlimm gewesen, doch lagen in den Gefäßen tote Spinnen, Kakerlaken und Asseln. Keines der Tiere war kleiner als seine Hand.

Kai lief ein Schauer über den Rücken. Unmöglich, dass all das der Däumlingszauberer zusammengetragen hatte. Eine solche Geschmacksverirrung traute Kai dem Magister einfach nicht zu. Aber hatte dieser ihm nicht berichtet, dass das Gebäude auf eine lange Geschichte zurückblickte? Gut möglich also, dass die schrecklichen Gegenstände um ihn herum von den früheren Bewohnern stammten.

Egal. Im Moment war er einzig und allein daran interessiert, so schnell wie möglich einen Weg zu finden, der ihn wieder zurück zu seiner Kammer führte.

Angewidert zwängte sich Kai an den gruseligen Folterinstrumenten vorbei, denn er hatte im hinteren Teil des Raumes ein eigenartiges blaues Leuchten bemerkt.

Gerade noch unterdrückte er einen Schrei. Direkt neben ihm lehnte ein offener Sarg, in dem ein mumifizierter Leichnam mit zugenähten Augen lag. Seine Arme hielt der Tote auf der Brust verschränkt und aus seiner Mundhöhle ragte ein langer, rostiger Eisennagel. Die Mumie stand direkt neben einem Regal mit dicken Büchern, von denen einige Brandspuren aufwiesen.

Hastig eilte Kai weiter, vorbei an einem grob gemauerten Schornstein, neben dem eine staubige Vitrine stand. Dort lagen Muschelketten, Perlmuttringe und verzweigte Kalkgebilde, von denen das geisterhafte blaue Licht ausging, das diesen Teil des Dachstuhls erleuchtete. Kai wollte schon weitergehen, als sein Blick an einem schwarzen Steinquader hängen blieb. Auf dem altarartigen Sockel lag ein prächtiges Langschwert. Die Klinge schimmerte trotz des Dämmerlichts silbrig hell. Parierstange und Knauf liefen in taubeneigroßen Echsenköpfen aus, deren Augen mit funkelnden Smaragden verziert waren. Ohne Zweifel, das Schwert war aus Mondeisen. Das Material sah genauso aus wie der Panzerarm Eisenhands oder Fis Amulett.

Zu seiner Überraschung war die Spitze der Waffe oben abgebrochen. Aber hieß es nicht, dass Mondeisen härter war als jedes bekannte Material?

Einzig die eisernen Klammern, mit denen das Schwert an den Stein genietet war, hielten Kai davon ab, die prächtige Waffe in die Hand zu nehmen.

Seufzend riss Kai sich von ihrem Anblick los und entdeckte schließlich neben einem großen Ölgemälde einen Ausgang. Endlich! Er beschleunigte seinen Schritt und erkannte, dass der Zugang in einen der runden Turmerker des verwinkelten Gebäudes mündete. Treppenstufen führten von hier aus nach unten. Doch wo würde er herauskommen?

Kai blickte zurück zu dem Kamin, der hoch zur Dachschräge aufragte, und versuchte anschließend, die Dunkelheit im hinteren Teil des Dachstuhls zu durchdringen. Tatsächlich, nicht weit von der glühenden Wolfsmaske entfernt, machte er einen weiteren Schornstein aus. Einer der beiden Schlote würde hinunter in die Küche führen, der andere hingegen ... zu der Feuerstelle in Eulertins Studierstube.

Kai beschlich ein unangenehmer Verdacht. Im Geiste vergegenwärtigte er sich die Anordnung der Erker, sowie die Position von Küche und Studierstube im Erdgeschoss. Es gab nur einen Ort, an dem Kamin und möglicher Treppenzugang so dicht beieinander lagen wie hier: in Magister Eulertins Gelehrtenkammer. Die Stufen vor ihm würden somit hinter der geheimnisvollen verriegelten Tür enden. Jetzt wusste er es. Schlimmer hätte es kaum kommen können.

Kai erinnerte sich noch gut daran, wie der Magister neulich Quiiiitsss angefahren hatte, als er entdeckt hatte, dass der Poltergeist hier oben gewesen war.

Was sollte er nur tun?

Er konnte unmöglich nach unten gehen, klopfen und höflich darum bitten, dass ihm Magister Eulertin öffnete. Der Däumlingszauberer würde mit Sicherheit überaus wütend reagieren.

Und das mit Recht.

Was war er nur für ein Narr gewesen, dieses dreimal verfluchte Zauberzimmer mit den Schuhen zu betreten.

Kai ging seufzend in die Hocke und dachte nach. Er steckte wirklich in der Klemme. Doch raus musste er hier. Irgendwie.

Sein gequälter Blick glitt über das Ölgemälde an der Wand neben dem Erker. Es zeigte ein verkarstetes Stück Land, über dem heiß die Sonne flirrte. Im Hintergrund waren verbrannte Bäume und geschwärzte Ruinen zu sehen, durch die ein staubiger Wind brauste.

Moment, was war das? Kai erhob sich und näherte sich verwundert dem Bild. Mit jedem Lidschlag schien sich die dort dargestellte Szene ein wenig zu verändern. Eben noch waren die Staubfahnen des Windes weiter links im Bild zu sehen, doch jetzt trieben sie bereits über einem zerborstenen Turm am Horizont. Auch die Äste und Zweige der verbrannten Bäume im Vordergrund schienen sich zu bewegen. Unheimlich.

Kai schüttelte sich und wandte sich ab. Über das eigenartige Ölgemälde konnte er sich auch ein andermal Gedanken machen. Er musste jetzt erst einmal einen Weg finden, um unbemerkt vom Magister zurück in seine Kammer zu gelangen.

Da kam ihm eine Idee. Möglicherweise besaß der verborgene Gang ja noch weitere Ausgänge? Falls es hier keinen gab, nun, irgendwo musste sich doch noch eine Dachluke finden lassen, durch die er notfalls nach draußen klettern konnte.

Der Plan schien ihm zwar ziemlich wagemutig, war aber immer noch besser, als ausgerechnet ins Zimmer des Magisters zu platzen.

Kai stiefelte wieder zu jenem Teil des Dachbodens zurück, der schwach von den rot glühenden Augen der Wolfsmaske ausgeleuchtet wurde. Beim Sarg bog er ab, um den großen Schornstein, der hinunter zur Küche führte, genauer ins Auge zu fassen. Was sich in den eingerollten Teppichen befand, die gegen ihn gelehnt waren, wollte er lieber nicht wissen.

Kai tastete die dicke Ziegelverkleidung ab und stellte fest, dass sie nur an einer Seite warm war. Seine Vermutung hatte sich also als richtig erwiesen. Gerade wollte er sich daranmachen, die Mauer abzuklopfen, als er mit dem Ellenbogen versehentlich ein Tuch berührte, das einen runden Gegenstand verbarg. Der Stoff rutschte zu Boden und Kai erblickte einen eichenen Sockel, auf dem ein faszinierender Gegenstand lag: eine kopfgroße Kugel aus Bergkristall.

Kai stieß einen leisen Pfiff aus. Nicht nur, dass der Kristallball im Zwielicht verheißungsvoll funkelte, er ruhte zudem auf einer Fassung aus Gold, die wie eine Flammenkrone geformt war. Erst jetzt bemerkte Kai, dass im Innern des Kristalls trübe Schlieren waberten.

Was war das für ein Zauberding? Im Gegensatz zu den anderen Objekten auf dem Dachboden wirkte die Kugel ganz und gar nicht Furcht einflößend. Sie machte eher einen majestätischen und geheimnisvollen Eindruck auf ihn. Vor allem war sie wunderschön.

Er streckte langsam die Hand nach ihr aus. Dann, als nichts passierte, berührte er sie.

Kai war, als träfe ihn einer der Blitze Mort Eisenhands.

Ein greller Schmerz jagte durch seinen Arm und er sah, wie Flammen aus seinem Handrücken schlugen. Gepeinigt schrie er auf. Kai versuchte verzweifelt, seine Finger von der Kugel zu lösen, doch ihm war, als klebten sie daran fest. Nur am Rande bekam er mit, wie es in seinem Inneren rumorte. Die Kugel erstrahlte in goldenem Licht auf – und der Schmerz ebbte ab, so wie er gekommen war. Auch die Flammen auf seiner Hand fielen von einem Augenblick zum anderen in sich zusammen. Dafür riss der Nebel in der Kugel auf, als würden ihn Sturmböen auseinander treiben. Im rasenden Wechsel zuckten Bilder in der Kugel auf. Kai erblickte das Innere eines düsteren Gewölbes mit steinernen Sarkophagen, dann eine schroffe Ruine und mit dem nächsten Wimpernschlag die Wogen eines sturmgepeitschten Meeres. Unwillkürlich musste er an den Piraten Mort Eisenhand denken. Schlagartig änderte sich die Szene in der Zauberkugel. Vor Kais Augen flammte das Bild einer finsteren Alchemistenwerkstatt auf, die in einem alten Gewölbe untergebracht war. Auf langen Tischen standen Laborgeräte, daneben Käfige, in denen bedrohliche Schatten hin und her huschten. Am Bildrand jedoch flackerte es gleißend hell. Irrlichter! Der Ausschnitt in der Kugel wanderte hinüber zu einer Mauer aus quaderförmigen Steinen, in die eine schmale Schießscharte mit eisernem Fensterkreuz eingelassen war. Dahinter konnte Kai vage einen Fluss ausmachen, dessen Fluten im Mondlicht glitzerten. Dunkel war die Silhouette eines Schiffes mit auffällig großem Heckkastell zu erahnen. In diesem Moment trat ein großer Schatten ins Bild, der einen schweren Sack heranwuchtete. Die Art sich zu bewegen, die Uniform. Bei allen Moorgeistern, das war Mort Eisenhand!

Der untote Pirat drehte sich um und beim Anblick des zerfressenen Gesichts schrie Kai ein weiteres Mal auf. Endlich gelang es ihm, sich von der Kugel zu lösen. Die Bilder erloschen so plötzlich, wie sie gekommen waren, und er taumelte schwer gegen eine der herumstehenden Kisten.

Kai keuchte und starrte seine schmerzende Hand an. Sie war unversehrt.

Erst jetzt wurde er sich der bedrohlichen Geräusche bewusst, die überall um ihn herum den Dachboden erfüllten. Ein Wispern, Raunen und Schreien. Was war das? Schon glaubte er, ein näher kommendes Schnauben und Galoppieren vernehmen zu können, das von einem geisterhaften Heulen untermalt wurde. Vor allem das Heulen steigerte sich zunehmend zu einem schrillen und durchdringenden Ton, der als geisterhaftes Echo von den Wänden und Dachschrägen widerzuhallen schien.

Kais Nackenhärchen richteten sich auf und er hielt ängstlich nach einem Versteck Ausschau. Doch es war zu spät. Vor ihm aus dem Fußboden brachen in diesem Augenblick die Leiber dreier durchscheinender Tiergestalten hervor, die ihn schnell einkreisten und an die Kaminwand zurückdrängten: ein Hirsch, ein Schwerthai und ein Stier.

Es waren jene Tiergestalten, die er unten in der Eingangshalle schon so oft verdächtigt hatte, ihn zu beobachten. Sie waren in Wahrheit magische Wächter!

Lauernd starrten sie ihn an.

Kai sackte wimmernd zusammen, denn nach und nach wurden ihm die Folgen seines unüberlegten Tuns bewusst. Jeden Augenblick würde Magister Eulertin erscheinen. Und ganz sicher würde ihn der Zauberer für seinen Vertrauensbruch aus dem Haus jagen.

Zu seiner Überraschung erschien nicht der Däumlingszauberer, sondern Quiiiitsss. So wie die Tiergeister zuvor, glitt der Poltergeist neben der seltsamen Gliederpuppe aus dem Boden und starrte Kai mit seinen schwarzen Telleraugen an.

»Tststs, wen haben wir denn da?«, rasselte er hochmütig und schenkte ihm ein freudloses Spinnweblächeln. »Einen kleinen Zauberer auf Abwegen? Na, das wird meinem Herrn aber gar nicht gefallen.«

Kai schluckte und beobachtete den Poltergeist dabei, wie er den Hirsch tätschelte. Das Tier warf zornig den Kopf herum und reagierte mit einem sphärischen Schnauben.

Quiiiitsss zog sich geschwind zurück. »Nanana, ich bin's doch nur, der alte Quiiiitsss«, raunte er und wandte sich wieder Kai zu. »Sehr bedauerlich, junger Herr. Ich hatte mich schon ein wenig an Euch gewöhnt. Ich werde mich dann wohl mal in Eure Kammer begeben, um Eure Sachen zu packen, was?«

»AD LUCEM!«, erklang jenseits der Zauberkugel die laute Stimme des Magisters. Die drei Tiergeister nickten und lösten sich von einem Moment zum anderen auf.

»Auch du darfst dich entfernen, Quiiiitsss!«, rollte die Stimme des Däumlings gebieterisch durch die Dunkelheit.

Die Augen des Poltergeists zerflossen wie Lachen schwarzer Tinte und er versank ohne einen weiteren Kommentar im Fußboden.

Kai sah, wie der Däumling aus der Dunkelheit heranschwebte. Er stand auf seinem Federkiel und hielt einen fichtennadelgroßen Stab in Händen, an dessen oberem Ende ein blaues Licht pulsierte.

Betreten starrte Kai zu Boden. Er schämte sich fürchterlich.

»Verdammt noch mal, wie bist du hier raufgekommen?«, fuhr ihn der Däumling an.

»Ich … ich war in dem Zimmer mit den Schuhen«, presste Kai hervor. Warum er dort gewesen war, wagte er dem Magister nicht zu sagen. »Es tut mir Leid«, stammelte er.

»Warum, Junge?« Eulertins Stimme klang bitter.

Kai schwieg.

»Verflucht noch mal, kannst du nicht reden? Ich will von dir wissen, warum du dich nicht an meine Anweisungen hältst?«

Kai blickte trotzig auf. Jetzt war eh alles verloren, da konnte er dem Magister ruhig sagen warum. »Weil Ihr mir nicht vertraut«, brach es aus ihm heraus. »Weil Ihr mich wie einen dummen Jungen behandelt. Ihr sagt mir zwar ständig, was ich alles nicht tun darf, aber ihr sagt mir nie, warum. Stets erzählt ihr mir nur das Allernotwendigste. Hätte ich mich gestern Abend nicht verlaufen, wäre ich nie Koggs und seinen Schmugglern begegnet. Und ich hätte nie erfahren, dass Fi ein Vertrauter von Koggs ist. Bis heute hätte ich nicht einmal gewusst, in welcher Verbindung Ihr zu ihnen steht. Ich habe in den letzten Wochen so hart an mir gearbeitet, aber trotzdem weiht ihr mich in keinen Eurer Pläne ein. Dabei war ich von Anfang an mit dabei. Ihr erzählt mir ja nicht einmal, wie es um mich steht. Und das, obwohl ich daran schuld bin, dass meine Großmutter tot ist.« Kai blinzelte eine Träne in seinen Augen weg. »Und da habe ich eben beschlossen, die Sache selbst in die Hand zu nehmen. Und mit dieser Tür mit den Symbolen habe ich halt den Anfang gemacht.«

Das war zwar nur die halbe Wahrheit, aber immerhin.

Kai wartete auf ein neuerliches Donnerwetter von Magister Eulertin, doch der schwieg. Ruhig schwebte der Däumling auf seinem Federkiel zu Boden und setzte sich im Schneidersitz vor ihn hin.

»Ach«, seufzte der kleine Zauberer und schaute betrübt zu ihm auf. »Kai, ich bin nicht dein Feind. Mir scheint, du hast das bei alledem vergessen.«

Kai presste verstockt die Lippen aufeinander, und so fuhr der Däumling fort.

»Wenn ich dich bitte, gewisse Räume nicht zu betreten, dann deswegen, weil ich mir Sorgen um dich mache. Ich habe wohl versäumt, dir zu berichten, dass wir im ehemaligen Haus von Morbus Finsterkrähe leben.«

»Was?« Kai starrte den Däumling entgeistert an. Viele der Seltsamkeiten in dem Gebäude ergaben mit einem Mal einen Sinn. Hatte ihm Quiiiitsss nicht berichtet, dass er vom letzten Besitzer dieses Gebäudes in seine Dienste gepresst worden sei? Und dann die seltsame Uhr. Oder die Dinge, die hier oben auf dem Dachboden standen. »Dann gehörte das alles hier dem Hexenmeister?«

»Vieles«, antwortete der Däumlingszauberer, »aber nicht alles. Nehmen wir zum Beispiel das Zimmer mit den Schuhen. Es handelt sich bei ihm um die *wandelnde Kammer.* Sie wurde nicht von Morbus Finsterkrähe erschaffen, sondern von einem der früheren Besitzer dieses Hauses. Sie vermag ihre Benutzer an seltsame Orte zu führen. Manche davon sind überaus gefährlich und einige von ihnen liegen sogar in weiter Ferne. Die meisten allerdings sind hier im Haus. Sei nur froh, dass du nicht in den Keller geraten bist.« Eulertin seufzte und brachte das Pulsieren am Ende seines Stabes zum Erlöschen. »Es heißt, die wandelnde Kammer sei bereits für das spurlose Verschwinden zweier Hausbewohner verantwortlich.«

Kai stöhnte leise, und Eulertin fuhr fort. »Der Raum besitzt seinen eigenen Willen und einen mehr als seltsamen Humor. Eigentlich hatte ich Quiiiitsss bei deiner Ankunft angewiesen, das Zimmer zu versiegeln. Ich hätte wohl hinzufügen müssen, wann dies geschehen sollte. Bei ihm muss man leider jedes Wort auf die Goldwaage legen.«

Der ruhige Tonfall, den der Magister angeschlagen hatte, ließ deutlich erkennen, dass er sich wirklich um ihn sorgte.

»Es tut mir Leid«, stammelte Kai.

»Es gibt da vielleicht noch eine andere Sache, die du wissen solltest«, führte Eulertin weiter aus. »Du bist nicht der erste Zauberlehrling, den ich ausgebildet habe. Vor achtzig Jahren habe ich einen Däumlingsjungen namens Flux aufgenommen. Er war außerordentlich begabt. Ich hatte ihm freien Zugang zu meinen Büchern gewährt und eines Tages versuchte er sich an einem Schwebetrank. Er gelang ihm vortrefflich. Leider konnte er nicht damit warten, ihn auszuprobieren, bis ich ihm die Erlaubnis dazu gab. Er tat es, während ich fort war. Es hat ihn umgebracht. Er ist hoch zum Himmel aufgestiegen und dort wurde er von einem Mäusebussard gerissen.«

Kai richtete sich schockiert auf. »Ein Mäusebussard?«

»Ja«, erklärte der Däumling mit großem Ernst. »Diese Vögel sind erbitterte Feinde meines Volkes. Ebenso wie Wanderratten und Warzenmaulwürfe. Wenn ich heute also die Neigung habe, mein Wissen nur sehr vorsichtig weiterzugeben, dann deswegen, um ein Unglück wie jenes vor achtzig Jahren auszuschließen. Leider muss ich jetzt einsehen, dass ich damit das Gleiche bewirkt habe.«

Kai bereute sein Handeln nun noch mehr. Er war zu dem Zauberer ebenso ungerecht gewesen wie damals zu seiner Großmutter. Er würde nie vergessen können, wie hochmütig er sich ihr gegenüber am Abend des Sternschnuppenfests verhalten hatte.

Und jetzt log er schon wieder.

»Magister«, flüsterte er betreten. »Ich hab Euch nicht die ganze Wahrheit erzählt. Tatsächlich war ich in der wandelnden Kammer, weil ich Euch und Dystariel belauschen wollte. Ich denke, Ihr solltet das wissen. Ich war so verärgert, weil Ihr mir nicht gesagt habt, wohin es morgen geht. Wenn Ihr jetzt überhaupt noch irgendwo mit mir hingehen wollt …«

Magister Eulertin sah ihn nachdenklich an. »Dies scheint die Nacht der unbequemen Wahrheiten zu werden, was?«

Kai zuckte hilflos mit den Schultern.

Ein Schmunzeln huschte über Eulertins Gesicht. »Gut, vergeben und vergessen. Beginnen wir beide einfach von vorn, in Ordnung? Von nun an fragst du mich, wenn du etwas wissen willst. Dafür versprichst du mir, dass du mehr Vertrauen hast, wenn ich mich zu bestimmten Themen nicht näher auslasse.«

»Versprochen«, sagte Kai und atmete erleichtert aus. »Verratet Ihr mir jetzt, wo es morgen hingeht?«

»Wir reisen zur Kaverne der Winde«, antwortete Eulertin zögernd. »Du wirst es vielleicht nicht bemerkt haben, aber dein Zustand, wenn man ihn so nennen will, scheint sich stabilisiert zu haben. Obwohl du gestern Nacht deine Kräfte angerufen hast, war keine intensivere Behandlung mit Gewitteregeln nötig als in den Tagen zuvor. Das scheint mir ein gutes Zeichen. Es ist an der Zeit, den nächsten Schritt zu tun. Wir werden es mit einer elementaren Versiegelung probieren.«

»Einer was?«

»Hm, schwierig zu erklären«, brummte der Däumling und schien kurz über Kais Schulter zu blicken. »Es reicht fürs Erste zu wissen, dass alles Stoffliche, also auch du und ich, aus den vier Elementen Feuer, Wasser, Luft und Erde besteht. Bei dem einen ist das eine Element stärker ausgeprägt, bei dem anderen das andere. Die magischen Kräfte in dir haben diese Elemente durcheinander gebracht und dir Schaden zugefügt. Obwohl du Fortschritte gemacht hast, deinen Geist gegen diese Kraft zu wappnen, wird es dir ohne fremde Hilfe nicht gelingen, diesen Schaden zu beheben. Wir müssen ein Heilmittel besorgen. In jedem Fall musst du dich darauf gefasst machen, einen neuerlichen Kampf durchzustehen. Ich kann nur hoffen, dass du inzwischen stark genug dafür bist.«

»Meintet Ihr das, als Ihr zu Dystariel sagtet, Ihr könntet mir nicht helfen?«

Eulertin hob mahnend einen seiner winzigen Finger. »Das kommt davon, wenn man lauscht und nur die Hälfte mitbekommt. Nein, das meinte ich nicht. Diese Bemerkung bezog sich auf etwas anderes. Es hat damit zu tun, welches der Elemente dir am nächsten steht. Für einen Zauberer hat das wichtige Konsequenzen. Du besitzt ein aufbrausendes Wesen. Das könnte auf Luft hindeuten. Aber über diese Frage herrscht bei uns keine Einigkeit … Noch ist es zu früh, etwas dazu zu sagen.«

Kai schaute den Magister fragend an. »Uns? Ihr meint damit sicher Dystariel, richtig? Wollt Ihr mir nicht verraten, wer sie in Wahrheit ist? Versteht mich bitte nicht falsch, aber im *Kaleidoskop der heimlichen und unheimlichen Kreaturen* habe ich keinen Eintrag über jemanden wie sie gefunden.«

»Oho«, meinte Eulertin spöttisch und schwebte auf seiner Feder wieder auf die Höhe von Kais Kopf. »Jetzt verstehe ich, warum du das Buch ein paar Tage länger behalten wolltest. Aber warum fragst du das nicht Dystariel selbst? Sie steht hinter dir.«

Kai sprang entsetzt auf und wirbelte herum. Doch nirgends war die Unheimliche zu sehen. Das Einzige, was er erblickte, war eine Statue mit gedrungenen Flügeln, die jenseits des Richtklotzes mit der großen Axt stand.

»Äh, wo denn?«, fragte Kai.

In diesem Augenblick öffnete die Statue ihre Augen und bewegte sich mit einem knirschenden Geräusch. Kai wich erschrocken einen Schritt zurück.

»Überrascht?« Dystariel wandte sich Eulertin zu. »Tut mir Leid, Thadäus. Ich war bereits unten am Hafen, als mich dein Ruf erreichte. Ich bin sofort losgeflogen. Aber wie mir scheint, hast du die Situation unter Kontrolle.«

»Ja, kann man so sagen.« Der Magister nickte. »Er war in der wandelnden Kammer, wenn du verstehst.«

»Aber sicher«, knurrte die Unheimliche. »Ich stehe hier schon etwas länger.«

»Ah ja«, murmelte Eulertin und kratzte sich am Backenbart. »Also, wie steht es? Möchtest du dem jungen Mann die Frage selbst beantworten?«

Dystariels massige Gestalt richtete sich auf, bis sie mit dem Kopf gegen eine der Glaskugeln stieß. Als sie schließlich ins Dämmerlicht der Wolfsmaske trat, stolperte Kai, bis er den Kamin in seinem Rücken spürte.

Dystariels Antlitz glich einer diabolischen Fratze mit gelben, lauernden Raubtieraugen, eckigem Kinn, hohen Wangenknochen und zwei kleinen Hörnern, die über der Stirn aufragten. Wo sich Ohren befinden sollten, waren nur knorpelartige Auswüchse zu erkennen. Ihr Schädel wirkte, wie der Rest ihres Körpers, als sei er aus Fels gehauen. Ihre Glieder waren lang und missgestaltet und dort, wo sich die Gelenke befanden, stachen knöcherne Spitzen hervor. Dystariel bleckte ihre Reißzähne.

»Mach den Mund zu, Junge!«, stieß sie hervor. »Ich war einmal ein Mensch, so wie du.«

Hastig tat Kai, wie ihm geheißen wurde. Er musste schwer schlucken, bevor er wieder sprechen konnte.

»Tut mir wirklich Leid, ich wollte nicht unhöflich sein«, krächzte er mühsam. Was hatte sie da eben gesagt? Sie war einst ein Mensch gewesen?

Dystariel breitete einen Moment lang ihre großen, fledermausartigen Schwingen aus und stampfte langsam auf ihn zu. Kai blieb wie gebannt stehen. Erst jetzt bemerkte er, dass Dystariel einen spitz zulaufenden Schwanz besaß, der bei jedem ihrer Schritte tückisch hin und her pendelte. Sie hob mit einer ihrer langen Krallen sein Kinn an und musterte ihn mit ihren gelben Raubtieraugen.

Kai spürte, wie es in ihm rumorte. Alles in ihm schrie danach, das Tier von der Kette zu lassen.

»Gewöhne dich an meinen Anblick, Junge«, fauchte sie. »Und hüte dich davor, irgendjemandem von heute Abend zu erzählen. Die Verbindung zwischen mir und Thadäus ist geheim. Erwische ich dich dabei, dass du dich verplapperst, werde ich mich deiner persönlich annehmen. Dann wirst du dir wünschen, du würdest ebenso aus Stein bestehen wie ich.«

»Ihr … Ihr besteht aus Stein?«

»So gut wie«, sagte das monströse Wesen. »Aber eben nur so gut wie. Sicher wäre es Morgoya anders lieber gewesen.«

Fast zärtlich glitten ihre Krallen über sein Gesicht.

»Lasst das!«, sagte Kai aufgebracht und schüttelte ihre Klaue ab.

»Nicht schlecht, gar nicht schlecht. Thadäus, schau nur«, höhnte sie. »Der Kleine besitzt Kampfgeist.«

Kai sah ihr wütend nach, als sie sich wieder in einen der Schatten zurückzog. Wagte sie das noch einmal, dann würde er sie …

»Dystariel ist eine Gargyle«, unterbrach ihn Eulertin bei seinen Gedanken und schwebte neben ihn. »Die Nebelkönigin Morgoya hat sie mithilfe ihrer verderbten Schattenkräfte ihres menschlichen Körpers beraubt und zu dem gemacht, was du heute vor dir siehst: zu einer fürchterlichen Waffe. Dystariel ist nicht die einzige ihrer Art. Morgoya hat in den letzten Jahren eine ganze Armada von Gargylen erschaffen.«

Kai starrte den Magister an und presste die Lippen aufeinander. Die Vorstellung war erschreckend. Zugleich fragte er sich, wer Dystariel als Mensch gewesen war.

»Du hast Dystariel bereits im Kampf erlebt«, fuhr der Däumling fort. »Gargylen sind nahezu unbesiegbar und Morgoya normalerweise treu ergeben. Einzig das Sonnenlicht vermag sie zu schwächen.«

Kai beschloss, sich diese Information zu merken.

»Und warum seid Ihr dann auf unserer Seite?« Kai starrte Dystariel misstrauisch an.

»Weil ... ich rechtzeitig entkommen bin«, antwortete sie zögernd. »Deswegen.«

Kai spürte tief in sich, dass dies nur ein Teil der Wahrheit war. Doch er wagte es nicht, weitere Fragen zu stellen. Für den Augenblick reichte ihm, was er erfahren hatte.

Dystariel neigte ihren Kopf wie ein Vogel zur Seite. »Gut, dann wäre das erledigt. Ich vermute, du brauchst mich nicht mehr, oder?«

»Ganz wie du willst, meine Liebe«, antwortete der Däumlingszauberer gefühlvoll. »Am besten, du versuchst weiter herauszufinden, wo die Kristallladung abgeblieben ist.«

»Ich werde mein Bestes tun«, zischte die Gargyle. »Und du, Junge, sieh zu, dass du dich nicht wieder in Schwierigkeiten bringst. Auf dir ruhen große Hoffnungen.«

Was sollte die Äußerung? Wollte sie sich über ihn lustig machen?

Dystariel rauschte an ihnen vorbei und glitt in die Dunkelheit. Das Letzte, was Kai hörte, war ein leises Quietschen, dem ein kaum hörbares Klappen folgte. Dort hinten musste sich also eine weitere Geheimtür befinden.

»Ich hoffe, du weißt unser Vertrauen zu würdigen, Junge«, meinte Eulertin mit strengem Blick. »Und ich hoffe, es lehrt dich Vorsicht vor dem, was zwischen den Schatten lauert. Als Magier musst du stark sein und einen festen Willen besitzen.

Die Mächte des Schattenreichs versuchen beständig, dich zu umgarnen und zu verderben. Sie locken dich mit unendlicher Macht. Doch gehst du einen Pakt mit ihnen ein, zahlst du einen teuren Preis dafür.«

»War das bei Morgoya ebenfalls so?«

»Sicher«, sprach Eulertin. »Nur weiß sie es vielleicht noch nicht.«

»Bitte erklärt mir, was es mit dem Raub dieses Feenkristalls auf sich hat. Diese Schiffsladung aus Berchtis' Zauberreich, von der Ihr spracht?«

»Die Windmacher der Stadt formen aus dem Kristall Gefäße, in welchen sie Luft- und Wasserelementare bannen«, antwortete der Zauberer. »Es wird in den Kristallgärten der Feenkönigin gezüchtet. Wie dieser Raub allerdings in Zusammenhang mit den anderen Vorfällen steht, vermag ich nicht zu sagen. Es ist ein weiteres Rätsel, das wir lösen müssen.«

»Besteht diese Zauberkugel dort ebenfalls aus Feenkristall?« Kai deutete auf das eigentümliche Artefakt, in dem nun wieder Schlieren wallten.

»Nein«, erklärte Magister Eulertin finster und hob mit einer winzigen Bewegung seines Stabes das am Boden liegende Tuch an, um es wieder über die Kugel zu werfen. »Diese Bergaugen sind sehr selten. Sie entstammen Kristalladern von absoluter Reinheit, die so tief im Gebirge liegen, dass üblicherweise nur die Zwerge zu ihnen vordringen können. Sei froh, dass du diese Kugel nicht angefasst hast. Sie hätte dich umgebracht.«

»Wie meint Ihr das?«, erwiderte Kai unsicher. »Ich gebe zu, am Anfang war es schon etwas unangenehm. Meine Hand stand plötzlich in Flammen, aber ...«

»Bei allen Winden des Nordmeeres! Du hast das vermaledeite Ding *berührt*?«

»Ja.« Kai starrte den Magister unsicher an. »Wie gesagt, am Anfang war es etwas unangenehm, aber dann erschienen in ihr diese Bilder.«

Kai hatte den Magister noch nie so aufgeregt gesehen. Hektisch schwebte dieser vor seiner Brust auf und ab und sauste dann in die Nähe der Zauberkugel, um das Objekt unter dem Tuch näher ins Auge zu fassen.

»Das kann nicht sein«, rief Eulertin noch immer ungläubig. »Die Kugel ist mit einem magischen Bann belegt, den ich bislang nicht brechen konnte. Ich fand sie in der Hinterlassenschaft Morbus Finsterkrähes. Der dunkle Schutzzauber, den er auf sie gewirkt hat, lässt es nicht zu, dass ein anderer als der Hexenmeister selbst sie benutzt.«

»Das mag ja sein«, murmelte Kai kleinlaut, »aber ich habe Bilder darin gesehen.«

Wie ein Pfeil schoss der Däumlingszauberer zu Kai zurück.

»Sag mir, was du darin gesehen hast.«

Kai tat es. Er begann bei dem Bild des Grabgewölbes und endete mit der Beschreibung jener Hexenküche, in der er Mort Eisenhand entdeckt hatte.

»Kai«, erklärte der Magister aufgebracht. »Diese Kugel vermag Bilder von fernen Orten zu zeigen. Allerdings begreife ich immer noch nicht, wie es dir gelungen ist, den Fluch zu umgehen. Und bevor ich das nicht herausgefunden habe, verbiete ich dir, diese Zauberkugel noch einmal zu benutzen. Hast du mich verstanden?«

Kai nickte betroffen.

»Davon abgesehen«, fuhr der Magister fort, »versuch dich an jedes Detail zu erinnern. Wenn es stimmt, was du sagst, hast du vielleicht einen Blick auf das Versteck Mort Eisenhands erhaschen können. So dicht waren wir ihm noch nie auf der Spur. Noch heute Nacht werde ich Koggs und Dystariel informieren. Vielleicht können sie etwas mit der Beschreibung anfangen. Und falls es uns tatsächlich gelingen sollte, seinen Unterschlupf aufzuspüren, dann, mein Junge«, Magister Eulertin ballte die winzigen Fäuste, »dann werden wir dem Finsteren einen Besuch abstatten, den er nicht so schnell vergessen wird.«

Die Kaverne der Winde

Als Kai am nächsten Morgen die Studierstube des Däumlingszauberers betrat, lachte die Sonne durch das schmale Fenster. Staubkörnchen tanzten in ihren Strahlen und selbst das Skelett der Seeschlange wirkte in ihrem goldenen Schein weniger Furcht einflößend als sonst.

»Magister? Wo seid Ihr?« Kais Blick wanderte suchend über die Regale mit den Büchern und Pergamentrollen, dann hinüber zum Schreibpult und blieb schließlich an der verriegelten Tür, die zum Geheimgang führte, hängen. Noch immer war er tief beeindruckt von dem, was er letzte Nacht erlebt und erfahren hatte. Vor allem aber war er froh, dass Magister Eulertin ihn nicht einfach mit Schimpf und Schande aus dem Haus gejagt hatte.

»Hier bin ich, mein Junge, hier!«

Auf dem klobigen Lehnstuhl stand wie immer das puppenhafte Haus des Zauberers. Die schrägen Strahlen der Sonne fielen direkt auf das rote Schindeldach und erst jetzt bemerkte Kai die Bewegung auf dem zerbrechlich wirkenden Balkon unter einer der Dachschrägen. Magister Eulertin stand dort in seinem blauen Zeremonialgewand und hielt eine winzige Gießkanne in Händen, mit der er einen kleinen Setzkasten begoss. Grünes Moos blühte darin.

»Ich liebe diese frühe Morgenstunde«, summte der Däumling vergnügt. Er stellte die Gießkanne ab und wandte sein Gesicht genießerisch dem Licht zu. »Wenn es hier in Hammaburg mal nicht bewölkt ist, kann man sich wirklich an die Stadt gewöhnen.«

»Warum öffnet Ihr nicht einfach öfter mal das Fenster?«, fragte Kai mit einem breiten Grinsen. »Dann habt Ihr nicht nur etwas mehr von der Sonne, auch der Raum würde mal gelüftet werden.«

»Pah, nicht frech werden, mein Junge!«, brummte Eulertin. »Aber genau darum wollte ich dich gerade bitten. Und dann geh rüber zum Labor und hol dir deinen Spinnentrank. Und wenn du schon dabei bist, greife dir auch gleich die Phiole mit der blauen Flüssigkeit neben dem Dreifuß. Beides wirst du heute benötigen.«

Kai ging zur Fensterbank. Mit skeptischem Blick hob er die vier Gläser mit den dunkelgrün gesprenkelten Fröschen auf und stellte sie vorsichtig auf dem Boden ab. Die Tiere starrten ihn misstrauisch an und einer quakte.

»Schön vorsichtig mit unseren Freunden«, war hinter ihm Eulertins Stimme zu vernehmen. Kai zuckte gleichmütig mit den Schultern und zerrte am Riegel. So wie der verzogen war, war es schon eine Weile her, seit sich das letzte Mal jemand daran zu schaffen gemacht hatte. Auch die Scheiben könnten mal geputzt werden, fand er.

Er holte er die beiden Fläschchen. Er war schon gespannt darauf, wohin es heute gehen würde. Ob sie vielleicht mit einer der vornehmen Kutschen reisten, die er in der Stadt gesehen hatte? Aber wieso dann der eklige Spinnentrank?

Als sich Kai umdrehte, schwebte Magister Eulertin bereits auf seinem Gänsekiel vor einem der Regale. Er hatte die Hände in die Hüften gestemmt und fluchte leise vor sich hin. »Ich weiß genau, dass ich das Ding gestern hier hingelegt habe. Eines Tages, oh ja, da werde ich Quiiiitsss in eine Flasche sperren und ihm zeigen, wie ein Versteck aussieht, das wirklich niemand findet."

Kai schmunzelte und ging zum Schreibpult, um dem Zauberer seine Wünschelrute zu reichen.

»Danke, mein Junge.« Eulertin nahm den verzauberten Holzspan entgegen und flog suchend den Raum ab. »Ah, da ist sie ja!«

Geschwind sauste er zu einer offen stehenden Bücherkiste neben der Eingangstür, deren Deckel mit ledernen Taschen ausgestattet war. In einer von ihnen steckte eine goldene Stimmgabel. Sie war ungefähr so groß wie der Däumling und glänzte matt.

Eulertin beschwor kurzerhand einen Wind herauf, der die Stimmgabel aus der Tasche riss und Kai entgegenwirbelte. Geschickt fing der Junge das goldene Objekt auf.

»Sei doch so gut und stell dich bitte hier in die Mitte des Zimmers«, sagte der kleine Zauberer und deutete auf den Boden vor dem gusseisernen Buchständer. »Schlag die Gabel an und rufe dreimal ›Kraa!‹. Ach ja, außerdem könnte es nicht schaden, wenn du deine Ellenbogen dabei auf und ab bewegtest.« Der Däumling flog zurück zum Schreibpult und legte die Wünschelrute neben dem Brieföffner ab.

Kai schaute den Zauberer zweifelnd an und trat vor den Buchständer. Er schlug die Stimmgabel an und ein heller Ton erfüllte den Raum. Dann begann er mit beiden Armen zu schlagen und krähte dreimal »Kraa!«.

»Und was jetzt?« Irgendwie kam sich Kai reichlich dämlich vor. Er wandte sich zu Magister Eulertin um, der mittlerweile wieder zu seinem Häuschen zurückgeschwebt war.

»Warten!«, antwortete dieser zwinkernd und verschwand in der kleinen Haustür.

Kai legte die goldene Stimmgabel auf dem Ständer ab und setzte sich im Schneidersitz auf den Boden. Er hatte ja eher den Verdacht, der Magister wollte sich einen Scherz mit ihm erlauben. Aber gut, dann wartete er eben.

Kai vertrieb sich die Zeit damit, die Frösche in den Gläsern zu beobachten. Schließlich entdeckte er eine kleine Spinne, die am Boden entlangkrabbelte. Kai beugte sich vor und pustete sie gelangweilt unter eines der Regale.

In diesem Moment trat Magister Eulertin wieder vor das Häuschen. In seiner Rechten hielt er den Stab, den er bereits gestern Nacht bei sich gehabt hatte. Gemächlich glitt er zu Kai auf den Fußboden herunter und schickte den schwebenden Gänsekiel zurück in das Tintenfässchen. »Du kannst dir schon mal deinen Mantel anziehen«, meinte er und starrte zum Zimmerfenster hinauf.

Kai gehorchte und folgte dem Blick des Magisters. Über den Dächern war ein weiß-grauer Punkt auszumachen, der schnell näher kam. Eine Möwe!

Wendig segelte der Vogel an einem Schornstein vorbei, jagte an der Fassade des Nachbarhauses hinab in die Tiefe, um dann wild mit den Flügeln schlagend durch das offen stehende Fenster der Studierstube zu rauschen. Erschrocken wich Kai zurück und sah, wie die Möwe auf dem Buchständer aufsetzte, die Flügel zusammenfaltete und Eulertin anblickte.

»Guten Morgen, verehrter Thadäus!«, kreischte die Möwe und machte sich daran, ihr Gefieder zu putzen.

»Guten Morgen, meine Liebe«, antwortete der Zauberer und wandte sich Kai zu, der den seltsamen Besucher mit großen Augen anstarrte.

Bei allen Moorgeistern! Das Tier konnte sprechen.

»Wenn ich euch miteinander bekannt machen darf«, sagte der Däumling freundlich. »Kai, das hier ist Kriwa. Sie ist meine Vertraute. Kriwa, das hier ist Kai. Ich glaube, ich habe dir bereits von ihm erzählt.«

»Ja, natürlich«, krächzte Kriwa. »Dann ist es heute wohl so weit, was?«

»Ja«, meinte Eulertin einsilbig. »Kai, wenn du nun die Güte hättest, zunächst das blaue Elixier zu dir zu nehmen? Wir werden uns gleich auf eine Luftreise begeben. Dazu ist es notwendig, deine Gestalt auf ein vernünftiges Maß zu reduzieren.« Er schmunzelte. »Und zwar auf Däumlingsgröße!«

Überrascht starrte Kai das Fläschchen mit der blauen Flüssigkeit an. Ein Verkleinerungstrank also? Und anschließend eine Luftreise? Die Wunder, die er im Haus des Zauberers erlebte, wollten einfach kein Ende nehmen.

Neugierig tat er, wie ihm geheißen. Das Elixier roch und schmeckte irgendwie nach – Regenwürmern. Kai kam nicht weiter dazu, sich über die Bestandteile des Zaubertranks Gedanken zu machen, denn im nächsten Augenblick jagte ein schmerzhaftes Zerren und Reißen durch seine Glieder. Kai stöhnte auf und biss die Zähne zusammen. Er bemerkte, wie sich alles um ihn herum veränderte und schlagartig größer wurde.

Nein, er war es, der schrumpfte!

Als der Schmerz in seinem Körper endlich nachließ, ragte der Sessel mit Eulertins Haus wie ein Burgberg neben ihm auf. Ganz zu schweigen von den häusergroßen Kisten und Bücherstapeln, den riesigen Regalen und all den anderen Gegenständen im Zimmer.

»Ich fasse es nicht!«, stammelte er.

»Willkommen in meiner Welt!«

Kai wandte sich um und erblickte Magister Eulertin. Erstmals wirkte der Däumling wie ein ganz gewöhnlicher Mensch auf ihn. Der Zauberer überragte ihn sogar leicht. Ihm war zuvor nicht bewusst gewesen, dass das bärtige Gesicht des Magiers so von Falten durchfurcht war. Und was die Stickereien auf seinem Gewand betraf, es waren tatsächlich Sterne und Kometen – und keine Staubflusen, wie er neulich geglaubt hatte.

»Unglaublich«, murmelte er, als ihm jäh ein schrecklicher Gedanke kam. Wenn er so winzig klein war, waren folgerichtig alle anderen Lebewesen um ihn herum überaus groß. Gehetzt schaute er sich um und wich erschrocken einen Schritt zurück. Bang starrte er zu den grünen Monsterfröschen auf. Wenigstens saßen sie hinter dickem Glas. Aber wo war diese verdammte Spinne, die hier irgendwo zwischen all dem Gerümpel lauern musste?

»Ist das hier unten auf dem Fußboden nicht etwas gefährlich?«, flüsterte Kai, der sich plötzlich wünschte, er wäre vorhin freundlicher mit der Spinne umgegangen.

»Ach, alles eine Sache der Gewöhnung«, entgegnete Eulertin ruhig, der seinem Blick gefolgt war. »Man lernt schnell, welche Tiere gefährlich sind und welche nicht. Die vier Donnerfrösche dort oben auf ihren Leitern fressen nur Fliegen und Mücken. Du solltest dich lieber vor Letzteren in Acht nehmen. Ein Mückenstich kann für Wesen unserer Größe tödliche Folgen haben.«

Der Zauberer zwinkerte ihm beruhigend zu und pflanzte seinen Zauberstab vor sich auf. Erst jetzt bemerkte Kai, wie kunstvoll er geschnitzt war. Er entdeckte darauf die Zauberzeichen für Wind und Luft. Zudem schlängelten sich luftige Gestalten um den Schaft, deren Backen ähnlich aufgeblasen waren, wie die jener Geschöpfe draußen auf dem Boden der Eingangshalle. Am ungewöhnlichsten aber war der Saphir oben an der Spitze des Stabes, in dem ein geheimnisvolles blaues Licht waberte.

»Also, dann wollen wir mal«, erklärte Eulertin forsch und starrte nach oben. »Kriwa?«

»Komme schon«, krächzte es über ihnen. Kai sah, wie hoch über ihren Köpfen der Riesenvogel seine Schwingen ausbreitete. Er schloss einfach die Augen und versuchte, nicht länger über all das nachzudenken. Kurz darauf streifte ihn ein heftiger Windzug und der Boden unter seinen Füßen erzitterte. Dann fühlte er sich von einem Schnabel gepackt, der ihn vom Boden riss und in die Luft emporhob.

Kai stieß einen entsetzten Schrei aus und war froh, als Kriwa ihn auf ihrem Rücken absetzte.

»Na, na, na, Junge«, lachte die Möwe spöttisch. »Ich werde dich schon nicht fressen. Ich ziehe Fische vor.«

Kai versuchte sich an einem freundlichen Lächeln, doch es misslang. Nein, auf Dauer war diese Däumlingsgröße nichts für ihn. Wirklich nicht.

»So, Junge. Und jetzt nimm mal einen Schluck von deinem vortrefflichen Spinnentrank«, war in seinem Rücken die Stimme Eulertins zu hören. Auch der Magier hatte es sich inzwischen auf dem Gefieder der Möwe bequem gemacht. »Du bist den Ritt auf einem Vogel nicht gewöhnt und ich will nicht, dass du uns während des Fluges herunterfällst.«

Kai nickte stumm und zog den Spinnentrank hervor. Angewidert schluckte er etwas von dem zähflüssigen Saft und steckte die Phiole wieder ein. Es dauerte nicht lange und seine Hände klebten sicher an dem Gefieder der Möwe.

»Los geht's«, krähte Kriwa. Kai sah staunend mit an, wie die Möwe ihre Flügel ausbreitete und sich vom Fußboden abstieß. Kurz darauf rauschten sie durch das offen stehende Fenster nach draußen und jagten zum strahlend blauen Himmel über der Stadt empor.

Kai spürte, wie der Wind an seinen Kleidern zerrte und klammerte sich trotz des Spinnentranks verzweifelt an Kriwas Gefieder fest. Die Möwe schraubte sich immer höher und höher der Sonne entgegen, um schließlich auf einem der Höhenwinde gleitend in nördliche Richtung abzudrehen. Als sich Kai endlich traute, einen Blick nach unten zu werfen, entfuhr ihm ein freudiges Jauchzen. Der Anblick, der sich ihm bot, war überwältigend.

Tief unter ihnen lag das rote und braune Dächermeer Hammaburgs, zwischen dem die Kanäle der Stadt wie dunkle Bänder glitzerten. Die Gärten ähnelten kleinen, grünen Inseln und auf den Straßen und in den Gassen waren Leute zu erkennen, die aus der Höhe kaum größer wirkten als Ameisen. Überhaupt sah die Stadt so aus, als habe ein Spielzeugmacher sie geschaffen.

Kriwa segelte über das Hafenbecken mit den zerbrechlich wirkenden Koggen und Segelschiffen und überflog dann den Stadtwall, der mit seinen Miniaturtürmen nur wenig imposant wirkte. Dann folgte sie dem blauen Elbstrom in Richtung Nordmeer.

»Magister!«, brüllte Kai gegen den Flugwind. »Was wird uns am Ende unserer Reise erwarten?«

»Wenn meine Nachforschungen richtig sind, das *Herz der nachtblauen Stille*!«, schrie der Zauberer zurück. »Es handelt sich dabei um ein Geschenk des Elfenkönigs Avalaion an einen der alten Könige von Albion. Der Mann litt unter einem fürchterlichen Fluch, der ihn bei Vollmond in einen Werwolf verwandelte. Das war vor über sechshundert Jahren. Das Herz der nachtblauen Stille vereint die Kräfte aller vier Elemente in sich und gilt als eines der machtvollsten Zauberheilmittel der bekannten Welt. Zumindest ist es das einzige, dessen Aufenthaltsort ich in Erfahrung bringen konnte. Kriege sind darum geführt worden, bis die Elfen es zurückforderten und es machtvollen Wesen anvertrauten, die es noch heute hüten.«

»Was für Wesen?«

»Du wirst sie kennen lernen, Junge.«

Kai verdrehte die Augen. »Wollt Ihr mir nicht wenigstens verraten, um was es sich bei diesem Herz der nachtblauen Stille handelt?«, brüllte Kai abermals gegen das Rauschen des Windes an.

»Ich weiß es nicht«, rief der Däumlingszauberer. »Du wirst es selbst herausfinden müssen.«

Kai blickte verdutzt über seine Schulter, doch der Däumling war in den Anblick unter ihnen vertieft.

Sie flogen nun über sanft geschwungene Hügel und grüne Wälder. Die Elbe hatte sich längst verbreitert, was ein deutliches Zeichen dafür war, dass sie sich der Mündung des Flusses näherten. Hin und wieder erblickte Kai unter sich Boote. Es waren Flussfischer. Nur einmal sah er eine stolze Kogge, die den Weg zur Hafenstadt eingeschlagen hatte. Kai hatte erwartet, mehr von diesen großen Schiffen zu sehen. Dass sie so rar geworden waren, war offenbar eine Folge der Herrschaft Morgoyas über die nördliche See.

Er wurde plötzlich auf eine Insel inmitten der Flussmündung aufmerksam, auf der ein schlankes Gebäude thronte, dessen Spitze rot gefärbt und wie eine Art Blütenkelch geformt war. Kai richtete sich auf dem Gefieder Kriwas auf, um einen besseren Blick auf das Bauwerk zu erhaschen.

»Was ist das dort vorn?«, rief er.

»Oh, ich vergaß«, antwortete Eulertin. »Das dort ist Berchtis' Leuchtfeuer! Sein magisches Licht schützt Stadt und Land. Als Morgoya vor vielen Jahren die Herrschaft in Albion übernahm, wurde schnell deutlich, dass sie nichts unversucht lassen würde, ihr schreckliches Schattenreich auch auf den Kontinent auszudehnen. Glücklicherweise ertragen die meisten ihrer Kreaturen das Sonnenlicht nicht. Sie ziehen die Dunkelheit vor. Es musste daher ein Schutz gegen Morgoyas Heer errichtet werden, der auch bei Nacht wirksam ist. Der Turm erleuchtet den Küstenstreifen bis weit auf die See hinaus mit sonnengleichem Feenlicht. Dieses Licht können Morgoyas Kreaturen nicht überwinden.«

»Ich sehe kein Licht«, meinte Kai zweifelnd.

»Nein, bei Tage erlischt es. Es entzündet sich erst, wenn die Sonne untergeht.«

Kai verstand nun endlich, was das für ein Lichtschein war, den er nachts am nördlichen Horizont Hammaburgs gesehen hatte.

»Und was ist sein Ursprung?«

»Darüber gibt es nur Vermutungen«, rief der Zauberer. »Es handelt sich um rätselhafte Feenmagie, die nichts mit der Zauberei von uns Magiern zu tun hat. Einige von uns Magiern glauben, der Ursprung des Leuchtfeuers sei das *unendliche Licht* selbst. Jene Kraft, die seit Anbeginn der Zeiten die gesamte Schöpfung durchdringt. Dich, mich. Kurz, jedes Lebewesen dieser Welt.«

Kai riss ehrfürchtig die Augen auf. »Feenkönigin Berchtis muss eine große Feindin Morgoyas sein!«

»Oh ja«, antwortete Eulertin. »Gegensätzlicher könnten sie nicht sein. Berchtis steht für das Leben, Morgoya für den Tod. Und wenn es stimmt, was man sich erzählt, hat Feenkönigin Berchtis für uns alle ein großes Opfer erbracht. Denn dann hat sie, um das Leuchtfeuer zu entzünden, einen Teil von sich selbst geopfert.«

»Wieso geopfert?«

»Wir sprechen hier nicht von profaner Magie, sondern von einer viel mächtigeren, uralten Kraft, mein Junge. Dieser Leuchtturm markiert die äußerste Grenze der freien Königreiche. Hier prallen Leben und Verderben aufeinander, wie sonst vielleicht nur noch im Albtraumgebirge. Komm, Kriwa, flieg meinem wissbegierigen Schüler zuliebe etwas näher an den Turm heran.«

Die Möwe beschrieb in der Luft eine leichte Kurve und näherte sich dem Leuchtturm. Kai gab einen Laut der Verwunderung von sich. Das wundersame Bauwerk ähnelte einer gewaltigen Rose. Der schlanke Turm bestand aus grünem Marmor und fächerte sich nach oben hin zu einer blütenförmigen Plattform aus rotem Gestein auf, die von dornenartigen Erkern umgeben war. In der Mitte des Blütenkelchs befand sich ein Gebäude in Form einer Trichtermuschel mit gewaltigen Kristallfenstern.

Erst jetzt entdeckte Kai die beiden riesigen Krebse zu Füßen des fantastischen Bauwerks. Sie waren so groß wie Bierkutschen und lauerten zwischen den Schatten der Felsen. Als sich die drei Gefährten näherten, richteten sie sich auf und klickten gefährlich mit den Scheren.

»Nicht näher heran, Kriwa«, rief der Däumlingszauberer von hinten.

Längst hatte Kai die vielen rot schillernden Falter bemerkt, die sich zu hunderten von der Turmspitze lösten und damit begannen, sich zu einem großen Schwarm zu vereinen. Bei allen Moorgeistern! Die rote Färbung der Turmspitze rührte gar nicht vom Gestein her.

»Was ist das?«, stieß Kai hervor. Die Möwe drehte geschwind ab und jagte hinüber zum östlichen Flussufer.

»Das sind Funkenschmetterlinge«, schrie Eulertin gegen den Wind an. »Sie verwirren vernunftbegabten Lebewesen die Sinne. Ein Angreifer aus der Luft ist ihnen hilflos ausgeliefert.

So wie die Riesenkrebse unten am Fuß des Turms bewachen sie Berchtis' Leuchtfeuer in der Luft.«

»Und wenn doch jemand die Wächter überwindet?«, fragte Kai.

»Keine Sorge«, erwiderte der Däumling. »Jeden Tag fliegen die Lyren die Küste ab. Das würde auffallen. Außerdem ist der Turm mit vier elementaren Schlüsseln gesichert. Einen davon hüte ich persönlich.«

»Und die anderen?«

»Junge, du stellst vielleicht Fragen«, antwortete Magister Eulertin und lachte gutgelaunt. »Besser du ruhst dich etwas aus und sammelst Kräfte. Was vor uns liegt, ist kein Spaziergang, vor allem nicht für dich.«

Kai schwieg und versuchte, Eulertins Weisung zu folgen. Die Möwe hatte die Elbe inzwischen hinter sich gelassen und überflog eine waldreiche Gegend, die hin und wieder von glitzernden Seen durchbrochen wurde. Kai blinzelte gegen das Sonnenlicht und konnte zwischen den Bäumen hohe Kreidefelsen ausmachen, hinter denen sich weit bis zum trüben Horizont das Nordmeer erstreckte. Die schroffe Felsformation wirkte auf ihn, als ragten dort an der Küste die gewaltigen Zähne eines Seemonsters auf.

Längst war am Himmel eine Vielzahl weiterer Möwen auszumachen. Dazwischen zogen große Albatrosse und Seeadler ihre Bahn. Inzwischen konnte man auch das Rauschen der Brandung hören und die Luft roch nach Tang.

Kriwa hielt direkt auf eine große Felsnase inmitten der majestätischen Gesteinsformation zu. Diese lag vor einem zerklüfteten, mannshohen Höhleneingang.

Kai starrte während des Landeanflugs unglücklich zu der weißen Meeresbrandung hinab, die in der Tiefe gegen die Felsen donnerte. Leichtfüßig setzte die Möwe auf dem felsigen Sims auf und faltete die Flügel zusammen. Noch immer zerrte ein starker Wind an den Kleidern der Reisenden.

»Runter, mein Junge!«, rief Eulertin. »Wir sind da.«

Kai seufzte und schaffte es, dank des Spinnentranks ohne Probleme von dem Vogel zu steigen. Der Magister hingegen ließ sich einfach von einer Böe tragen und landete elegant neben ihm auf dem Felsen,.

»Bitte warte hier«, rief er der Möwe zu.

Kriwa nickte anmutig und putzte sich die klebrigen Fäden, die Kai hinterlassen hatte, aus dem Gefieder. Der Däumlingszauberer schritt nun auf den aus ihrem Blickwinkel gewaltigen Höhleneingang zu. Kai folgte ihm hastig.

Wenig später betraten sie eine gewaltige Grotte, in der ein beständiges Heulen und Säuseln zu hören war. Kais Ärmel flatterten im Wind und immer wieder tanzten schwarze Haarsträhnen vor seinem Gesicht.

»Ich schätze, es schadet nicht, wenn du die Wirkung des Verkleinerungstranks aufhebst«, rief der Magister gegen die Böen an. »Gleich wird es noch schlimmer kommen.«

Kai nickte verwirrt und konzentrierte sich. Es dauerte nicht lange und er spürte wieder das schmerzhafte Ziehen und Reißen in seinen Gliedern. Jede Faser seines Körpers schien sich zu strecken und zu dehnen. Er wurde wieder groß. Als der Prozess abgeschlossen war, atmete er erleichtert aus.

Die Grotte war noch immer gewaltig. Von schlanken Gesteinssäulen und breiten Felsnasen getrennt, zweigten zahlreiche kleinere Höhlen ab. Auch die Decke war von tiefen Rissen und Schloten durchzogen, durch die der Wind rauschte. Überall brauste, dröhnte und säuselte es.

Der Däumlingszauberer ließ sich von Kai auf einen Felsblock heben, der sich wie ein steinerner Thron inmitten der großen Höhle erhob. Dann gebot er seinem Schüler zurückzutreten und sich ruhig zu verhalten.

Magister Eulertin breitete die Arme aus und warf den Kopf in den Nacken. Da begann der blaue Kristall auf seinem winzigen Zauberstab zu leuchten. Zunächst war es nur ein trübes Licht, doch nach und nach steigerte es sich zu einem hellen Gleißen, das grell in Kais Augen stach.

Unvermittelt hallte die seltsam verstärkte Stimme des Zauberers von den Wänden.

»Ich, Magister Thadäus Eulertin, Schüler des ehrwürdigen Balisarius Falkwart, Zunftmeister der Windmacher von Hammaburg, Bezwinger des Nachtmahren vom Purpursee, Hüter des Mysteriums vom Nornenberg und Träger des Splitters von Thraaks Sturmkrone, ich rufe Euch, ihr Winde! Kommt herbei, Launenhafte. Kommt her zu mir, wie es Euch der Pakt von Kaskardoom gebietet!«

Kai starrte Eulertin verblüfft an. Was konnte das bedeuten? Unmöglich war der kleine Magister der einfache Magier, für den er sich so gern ausgab.

Ein mächtiges Donnern irgendwo tief im Gewirr des verzweigten Grottensystems war zu hören, dem ein auf- und abschwellendes Brausen folgte. Eine Sturmböe packte Kai und warf ihn gegen eine der Felswände. Der Junge rieb sich schmerzhaft die Schulter – und riss entgeistert die Augen auf.

Unter Wispern und Säuseln materialisierten sich plötzlich überall um sie herum ätherische Gestalten mit pausbackigen Gesichtern, wehenden Gewändern und langen Haaren: Windgeister!

Kai dachte an seinen Unterricht zurück. Er erkannte aufbrausende Sylphen, wütende Windsbräute, verspielte Luftikusse, trügerische Säuselgeister und viele andere mehr.

Das Tosen um sie herum war gewaltig. Selbst Magister Eulertin wankte leicht und schien sich nur mit Mühe auf dem Fels halten zu können.

In diesem Moment donnerten unter wütendem Sturmgeheul die gewaltigen Schemen sechs weiterer, weitaus machtvollerer Wesen in die Grotte. Die vielen anderen Geister, die in die Höhle gefahren waren, stoben jaulend davon. Kai hingegen wurde jetzt so stark gegen die Wand gepresst, dass ihm das Atmen schwer fiel.

»Wer wagt es, uns zu rufen?«, donnerte einer der sechs Winde. Direkt vor dem Däumlingszauberer wallte ein Gesicht auf, groß wie ein Scheunentor, dessen Mienenspiel herrisch wie ein Orkan wirkte. Der bauschige Wolkenbart schien mit Eiskristallen durchsetzt zu sein, die Haare glichen Rauch im Sturm und die Augen blitzten wie Wetterleuchten am Horizont.

»Ich begrüße dich, kalter Nordwind!«, brüllte Eulertin gegen das Tosen an. »Du solltest wissen, wer vor dir steht.«

»Du wagst es, an diese heilige Stätte zu kommen, Däumlingszauberer?«, grollte die unheimliche Gestalt schwer.

»Ich bin gekommen«, rief der kleine Magier, »um eine Schuld einzufordern.«

Ein gewaltiges Donnern erfüllte die Grotte und es wurde mit einem Mal bitterkalt. Kai erwartete, jeden Augenblick Schneeflocken zu sehen.

»Was willst du?«, brüllte der Nordwind.

»Das Herz der nachtblauen Stille!«, rief Eulertin mit gebieterischer Stimme.

Wütendes Getöse brach hinter dem Nordwind los. Dort enthüllten sich weitere Gesichter als stürmische Schemen. Die Winde schienen aufgebracht.

»Du überraschst mich, Däumlingszauberer. Aber du verlangst zu viel!«, sprach der Nordwind mit rollender Stimme. »Ich kann dir das Herz nicht geben. Ich wache nicht allein darüber.«

»Ich fordere es nicht für mich«, erklärte der Magister. »Ich bitte um Hilfe für meinen Schüler. Das Tier wütet in ihm. Es muss zum Schweigen gebracht werden, sonst stirbt er.«

»Wenn du schon von dem Herz weißt«, säuselte eine andere Windstimme, »wirst du sicher auch wissen, dass wir versprochen haben, es niemandem zu geben.«

Eine weitere Luftgestalt schob sich vor den Zauberer. Sie besaß ein Frauengesicht mit wallendem Nebelhaar und hochmütigen Augen.

»Ich begrüße dich, Böe des Ostens«, antwortete der Däumling freundlich. »Sicher verzeihst du mir, wenn ich dich in Anbetracht der Umstände korrigiere. Genau genommen habt ihr einst gelobt, das Herz der nachtblauen Stille nie wieder einem Sterblichen auszuhändigen, der seine Macht missbraucht. Das ist hier nicht der Fall. Es geht, im Gegenteil, darum, großes Unheil zu verhindern.«

Sichtlich überrascht fauchte die Böe des Ostens.

Ein drittes Wolkengesicht glitt heran. Es war hohlwangig und besaß tief eingesunkene Triefaugen, die sich schwach unter einer von Sorgen umwölkten Stirn abzeichneten.

»Unheil verhindern?«, ächzte der Windgeist mit schwacher Säuselstimme und starrte kraftlos zu Kai herüber. »Ist der Junge all die Mühe denn überhaupt wert?«

»Oh ja, hochgeachtete Flaute, ich denke das ist er«, antwortete der Däumling.

Die Flaute wollte etwas erwidern, doch müde zog sie sich wieder zurück. Stattdessen erhob der Nordwind seine schneidende Stimme.

»Wie ich schon sagte, Däumlingszauberer. Das kann ich nicht allein entscheiden. Wir müssen uns beraten.«

Unter Geheul zogen sich die sechs Winde zurück und sogleich stoben wieder die Sylphen, Windsbräute, Luftikusse und Säuselgeister durch die Grotte.

Kai stemmte sich mit aller Kraft gegen das Brausen der aufgebrachten Windgeister und trat besorgt an die Seite des Magisters. »Wie stehen unsere Chancen?«

Eulertin wandte sich erschöpft zu ihm um und atmete schwer. »Der eisige Nordwind ist mir verpflichtet. Die Flaute beugt sich erfahrungsgemäß seinem Willen. Die Böe des Ostens wird vermutlich gegen uns stimmen. Ebenso wie die Steife Brise. Sie bilden gern eine Allianz. Es kommt also auf den stürmischen Westwind und den warmen Südwind an. Man weiß nie, wie sie gelaunt sind.«

Kai nickte, wich einem Luftikus aus und trat wieder zur Felswand. In diesem Moment kehrten die sechs Winde zurück. Heulend schälte sich über dem Däumling das sturmumwölkte Gesicht des Nordwindes aus der Luft.

»Wir konnten uns nicht entscheiden«, fauchte er mit Eisesstimme und starrte finster zu Kai herüber. »Drei von uns sind bereit, dem Knaben zu helfen, drei von uns sind dagegen. Der Junge soll daher zeigen, ob er würdig ist, die Gunst des Herzens zu erlangen. Wir werden ihn prüfen!«

Das Herz der nachtblauen Stille

Kai und der Däumlingszauberer durchschritten weiträumige Hallen und enge Klüfte, die sie immer tiefer ins Klippenmassiv hineinführten. Die meisten der Höhlen waren in völlige Finsternis gehüllt. Dort half ihnen nur noch das blaue Licht am Ende von Eulertins Zauberstab weiter. Andere wurden von hellen Lichtlanzen beschienen, die über ihnen aus Rissen und Schächten der Höhlendecke stachen. Der Magister ging natürlich nicht selbst, er ließ sich wieder von Kai tragen und warnte ihn vor tief herabhängenden Decken und schroffen Kalksteinzungen, die allerorten aus den mal schmutzig braunen, dann wieder hellblauen Wänden ragten. Noch immer umschwirrten und umsäuselten sie kleinere Luftelementare.

Das Gewirr der Höhlen schien endlos. Kai fragte sich, wie weit sie noch gehen mussten, bis die Windgeister sie an das unbekannte Ziel ihrer Reise geführt hatten.

Schließlich erreichten sie eine riesige Halle, in der die sechs großen Windgeister bereits auf sie warteten. Ihre Wolkengesichter musterten sie mit teils spöttischen, teils finsteren Blicken.

Viel mehr aber erstaunte Kai die dunkle Basaltstatue eines hochmütig wirkenden Mannes mit kurzem Spitzbart und einem langen Gewand mit einem hohen Kragen, der ihr fast bis zum Scheitel reichte. Das düstere Standbild stand mitten in der Höhle und hielt einen Stab in der Linken, der oben an der Spitze in einem unheimlichen Krähenkopf auslief. Mit seinen weit aufgerissenen Augen schien der Steinerne die Neuankömmlinge direkt anzustarren.

»Bei allen Moorgeistern!« Kai schluckte und ihm kam ein böser Verdacht. »Ist das dort der verwandelte Morbus Finsterkrähe?«

»In der Tat«, brummte Magister Eulertin grimmig. »Ich habe dir doch gesagt, dass ich seine Statue an einen sicheren Ort gebracht habe. Hier wird ihn so schnell niemand finden.«

Kai trat näher an den Verwandelten heran und entdeckte, dass Morbus Finsterkrähe die rechte Hand fehlte. Dort lief das Gestein in einem fransigen Stumpf aus. Richtig, der Däumling hatte ihm damals berichtet, dass Dystariel Finsterkrähe im Kampf die Hand abgeschlagen hatte. Seltsam nur, dass es nicht wie abgeschlagen, sondern eher wie abgebissen aussah …

»Wäre es nicht besser gewesen, Finsterkrähe tief im Meer zu versenken?«, flüsterte Kai. Irgendetwas an der Statue war ihm nicht geheuer. Nur kam er nicht darauf was es war. Stirnrunzelnd löste er seinen Blick von dem Standbild.

»Damit Morgoyas Kreaturen ihn dort finden und die Nebelkönigin ihn wieder zurückverwandeln kann?«, erwiderte Eulertin leise. »Nein, nein. Außerdem hat der Nordwind ein großes Interesse daran, die Statue persönlich zu bewachen. Finsterkrähe besaß ein Artefakt, mit dem er ihn kontrollieren konnte. Mir hat es der Nordwind zu verdanken, dass er heute frei ist.«

»Der Knabe soll vortreten!«, dröhnte der Nordwind jenseits der großen Halle.

»Warte, Junge«, wisperte Eulertin. »Was auch immer die Windgeister mit dir vorhaben, denke stets daran, dass du dich vor ihrer Tücke und Launenhaftigkeit in Acht nehmen musst! Egal, wie die Prüfungen aussehen, du wirst einfallsreich und listig sein müssen. Verstanden?«

Kai nickte.

»Gut.« Eulertin stieß sich mit erhobenen Armen von Kais Schulter ab und verharrte schwebend vor seinem Gesicht. »Und jetzt, Junge, zeige, was in dir steckt. Es geht um dein Leben!«

Kai atmete tief ein und schritt an Finsterkrähes Statue vorbei auf die Windgesichter zu, die brausend zur Seite glitten und den Zugang zu einem düsteren Schacht freigaben.

»Um zum Herzen der nachtblauen Stille zu gelangen, wirst du drei Grotten durchqueren müssen«, gewitterte der kalte Nordwind. Seine blitzenden Augen starrten mitleidslos auf Kai herab. »Diese Grotten werden durch Pforten getrennt, die jeweils zu erreichen dein Ziel sein wird.«

»Das ist alles?«

»Ja«, säuselte eine spöttische Stimme neben ihm. Sie gehörte zu einem weiblichen Gesicht mit verschleiertem Blick und wehendem, faserigem Wolkenhaar. »Das ist alles!«

Die sechs Winde lachten, als habe die Steife Brise einen Scherz gemacht, und Kai wurde von Orkanböen durchgeschüttelt. Grimmig hielt er seinen Mantel fest und stemmte sich gegen den Wind, bis er den düsteren Höhleneingang erreicht hatte.

Ohne sich noch einmal umzusehen, schritt er ins Dunkle.

Kai fluchte angesichts der Finsternis, die ihn umgab. Er hätte unbedingt daran denken müssen, eine Laterne mitzunehmen. Er dachte an das Irrlicht in seiner Stube zurück. Das hätte er jetzt wirklich gut gebrauchen können. Dennoch tastete er sich tapfer an den Felswänden entlang, bis er weiter vor sich ein blaues Leuchten entdeckte. Wenigstens hatte die Dunkelheit ein Ende.

Kai zwängte sich durch eine Felsspalte und erblickte eine gewaltige Kaverne, in der bläulich schimmernde Luftgeister tobten. Es waren stürmische Windsbräute mit langen Haaren und wehenden Gewändern, die heulend mal hierhin und mal dorthin sausten.

Erst jetzt entdeckte er, dass der Boden zu seinen Füßen steil in die Tiefe abfiel. Weit unter sich sah er Wasser glitzern, dessen Oberfläche von den Schalen spitz zulaufender Trichtermuscheln durchbrochen wurde. Eine Todesfalle. Wer dort hinunterstürzte, würde von den Muschelgehäusen gnadenlos aufgespießt werden. Dazwischen ragten sechs hohe Felssäulen gleich einer Allee bis zur Höhe des Ganges empor, in dem sich Kai befand. Allesamt waren sie oben abgeplattet und führten, folgte man ihrem Verlauf, zu einem weiteren Gang auf der anderen Seite der Kaverne.

Das konnte doch nicht der Ernst dieser Winde sein? Offenbar verlangte man von ihm, von Säule zu Säule zu springen, um den Zugang auf der anderen Seite zu erreichen. Wenn er stürzte, würde er das nicht überleben.

Eine der Windsbräute rauschte an ihm vorbei und lachte schrill. Kai wurde derart von ihr überrascht, dass er einen

Moment lang das Gleichgewicht verlor, wild mit den Armen ruderte und es gerade noch schaffte, sich an einer scharfkantigen Felsnase festzuhalten, die neben ihm aus der Wand ragte. Hastig zog er sich wieder in den Stollen zurück und betrachtete wütend die blutigen Schrammen an seiner Hand. Verfluchte Windsbräute! Selbst wenn er richtig sprang, würden diese Luftgeister ihn einfach von den Felsen pusten. Das war nicht nur unfair, es war einfach nicht zu schaffen! In seinem Bauch rumorte es.

Kai unterdrückte den Schmerz und atmete ruhig ein und aus. Die Winde spielten falsch. Gut, dann würde er seine Zurückhaltung nun ebenfalls ablegen. Ein grimmiges Lächeln umspielte seine Lippen, als er die Stiefel auszog.

Kai zückte die Flasche mit dem Spinnentrank. Leider war nicht mehr viel von dem ekligen Saft übrig. Egal. Zum zweiten Mal an diesem Tag setzte er die Phiole an und trank. Er wartete, bis sich seine Hände und Füße mit den klebrigen Fäden überzogen hatten. Dann steckte er das Glasgefäß neben den Bernsteinbeutel, verknotete die Stiefel und warf sie sich über die Schulter. Anschließend kletterte er an der Steilwand entlang in die Höhle hinein.

Wütend heulten die Windsbräute auf und brausten auf ihn zu. Kai spürte, wie die luftigen Geister ungestüm an seiner Kleidung zerrten und versuchten, ihm die Stiefel zu entreißen. Doch es gelang ihnen nicht, ihn von der Felswand zu pflücken. Stück für Stück umrundete er die Höhle, bis er endlich den gegenüberliegenden Ausgang erreicht hatte. Hinter ihm heulten die Luftgeister enttäuscht auf. Kai drehte sich um und bedachte die Windsbräute mit einer rüden Geste. Weiter!

Patschend schritt er den rauen Felsgang entlang, der sich zu einer Grotte mit einer Vielzahl rund geschliffener Steine und Felsen weitete. Zum Teil lagen sie aufeinander und bedeckten mosaikartig die Wände. Beleuchtet wurde die Grotte durch schräge Lichtlanzen, die durch Risse und Spalten weit über ihm in die Höhle stachen und auf dem Boden schmale Lichtinseln ausbildeten. Die Form der Lichtflecken ähnelte der spitz zulaufender Muscheln. Offenbar sollten diese Ornamente die Nähe dieses Ortes zum Meer unterstreichen.

In einiger Entfernung sah er bereits den nächsten Gang und noch immer war nirgendwo auch nur der Hauch einer Gefahr zu spüren. Besser, er ließ sich davon nicht täuschen.

Überaus vorsichtig betrat Kai die Felsenhalle und vernahm plötzlich ein Rauschen in seinem Rücken. Er wirbelte herum und sah, dass der Gang jetzt von einer Wolkentür verschlossen wurde. Auf ihr war verschwommen die Abbildung einer Blume oder eines Krauts mit fransigen Blättern und flockigen Samenkapseln zu erkennen. Kai starrte zur Höhlenwand gegenüber und bemerkte, dass auch der dort drüben liegende Gang von einer solchen Wolkentür versperrt wurde. Er trat näher und erkannte die gleiche Abbildung.

Was war das? Irgendwo hatte er diese Pflanze schon einmal gesehen. Nur wo?

Kai berührte die Tür, doch sie war so fest wie das Gestein um sie herum.

Endlich bemerkte er den warmen, trockenen Windzug, der durch die Grotte strich. Murmelnd und flüsternd wehte er an den Steinen entlang und es war, als wolle er Kai auffordern, ihm zu folgen.

Kai ließ seine Stiefel fallen und trat wieder zurück in die Mitte der Höhle. Dort spitzte er die Ohren. Das Säuseln ertönte irgendwo vor ihm, nein, weiter rechts. Sein Blick erfasste eine der muschelförmigen Lichtinseln am Boden und zu seinem Erstaunen sah er dort in Windeseile ein Pflänzchen aus dem Boden sprießen, das jenen an den Türen glich. Es war so blau wie ein Himmel bei Sonnenschein. Einen Moment später zerbröselte das Gewächs und verwehte wie Rauch im Wind.

Kai stutzte. Abermals fühlte er einen warmen Hauch. Diesmal wehte er hinüber zu den Steinen weiter links von ihm. Kai sah erneut mit an, wie in einer der Lichtinseln auf den Felsen eines der himmelblauen Pflänzchen gedieh und, kaum dass es erblüht war, wieder in sich zusammenfiel.

Windskraut! Das war Windskraut. Natürlich. Kai war sich sicher, eine Abbildung dieser Pflanze schon einmal in einem der Bücher Eulertins gesehen zu haben. Sie gehörte zu den Zauberpflanzen und gedieh nur dort, wo Wind über das Land strich.

Nachdenklich starrte Kai die Wolkentüren an.

Ob das Windskraut vielleicht als eine Art Schlüssel diente, mit dem er die Türen öffnen konnte? Es käme auf einen Versuch an.

Kai wartete ab, bis das Säuseln abermals erklang. Diesmal strich der warme Windzug hinter ihm über die Felsen. Er drehte sich um und hechtete auf das Kraut zu, das soeben aus dem Boden wuchs. Doch seine klebrigen Füße hinderten ihn daran, rechtzeitig vom Platz zu kommen. Kai stolperte und krachte zu Boden.

Mit schmerzverzerrtem Gesicht rieb sich Kai die Ellenbogen und stieß einen Fluch aus. Natürlich war das Kraut längst wieder vergangen.

Verflucht! Er musste schnell sein. Ihm blieb nichts anderes übrig, als die Kräfte des Spinnentranks abzuschütteln.

Sei's drum. Kai konzentrierte sich, wie er es gelernt hatte, und kurz darauf fühlte er, wie ihm der getrocknete Schleim von Händen und Füßen bröselte. Erneut lauschte er auf das Flüstern des Windes.

Da! Abermals wuchs ein Pflänzchen aus dem Boden. Er sprang, doch erneut kam er zu spät. Es war zum Verrücktwerden. Kai hüpfte und turnte zwischen den Felsen herum, doch jedes Mal mit dem gleichen Ergebnis. Schwer atmend hielt er inne.

So ging es nicht. Zu allem Unglück bekam er von dem warmen, trockenen Wind auch noch Kopfschmerzen.

Er musste warten. Richtig. So lange, bis sich eines der Pflänzchen in seiner unmittelbaren Nähe zeigte. Soweit er mitbekommen hatte, gediehen sie stets in den Lichtinseln auf dem Boden. Niemals im Dunkeln. Kai stellte sich daher an eine Stelle der Grotte, wo er gleich von vier der Lichtflecken umringt war. Er versuchte sich zu konzentrieren und lauschte den Flüstergeräuschen.

Endlich wehte der trockene Lufthauch direkt zu seinen Füßen. Kai sah das Kraut, noch bevor es zur Gänze erblüht war, und griff zu.

Triumphierend hielt er das zerbrechliche Pflänzchen in die Höhe. Doch schon im nächsten Augenblick zerbröselte es zwischen seinen Fingern und löste sich in Rauch auf.

»Nein!«, heulte Kai wütend auf und schaffte es gerade noch rechtzeitig, seinen Zorn niederzukämpfen. Ratlos sank er auf den Boden. Was sollte er nur tun?

Wind! Natürlich. Er musste die Pflanze dem Wind aussetzen. Das Windskraut verging immer dann, wenn die Lüfte zur Ruhe kamen.

Kai wartete ein weiteres Mal darauf, dass in einer der Lichtinseln vor ihm das Kraut erblühte. Er schnappte es sich und pustete wild dagegen, bevor es verwelken konnte. Doch kaum, dass er Atem schöpfte, verging auch dieses Exemplar.

Kai hätte am liebsten schreien mögen. In seinem Inneren rumorte es. Lange würde er es nicht mehr schaffen, das Tier in sich zum Schweigen zu bringen. Dicht unter der Oberfläche lauerte es und wartete nur darauf, dass er sich ein weiteres Mal von seinem Zorn hinreißen ließ. Er kämpfte seine Angst nieder und überlegte fieberhaft. Als das nächste Pflänzchen aus dem Boden wuchs, pflückte er es und drehte sich sofort mit ihm in der ausgestreckten Hand im Kreis.

Bei allen Moorgeistern! Es funktionierte. Der Luftstrom verhinderte, dass das Windskraut zerfiel. Nur wurde ihm bei der Dreherei schwindelig.

Gleichgültig. Jetzt oder nie. Wie ein Tänzer, der seine Partnerin um sich herumwirbelt, stolperte er auf die gegenüberliegende Wolkentür zu und klatschte das Windskraut mit letzter Kraft dagegen.

Die Tür wurde schlagartig durchlässig und löste sich auf.

Kai vermochte sich kaum darüber zu freuen. Er setzte sich erst einmal und kämpfte die Übelkeit nieder. Noch immer plagten ihn Kopfschmerzen.

Missmutig bemerkte er, dass die Wolkentür auf der anderen Seite der Grotte nicht verschwunden war. Er würde sich auf dem Rückweg also noch einmal dieses unwürdigen Tricks bedienen müssen. Wenn er es überhaupt zurückschaffte.

Er zog sich seine Stiefel wieder an und trottete mit flauem Gefühl weiter. Zu seinem Erstaunen vernahm er hinter einer Biegung die sanften Klänge einer Harfe. Ein wenig ähnelte das Spiel jener Melodie, die er in Fis Zaubergarten vernommen hatte. Was die Elfe wohl zu alledem hier sagen würde? Fi war schlau. Wie gern hätte er sie jetzt an seiner Seite gehabt.

Wieder endete der Gang in einer Höhle. Diese ragte wie eine stattliche Kuppelhalle vor ihm auf und wurde von phosphoreszierenden Flechten bedeckt.

Unweit vor sich sah Kai einen klaffenden Riss am Boden, der sich über die ganze Länge der Höhle erstreckte. Er musste gute drei Schritte breit sein und wirkte ziemlich tief. Natürlich befand sich ein weiterer Gang jenseits dieser Kluft.

Sein Augenmerk galt nun der großen Harfe aus Stein, die nur wenige fingerbreit von dem Spalt entfernt stand. Ihr weißer Rahmen war mit spitz zulaufenden Muscheln verziert. Davor wiegte sich die Böe des Ostens und ließ ihre luftigen Finger über die Saiten des wundersamen Instruments wandern. Stürmisch schüttelte sie ihre Lockenpracht und sah ihn spitzbübisch an.

»Nicht schlecht, mein Kleiner«, wehte es von ihren Lippen. »Wer hätte gedacht, dass du es bis hierher schaffst? Doch nun werde ich dich prüfen. Hör gut zu.«

Ihre Wolkenfinger glitten über die filigranen Saiten und spielten eine aufbrausende Melodie, die Kai an eines jener

Lieder erinnerte, das er erst vor kurzem im Schmugglerviertel vorgetragen hatte. Zu seiner Verblüffung wallte in der Kluft am Boden unversehens Nebel auf, der sich zunehmend verdichtete, bis er die Form einer Brücke annahm, die zur anderen Seite führte.

»Siehst du das?«, säuselte die Böe des Ostens. »Es ist ganz einfach. Man muss sich nur die Melodie einprägen.«

Ihre Finger glitten einmal über alle Saiten zugleich und die Brücke löste sich wieder auf.

»Oh, entschuldige«, raunte die Böe des Ostens mit honigsüßer Stimme. »Aber ich lasse es dich gern selbst versuchen.«

Die Windgestalt fuhr hoch zur Höhlendecke auf und starrte lauernd zu ihm herab. Irgendetwas hatte die Elende vor, das spürte Kai. Doch was?

Kurz dachte er wieder darüber nach, den Spinnentrank einzusetzen. Doch das ging nicht. Leider befand sich in dem Fläschchen nur noch ein einziger Schluck. Er würde ihn spätestens auf dem Rückweg durch die Höhle mit den Luftgeistern benötigen. Nahm er ihn bereits jetzt zu sich, würde er in der Grotte mit dem Windskraut nicht schnell genug reagieren können. Es war wie verhext. Dieser Prüfung musste er sich stellen.

Dummerweise hatte er noch nie auf einer Harfe gespielt. Allerdings schien ihm die Melodie auch nicht allzu schwer.

Kai stellte sich vorsichtig vor das hohe Instrument und starrte das wunderbar verzierte Wunderwerk an. Es bestand zur Gänze aus Marmor. Seine Finger strichen über das Muschelrelief. Auch die Saiten wirkten wie dünne Stränge aus Kalk oder Kristall.

Egal. Er musste zunächst einmal ein Gefühl für diese Windharfe bekommen. Kai griff in die Saiten – als es knackte und knisterte. Das filigrane Kalkgebilde brach einfach entzwei. Die Saiten zerbröselten und prasselten zu Boden.

Von der Decke der Höhle hallte dröhnendes Gelächter.

»Du kleiner Narr«, fauchte die Böe triumphierend. »Ich wusste, dass du nicht bestehst. Du hättest besser aufpassen müssen. Diese Harfe ist nicht für Menschenhände bestimmt, sondern für Wesen wie mich. Und unser Griff ist zart und luftig, nicht grob und hart wie der deine. Du hättest pusten müssen. Pusten. Jetzt hast du verloren. Hahaha.«

Kai sprang auf und starrte entgeistert die herumliegenden Kalkbrösel an.

»Das akzeptiere ich nicht«, rief er empört. »Du hast mich hereingelegt!«

»Ich, dich hereingelegt?«, höhnte die Windgestalt. »Du hättest eben erst überlegen müssen, bevor du handelst. Und nun verabschiede dich. Dein Ausflug in unser Reich ist zu Ende.«

»Nein«, rief Kai und hatte Mühe nicht zornig zu werden. Zorn und Wut waren gefährlich. »Ich allein entscheide, wann ich aufgebe!«

Wenigstens probieren konnte er es. Die Harfe war höher, als die Spalte breit war. Wenn es ihm gelang, das Instrument umzustürzen, konnte er sich vielleicht daran entlanghangeln und so die Kluft überwinden. Kai stemmte sich gegen den schweren Steinrahmen und drückte mit aller Kraft dagegen.

»Das wagst du nicht«, donnerte es von der Gewölbedecke her, und Kai fühlte, wie ihn die Böe des Ostens aufgebracht umbrauste.

»Doch«, ächzte er und stemmte sich abermals gegen das schwere Instrument. Es wankte ganz leicht, doch um die Harfe umzustoßen, fehlte ihm ganz einfach die Kraft. Erschöpft sank Kai vor dem Instrument zu Boden.

Die Böe zischte und heulte vor Genugtuung und kam dicht vor Kai zur Ruhe. »Glaube mir«, wehte es von ihren Lippen, »das hätte mich auch sehr, sehr wütend gemacht. Und du hast keine Vorstellung davon, was passiert, wenn ich wütend werde.«

»Na ja«, erklärte Kai noch immer außer Atem. »Dann sind wir ja schon zwei, die das gleiche Problem haben. Und nun verschwinde, damit ich endlich über die Spalte komme.«

Die Böe des Ostens starrte ihn irritiert an und jagte wieder zur Decke empor. »Was willst du denn jetzt tun?«, fauchte sie. »Etwa springen? Das ist dein sicherer Tod!«

»Nein, das tun, was ich vorhin schon hätte tun sollen«, erwiderte Kai und kam wieder auf die Füße. »Wie sagtest du? Es kommt auf die Melodie an? Na denn …«

Kai zog seine Flöte aus dem Gürtel und blinzelte der Windgestalt frech zu. Ein wütendes Kreischen an der Höhlendecke war die Antwort. Ruhig begann er die Melodie anzustimmen, die ihm die Böe vorgespielt hatte. Er traf sie nicht sogleich, doch beim dritten Versuch wallte in dem Spalt endlich der wundersame Nebel auf, der sich nach und nach zu jener Brücke verdichtete, mit der er den Spalt überwinden konnte.

»Glaube ja nicht, dass das schon alles war!«, brüllte die Böe beleidigt.

Kai beachtete sie nicht weiter, sondern eilte über die Nebelbrücke in die letzte Höhle.

Im Gegensatz zu den anderen Grotten war diese relativ schmal und klein. Hier war ein leises Pochen zu hören, das von dem Echo einer fernen Brandung untermalt wurde. Auf drei Gesteinsimsen, die ihm etwa bis zum Bauch reichten, konnte er jeweils eine kopfgroße Muschel ausmachen. Die linke war wie eine Herzmuschel geformt, jene in der Mitte war oval und ganz rechts lag das große Exemplar einer gedrehten Trichtermuschel. Als er näher an sie herantrat, bemerkte er, dass von jener ganz links das dumpfe Pochen ausging. Es klang wie ein Herzschlag. In ihrem Inneren glühte sie rot.

Aus der zweiten Muschel drang ein bläuliches Wabern, das von leiser Meeresbrandung begleitet wurde. Nur die Öffnung der trichterförmigen Muschel ganz rechts war in Düsternis getaucht. Kai lauschte, doch aus ihr war nicht das geringste Geräusch zu vernehmen.

»Das Herz der nachtblauen Stille«, raunte es müde hinter ihm, »besitzt die Gestalt einer Perle von außerordentlicher Schönheit. Sie liegt in einer der Muscheln.«

Kai wandte sich um und erkannte das sorgenumwölkte Gesicht der Flaute. Kein Wunder, dass er keinen Windzug bemerkt hatte.

Die Windgestalt mit den hohlen Wangen blickte ihn schwermütig an und seufzte. »Leider darfst du nur in eine der Muscheln greifen, Junge. Du musst deine Wahl also sorgfältig treffen.«

Auch das noch. Kai wandte sich wieder den Muscheln zu und überlegte. Sicher gab der Name einen Hinweis. Herz deutete auf die linke Muschel. Dort pochte es. Nachtblau stellte er sich hingegen das tiefe Meer vor. Das sprach für die mittlere

Muschel. Und Stille, nun ja, diese Eigenschaft wies ganz eindeutig auf jene ganz rechts.

Also noch einmal.

Auch die Brandung schwoll auf und ab. Ganz wie ein Herzschlag. Überhaupt, was sollte das eigentlich sein, ein *Herz der Stille*, sei es nun rot oder schwarz oder nachtblau. Das ergab einfach keinen Sinn. Bei solchen Rätseln versagte er immer. Seinem Gefühl nach schloss er die linke Muschel aus. Aber vielleicht wollte ihm die Flaute ja einen deutlichen Hinweis geben. Also die pochende Muschel? Nein. Oder doch?

Es war zum Verzweifeln.

»Nun greif schon zu, Kleiner«, hauchte die Flaute hinter ihm. »Ich bin müde. Ist doch nicht so schwer.«

In diesem Moment huschte ein Lächeln über Kais Lippen. Alles falsch. Es gab noch einen anderen, weitaus sichereren Weg, das Herz zu finden.

Er überlegte, dann griff er gezielt in die düstere Muschel zu seiner Rechten und zog aus ihr eine große, schwarze Perle hervor. Zufrieden betrachtete er das Zauberobjekt. Kai drehte sich zu dem Windgeist um, der anerkennend eine Augenbraue hochzog.

»Muss ich die ganze Strecke wirklich wieder zurückgehen?«, fragte er in bemüht lässigem Ton. »Oder gibt es einen einfacheren Weg?«

»Es gibt einen einfacheren Weg«, wisperte die Flaute und schloss ihn in ihre Arme.

Zauberweihe

Fasziniert beobachtete Kai, wie die schwarze Perle in der brodelnden Flüssigkeit des Glaskolbens auf- und abhüpfte. Das Gefäß stand auf einem eisernen Dreifuß, unter den Magister Eulertin einen großen Brocken Harz gelegt hatte. Er diente als Nahrung für das Irrlicht aus Kais Zimmer. Das Lohemännchen hatte sich schon seit einer halben Stunde an dem Brocken festgebissen und brachte mit seiner Hitze die Flüssigkeit im Kolben zum Kochen.

Kai fand das äußerst interessant. Es gab also noch andere Materialien, die Irrlichter anzogen. Doch gebärdete sich die Flammengestalt auf dem Harzklumpen bei weitem nicht so verrückt wie auf Bernstein.

Nach ihrer Rückkehr ins Haus des Zauberers hatte der kleine Magister zwei ganze Tage damit zugebracht, die Bücher seiner Bibliothek zu konsultieren.

Bei alledem tat eine gewisse Eile Not. Die Windgeister hatten es sich nicht nehmen lassen, ihnen einen Wächter an die Seite zu stellen, der auf das Artefakt Acht geben sollte. Die Flaute hatte sie in ihren luftigen Armen zurück nach Hammaburg gebracht und hielt sich nun irgendwo über der Stadt auf. Selbstverständlich wusste keiner der Hammaburger Bürger, warum seit zwei Tagen eine völlig unerklärliche Windstille über der Stadt lag, die verhinderte, dass auch nur einer der stolzen Segler auslaufen konnte. Hätten sie es gewusst, nun, Kai war sich sicher, dass die aufgebrachten Krämer Eulertin und ihn mit Schimpf und Schande aus der Stadt gejagt hätten. Die Einzigen, die in diesen Tagen gute Geschäfte machten, waren die Windmacher.

Immerhin, Magister Eulertin hatte mittlerweile herausgefunden, was zu tun war. Man musste das Herz der nachtblauen Stille zu gleichen Teilen den vier Elementen aussetzen, um seine Heilwirkung zu entfalten. Aus diesem Grund hatte Kai schon vor dem Morgengrauen damit begonnen, auf einer der Wiesen vor der Stadt einen Krug mit Tauwasser zu sammeln. Morgentau bestand der alchemistischen Lehre zurfolge zu gleichen Teilen aus den Elementen Luft und Wasser. Das Element Feuer indes wurde durch das Irrlicht repräsentiert. Irrlichter, so hatte Kai inzwischen erfahren, waren in Wahrheit mindere Geister dieses Elements.

Es fehlte jetzt nur noch die Erde.

In diesem Moment stob Kriwa zum Fenster herein. Draußen war bereits die Sonne untergegangen und so brachte sie kühle Nachtluft mit sich. In ihrem Schnabel hielt die Möwe ein grau glitzerndes Säckchen, in dem sich dunkle Brocken abzeichneten. Wie schon die Male zuvor landete der Vogel auf dem gusseisernen Buchständer und legte die Last auf den aufgeschlagenen Seiten des *Codex* ab. Kai blinzelte. Irrte er sich oder bestand der Beutel aus Spinnenseide?

»Da ist sie«, krächzte Kriwa dem Magister zu. »Bester Humus aus den Harzenen Bergen. Amabilia lässt dich übrigens herzlich grüßen, Thadäus. Sie hätte im Austausch gern etwas

Wolkengewebe und sie würde sich freuen, wenn du mal wieder zu Besuch kämest.«

»Soso, tut sie das, ähem«, murmelte der Däumlingszauberer und hüstelte. Er schwebte auf seinem Gänsekiel zu dem Beutel und musterte das Gebrachte zufrieden. »Bestelle Amabilia, dass ich ihr das Gewebe noch diese Woche schicken werde. Und, äh, ich werde gern kommen, sobald ich etwas Zeit habe. Ähem.«

Kai musterte den Zauberer neugierig.

»Ach wirklich? Nun, ich bin jederzeit bereit, Euch zu ihr zu fliegen. Jederzeit!«, krähte die Möwe und putzte sich mit einem spöttischen Seitenblick das Gefieder.

»Na ja. Wie gesagt. Im Moment bin ich natürlich etwas beschäftigt ...«

»Diese Amabilia ist eine gute Bekannte von Euch?«, fragte Kai bemüht unauffällig.

»Äh, ja«, meinte Eulertin unwirsch. »Eine höchst erstaunliche Zauberin. Eine der besten. Der macht so schnell niemand etwas vor. Däumling, wie ich. Ja. Ähem. Dann hätten wir jetzt ja alles zusammen.«

»Was geschieht nun mit dieser Erde?«, wollte Kai wissen.

»Wir werden die Herzflüssigkeit darin filtern und sie auf diese Weise mit der letzten Elementarkomponente veredeln«, brummte der Magister wieder sehr geschäftig. Dann wies er Kai an, den Beutel aus Spinnenseide in einen vorbereiteten Trichter zu legen, der bereits in ein Stativ gespannt war.

»Da fällt mir ein, dass du mir immer noch nicht berichtet hast, wie du am Ende die Richtige unter den drei Muscheln ausgewählt hast.« Der Däumling warf Kai einen Seitenblick zu, während er mit seinen Zauberkräften eine Phiole aus geschliffenem Kristall anhob und direkt unter dem Trichter absetzte.

Kai musste grinsen. »Ganz einfach, ich bin eben nicht der Tölpel, für den Ihr mich manchmal haltet. Ich brauchte lediglich in mich zu lauschen. Das Tier in mir hatte nur vor einer der Muscheln Angst.«

Der Däumlingszauberer lachte. »Sehr geschickt. In der Tat. Das war eine gute Idee!«

»Das Ganze war auf jeden Fall ziemlich unfair. Ich wette, die Winde wollten gar nicht, dass ich die Perle finde. Ich habe keine Ahnung, wie ich sonst auf das richtige Versteck hätte kommen können.«

Der Däumlingszauberer sah nachdenklich zu Kai auf und strich bedächtig über seinen Backenbart. Da huschte ein spitzbübisches Lächeln über sein Gesicht. »Du irrst, Junge. Logik und Kombinationsgabe hätten dir ebenfalls den Weg gewiesen. Denn nach allem, was du mir von den Höhlen berichtet hast, haben dir die Winde genügend Hinweise gegeben. Du hast sie nur übersehen.«

»Welche Hinweise?«, fragte Kai erstaunt.

»Nun, die Perle befand sich in der großen Trichtermuschel, richtig?«

»Ja.«

»Die großen Trichtermuscheln in der ersten Höhle hätten dich im Falle eines Absturzes dein junges Leben gekostet. Die Lichtinseln in der zweiten Höhle besaßen ebenfalls die Form spitzer Muscheln. Und wenn es stimmt, was du sagst, bestanden die Verzierungen auf der Windharfe ebenfalls aus diesen

Kalkgebilden. Du hast, wie man bei uns Däumlingen so schön sagt, die Wiese vor lauter Gräsern nicht gesehen.«

Verblüfft kratzte sich Kai am Kopf. Eulertin hatte Recht.

»Mach dir nichts daraus, Junge. Ich bin dir schließlich um einige hundert Jahre voraus.« Eulertin lachte abermals.

»Dafür frage ich mich«, sagte Kai, »woher Ihr wissen konntet, dass das Herz der nachtblauen Stille in der Kaverne der Winde versteckt war? Ich meine, diese Elfen haben damals doch sicher niemandem erzählt, wem sie die Perle anvertraut haben. Und die Winde haben es Euch gewiss auch nicht verraten, oder?«

»Oho!« Eulertin lächelte geheimnisvoll. »Mein menschlicher Zauberlehrling beweist Scharfsinn. Das, mein Junge, liegt daran, dass ich nicht der einfache Zauberer bin, für den du mich hältst …«

Kai runzelte die Stirn. Doch da es der Däumling nicht für nötig hielt, ihn weiter aufzuklären, griff er seufzend zu einer Holzzange, mit der er den heißen Glaskolben anhob.

»Ganz ruhig«, ermahnte ihn der Magier und schwebte flink neben den Aufbau. »Aus dem Trichter dürfen nur genau vier Tropfen fallen.«

Kai konzentrierte sich und überaus vorsichtig goss er etwas von dem brodelnden Tau auf die Erde. Sofort zischte und dampfte es. Über dem Humus kräuselten feine Dampfschwaden, die sich jäh zu vier vogelartigen Gestalten formten, die mit leisem Puffen in alle Himmelsrichtungen zerstoben.

Überrascht sah ihnen Kai nach.

»Aufpassen, Junge!«, rief Eulertin.

Selbst Kriwa blickte interessiert zu ihm herüber.

Rasch stellte Kai den heißen Kolben auf einem Holzblock ab und beäugte den Trichter. Zäh rann aus ihm der erste Tropfen. Er leuchtete feuerrot. Es folgten zwei weitere. Einer war tiefblau, der andere kristallklar. Und endlich bildete sich auch ein vierter. Er schimmerte in dunklem Braun. Kaum hatte er sich am Boden der Phiole mit den drei Brudertropfen vermengt, blähte sich das Gemisch schäumend auf, bis das Behältnis zur Gänze mit einer Flüssigkeit gefüllt war, die in allen Farben des Regenbogens leuchtete.

Was hatte das zu bedeuten? Unwillkürlich blickte Kai zu der schwarzen Perle in dem Glaskolben. Noch immer schimmerte das Herz der nachtblauen Stille in sattem Schwarz. Die ganze Zeit über war nicht zu sehen gewesen, dass es irgendetwas an der Tauflüssigkeit verändert hatte.

»Fertig!«, rief der Däumlingszauberer. »Vor dir steht das einzige Elixier der ganzen bekannten Welt, das in der Lage ist, die arkane Fraktur in deinem Innern zu heilen. Du musst die Flüssigkeit trinken, solange sie noch warm ist.«

Kai atmete tief ein. Ihm war feierlich zumute. All die Wochen über hatte er versuchen müssen, ein Zauberer zu werden, ohne seine Kräfte wirklich anrufen zu dürfen. Und wenn doch, dann war es ihm stets vorgekommen, als würde er mit Honig bestrichen vor der Höhle eines Bären tanzen.

Tief in ihm, irgendwo in der Bauchgegend, fühlte er ein wütendes Grummeln. Das Tier in ihm spürte, was sie planten. Kurzerhand trank er den Inhalt der Phiole aus. Das Gebräu schmeckte nach nichts. Doch kaum hatte das Wunderelixier seinen Magen erreicht, krampfte sich sein Gedärm zusammen. Kai ächzte und spürte von einem Moment zum anderen ein wohltuendes Kribbeln. Es verging, wie es gekommen war. Er fühlte sich … normal.

»Das war es?«, fragte Kai verblüfft.

»Das war es«, nickte Eulertin und brachte den Glaskolben mit der restlichen Taufüssigkeit zum Schweben, um diese in eine Flasche abzufüllen. Einzig die schwarze Perle blieb am Glasboden liegen. Eulertin hob auch sie aus dem Kolben und beförderte sie in Kriwas Richtung. Die Möwe ließ das magische Kleinod sogleich in ihrem Schnabel verschwinden.

»So, bring das gute Stück zur Flaute.«

»Wartet!« Kai sah misstrauisch zum Fenster und flüsterte. »Müssen wir die Perle wirklich so schnell den Winden zurückgeben? Ich meine, wir können damit doch noch viel Gutes bewirken.«

»Schäm dich, Junge«, fuhr ihn der Däumlingszauberer an und warf einen alarmierten Blick nach draußen. Von der Flaute war weder etwas zu sehen noch etwas zu hören. Leider hatte das nichts zu bedeuten. Denn unglücklicherweise waren genau das ihre wesentliche Eigenschaft.

»Merke dir, dass unsereins seine Versprechen hält. Genau das unterscheidet uns von den Magiern und Hexenmeistern der dunklen Seite. Nur sie umgeben sich mit Lug, Trug und Täuschung. Es sind jene Charaktereigenschaften, die den Schatten gestatten, deinen Geist zu vergiften.«

Kai wurde rot. »Tut mir Leid. So meinte ich das nicht.«

»Doch, genau das meintest du«, fuhr der Däumling aufgebracht fort. »Und jetzt ab mit dir, Kriwa!«

Die Möwe warf Kai einen scharfen Blick zu und flatterte im nächsten Augenblick wieder in die Dunkelheit hinaus.

Eulertin wandte sich wieder seinem Schüler zu. »Du musst noch viel lernen, Kai. Im Übrigen glaubst du doch wohl nicht, dass die sechs Winde es so einfach hinnähmen, würden sie je herausfinden, dass wir sie betrügen? Sie würden sich zu einem Orkan vereinen, dessen Zerstörungskraft jenseits deiner Vorstellungskraft liegt. Ihr Zorn wäre grenzenlos. Hast du schon einmal gesehen, wie ein Orkan eine Schneise der Verwüstung durch eine Stadt schlägt? Auch von diesem Haus würden sie keinen Stein auf dem anderen lassen. Was mit uns beiden geschähe, muss ich dir sicherlich nicht erklären, oder?«

Kai schüttelte hastig den Kopf. Er musste zugeben, dass seine Frage reichlich dumm gewesen war. In den vergangenen Wochen hatte er genug erfahren und gelesen, um zu wissen, dass man die fremdartigen Mächte der Welt auch als Zauberer nicht ungestraft herausforderte.

War er denn jetzt ein Zauberer?

»Und was ist mit mir?«, fragte er ernüchtert. »Bin ich jetzt geheilt? Kann ich meine Kräfte endlich benutzen, ohne ständig Angst davor haben zu müssen, dass sie mich überwältigen?«

»Ja und nein«, brummte Magister Eulertin und flog zu einer der Truhen, um daraus eine Schachtel mit Kreidestücken hervorschweben zu lassen. »Dieses Tier, Junge, lauert in jedem von uns. Die Zaubermacht ist eine gewaltige Urkraft, die die Welt in ihrem Innersten zusammenhält. Sie bindet die vier Elemente miteinander, ebenso wie den Äther um uns herum oder die Sphären, die die Welt umschließen. Uns unterscheidet von den anderen Sterblichen nur, dass uns die Fähigkeit gegeben ist, diese Macht zu formen und zu lenken. Deine ganze Ausbildung dient allein dem Zweck, dich die Willenskraft und die Techniken zu lehren, mit der du dieses Kunststück zuwege bringst. Nie darfst du vergessen, was das eigentliche Wesen der Zaubermacht ist.«

Kai nickte und lauschte konzentriert. Eulertin ließ nun eines der Kreidestücke über den Boden sausen. Dort entstand ein perfekter Kreis, den der Magier mit zwölf magischen Zeichen versah.

»Die Pforte«, fuhr der Magister fort, »die dich und mich von dieser Urkraft trennt, ist zerbrechlicher als du glaubst. Versuche dir einen Damm vorzustellen, hinter dem sich ein See staut. Und nun stell dir vor, diese Pforte sei ein Fluttor. Du kannst das Tor einen winzigen Spaltbreit aufziehen, dann kommt dir etwas von dem Wasser entgegen. Du kannst das Tor aber auch weit öffnen. Dann werden dir gewaltige Fluten entgegenströmen. Leider ist die Zauberkraft kein normaler See, sondern eine Macht, die ein befremdliches Eigenleben führt. Öffnest du das Tor zu weit, sei es nun willentlich oder unwillentlich, so wie es bei dir geschehen ist, wirst du es nicht mehr schließen können. Die Wasser werden versuchen, den Damm an dieser Stelle einzureißen. Dies ist eine der größten Gefahren für einen Zauberer.«

»Das bedeutet, ich darf nie jene Schwelle überschreiten, bei der ich diese Tür nicht mehr schließen kann?«, fragte Kai nachdenklich.

»Ja, das heißt es.«

»Spüre ich diese Grenze denn?«

»Oh ja«, erklärte Eulertin ernst. »Normalerweise lässt sie sich nicht so einfach überwinden. Und wenn, dann ist dies mit großen Schmerzen verbunden. Man benötigt schon sehr starke Willenskräfte, um diese Barriere bewusst einzureißen.«

»Aber ich habe diese Barriere schon einmal eingerissen.«

»In der Tat«, antwortete Eulertin seufzend. »Vermutlich ist das geschehen, weil der Schmerz über den Tod deiner Großmutter jede Empfindung und jede natürliche Vorsicht in dir betäubt hat. Starke Gefühle, mein Junge, sind sehr gefährlich. Trauer und Verlust, aber auch übergroßer Stolz können dich allzu kühn und unvorsichtig werden lassen. Ein Magier muss lernen, seine Empfindungen im Zaum zu halten. Das ist der eigentliche Grund für die strenge Ausbildung, die du genießt.«

»Ich darf also keine Gefühle mehr zeigen?«

»Nein«, widersprach Eulertin. »Aber du musst einen Weg finden, mit ihnen umzugehen. Leider benötigst du für die meisten magischen Manipulationen recht viel deiner Kraft. Je machtvoller der Zauber, desto mehr davon musst du durch dich hindurchfließen lassen. Weit mehr, als jenes Fluttor in deinem Innern aushält, um bei dem Bild zu bleiben. Deines hatte an jenem Tag in Lychtermoor sogar Schaden genommen. Risse, die wir nun wieder geflickt haben.«

»Aber irgendeinen Weg muss es doch geben?« Kai sah den Magister zweifelnd an. »Oder wie zaubert Ihr?«

»Es gibt einen Weg. Dieser besteht darin, das Tor zu stärken, damit unbeschadet größere Mengen der Zauberkraft hindurchströmen können. Das aber schafft man nur, indem man sich mit einem der vier Elemente verbündet. Dies nennt man die *Große Weihe*. Anschließend bist du ein richtiger Zauberer.«

»Das heißt, es gibt auch noch eine *Kleine Weihe*?«

»Ja, das heißt es. Vor dieser stehst du heute. Danach bist du kein einfacher Zauberlehrling mehr, sondern vielmehr ein Adept der arkanen Künste. Mit meiner Erlaubnis darfst du dann auch an den Versammlungen der Zauberer teilnehmen.«

Aufgeregt betrachtete Kai den Kreidekreis. »Ehrlich? Was muss ich dafür tun?«

»Freu dich nicht zu früh.« Ohne weitere Ausführungen bedeutete der Magister ihm, vor dem Kreidekreis Platz zu nehmen.

Typisch Eulertin. Bloß nicht zu viele Erklärungen auf einmal.

Kai nahm seufzend Platz und sah mit an, wie auf einen Wink des Magisters hin vier Tonschalen heranschwebten. In einer von ihnen brannte Wachs, in der zweiten lag etwas Erde, die dritte war mit Wasser gefüllt, nur die vierte schien gänzlich leer zu sein.

»Pass jetzt gut auf, Junge«, forderte Magister Eulertin ihn auf. Er flog zur gegenüberliegenden Seite des Kreidezirkels und schickte den Gänsekiel wieder zurück zum Schreibpult. »Erinnerst du dich daran, wie ich neulich zu dir sagte, dass jeder Magier in besonderer Weise einem der vier Elemente verbunden ist?«

Kai nickte.

»Die Kleine Weihe besteht darin, herauszufinden, zu welchem!«, fuhr Eulertin fort. »Du kannst es dir nicht aussuchen. Man wird damit geboren. Allein mit diesem Element kannst du jene arkane Pforte in dir stärken. Danach wirst du weit mehr Zauberkraft an dich ziehen können, als es dir sonst möglich wäre. Allerdings werden die Kräfte, die du durch eine derart gestärkte Pforte hindurch rufst, auf eine ganz bestimmte Art und Weise geprägt sein. Ist dein Element beispielsweise die Luft, kann aus dir ein exzellenter Wind- und Wettermacher werden. Ist es hingegen die Erde, werden sich sogar die Zwerge darum reißen, dir eine Stellung anzubieten. Besonders machtvolle Zaubereien, die die jeweils anderen drei Elemente berühren, werden dir hingegen schwerer von der Hand gehen oder sogar gänzlich unmöglich sein.«

»Euer Element ist die Luft, richtig?«, fragte Kai.

»Richtig«, sprach Eulertin. »Aber besonders schwer zu erraten war das nicht. Jetzt wünsche ich, dass du eine der Tonschalen auswählst und sie in die Mitte dieses Beschwörungskreises stellst. Danach gehe in dich. Ich wünsche, dass du einen Elementargeist heraufbeschwörst.«

»Ist das nicht gefährlich?«, fragte Kai beunruhigt. »Ich meine, nicht, dass ich zu viel Kraft an mich ziehe.«

»Nein«, erklärte der Däumling. »Nicht, wenn du dich an das hältst, was du gelernt hast. Die Gesten und Formeln, derer du dich bedienst, bewirken, dass du nur genau so viel Kraft an dich ziehst, wie du benötigst. Nur wahre Meister der arkanen Künste beherrschen die freie Zauberei ohne Formeln, doch wie ich vorhin schon erläutert habe, ist diese überaus gefährlich. Du hast das schon am eigenen Leib erfahren. Solche Zauberer müssen ihre Grenzen gut kennen. Dennoch wird dir heute jene Schwelle bewusst werden, die du künftig nicht überschreiten darfst. Der Kreis vor dir wird Weihezirkel genannt. Er verhindert, dass du ein anderes Element anrufen kannst, als jenes, zu dem du eine persönliche Verbindung besitzt.«

Kai nickte und griff entschlossen zu dem scheinbar leeren Tongefäß und stellte es in den Kreis. »Hoffentlich werde ich ein Luftmagier wie Ihr, Magister.«

Eulertin blickte ihn ernst an. »Alle Elemente haben ihre Vor- und Nachteile.«

Kai hielt beide Hände mit gespreizten Fingern von sich und schloss die Augen. Er murmelte die elementare Formel, die Eulertin ihm beigebracht hatte, und konzentrierte sich. Er stellte sich einen der Sylphen vor, so wie er ihn in der Kaverne der Winde gesehen hatte. Es dauerte eine Weile und am Rande seines Bewusstseins stürmte und brauste es. Doch etwas verhinderte, dass das Brausen näher zu ihm drang. Kai strengte sich noch mehr an, versuchte noch mehr Macht an sich zu ziehen und spürte erstmals, dass er an eine gut fühlbare Grenze geriet. Doch die Beschwörung misslang.

»Ich höre es, aber es geht nicht«, murmelte er enttäuscht.

Eulertin sog scharf die Luft ein, so als habe er erwartet, dass dies passieren würde. »Junge, dann probiere es gleich mit dem Feuer.«

Er sah den Däumlingszauberer überrascht an und tat, wie ihm geheißen wurde. Er wechselte die Tonschale mit jenem Gefäß aus, in dem die kleine Flamme brannte.

Abermals konzentrierte er sich. Kaum, dass er in sich versank, war bereits von irgendwoher ein heftiges Prasseln und Knistern zu hören. Feuerschein erreichte seine Lider.

»Schwefel und Salpeter!«, entfuhr es Eulertin.

Kai öffnete erschrocken die Augen und sah vor sich in der Schale einen leuchtenden Feuerwusel. Das glühend rote Elementar ähnelte einem rübengroßen Gnom mit brennendem

Haar und strubbeligem Funkenbart. Es war bei weitem nicht so hell wie ein Irrlicht, doch dafür gab der Feuerwusel mehr Hitze ab.

»Ihr habt mich gerufen, Herr?«, prasselte das kleine Wesen.

Kai sah verwirrt auf. Eulertin gab ihm ein Zeichen, den Feuerwusel wieder verschwinden zu lassen.

»Du darfst wieder gehen!«, rief Kai. Es war ein Puffen zu hören und das brennende Männlein verschwand in einem Funkenregen.

Aufgeregt sprang Kai auf und lachte. »Feuer! Magister, habt Ihr das gesehen? Mein Element ist das Feuer! Jetzt verstehe ich auch, warum ich damals so viele von den Irrlichtern rufen konnte!«

»Ja, Feuer!«, presste Eulertin hervor. Er schwebte seufzend in die Höhe, schnippte mit den Fingern und aus einer Ecke kam ein Schwamm geflogen. Er tauchte in die Schale mit dem Wasser ein und begann von Geisterkräften gelenkt, den Kreidekreis fortzuwischen.

»So, wie Ihr das sagt, klingt das aber nicht gut.« Kais Euphorie verflog und er sah den Däumling verunsichert an.

»Setz dich, mein Junge!«

Eine der Truhen schwebte heran und kam direkt hinter Kai zum Stehen. Er ließ sich beunruhigt auf dem Deckel nieder und schaute dem Däumling dabei zu, wie dieser vor ihm hinauf zu dem Lehnstuhl schwebte. Nachdenklich nahm der Magister auf der ledernen Fläche vor der Eingangstür seines Häuschens Platz.

»Hör mir jetzt gut zu«, sprach der kleine Zauberer ernst und atmete schwer ein. »Was ich dir nun erzähle, ist überaus wichtig. Es betrifft dich, es betrifft uns und es betrifft die Zukunft, der wir alle entgegensehen. Du weißt bereits, dass wir in unruhigen Zeiten leben. Was du nicht weißt, ist, dass auf uns alle eine Zeit der Finsternis zukommen wird. Die Prophezeiung der drei Schicksalsweberinnen vom Nornenberg ist eindeutig. Darin heißt es, dass sich der Schatten im Norden erheben wird. Er wird die Sonne verschlingen und die Welt in Düsternis hüllen. Die einzige Hoffnung für die freien Völker bestünde darin, die *letzte Flamme* zu finden. Erlischt sie, ist die Welt zum Untergang verdammt.«

»Ist das ein magisches Artefakt?«, fragte Kai und hoffte, Eulertin würde ausnahmsweise etwas gesprächiger sein.

»Nein«, antwortete der Däumlingszauberer. »Wir, die wir uns bemühen, das Verderben aufzuhalten, sind uns sicher, dass damit ein Zauberer gemeint ist. Ein mächtiger Magier, der dem Element des Feuers verschrieben ist. Auch Morgoya scheint diese Prophezeiung so zu deuten. Seit zwei Jahrzehnten war es ihr Bestreben, jeden Feuerzauberer zu vernichten, dessen sie habhaft werden konnte. Sie hat die legendären Sonnenmagier Albions ausgelöscht und schon seit Jahren entsandte sie Agenten in die freien Königreiche, deren einziges Ziel es war, jeden Zauberer zu stellen und umzubringen, der dem Feuer geweiht ist. Die letzten lebenden Feuermagier waren Magnus Flammenhöh und seine Gattin Ignis. Verräter haben sie vor einem Jahr beim Geburtstagsbankett des Stadtmagisters von Halla vergiftet. Zu eben dem Zeitpunkt, als Morbus Finsterkrähe versucht hat, Hammaburg zu Fall zu bringen. Selbst ich stand kurz davor, die Hoffnung zu verlieren. Doch Feenkönigin Berchtis weissagte uns, dass die letzte

Flamme noch brenne. Schwach nur, aber sie sei da. Irgendwo da draußen. Nun, mein Junge. Mir scheint, wir haben sie heute gefunden.«

»Ich?«, japste Kai und starrte den Magister ungläubig an.

Eulertin nickte.

»Das kann unmöglich sein!«, rief Kai und sprang auf. »Wieso ich? Da draußen müssen doch noch andere Zauberer sein. Richtige Zauberer! Ich ... ich bin doch bloß ein Irrlichtjäger. Ihr sagtet es selbst: Ich bin noch gar kein Magier!«

»Ja, das sagte ich«, seufzte Eulertin und erhob sich müde. »Und das ist das nächste Problem. Zum richtigen Zauberer wirst du erst durch die Große Weihe. Doch dabei kann ich dir nicht helfen. Ein Adept kann diese Weihe nur entsprechend von einem Zauberer seines eigenen Elements empfangen. Nur gibt es weit und breit keine Feuermagier mehr. Ich sage es dir nur ungern, aber du stehst mit deiner Fähigkeit völlig allein da.«

Kai wollte etwas sagen, doch seine Kehle war wie zugeschnürt.

»Tja«, murmelte der Däumling niedergeschlagen. »So sieht es aus. Alles deutet darauf hin, dass du die prophezeite Flamme bist. Doch deine wahre Macht zum Vorschein bringen kann ich leider nicht. Niemand kann das.«

Kai stönte auf und fiel wieder auf den Deckel der Truhe zurück.

Was sollte er von dieser Eröffnung halten?

Sie machte ihm Angst.

Er wollte kein Auserwählter sein. Allein die Vorstellung, dass da draußen Wesen lauerten, deren einzige Aufgabe es war, ihn zu finden und umzubringen, brachte das Blut in seinen Adern zum Gefrieren.

»Und diese … diese Schicksalsweberinnen können sich nicht geirrt haben?«, flüsterte er zaghaft.

»Nein«, antwortete Eulertin. »Ihre Prophezeiungen erfüllen sich immer.«

»Vielleicht gibt es ja doch noch einen anderen Feuerzauberer«, sagte Kai leise. Doch der Blick des Magisters brachte ihn zum Verstummen.

»Allerdings …«, hob der Däumling an.

»Was allerdings?«

»Allerdings sind da einige Seltsamkeiten an dir, die ich nicht recht verstehe.«

»Was meint Ihr?«

»Jeder Zauberer«, erklärte Eulertin, »legt sich bei der Großen Weihe einen Zauberstab zu. Ein solcher Stab ist ein nützlicher Fokus. Unter anderem kannst du darin Zauberkraft speichern. All das muss dich im Augenblick nur am Rande interessieren. Viel wichtiger ist, dass die Erschaffung des Stabes eigentlich zu dem Ritual der Großen Weihe zählt.«

»Ja, und?«, fragte Kai verwirrt. »Den werde ich dann wohl ebenfalls nie erhalten.«

»Das ist nicht ganz richtig, denn du besitzt bereits etwas Ähnliches«, erklärte Eulertin und deutete zu Kais Gürtel. »Deine Flöte!«

»Meine Flöte?« Kai nahm das Instrument erstaunt in die Hand und betrachtete es.

»Erinnere dich an das, was du mir über dieses Instrument berichtet hast. Beim Kampf gegen die Attentäter auf der

Straße und später beim Lagerfeuer in Koggs' Viertel. Sie besteht sogar aus Eichenholz. Eiche wird dem Element Feuer zugeordnet, so wie Weidenholz der Luft.«

»Und was hat das zu bedeuten?«

»Ich weiß es nicht«, meinte der Däumling. »Ihr Irrlichtjäger scheint bei euren Traditionen gewisse Kenntnisse bewahrt zu haben, die eigentlich nur Zauberer besitzen. Vielleicht sollte uns diese Erkenntnis Mut machen? Vielleicht heißt es aber auch nur, dass ...«

In diesem Augenblick begann einer der Donnerfrösche lauthals zu quaken.

Eulertins Kopf flog zu dem Regal an der Wand herum, wo Kai die vier Froschgefäße zwischengelagert hatte. Einer der Frösche hüpfte wild auf seiner Leiter nach oben und stand kurz davor, aus dem Glas zu springen.

Alarmiert schoss der Magister in die Lüfte.

»Was ist denn?«

»Die Frösche sind mit magischen Fallen verbunden, die ich an wichtigen Orten in der Stadt errichtet habe«, zischte Eulertin. »Jener dort verweist auf das Haus von Stadtkämmerer Hansen. Du erinnerst dich an den freundlichen Ratsherrn mit der Nickelbrille?«

Kai nickte.

»Offenbar wird soeben bei ihm eingebrochen.«

Dunkle Vorzeichen

Die wandelnde Kammer?«, rief Kai ungläubig.

»Ja«, antwortete Eulertin und öffnete mit einem Fingerschnippsen die Tür mit den Symbolen und verschlungenen Schriftzeichen. »Leider habe ich Kriwa vorhin weggeschickt. Uns bleibt also nichts anderes übrig. Wir müssen so schnell wie möglich zur anderen Seite der Stadt!«

Kai hastete in das Zimmer mit den vielen Schuhen und blickte sich im Licht seiner Irrlichtlaterne zweifelnd zu dem Zauberer um. Der stand wie so oft bei solchen Unternehmungen auf seiner Schulter und lauschte konzentriert auf das Trippeln und Trappeln im Raum.

»Mir scheint, die Kammer ist heute in guter Stimmung. Los, geh zu jenen Schuhen dort!« Der Däumlingszauberer deutete auf ein Paar vermoderte Halbschuhe, die im Silberlicht löchrige Schatten an die Wand warfen.

Der Junge tat, wie ihm geheißen wurde. Noch immer schwirrten in seinem Kopf all die Enthüllungen, die Eulertin ihm kurz vor ihrem überstürzten Aufbruch gemacht hatte. Doch zum Nachdenken kam er nicht, was ihm im Moment sogar ganz recht war.

»Wohin bringt uns die Kammer, wenn ich diese Schuhe berühre?«, fragte Kai zögernd.

»Ins Beinhaus der Stadt. Dort, wo die Toten bestattet sind. Ähem, jedenfalls mit hoher Wahrscheinlichkeit. Ich hab es selbst nur durch Ausprobieren herausgefunden. Aber wenigstens liegt das Beinhaus in der Nähe von Hansens Villa.«

»Und es gibt kein anderes Paar Schuhe, das wir …«

»Nein«, antwortete Eulertin kurz angebunden. »Ich habe diesen Raum noch nicht zur Gänze erforscht. Zu gefährlich. Und jetzt los. Eile tut Not!«

Kai atmete tief ein und berührte die Schuhe.

Tür und Fensterläden knallten zu und wie die Male zuvor erbebte der Boden. Überall um sie herum waren wieder das geisterhafte Stampfen, Laufen und Rennen zu vernehmen. Von einem Moment zum anderen ebbten die Geräusche ab.

»Auf geht's!«, meinte Eulertin und hob kampflustig seinen Zauberstab.

Kai schluckte und öffnete die knarzende Tür. Modrige Luft schlug ihnen entgegen. Irgendwo gluckste es. Vor ihnen erstreckte sich ein großes, dunkles Grabgewölbe. Es ruhte auf Reihen gedrungener Granitpfeiler. In geräumigen Nischen an den Wänden ruhten steinerne Sarkophage, die von Spinnweben überzogen waren. Dazwischen erhoben sich Standbilder von Haus- und Schutzgeistern in wehklagenden Posen. Kai war sich sicher, den unheimlichen Ort schon einmal gesehen zu haben. Natürlich! Er ähnelte jenem Grabgewölbe, das er ganz zu Anfang in der Zauberkugel Finsterkrähes gesehen hatte. Er schauderte.

»Junge, worauf wartest du?«

Kai rannte los. So schnell es ging, lief er an den steinernen Särgen vorbei, während ihnen im Licht der Laterne düstere

Schatten zu folgen schienen, die unheilsvoll über Säulen und Grabkammern huschten. Kai entging nicht, dass manche der alten Nischen eingebrochen waren. Wo dies geschehen war, ragten die Sarkophage schräg aus dem Boden empor. Es gab sogar zwei Stellen am Fußboden, die mit Gittern versehen waren. Offenbar ging es darunter noch weiter in die Tiefe.

»Wo führen die Schächte hin?«, keuchte er.

»Zu Orten, von denen niemand etwas wissen möchte«, wisperte Eulertin. »Heutzutage bestattet man die Toten lieber draußen vor dem Stadtwall. In den Etagen oben lassen sich jetzt nur noch die Ratsherren Grabstellen freihalten.«

Kai musste an seine Großmutter denken. Er schüttelte die leidvolle Erinnerung ab, als im Licht eine Treppe auftauchte, die nach oben führte. Kai zögerte nicht und rannte los. Die Stufen endeten vor einer schweren Gittertür, hinter der ein düsterer Kreuzgang mit hunderten von Grabplatten in den Wänden zu erkennen war. Von Decke und Säulen hingen radhohe, bronzene Klangscheiben, auf denen hohle Gesichter mit offenen Mündern prangten.

Erst jetzt entdeckte Kai das große Doppelportal, das sich am Ende des Ganges abzeichnete.

»Dreh dich weg, Junge«, sprach Eulertin. »Ich muss jetzt etwas grob werden. Wenn die Gittertür auf ist, läufst du, so schnell du kannst, zu dem Portal da vorn. Verstanden?«

Kai nickte und wandte sich ab. Im selben Moment vernahm er ein lautes Kreischen, das mit einem Knall endete, der dröhnend von den Wänden hallte. Ein Stück Metall flog an seinem Kopf vorbei. Was hatte Eulertin getan?

Quietschend schwang die Gittertür auf.

Schlagartig setzte von überallher geisterhaftes Raunen und Wispern ein.

»Lauf, Junge!«

Das brauchte ihm der Magister nicht zweimal zu sagen. Kai sprintete auf das Portal zu. In der Dunkelheit hinter ihnen war ein hässliches Stöhnen zu hören.

Bei allen Moorgeistern, was war das?

Er hetzte weiter und krachte schwer gegen das Holz der Flügeltür. Sein Herz pochte wild und ihm tropfte der Schweiß von der Stirn. Kai wollte sich soeben umwenden, als er Eulertins Ruf vernahm.

»Nicht!«, schrie er. »Dreh dich auf gar keinen Fall um!«

In diesem Moment dröhnte der erste Gong. Dann ein zweiter und dritter. Immer lauter wurde das Lärmen, das man sicher im ganzen Viertel hören konnte.

Der Däumlingszauberer intonierte derweil einen leisen, kaum vernehmbaren Gesang, und der Stab in seiner Hand leuchtete grell auf. Kai fühlte, wie sich seine Nackenhärchen aufrichteten. Irgendetwas hinter ihnen kam näher.

Vor dem Portal erklang schweres Rumpeln. Es hörte sich an, als würden Kettenglieder fallen und ein Riegel beiseite geschoben werden. Mit einem Ruck schwangen die Flügel des Portals auf und Nachtluft strömte herein, die nach Gras und Blattwerk duftete.

Kai gab Fersengeld, stürzte aus dem Beinhaus und rannte quer durch einen kleinen Park, in dem Kastanien und Trauerweiden standen. Dann endlich stolperte er auf eine vornehme Straße, die von Fachwerkhäusern mit Läden gesäumt wurde.

Hinter ihnen wummerten noch immer die Gongschläge.

»Und jetzt ganz ruhig weitergehen, so als ob du völlig unbeteiligt seiest!«, sprach der Däumlingszauberer. »Gleich dürften hier einige Gardisten aufkreuzen, die das Beinhaus auf den Kopf stellen werden. Ich habe im Moment wirklich keine Zeit, ihnen zu erklären, was wir dort zu suchen hatten.«

»Was war das da drinnen?«, stammelte Kai. Noch immer glaubte er, dicht hinter sich etwas unsagbar Kaltes zu spüren.

»Todesfeen«, antwortete der Magister. »Sie bewachen das Beinhaus vor Eindringlingen. Vor Ghulen und Nachzehrern. Und vor allem vor Grabräubern. Ihr Blick vermag einem Sterblichen das Herz stillstehen zu lassen.«

Kai schob sich wütend in einen Hauseingang und zischte den Däumling an. »Magister! Warum, verflucht noch einmal, habt Ihr mich nicht vorher gewarnt?«

»Weil ich dich nicht erschrecken wollte«, antwortete dieser. »Jedenfalls nicht, bevor es unbedingt nötig war. Und jetzt spute dich, damit wir unseren Zeitgewinn nicht verspielen. Die nächste Straße rechts rein und wir sind fast da.«

»Nein!« Kai stampfte wütend mit dem Fuß auf. »Hört bitte auf, mich wie ein Kind zu behandeln. Wenn Ihr mein Leben schon gefährdet, will ich, dass Ihr mir das vorher sagt. Ihr könnt mich nicht beschützen, indem Ihr mich ständig im Ungewissen lasst. Ihr hattet versprochen, das nicht mehr zu tun.«

Eulertin schwebte von seiner Schulter ins Licht der Laterne und sah Kai ernst an. »Gut, du hast Recht. Es tut mir Leid. Es dauert eben eine Weile, bis man alte Gewohnheiten ablegt. Ich bin auch nur ein Däumling. Und jetzt Beeilung bitte. Es hatte seinen Grund, warum ich das Wagnis eingegangen bin, ausgerechnet diese Abkürzung zu wählen.«

Kai nickte brüsk und lief wieder los. In der Ferne war bereits der Schein sich nähernder Laternen zu sehen.

»Und was ist mit den Gardisten?«, schnaufte er. »Wagen die es tatsächlich, da reinzugehen?«

»Denen tun die Todesfeen nichts«, antwortete der Zauberer. »Der alte Pakt, der mit ihnen geschlossen wurde, sieht nur vor, dass sie auf ungebetene Eindringlinge aufmerksam machen. Den Rest überlassen sie den Stadtwachen.«

Kai fragte sich, welche unangenehmen Überraschungen Hammaburg wohl noch bereithielt. Sie bogen nun in eine breite Straße mit vornehmen Villen ein, die zur Linken mit Linden bewachsen war. Als dunkle Schemen säumten sie die Straße. Ihnen gegenüber standen schlanke Irrlichtlaternen, doch ihre Scheiben waren zersplittert.

Eulertin stieß einen Fluch aus.

Der Magister wies Kai an, auf eine Villa zuzuhalten, die von einer hohen Mauer umgeben war. Im Garten dahinter erahnte man die Silhouetten zweier breiter Gebäude. Mehr war aufgrund der fehlenden Straßenbeleuchtung nicht zu erkennen.

Kai hielt schwer atmend vor dem eisernen Tor und hob seine Irrlichtlaterne an. Er entdeckte einen hellen Kiesweg, der zwischen den Bepflanzungen hindurch zu einer Scheune führte. Nicht weit davon entfernt führte ein zweiter Weg zum Eingang der Villa. Magister Eulertin schwebte bereits über seinem Kopf, um sich einen Überblick über das Grundstück zu verschaffen.

In diesem Moment schwenkte am anderen Ende der Straße eine Kutsche ein und bewegte sich ratternd auf sie zu. Rechts und links des Kutschbocks blinkten grelle Laternen, die Kai blendeten. Er schirmte seine Augen ab und stellte fest, dass es sich bei ihr um eine jener eleganten Droschken handelte, die er bereits zuvor in der Stadt gesehen hatte. Auf dem Bock saß ein schnauzbärtiger Kutscher mit bulliger Statur, der unmittelbar neben ihnen die beiden Pferde zum Halten brachte. Misstrauisch griff er nach einem Knüppel. »Was steht der junge Herr hier vor dem Haus des hochweisen Herrn Hansen herum?«

Kai blickte zu Eulertin auf, doch der war aufgrund der Dunkelheit nicht zu sehen.

»Wir müssen dringend den Ratsherrn sprechen.«

»Wer ist ›wir‹?« Hinter dem Kutscher steckte ein Mann mit Nickelbrille den Kopf zum Droschkenfenster hinaus. Es war Ratsherr Hansen.

»Ratsherr! Gut, dass Euch nichts geschehen ist«, ertönte über Kais Kopf die feine Stimme des Däumlings.

»Zunftmeister, was macht Ihr hier um diese Zeit?«, rief Hansen erstaunt. Dann erstarrten seine Gesichtszüge. Erstmals schien ihm aufzufallen, was mit all den Irrlichtslaternen in der Straße geschehen war.

Kai sah, wie der Däumlingszauberer auf den Stadtkämmerer zuhuschte. Im Dunkeln wirkte er einen Moment lang wie ein großer Käfer. »Bei Euch ist eingebrochen worden!«

»Was?!« Der schmächtige Mann stieg aufgebracht aus der Kutsche, während hinter ihm eine leise Frauenstimme erklang.

»Nein, warte hier, meine Liebe«, erklärte der Ratsherr und wandte sich ernst dem Kutscher zu. »Johann, du bleibst bei der Droschke und passt auf.«

Der Kutscher nickte.

»Wir waren nur zwei Stunden fort. Das kann doch nicht sein.« Forscher, als Kai es dem schmächtigen Mann zugetraut hätte, trat der Ratsherr neben ihn. Kurz nickte er Kai zu, dann zog er einen Schlüssel hervor, mit dem er das Tor aufsperrte. Es quietschte leise und erinnerte Kai auf unschöne Weise an das Tor im Beinhaus.

»Seid Ihr Euch denn sicher, Zunftmeister?«, fragte der Stadtkämmerer in die Dunkelheit hinein.

»Ja, ganz sicher«, war Eulertins Stimme zu hören. »Los, Junge. Leuchte uns. Wir sind dicht hinter dir.«

Dicht hinter ihm? Wie ungemein beruhigend. Vorsichtshalber griff Kai zu seiner Flöte und schritt dann beherzt auf die Villa zu.

Das Gebäude war vergleichsweise klein und bescheiden. Die Rahmen der großen Fenster im Erdgeschoss waren mit verspielten Holzschnitzereien verziert und an der Hauswand rankte vereinzelt Efeu empor, der im Licht von Kais Laterne lange Schatten warf. Die Szene hatte nur einen Schönheitsfehler: Die Tür stand auf. Jemand hatte das Schloss aufgebrochen.

»Soll mich doch der Schlinger fressen!«, zischte der Stadtkämmerer zornig. Wachsam schaute er sich um und griff nach einem herumliegenden Ast, den er wie ein Schwert kampflustig vor sich hielt. »Magister, hattet Ihr mir nicht versprochen, das Haus zu sichern?«

»Ja, das hatte ich auch«, antwortete Eulertin ergrimmt und ließ sich wieder auf Kais Schulter nieder. Mit weit von sich gestreckter Irrlichtlaterne betrat Kai die Eingangshalle.

Das Silberlicht riss getäfelte Holztüren, große Gemälde sowie eine Wendeltreppe ins Obergeschoss aus dem Dunkeln. In der Halle hing der beißende Geruch von verbrannten Federn.

»Herrje!«, stieß der Däumling hervor und schwebte zu drei dicht beieinander liegenden, dunklen Häufchen am Boden. Kai trat ebenfalls näher heran und erkannte die verkohlten Überreste großer Greifvögel.

»Was ist das?«, flüsterte er.

»Wächter, die ich im Haus postiert hatte«, antwortete der Däumling bitter und ließ den Saphir am Ende seines Zauberstabes grell aufleuchten. Kai fragte sich nicht zum ersten Mal, was es mit dem magischen Stein auf sich hatte.

»Vor uns liegen die Überreste dreier Purpurfalken«, fuhr Eulertin fort. »Magische Kreaturen von großer Macht. Es bedarf starker Zauberei, um sie zu bezwingen.«

»Und die beiden Irrlichtlaternen dort oben sind ebenfalls verschwunden!«, beklagte der Ratsherr und deutete zu zwei leeren Halterungen an der Wand neben der Wendeltreppe. Wütend nahm er seine Nickelbrille ab, um diese mit den Aufschlägen seines Hemdes zu putzen.

»Los!«, forderte Eulertin den Stadtkämmerer auf. »Bringt mich besser gleich zu Eurem Tresor.«

Kai sah, wie Hansens Gesicht alle Farbe verlor. »Oh nein. Natürlich. Ihr habt Recht!« Er setzte sich die Brille alarmiert wieder auf und stürzte zu einer der Türen, um in den Gang dahinter zu eilen.

»Wartet, Hansen! Seid vorsichtig!«, rief der Däumling. Doch der schmächtige Mann ließ sich nicht aufhalten. Kai hatte Mühe, ihm zu folgen.

Sie erreichten ein schlicht eingerichtetes Speisezimmer mit weiß gekalkten Wänden und einer Fensterfront auf der Gartenseite. In den vier Ecken des Raums standen marmorne Sockel mit bronzenen Büsten gewichtig dreinschauender Männer und Frauen.

»Kai, schließ die Fenster!«

Der Junge kam der Aufforderung des Magisters nach und zog lange Vorhänge vor die Fenster. Gerade war er dabei, die Scheiben vor der schmalen Gartentür zu verhängen, als er glaubte, außerhalb, nahe einem kleinen Teich, einen Schatten zu vernehmen.

»Magister!«, rief er. »Da draußen ist etwas!«

»Beiseite, Junge!« Der Däumlingszauberer hielt sich nicht mit weiteren Erklärungen auf, sondern erzeugte eine magische Druckwelle, die Tür und Scheiben splitternd aus dem Rahmen fliegen ließ. Kai keuchte auf. Er konnte von Glück sagen, dass er der Aufforderung des Däumlings sofort nachgekommen war.

Der schwebte bereits über einem steinernen Blumenkübel auf der Terrasse und suchte den Garten ab. Kai eilte hinzu und hielt die Irrlichtlaterne empor.

»Nichts!«, murmelte der Däumling.

Kai sah sich betreten zu der zersplitterten Tür um. »Tut mir Leid, ich war mir wirklich sicher, dass …«

»Schon gut«, meinte der Zauberer und schwebte zu dem Stadtkämmerer zurück, der sie mit bangem Blick erwartete.

»Ich bezahle den Schaden natürlich«, erklärte Eulertin.

»Nein, nicht nötig«, meinte Hansen. »Das geht schon in Ordnung.«

»Junge, zieh den Vorhang vor die Tür!«

Kai beendete hastig sein Werk.

Der Stadtkämmerer trat eilends an die erste der bronzenen Büsten heran. Es ertönte ein Kratzen, als er das Gesicht der Plastik so drehte, dass es zur Stirnseite des Zimmers zeigte. Mit den anderen drei verfuhr er ebenso. Erstaunt sah Kai mit an, wie sich die Augen der Büsten schlossen und die gegenüberliegende Wand Wellen warf. Es war, als habe man einen Stein in einen See geworfen.

Die Wand war lediglich eine Illusion!

Eine kahle Ziegelmauer schälte sich aus dem Zwielicht. In der Mitte befand sich ein metallenes Monstrum von Eisentür, die mit Kurbeln und Zahnrädern versehen war.

»Solide Zwergenarbeit!«, erklärte Hansen mit knappem Seitenblick auf Kai. Der Stadtkämmerer trat an die Tür heran, stellte die Zahnräder ein und drehte an der Kurbel. Mit einem saugenden Geräusch schwang die Panzertür auf und offenbarte einen Schrank, in dem Papiere, Geldbeutel und Schatullen gestapelt waren.

Unter Eulertins wachsamem Blick griff der Ratsherr zu einer reich mit Rosen verzierten Kassette aus Silber. Vorsichtig stellte er sie auf den Esstisch und öffnete sie.

Ein feuriger Schein stach in Kais Augen. Im Innern der Schatulle lag ein brennender Salamander. Das Geschöpf bewegte kurz seinen Kopf.

Kai hatte selten zuvor ein Wesen von solcher Schönheit erblickt. »Was ist das?«, fragte er erstaunt.

»Ein Schlüssel!«, erklärte Hansen knapp und sperrte die Kassette zu, um sie wieder in den Tresor zu stellen.

»Ein was?« Kai wandte sich Rat suchend zu dem Magister um, der nun ebenfalls einen etwas entspannteren Eindruck machte.

»Einer jener vier Schlüssel«, erklärte der Däumling, »mit denen Berchtis' Leuchtfeuer verschlossen ist.«

Endlich begriff Kai, was bei dem Einbruch tatsächlich auf dem Spiel gestanden hatte. Und er verstand nun auch, warum Eulertin dieses Haus mit magischen Wächtern ausgestattet hatte. Hatte der Magister nicht behauptet, selbst einen dieser Schlüssel zu hüten?

»Wer bewacht die anderen Salamander?«, fragte Kai.

»Das ist geheim«, sagte Eulertin und sah Kai in die Augen. »Darüber darf ich wirklich kein Wort verlieren. Nur die Schlüsselhüter wissen davon, und das soll auch so bleiben. Die vier Salamander sind in ihrer Art übrigens verschieden. Jener, den ich hüte, besteht aus Luft. Die anderen beiden ziehen ihre Kraft aus den Elementen Stein und Wasser.«

»Ihr habt mir einen gehörigen Schreck eingejagt, Magister«, meldete sich der Stadtkämmerer zu Wort. Er hatte die Panzertür aus Zwergenmetall inzwischen verschlossen und war nun dabei, die vier Büsten wieder auf die Raummitte auszurichten. »Den Raub der Irrlichter verschmerze ich, aber der Raub des Schlüssels wäre in der Tat einer Katastrophe gleichgekommen.«

Die Wand begann abermals Wellen zu schlagen und wirkte nun wieder weiß und glatt.

»Ich weiß«, brummte der Däumlingszauberer. »Aber Ihr wisst leider noch nicht alles. Ihr hattet heute Besuch von Mort Eisenhand.«

Hansen riss die Augen auf. »Mort Eisenhand? *Der* Mort Eisenhand?«

»Ja«, erklärte Kai an des Zauberers Stelle. »Er ist nicht nur wieder zurück, sondern auch für die Irrlichtraube verantwortlich.«

»Du meine Güte«, stammelte der Ratsherr und ließ sich auf einem Stuhl sinken.

»Warum habt Ihr das nicht gleich gesagt, Magister?«

Kai musste sich trotz der ernsten Situation ein Lächeln verkneifen. Offenbar hatte nicht nur er gewisse Verständigungsschwierigkeiten mit dem Däumlingszauberer.

»Weil ich hoffte, dieses Problem rechtzeitig aus der Welt schaffen zu können«, fluchte Eulertin und ließ sich nachdenklich auf dem Tisch nieder. »Leider habe ich mich geirrt. Aber glücklicherweise ist Eisenhand nicht allwissend. Hätte er von dem Schlüssel gewusst, hätte er sicher nichts unversucht gelassen, ihn zu entwenden.«

»Was will er denn mit all den Irrlichtern?«, fragte der Stadtkämmerer.

»Wir wissen es nicht.«

»Aber irgendetwas müssen wir doch tun«, brauste der schmächtige Mann auf und schlug mit der Faust auf den Tisch.

»Ja«, antwortete Eulertin. »Schickt Euren Kutscher zur Stadtkommandantur und lasst das Haus heute Nacht vorsichtshalber von einigen Gardisten bewachen. Ich werde meinerseits einen der Windmacher zu Euch schicken. Leider komme ich erst morgen dazu, die magische Sicherung zu erneuern.«

»Der Stadtrat muss unbedingt von alledem erfahren«, ereiferte sich Hansen.

»Nein«, widersprach ihm der Magister. »Wenn das mit Eisenhand ruchbar wird, wird dies bloß dazu führen, dass Schinnerkroog im Rat seine neuen Erlasse durchbekommt. Ihr wisst, dass er bereits mit einer nächtlichen Ausgangssperre liebäugelt?«

»Ja.« Hansen schnaubte verächtlich. »Ich ahne auch, wen sie betreffen würde. Jeden außerhalb des Rates und ganz gewiss euch Zauberer. Schinnerkroog ist ein elender Narr. Wenn ich nur daran denke, dass er ebenfalls einen der …«

Erschrocken blickte sich der Stadtkämmerer zu Kai um.

»Schinnerkroog hütet einen der vier Schlüssel?«, stieß Kai ungläubig hervor. »Wie kann man einen solchen … Mann mit einer so wichtigen Aufgabe betrauen?«

»Hansen, Ihr müsst Eure Zunge besser im Zaum halten!«, knurrte der Däumlingszauberer und wandte sich seufzend seinem Schüler zu. »Ja, Schinnerkroog gehört zu den Schlüsselhütern. Er ist immerhin der Erste Ratsherr.«

In diesem Moment hallten vor der Zimmertür Schritte.

Hansen, Eulertin und Kai hoben alarmiert die Köpfe. Im Türrahmen tauchte der Kopf des bulligen Kutschers auf, der höflich anklopfte, als er ihre wachsamen Blicke bemerkte. »Ich bin es, hochweiser Herr.«

»Was willst du, Johann?« Der Stadtkämmerer erhob sich. »Ich hab dir doch die Order gegeben, draußen zu warten?«

»Ja, aber vor dem Haus steht, äh, ein Elf. Er verlangt den Magister und seinen Schüler zu sehen. Er sagt, es eile.«

Kai und Eulertin sahen sich fragend an.

»Fi steht draußen?«, fragte Kai überflüssigerweise.

»Ja, so ist sein Name«, fuhr der Kutscher fort. »Er sagt, er bringe eine Nachricht von einem gewissen Koggs Windjammer. Er wollte mir nicht sagen, worum es genau geht. Ich soll bloß ausrichten, dass es etwas mit einem Ort zu tun hat, den die Herren Zauberer in einer magischen Kristallkugel gesehen hätten. Dieser Ort wurde gefunden.«

Piratenjagd

Unter den Planken des Kahns, auf dem Kai stand, war ein leises Glucksen zu hören. Hin und wieder schlugen kleinere Wellen gegen die Außenwand des Schiffes. Kai stand vorn an der Reling von Koggs' schwankendem Flussschiff und spähte gemeinsam mit Fi und Eulertin über das Wasser der Elbe hinweg zum düsteren Wall der Hammaburg.

Der Anblick der verfallenen Burg war alles andere als Vertrauen erweckend. Die Ruine der alten Feste ragte dunkel und schroff zum Nachthimmel empor, an dem sich nur hin und wieder einige Sterne zeigten. Rechter und linker Hand der finsteren Ruine war das blinkende Häusermeer der Stadt auszumachen. Kai schien es, als würden sich die vielen kleineren Gebäude furchtsam vor dem mächtigen Burgberg ducken. Ihn fröstelte.

»Ich bin ganz sicher«, war hinter ihnen Koggs' schnarrende Stimme zu hören. »Dort vorn, zwischen den Felsen, befindet sich die Fensteröffnung jenes unheimlichen Gewölbes, das die Kristallkugel enthüllt hat. Ihr wisst schon, der Raum, in dem sich Mort Eisenhand aufgehalten hat. Natürlich sieht man von hier aus nur eine Schießscharte. Aber ich bin mir sicher, dass ich Recht habe. Bei Flut, so wie jetzt, liegt die Öffnung nur knapp über der Wasserlinie. Seht ihr? Sie ist so gut in der Felswand verborgen, dass man auch tagsüber sehr genau hinschauen muss, um sie zu entdecken.«

»Wie habt Ihr diese Öffnung anhand meiner kümmerlichen Beschreibung finden können?« Kurz trafen sich Kais und Fis Blicke. Die Elfe wirkte ebenso angespannt wie er selbst. Natürlich trug Fi wieder Männerkleider und ihre schulterlangen Haare waren zu einem Zopf verknotet, der hinten unter einem Tuch hervorlugte.

»Ja, das würde mich ebenfalls interessieren.« Auch der Däumlingszauberer sah den Klabauter fragend an.

»Tja«, schniefte der Seekobold und stampfte prahlerisch mit seinem Holzbein auf. »Vor euch steht immerhin der Bezwinger des Kaps der verlorenen Hoffnung. Hab ich schon erzählt, wie ich damals vor dem Kap quer durch den legendären Seeschlangenfriedhof geschippert bin? Um uns herum fünf, ach was sage ich, acht Schritt hohe Wellen, die unsere kleine Jolle fast gegen die haushohen Knochen geschmettert hätten. Und dann der …«

»Koggs!«, zischte Fi.

»Nun ja, wie dem auch sei«, fuhr der Klabauter mürrisch fort. »Ich hab mich halt im Hafen nach der Kogge mit dem großen Heckaufbau erkundigt, von der du gesprochen hast, Bübchen.«

»Habe ich das?«, fragte Kai unsicher.

»Aber ja«, erklärte Koggs bestimmt. »Du sprachst davon, dass jenseits der Fensteröffnung ein solches Schiff zu sehen war.«

»Stimmt. Jetzt erinnere ich mich wieder. Ich wusste nicht, dass Ihr dieser Kleinigkeit eine solche Bedeutung beimesst.«

»Kleinigkeit? Das war der alles entscheidende Fingerzeig, du Naseweis.« Koggs schüttelte ungehalten den Kopf. »Im Hafen liegen jedenfalls drei dieser Pötte vor Anker, aber nur einer von ihnen war in der Nacht unterwegs. Und zwar die *Seeadler*, ein Schiff aus Nordbergen. Musste mich beim Käpt'n bloß schlau machen, wo er mit dem Kahn zu der Zeit war, als du 'nen Blick in diese Zauberkugel riskiert hast. Der Rest war nicht schwer. So viele Gemäuer, auf die deine Beschreibung zutrifft, gibt es hier in Hammaburg ja nicht.«

»Gut gemacht, Koggs!«, sagte Eulertin anerkennend und ließ sich von einer Böe zu einer Taurolle unter dem einzigen Mast des Schiffes tragen. »Nun warten wir ab, ob Dystariel einen Zugang zum Burgberg findet. Wenn das jemandem gelingt, dann ihr.«

Kai bemerkte, wie sich Koggs und Fi anspannten. Der Klabauter spuckte über die Reling und nahm schnaubend einen weiteren Schluck aus seiner Flasche. Offenbar erfreute sich die Gargyle bei den beiden ebenso zweifelhafter Beliebtheit wie bei ihm selbst.

Tatsächlich dauerte es nicht lange und ein monströser Schatten glitt, von der Ruine kommend, dicht über der Wasserfläche hinweg zu ihrem Ankerplatz. Fi griff unwillkürlich zu ihrem großen Bogen, der gegen die Ankerwinde lehnte. Auch Koggs schob vorsichtshalber den Mantelaufschlag seiner Uniform beiseite und enthüllte den Griff eines Entermessers. Auf dem hinteren Deck rumpelte es, als Dystariel landete, und der Kahn schwankte leicht. Kai sah, wie die Gargyle ihre Schwingen zusammenfaltete. Offenbar kannten seine Begleiter ihre wahre Gestalt, denn Dystariel hatte auf ihren Umhang verzichtet. Allerdings hielt sie sich weiterhin im Schatten. Nur ihre Raubtieraugen schimmerten gelb.

»Aber, aber, meine Lieben«, rollte ihre spöttische Stimme über das Deck. »Ihr werdet doch noch Freund und Feind auseinander halten können, oder?«

Koggs und Fi starrten sie finster an.

»Sag schon, teure Freundin, hast du etwas entdeckt?« Der Däumlingszauberer schwebte ihr aufgeregt entgegen.

»Ja«, antwortete sie. »Koggs, dieser Trunkenbold, hat ausnahmsweise mal kein Seemannsgarn gesponnen. Die Zugänge oben in der Ruine sind noch immer allesamt versiegelt. Doch da hinten, gut verborgen zwischen den Felsen am Fuß des Burgbergs, habe ich einen geheimen Zugang entdecken können. Ich vermute, dort endet ein alter Fluchttunnel. Ich bin mir sicher, er führt uns direkt in die unterirdischen Gewölbe der alten Feste.«

»Habt Ihr einen Blick hinein riskieren können?«, fragte Kai neugierig.

»Nicht durch den Eingang«, knurrte die Gargyle. »Das schien mir etwas zu aufdringlich. Aber durch diese Schießscharte schräg darüber. Sie liegt nur etwa zwanzig Schritt von dem Zugang entfernt. Dahinter ist jener Raum verborgen, von dem du berichtet hast. Eine richtige Hexenküche.«

»Und – was ist mit Eisenhand?«, wollte Eulertin wissen.

»Keine Ahnung«, grollte Dystariel und ließ ihren Schwanz hin und her peitschen. »Aber ich konnte ihn riechen. Er ist da. Irgendwo.«

»Gut«, meinte der Magister entschlossen. »Wir werden diesem Schurken jetzt einen Besuch abstatten.«

Kai griff nach seiner Irrlichtlaterne, die er wohlweislich mit einem Tuch abgedeckt hatte, während er aus den Augenwinkeln seine Begleiter beobachtete.

Bei ihm waren der größte Zauberer des Landes, der kühnste Kapitän der nördlichen See und eine der unheimlichsten Kreaturen, die er sich überhaupt vorzustellen vermochte. Außerdem eine Elfe, die ebenfalls über magische Fähigkeiten gebot. Ganz davon abgesehen, dass Fi verdammt gut mit ihrem Bogen umgehen konnte. Dennoch fühlte er, nein, wusste er, dass das, was sie vorhatten, auf eine Entscheidung über Leben und Tod hinauslaufen würde. Seufzend sog er die brackige Luft ein.

»Nur Mut, Kai!«, flüsterte Fi und zwinkerte ihm zu. »Wer außer uns sollte es tun?«

Kai sah die Elfe überrascht an und schenkte ihr ein dankbares Lächeln.

»Wenn ihr wollt, werde ich euch hinübertragen«, zischte die Gargyle lauernd.

»Ganz gewiss nicht, meine Hübsche«, schnaubte Koggs. »Ich schwimme lieber.«

Mit diesen Worten sprang der Klabauter über Bord und tauchte in die Fluten. Wie ein Korken kam er wieder an die Oberfläche, legte sich auf den Rücken und sauste wie von unsichtbaren Strömungen getrieben auf den verschatteten Burgberg zu. Erstaunt sah Kai ihm nach, dann wandte er sich tapfer zu Dystariel um.

»Aber ich nehme Euer Angebot an.«

»Also gut. Wenn du dich von ihr tragen lässt, dann werde ich das auch tun.« Fi trat neben Kai und nickte entschlossen.

Die Gargyle verzog ihre Fratze zu einem hässlichen Grinsen und entblößte dabei scharfe Reißzähne. »Ganz sicher, Elfchen?«

»Lass das!«, zürnte Fi.

Dystariel spreizte ihre Schwingen, die sich tiefschwarz vor dem Nachthimmel abzeichneten. Im nächsten Moment stieß sie sich von den Planken ab und Kai fühlte sich von ihren Krallen gepackt und weit über das Schiff emporhoben. Direkt neben ihm zappelte Fi. Der Flug machte ihm überraschend wenig aus. In den steinernen Armen dieses Ungeheuers fühlte sich Kai sogar fast ... geborgen.

Dystariel hielt sich knapp über der Wasseroberfläche und eine Weile waren nur das Sausen des Windes sowie das wuchtige Schlagen ihrer Flügel zu hören. Kai blickte über Fis Schultern und konnte am fernen Horizont den Schein von Berchtis' Leuchtfeuer ausmachen. Gern hätte er in diesem Moment die Macht einer Feenkönigin besessen.

Kurz darauf sah Kai die gischtumschäumten Klippen des Burgbergs auf sich zurasen. Die Gargyle setzte sie auf einem der glitschigen Steine ab, um sogleich zur Felswand zu gleiten, wo sie sich wie eine übergroße Fledermaus an das Gestein krallte. Kai war beeindruckt. Dystariels Körper verschmolz nahezu mit dem Untergrund. Wie eine Eidechse schlängelte sie sich jetzt auf eine im Schatten der Klippen liegende Stelle kurz über der Wasserlinie zu.

»Hier ist die Tür«, drang ihre leise Stimme zu ihm herüber. »Allerdings liegt sie fast gänzlich unter Wasser.«

»Natürlich, es ist ja auch Flut!«, war unterhalb des Felsens, auf dem Kai und Fi standen, die Stimme des Klabauters zu hören. Kai konnte seinen Kopf in den Fluten nur undeutlich erkennen. »Wartet!«

Es sah aus, als würde Koggs wieder eine seiner Flaschen hervorkramen. Im nächsten Moment brodelte und blubberte es um den Seekobold herum und zwischen ihnen und der Tür wich das Wasser zurück, bis am Grund nur noch Kies und große Steine zu erahnen waren. Der Felsen, auf dem Kai stand, fiel vor ihm nun fast zwei Schritte in die Tiefe ab. Kai ruderte mit den Armen, doch Fi hielt ihn fest. Kai schämte sich für seine Ungeschicklichkeit. Wieso konnte er nicht auch etwas von Fis Eleganz und Selbstsicherheit besitzen? Nur ein bisschen davon.

Unter ihnen war leise die Stimme Eulertins zu hören. Zu sehen war der kleine Magister nicht. »Die Tür ist mit Zauberei gesichert. Das kann unmöglich Eisenhand selbst bewerkstelligt haben. Tritt beiseite, Koggs.«

Der Zauberer summte leise. Kai erwartete, wieder so etwas wie einen heftigen Knall zu hören, stattdessen überzog sich die Felswand mit einem roten Schimmer. Er konnte dort unten noch immer keine Tür erkennen.

»Ja, ja, es lohnt sich eben, einen Zauberer zu kennen, der etwas von seinem Handwerk versteht«, kicherte Koggs und trat tatendurstig an den Felsen heran. Das schabende Geräusch einer sich öffnenden Tür ertönte. »Wenn ich euch Landratten nun bitten dürfte …«

An der zerklüfteten Felswand über ihnen glitt Dystariel heran und drang kopfüber in den Zugang ein, den Kai erst jetzt als solchen erkannte. Er selbst folgte Fi, die ihm einen sicheren Abstieg von der Klippe wies. Am Grund des magisch erzeugten Luftgrabens war es düster und es roch nach Tang und Brackwasser. Kai beäugte misstrauisch die glitzernde Wasserwand um sie herum. Sie wirkte wie eine Mauer aus Glas, hinter der sich die Wasser der Elbe stauten. Dann blickte er noch einmal zur Ruine der Hammaburg hinauf. Ihm war, als lauere das düstere Gemäuer nur darauf, sie zu verschlucken. Er seufzte verhalten.

Dann folgte er Koggs und Fi, die mittlerweile ihren Bogen gespannt hatte, hinein in einen schmalen, niedrigen Gang. Kai zog den Kopf ein und rümpfte die Nase. Der Brackwassergeruch wich dem Gestank von verrottetem Fisch. Vor ihm waren nur die leisen Atemgeräusche seiner Gefährten zu hören. Wo Eulertin war, wusste er nicht. Angespannt hob er seine Laterne ein Stück höher. Sie war zwar abgedeckt, doch angesichts der lauernden Finsternis um sie herum war er für den schwachen Lichtschimmer, der noch immer von ihr ausging, überaus dankbar.

Fi und Koggs hatten ausgetretene Felsstufen erreicht, denen sie auf leisen Sohlen folgten. Der Klabauter stellte sich dabei verblüffend geschickt an. Wie er das mit seinem Holzbein zuwege brachte, vermochte Kai nicht zu sagen. Er war allerdings auch viel zu sehr damit beschäftigt, die Elfe anzustarren, die sich geschmeidig wie eine Katze nach oben schlich. Selbst in dieser Situation wirkte sie überaus grazil und anmutig. Er hingegen hatte Mühe, nicht ständig über die Steine zu stolpern, die hin und wieder auf dem Weg lagen.

Im Treppenschacht über ihnen war zu Kais Überraschung Feuerschein zu sehen. Die Stufen endeten in einem schimmelig riechenden Tonnengewölbe, dessen einzige Beleuchtung eine brennende Fackel war, die in einer rostigen Halterung an der Wand steckte. Zwei Gänge zweigten von dem Raum ab.

Fi wandte sich hastig zu Kai um und bedeutete ihm energisch, sich wieder in den Schacht zurückzuziehen. Tatsächlich waren aus dem Gang rechts von ihnen klickende Geräusche zu hören, die beständig näherkamen.

Schnell huschte Kai wieder die Treppe hinunter, bis er gerade eben über den Boden des Gewölbes hinwegspähen konnte. Klabauter und Elfe pressten sich links und rechts neben den Ausgang und hielten ihre Waffen bereit. Kai ärgerte sich, dass er nicht wenigstens einen Knüppel mitgenommen hatte. Erst jetzt entdeckte er die Gargyle. Dystariel klebte wie eine lauernde Spinne über ihnen an der Decke. Der Anblick war schauderhaft.

Nur den Däumling konnte Kai nirgendwo ausmachen. War er etwa zurückgeblieben?

Eine Weile war nur das Prasseln der Fackel im Raum zu hören. Doch die klickenden Schritte wurden zunehmend lauter und eine Kreatur betrat den Raum, die bei Kai schreckliche Erinnerungen weckte.

Es handelte sich um eines der lebenden Skelette aus Eisenhands Mannschaft. Der Knochenmann trug zwei Fackeln in den Klauen.

Bevor die Schauergestalt wusste, wie ihr geschah, stürzte Dystariel auf sie herab und riss die Kreatur zu Boden. Hilflos versuchte diese nach ihrer Gegnerin zu greifen.

»Jetzt würdest du gern schreien können, was mein bleicher Freund?«, zischte Dystariel mit eisiger Stimme und brach dem Skelett mit trockenem Knacken den Schädel ab.

»Weiter!«, erklang hinter Kai der Ruf des Däumlingszauberers. Der Magister schwebte aus einer der dunklen Ecken hervor und Kai musste zugeben, dass die geringe Körpergröße des Däumlings jetzt durchaus von Vorteil war.

Fi winkte Kai zu, dann folgte die Elfe mit erhobenem Bogen Dystariel, die bereits den Weg in den Gang eingeschlagen hatte, aus dem das wandelnde Skelett gekommen war.

»Krakenzorn und Nixenfluch!« Koggs schnaubte beim Anblick der Knochen am Boden und folgte ihnen. Kai und Eulertin bildeten das Schlusslicht.

Gemeinsam quetschten sich die fünf durch einen schmalen Gang, der bereits vor Jahrhunderten aus dem Fels gehauen worden sein musste, und kamen schließlich zu einer Kreuzung. Die Gargyle schnüffelte und wandte sich zielsicher nach rechts. Sie passierten eine weitere brennende Fackel. Linker und rechter Hand tauchten leere Kellergewölbe auf, die einstmals als Weinkeller, Gefängniszellen, Quartiere oder Lagerräume gedient haben mochten. Dystariel verharrte neben einem der Zugänge und winkte Magister Eulertin heran.

Kai und die anderen folgten ihnen und sie betraten einen großen Raum, in dem seltsame Gerätschaften standen: zwei mannshohe Öfen mit langen Gussnasen, ein großer Zuber mit Wasser, außerdem pfeifenartige Röhren, eiserne Stangen, Hämmer, Zangen und andere Werkzeuge. Im ganzen Raum stank es wie in einer Alchemistenwerkstatt.

»Was ist das hier?«, flüsterte Kai.

»Das ist die Werkstätte eines Glasbläsers«, erklärte Eulertin leise und schwebte zu einer Pyramide grün schimmernder Kisten an der Stirnseite des Raumes. Koggs musterte indes drei große Abzugsschächte, die in der Decke über den Öfen zu sehen waren.

»Quallenmist und Möwendreck! Wenn hier Glas verarbeitet wurde, dann hätte doch irgendwer die üblen Dünste bemerken müssen?«

»Nicht unbedingt«, antwortete Fi, die zu Eulertin an die Kisten getreten war. Sie verengte nachdenklich ihre schrägen Katzenaugen. »Denn wenn hier Feenkristall verarbeitet wurde, wird man davon kaum etwas bemerkt haben.«

»Richtig«, stimmte ihr der Däumling zu. Die grüne Kiste war leer. »Das hier sind Kisten aus immergrünem Holz. Ohne Zweifel stammen sie aus Berchtis' Reich. Mir scheint, wir haben die geraubte Kristallladung gefunden, nur dass der Inhalt verschwunden ist.«

Ein Knacken hallte durch den Raum. Dystariel brach mit roher Gewalt einen merkwürdigen Lehmkegel auf, der neben einem der Öfen stand. Obenauf besaß der Kegel eine Art Trichter, der unter dem Griff der Gargyle bröselte.

»Eine Gussform«, zischte die Unheimliche und ihre dunklen Schwingen spreizten sich leicht. »Jemand hat das Zauberkristall zu gekrümmten Scheiben gegossen. Warum?«

Kai trat neben Dystariel und versuchte, ihre Reißzähne und Krallen zu ignorieren. Grüblerisch legte er seine Stirn in Falten, während er die Gussform betrachtete. Die fünfeckigen Scheiben waren tatsächlich leicht gewölbt. Das erschien sinnlos, allerdings …

»Eine Kugel«, rief er erstaunt. »Setzt man mehrere solcher Stücke zusammen, ergibt das eine große Kugel. Sie muss mindestens so hoch wie dieser Raum sein.«

Rasch versammelte sich die kleine Truppe um den Fund und beäugte die Gussform.

»Wozu das alles?«, rätselte Fi.

»Wir werden es herausfinden«, erklärte der Däumlingszauberer. »Lasst uns sehen, was wir hier unten noch finden können.«

Die Gefährten verließen den Raum und schlichen vorsichtig weiter. Es dauerte nicht lange und sie erreichten Stufen, die schräg hinab zu einer Holztür führten. Dystariel glitt die schmale Treppe hinunter und legte lauernd ihren Kopf gegen das Holz.

»Ich höre Geräusche«, wisperte sie rau. Bevor auch nur einer von ihnen etwas erwidern konnte, brach die Gargyle die Tür auf und jagte fauchend in den unbekannten Raum dahinter. Hastig folgten ihr die anderen. Kai blieb neben Fi stehen, die ihren Bogen gespannt hielt und sich ebenso wie er einen Überblick über das Gewölbe verschaffte.

Kai erkannte den Raum anhand der schmalen Schießscharte rechts von ihm wieder. Es war der Raum aus der Zauberkugel. Hier hatte er Mort Eisenhand gesehen!

Allerdings war das Gewölbe viel höher, als er gedacht hatte. Der Boden war mit Steinplatten bedeckt und die Wände bestanden aus großen, quaderförmigen Felsbrocken, an denen lange Holztische, Truhen, Regale und Käfige standen. Tische und Regale waren übersät mit alchemistischen Gerätschaften, wie Kai sie aus Eulertins Studierstube kannte: Glaskolben, Retorten, bauchige Flaschen, Mörser sowie zahlreiche Tongefäße und Schachteln mit Zaubersalzen und anderen Zutaten. Von der Decke baumelte an einer dicken Kette ein großer, gusseiserner Kessel, der bis zu einer mächtigen Feuerstelle am Boden reichte. Zur Linken sowie an der Stirnseite des Kellergewölbes erstreckte sich eine weitläufige Galerie. Dort, aber auch an den Wänden darunter, waren insgesamt drei weitere Türen zu sehen. Der ganze Raum wurde lediglich von einer Fackel beleuchtet, die in einer Halterung über ihnen auf der Galerie steckte.

»Eisenhand war hier!«, sagte die Gargyle leise und näherte sich dem Kochtopf, um an ihm zu schnüffeln. Fi blieb wachsam in der Mitte des Gewölbes stehen und behielt die Türen im Auge. Kai indes folgte einem Wink des Magisters und gemeinsam traten sie näher an die Tische heran.

»Das alles hier passt nicht zu Mort Eisenhand«, meinte Kai und roch an einem Mörser. Er stank nach Schwefel.

»Nein«, stimmte ihm Eulertin zu, während er einige verkohlte Papiere betrachtete, die in einer Kupferwanne lagen. »Mir scheint, wir haben hier ein geheimes Labor von Morbus Finsterkrähe aufgespürt. Seltsamerweise ist es noch vor kurzem benutzt worden.«

»Die Feuerstelle wurde erst vor wenigen Stunden gelöscht«, fauchte Dystariel und kratzte mit ihren Krallen in der Asche.

In einem der Käfige schräg gegenüber an der Wand raschelte es.

»Armer kleiner Kerl«, krächzte Koggs Windjammer, der an die aufeinander gestapelten Verschläge herangetreten war. Bis auf einen standen sie leer. Darin hockte ein Eichhörnchen, das verängstigt seinen buschigen Schwanz um den mageren Körper geschlungen hatte. Der Klabauter öffnete die Käfigtür und griff behutsam hinein.

»Nicht Koggs!«, rief Eulertin.

Im nächsten Moment war ein lautes Fauchen zu hören und das Eichhörnchen verwandelte sich von einem Moment zum anderen in eine riesige Ratte, die ihre Nagezähne in die Finger des Klabauters schlug.

»Aaaah!« Koggs wich überrumpelt zurück und die Ratte sprang mit einem großen Satz auf den Verschlag darunter.

Bevor sich Kai versah, schnellte bereits ein Pfeil von Fis Sehne. Das seltsame Wesen fiepte und verwandelte sich blitzschnell in eine Eidechse. Der Pfeil traf und nagelte ihren Schwanz an einen der Käfige fest. Doch das Wesen warf den Schwanz auf Eidechsenart einfach ab und sprang auf den Boden. Dann mutierte die Eidechse zu einem riesigen Wolf, der knurrend auf Koggs zujagte, der schreiend zurücksprang.

Weiter kam die Kreatur nicht. Dystariels Gargylenpranke erwischte das Wesen mitten im Sprung und warf es zu Boden. Bevor es sich ein weiteres Mal verwandeln konnte, schlitzte die Unheimliche dem Wolf den Bauch auf. Die Kreatur schrie auf und zerfloss zu einer Lache faulig riechenden Schleims, in der wie der Dotter eines Eies ein großes, tückisch dreinblickendes Glupschauge schwamm. Allmählich trübte es sich.

»Blitz und Hagel! Was war das?« Koggs starrte die Lache entgeistert an und hielt sich seinen blutenden Finger. Auch Kai musste erst einmal seinen Schrecken überwinden. Das alles war so schnell abgelaufen, dass er kaum zum Nachdenken gekommen war.

»Na, willst du dich nicht bei mir bedanken, Klabauter?«, rasselte die Gargyle spöttisch. »Schätze, das elende Vieh hätte dir fast in den Hintern gebissen.«

Koggs schnaubte wütend.

»Ein Gestaltwandler!«, stellte Eulertin überaus erstaunt fest. »Es sind dämonische Kreaturen, die man in den Schattenklüften des Albtraumgebirges findet. Sie besitzen keinen großen Verstand, sind aber überaus gefährlich. Sie können sich in jede beliebige Kreatur verwandeln.«

Vorsichtig traten die Gefährten an die Schleimlache heran und musterten das Glupschauge.

»Beeindruckend! Überaus beeindruckend!«, höhnte es von der Galerie.

Kai riss den Kopf in den Nacken und erkannte Mort Eisenhand. Er stand hinter der schmalen Brüstung und applaudierte gelangweilt.

Ein Pfeil jagte nach oben und traf Eisenhand mitten ins Herz. Der Pirat zuckte nicht einmal zusammen. Ohne eine Gefühlsregung brach er den Schaft ab und musterte die Elfe kalt. »Nicht doch, nicht doch, Spitzohr!«

Die Türen öffneten sich und eine ganze Mannschaft seiner Knochenmänner mit Säbeln und Entermessern drängte klappernd in die Hexenküche. Dystariel knurrte und auch die anderen schauten sich schockiert um. Wie hatten sich all die Untoten dem Gewölbe unbemerkt nähern können?

»Magie!«, zischte Eulertin warnend und grell leuchtete sein Zauberstab an der Spitze auf. »Eisenhand hat einen Helfer!«

Dystariel duckte sich wie zum Sprung und fixierte den Piraten lauernd. Doch zwischen ihr und Eisenhand baumelte unglücklicherweise der große Kessel von der Decke.

»Und du bist auch wieder dabei, meine Teure!« Der Pirat schenkte der Gargyle ein fauliges Lächeln. »Was würden wir beide doch für ein hübsches Pärchen abgeben. Es ist wirklich bedauerlich. Übrigens danke ich dir, dass du meinen Mann vorhin auf so überaus raffinierte Weise zur Strecke gebracht hast«, spottete er. »Sonst hätten wir von eurem Besuch wohl nichts mehr erfahren. Wir waren gerade im Aufbruch begriffen.«

Mort Eisenhand lachte dröhnend und deutete auf das Dutzend Skelette, das sie jetzt eingekreist hatte. »Vielleicht merkst du dir für die Zukunft, dass sich jeder meiner Männer sehr wohl bemerkbar machen kann. Allerdings verstehe nur ich sie. Hier oben.« Er tippte sich grinsend an den verfaulten Schädel. »Doch zu meinem Bedauern hast du keine Zukunft mehr, meine Schöne. Und ihr anderen leider ebenfalls nicht. Macht sie nieder, Männer!«

Fi wirbelte herum und zertrümmerte einem der Knochenmänner mit einem gezielten Pfeil den Schädel. Noch während die Schauergestalt klappernd in sich zusammenfiel, jagte Dystariel zu der Kette über dem Kessel empor und sprang von dort aus auf die Galerie. Ein schiefer, hässlicher Laut hallte von den Wänden, als sie und Eisenhand aufeinander prallten und die Krallen der Gargyle über den gepanzerten Arm des Piraten schrammten. Magister Eulertin erzeugte kurzerhand eine Druckwelle, die gleich zwei der Skelette zu einer Wolke aus Knochenmehl und Beinsplittern zermalmte. Auch Koggs reagierte sofort. Wie ein Sturm fuhr er unter die Knochengestalten vor ihm und kreuzte mit ihnen die Klingen. Gleich beim ersten Angriff hackte er einem der Skelette ein Bein ab. Bevor es sich wieder erheben konnte, gab ihm Fi mit einem weiteren Kopfschuss den Rest.

Kai taumelte zurück zu einem der Tische, während über ihm zersplitterte Knochen zu Boden prasselten. Der Magister hatte zwei weitere Gerippe kurzerhand zur Decke emporgewirbelt. Auch dem Jungen näherte sich nun einer der untoten Seemänner.

Auf einmal hallte ein wütendes Summen von den Wänden des Gewölbes.

Aus einem der Eingänge schwirrte zu Kais Entsetzen ein ganzer Schwarm Hornissen heran, der sich zornig auf den Däumlingszauberer warf. Es mussten fünfzig oder sechzig sein. Der Magister wirbelte überrascht herum und kam gerade noch dazu, sich mit einer Wand aus flirrender Luft zu umgeben, als er auch schon unter dem Ansturm der zornigen Insekten begraben wurde. Die brummende und summende Hornissenwolke tänzelte wie trunken durch die Luft.

Woher kamen die verdammten Biester?

Kai wich dem Schlag seines Gegners aus und verlor dabei seine Laterne, die den Raum nun in gleißendes Silberlicht tauchte. Kurzerhand hechtete er unter einen der Labortische und stieß diesen um. Überall am Boden polterte und rumpelte es. Das Skelett kletterte unbeeindruckt über das Hindernis hinweg und schlug erneut zu. Kai fühlte, wie die Klinge seinen Kopf nur um Haaresbreite verfehlte, dann warf er der Knochengestalt einen Tontopf an den Schädel, der zerschellte und die Kreatur in eine Aschewolke einnebelte.

Doch bei allen Moorgeistern, was war das? Über ihnen an der Decke huschte ein schwarzer Schatten entlang. Er glitt von Nische zu Nische und schien lauernd auf Eulertin herabzustarren.

Kai kam nicht dazu, das seltsame Ding weiter zu beobachten. Mit einem Mal regnete es überall um sie herum erstarrte Hornissen. Unglücklicherweise sollte es noch eine Weile dauern, bis Eulertin die zornig summende Insektentraube abgeschüttelt haben würde.

Fi und Koggs standen inzwischen Rücken an Rücken und erwehrten sich mit blitzenden Klingen der knöchernen Übermacht.

Auch oben auf der Galerie wurde unerbittlich gekämpft. Dystariel hing noch immer mit ausgebreiteten Schwingen an der schmalen Brüstung und hämmerte mit ihren Krallen unbarmherzig auf Eisenhand ein, der sich seinerseits mit wuchtigen Schlägen seines Mondeisenarms zur Wehr setzte.

Überraschend zog der Finstere hinter seinem Rücken etwas Grünes hervor. Kai erkannte es sofort! Es handelte sich um das Netz aus Nixenhaar, das die beiden elenden Kopfgeldjäger im Hafen erworben hatten. Bevor Dystariel es verhindern konnte, warf Eisenhand es über seine Gegnerin, die sich hoffnungslos darin verhedderte. All ihre Kräfte versagten gegenüber der Macht des Zauberhaars. Das Netz schloss sich sogar immer fester um sie. Der Pirat holte weit mit seiner Faust aus und hämmerte gegen den Kopf der Gargyle. Dystariel stürzte hilflos in die Tiefe und zermalmte eines der Skelette unter sich. Eisenhands Gelächter hallte von den Wänden wider.

Dystariel war ausgeschaltet, der Magister in einen Kampf mit dem Hornissenschwarm verstrickt, Fi und Koggs gerieten zunehmend in Schwierigkeiten und auch Kais Gegner hatte den Jungen inzwischen wieder entdeckt. Kai wusste, dass er etwas tun musste. Dringend.

Zornig streckte er seine Hände aus und intonierte die elementare Formel. Mit einem Puffen erschien vor ihm der Feuerwusel.

»Was kann ich für Euch tun, Herr?«, prasselte das Elementar.

»Greif an!«, befahl Kai und deutete auf das Skelett vor sich.

Mit schrillem Fauchen verwandelte sich die glosende Gestalt in einen Feuerball und raste als sprühender Kugelblitz auf den Untoten zu. Der schlug hilflos nach dem Geschoss, das im nächsten Moment in seinem Brustkasten explodierte. Kais unheimlicher Angreifer brach vor seinen Augen einfach entzwei und krachte mit klappernden Gliedern auf den Steinboden.

Kai schluckte. Sogleich ließ er einen weiteren Feuerwusel erscheinen. Und dann noch einen. Die Anstrengung trieb ihm den Schweiß auf die Stirn.

Zwei weitere Kugelblitze jagten im Zickzack durch das Gewölbe. Einer fegte auf Eisenhand zu, der andere hingegen stob hinauf zu dem unheimlichen Schemen an der Decke. Der Schatten glitt davon und war bereits aus der Tür, als der Kugelblitz explodierte. Eisenhand hingegen warf sich zur Seite und schleuderte den Feuerball reaktionsschnell mit dem Arm aus Mondeisen zur Seite. Auch diese Flammenkugel zerstob in einem harmlosen Funkenregen.

Der Blick des Piraten erfasste ihn. Jähes Begreifen lag darin.

»Du also!«, röhrte er zornig. »Ich hätte es wissen müssen! Du wirst jetzt sterben, Junge! Sterben!«

Da jagte eine heftige Druckwelle durch den Raum, die nicht nur die Gläser und Gefäße an den Wänden zersplittern ließ, sondern auch Kai, Eisenhand und alle anderen Kämpfer von den Füßen riss.

Neben dem Kessel schwebte Magister Eulertin. Der Däumlingszauberer hatte sich mit einem mächtigen Zauber von den Hornissen befreit und wurde jetzt von einem eisblauen, majestätisch wirkenden Licht eingehüllt.

»Mit wem arbeitest du zusammen, Eisenhand?«, brüllte der Magister zur Galerie empor. Gleich drei wirbelnde Lufthosen erschienen im Gewölbe. Zwei von ihnen schmetterten die restlichen Skelette gegen die Wände, die dritte jagte nach oben und erfasste den Piraten, bevor dieser fliehen konnte. Mehrfach schleuderte der Luftgeist den Piraten gegen die Decke, und diesmal hatte Eisenhand den Gewalten nichts entgegenzusetzen.

Kai sah erleichtert mit an, dass Fi und Koggs wieder auf die Beine kamen. Außer einer blutigen Schramme am Oberarm schien die Elfe keine Verletzungen davongetragen zu haben.

»Sag es mir«, befahl Eulertin mit eisiger Stimme, »denn in wenigen Augenblicken werde ich deinem Unleben ein Ende bereiten!«

Eisenhand hing kopfüber an der Decke und spuckte angewidert eine Made aus. »Dann sterben wir eben zusammen, kleiner Zauberer! All das hier brauchen wir sowieso nicht mehr!«

Sein Panzerarm glühte in feurigem Schein auf und ein Zittern ging durch die Wände des Gewölbes. Von irgendwoher war lautes Gurgeln und Rauschen zu hören und im nächsten Moment stürzten gewaltige Wassermassen aus den Gängen in die Hexenküche.

»Fluttore!«, brüllte Koggs. »Eine Falle!«

Kai schrie, griff nach seiner Laterne und versuchte auf eine der Truhen zu flüchten. Doch er kam nicht weit. Die Wassermassen rissen ihn um. Knirschend erbebten die Steinplatten und am Boden gähnten überall dunkle Löcher. Es wurden immer mehr. Der Fußboden brach ein!

Kai spürte noch, wie die Fluten an ihm zerrten, dann verschlang ihn die Tiefe.

Die Schattenkriege

Das Erste, was Kai hörte, als er wieder zu sich kam, war das Rauschen eines Wasserfalls. Jeder Knochen tat ihm weh und seine linke Gesichtshälfte brannte wie Feuer. Er stöhnte benommen und stemmte sich hoch. Unter sich spürte er Schlamm, Kies und spitze Steine. Seine Kleider waren vor Feuchtigkeit klamm und seine Augen mussten sich erst an das flackernde Licht um sich herum gewöhnen. Einige Schritte entfernt ragte die Irrlichtlaterne aus dem Boden, die inmitten der Finsternis eine silbrig leuchtende Insel schuf. Auch sie war halb von Schlamm begraben.

Kai blickte auf. Über ihm spannte sich eine niedrige Felsdecke, die, soweit er zu blicken vermochte, in die Dunkelheit ragte. Wo nur kam das Rauschen und Gurgeln her? Erst jetzt nahm Kai die Ströme dunklen Wassers wahr, die sich nur unweit von ihm entfernt ein breites Bett in den Schlamm gegraben hatten und plätschernd in die Tiefe abflossen. Kai starrte hinauf in die Richtung, aus der das Wasser kam, und entdeckte am äußersten Rand des Laternenscheins, dass sich die Höhlendecke weiter oben zu einer Art Grotte aufspannte. Aus einem Schacht an der Decke der Felshöhlung prasselten noch immer Kaskaden von Wasser. Ohne Zweifel war er dort aufgeschlagen und dann hinuntergerollt.

»Junge, du lebst! Allen Schicksalsmächten sei gedankt!«

Kai blickte über die Schulter und sah, dass nicht weit von der Laterne entfernt Magister Eulertin über dem Schlick schwebte. Die Kleidung des Däumlingszauberers wirkte etwas ramponiert, doch davon abgesehen schien es ihm gut zu gehen. Der Zauberer flog sichtlich erleichtert zu ihm.

»Wo sind wir hier?«, krächzte Kai.

»Tief unter den Gewölben der Hammaburg. Sehr tief!«

»Wo sind die anderen?«, keuchte Kai und stieß mit dem Kopf gegen die niedrige Felsdecke. Schmerzhaft verzog er das Gesicht. »Und was ist mit Eisenhand?«

»Ich musste mich entscheiden«, klagte Eulertin. »Als das Wasser kam und die Kammer in sich zusammenbrach, habe ich meine drei Luftelementare angewiesen, sich um dich, Fi und Koggs zu kümmern. Sonst hättet ihr den Sturz vermutlich nicht überlebt. Koggs ist weiter unten und kümmert sich um Fi. Dystariel müssen wir noch finden. Ich vermute, die Fluten haben sie mitgerissen und an einen Ort weiter unten getragen.«

»Fi geht es gut?«

»Ja, mir geht es gut, Zauberlehrling«, ertönte eine sanfte Stimme.

Schräg unter Kai und Magister Eulertin schälten sich zwei Gestalten aus dem Dunkel. Es waren Koggs und die Elfe. Der Klabauter watete stampfend durch den Schlamm und bedachte die Felsdecke knapp über seinem Kopf mit saftigen Flüchen. Fi hingegen ging stark geduckt und hatte Mühe, auf der Schlammebene voranzukommen. An der Hüfte baumelte ihr Köcher. Es steckten nur noch wenige Pfeile darin, den Bogen hatte sie offenbar verloren. Auch das Kopftuch war ihr entrissen worden und so stand ihr das schulterlange Haar in feuchten Strähnen vom Kopf.

Koggs zerrte die Irrlichtlaterne aus dem schlammigen Boden. Wütend hob er die Leuchte und sah, dass von oben immer noch Wasser herabstürzte.

»Krakendreck!«, zürnte er. »Es wird noch einige Stunden dauern, bis wieder Ebbe ist. So lange wird da wohl noch ordentlich Wasser runterkommen.«

»Ich schätze, du hast Recht«, stimmte ihm der Däumlingszauberer missmutig zu. »Der Schacht in der Decke dieser Höhlung wurde künstlich angelegt. Und soweit ich das bei unserem Sturz erkennen konnte, ist er noch nicht allzu alt.«

Kai, der seinen Blick nur mit Mühe von Fi lösen konnte, runzelte die Stirn. »All die Mühe, um diese Hexenküche mit dieser Wasserfalle auszustatten?«

»Nein, ganz sicher nicht.« Der Däumling hatte Schwierigkeiten, gegen das Rauschen und Prasseln der Wassermassen anzuschreien. »Der Schacht da hinten muss noch zu Finsterkrähes Lebzeiten angelegt worden sein.«

»Was bedeutet, dass der Hexenmeister hier unten etwas Bestimmtes vorhatte«, unterbrach ihn Fi. Die Elfe schüttelte jetzt ihr Haar aus.

»Ja, vielleicht«, antwortete Eulertin und wandte sich wieder zu seinen Gefährten um. »Kommt, lasst uns zunächst einmal Dystariel suchen. Sie ist noch immer in diesem verfluchten Netz gefangen. Ohne unsere Hilfe wird es ihr nicht möglich sein, sich zu befreien.«

Kai und Fi warfen sich stumme Blicke zu.

»Magister«, hob Kai ernst an. »Wenn ich mich nicht irre, handelt es sich bei diesem verfluchten Netz um jenes, mit dem Schinnerkroogs Kopfgeldjäger versucht haben, Fi einzufangen. Ich frage mich, wie es so plötzlich in den Besitz von Eisenhand kommt.«

»Das wird ein Nachspiel haben«, fluchte Eulertin. »Und nun lasst uns aufbrechen.«

»Und Eisenhand?«, fragte Kai.

»Der Elende ist nicht hier unten«, schnaubte Koggs. »Wäre er es, würde ich ihn spüren. Sieht so aus, als sei er uns wieder einmal entwischt. Wenigstens haben wir unter seiner Mannschaft ordentlich aufgeräumt.«

»Das Glück wird ihm nicht ewig hold sein«, versicherte die Elfe und strich sich kampflustig das Haar hinter die Spitzohren. »Und nun, lasst uns dieses ... Ungeheuer suchen. Ich hoffe, Magister, Dystariel ist es wert.«

Koggs spuckte in den Schlamm, übergab Kai die Laterne und folgte Fi die Schräge hinab.

Kai sah zu Eulertin auf. Der Däumlingszauberer presste unglücklich die Lippen aufeinander. Er wollte den beiden gerade folgen, als ihn der Junge zurückhielt.

»Magister«, flüsterte er. »Sagt mir ehrlich: Kann man Dystariel wirklich trauen? Sie sprach doch selbst davon, dass sie ein Geschöpf Morgoyas sei.«

»Junge«, sagte der Däumlingszauberer geduldig. »Gehe nie nach dem äußeren Schein. Denke stets daran, dass in jedem Freund ein Monster stecken kann. Aber in manchem Monster eben auch ein guter Freund. Du müsstest das selbst am besten wissen, oder?«

Kai nickte und kam sich unendlich töricht vor. Abermals hielt er den Däumling zurück. »Da ist noch etwas«, flüsterte er. »Während des Kampfes. Da war so ein Schatten. Er hing unter der Decke dieser Hexenküche. Ich weiß nicht, aber er wirkte irgendwie … böse.«

Der Magister fuhr sich grüblerisch über den Backenbart. »Dann war da also doch etwas?«, murmelte er. »Ich habe es ebenfalls fühlen können. Auch darum werden wir uns noch kümmern. Du hast dich heute übrigens gut gemacht, Junge! Deine kleine Improvisation dort oben war sehr geschickt. Ich bin sehr stolz auf dich, auch wenn unsere Gegner nun über dich Bescheid wissen. Das Geheimnis der letzten Flamme – ich befürchte, es ist nun keines mehr.«

Eulertin wandte sich ab und Kai verzog missmutig das Gesicht. Das mit der letzten Flamme bereitete ihm großes Unbehagen. Es konnte einfach nicht sein. Die Welt war groß. Da draußen musste es einfach noch einen anderen Feuermagier geben.

Rasch folgte er dem Zauberer die dunkle Schlammebene hinunter. Fi und Koggs schienen in der Dunkelheit besser sehen zu können als er, denn sie hatten sich inzwischen bis zum äußeren Rand des Lichtkreises seiner Laterne vorgewagt. Beide waren dem Lauf der Wasserströmung gefolgt, die sich tief in den weichen Untergrund gegraben hatte. Und allmählich hob sich die mächtige Felsendecke.

»Seht euch das an!«, hallte ihnen Fis melodische Stimme entgegen.

Kai rutschte im Schlick an einem großen Findling vorbei und hatte Mühe, seine unsanfte Talfahrt zu stoppen. Platschend landete er in einer weiteren Grotte, die mit Wasser gefüllt war, das ihm bis zur Hüfte reichte. Die Höhle war gute fünf Schritte hoch und erstreckte sich sicher zwanzig Schritte in die Breite. Beständig war das Sprudeln und Strömen des Elbwassers zu hören. Hier unten sammelte es sich, um dann durch einen breiten Felsspalt an der jenseitigen Höhlenwand weiter in die Tiefe zu fluten. Doch viel interessanter war, was direkt vor ihm stand.

Im Licht der Laterne erkannte er einen Pfeiler aus Granit, der sich lotrecht bis zur Höhlendecke erhob. Er war offensichtlich nicht natürlichen Ursprungs und machte einen archaischen Eindruck. Und er hatte einen Schönheitsfehler: Von oben nach unten lief ein tiefer Riss durch das Gestein.

Gemeinsam mit seinen Gefährten trat Kai an den gewaltigen Pfeiler heran und betrachtete die wundersamen Petroglyphen und Zauberrunen, die sich an den Außenseiten entlang bis nach oben zur Spitze wanden.

»Bannzeichen! Äußerst machtvoll«, rief Eulertin gegen das Rauschen und Schäumen des Wassers an. »Aber die Macht dieses Steins wurde gebrochen.«

Kai hob die Laterne an. In ihrem Licht entdeckte er auffallend oft die Abbildung eines klumpigen Auges mit fünf dicken Wimpern. Waren das überhaupt Wimpern?

»Und das ist noch nicht alles. Seht doch!«, rief Koggs. Kai hatte Mühe, den Klabauter zu finden, da nur dessen Kopf aus dem Wasser ragte. Der Seekobold befand sich inzwischen auf der anderen Seite des riesigen Steinpfeilers und bedeutete Kai, ihm zu leuchten. Kai umrundete den großen Monolith und warf einen Blick auf das, was Koggs gefunden hatte. Dicht unter der Wasseroberfläche lagen gewaltige Kettenglieder. Sie schienen, sah man von den funkelnden Einsprengseln ab, ebenfalls aus Granit zu bestehen, hatten fast die Dicke eines Baumstammes und waren irgendwo am Fuß des Pfeilers verankert. Die Glieder führten zu jenem breiten Felsspalt, über den das Wasser weiter in die Tiefe rauschte. Doch auf halbem Weg war die Kette zerbrochen.

»Bei allen Schicksalsmächten!«, wisperte der Däumlingszauberer erschrocken. »Dann ist es also wahr!«

»Was?«, fuhr Kai hoch.

»Diese Kette besteht aus Titanenerz«, antwortete Fi an des Magisters Stelle. Auch sie hatte ihre Augen weit aufgerissen. »Die Riesen haben sie in den Schattenkriegen gefertigt, damit die Paladine des späteren Königs Sigur Drachenherz jene Kreaturen binden konnten, die drauf und dran waren, die Ordnung der Welt zu zerstören.«

»Schon wieder diese Schattenkriege!«, stieß Kai aufgebracht hervor und erinnerte sich an die Bemerkung des Magisters auf dem Rathausmarkt. »Was waren das für Kriege?«

»Das ist über tausend Jahre her«, seufzte der Däumling unheilvoll. »Damals waren die Stadtstaaten, Königreiche und Fürstentümer des Landes noch zu einem großen Kaiserreich vereint. Kaiser Kirion, den ihr Menschen ›den Löwen‹ nennt, gebot über ein Imperium, das sich vom heutigen Albtraumgebirge bis zur Küste erstreckte. Die fernen Dschinnreiche waren gerade erst entdeckt worden, alle drei Jahre wurde eine neue Stadt gegründet und Kunst und Handel erblühten wie nie zuvor. Doch Kirion war ein Mann von großem Ehrgeiz und besessen davon, Ruhm und Taten seiner Vorväter zu übertreffen. Er verbündete sich daher mit den Zwergen und versuchte sein Reich noch weiter nach Osten auszudehnen. Zunächst ging dies gut, doch dann stieß die vereinigte Streitmacht auf ein gewaltiges Heer der Trolle. Es gelang ihnen, diese bis zum Riesengebirge zurückzudrängen. Dort wendete sich das Schlachtenglück. Die Trolle baten den uralten Drachenkönig Pelagor um Hilfe, der damals noch über Albion herrschte. Jenseits des Nordmeeres, aber auch in den Gebirgen des Ostens und des Südens, erhoben sich daraufhin die Lindwürmer. Sie trugen den Krieg tief in das Herz des Kaiserreiches hinein. Insbesondere belagerten sie die Bergwerke der Zwerge. Ohne deren Kriegsgerät stand das vereinigte Heer der Menschen und Zwerge den Trollen und Drachen hilflos gegenüber. Kirions Streiter fielen zu tausenden. Das Reich war zu diesem Zeitpunkt längst dem Untergang geweiht. Städte und Dörfer brannten und jeder versuchte, seine eigene Haut zu retten. Vor allem den Landesfürsten war daran gelegen, die Kriegswirren dazu zu nutzen, ihre eigene Macht auszudehnen. Und so führten sie Kriege untereinander, statt den Drachen und Trollen entgegenzutreten. Sicher hofften manche von ihnen darauf, das Kaiserhaus selbst beerben zu können. Sie waren Narren. Alle. Sie ließen sich mit zweifelhaften Zauberern ein, die in Wahrheit danach strebten, die Zukunft nach ihren eigenen Plänen zu formen. Allen voran der finstere Zaubermeister Murgurak, genannt ›der Rabe‹. Er war es, der im Gebirge des Südens, dem heutigen Albtraumgebirge, die Schattenklüfte öffnete und aus den Dämonenpforten neun gewaltige Urwesen heraufbeschwor. Doch diese Ungeheuer machten keinen Unterschied zwischen Freund und Feind. Sie walzten über das Gebirge hinweg, verheerten Städte und Wälder und vergifteten die Flüsse und das Meer.«

»Wie wurden sie aufgehalten?«, fragte Kai atemlos.

»Mithilfe der Feen und Elfen«, wisperte Fi. »Und einem Helden namens Sigur Drachenherz. Manche glauben, er sei der Sohn von Kaiser Kirion gewesen. Andere sagen, er war nur ein Ritter seines Gefolges. Wie auch immer, er war ein Drachentöter. In den Tagen des Krieges gelang es ihm mithilfe seines Zauberschwertes Sonnenfeuer, Fafnir, den Sohn des Drachenkönigs Pelagor, zu bezwingen. Daher sein Beiname. Er rief die Elfenvölker und die Feenkönigin Berchtis um Beistand an und schwor ihnen, alles in seiner Macht Stehende zu tun, um das Unheil von der Welt abzuwenden. Daraufhin sammelte er weitere Helden jener Tage um sich und unterstützt von Elfenkönig Avalaion schloss er ein Bündnis mit den Riesen. Unter seiner Führung trat das neu geschmiedete Heer aus Rittern, Elfen, Feen und Riesen dem Hexer Murgurak, dem Raben, entgegen. Sie besiegten ihn und, so heißt es, ketteten die neun Ungeheuer an den Urgrund der Welt.«

»Drachenherz?«, flüsterte Kai nachdenklich. »Herrschte nicht auch ein Drachenherz über Albion, bis Morgoya die Macht ergriff?«

»Richtig«, schnaubte Koggs. »Ein Nachfahre von Sigur Drachenherz. Es scheint, dass auch seine Nachfahren den alten Fluch nicht losgeworden sind.«

»Welchen Fluch?«, fragte Kai.

»Nun«, nahm Eulertin den Faden auf. »Der Fluch von Murgurak, dem Raben. Jenem Hexer, der die neun Ungeheuer einst aus den Schattenklüften rief und dem Albtraumgebirge seinen Namen gab. Es heißt, dass der Hexer kurz vor seinem Tod Drachenherz und seine gesamte Familie verflucht habe. Schon bald sollte dieser Fluch seine Wirkung zeigen. Denn am Ende der Schattenkriege setzte Drachenherz mit dem Rest seiner Streiter nach Albion über, um auch den rachsüchtigen alten Drachen Pelagor zu besiegen. Im Gegensatz zu den Trollen, die sich später auf die Seite der neuen Allianz aus Menschen, Zwergen, Elfen und Feen gestellt hatten, plante Pelagor, den Sieger der schicksalhaften Auseinandersetzung als lachender Dritter zu beerben. In Albion angekommen berief Drachenherz den Rat der Sonnenmagier ein, einen Bund der mächtigsten Feuermagier jener Zeit. Mit ihnen im Gefolge brach er zu Pelagors Hort auf, wo sich Drachenherz dem alten Drachen stellte. Dort zeigte sich der Fluch Murguraks zum ersten Mal. Sonnenfeuer, Drachenherz' stolzes Schwert aus Mondeisen, das einst von Zwergen geschmiedet worden war, zerbrach. Pelagor wurde zwar nicht getötet, sondern nur verletzt, doch er musste sich geschlagen geben. Es gelang ihm zu fliehen und er soll heute noch an einem verborgenen Ort leben. Der unglückliche Sigur Drachenherz aber wurde von Pelagors Drachenfeuer verbrannt. Seine Nachfahren blieben auf der Insel und begründeten das Königreich Albion. Leider war in den nachfolgenden Jahrhunderten zumindest den männlichen Thronfolgern des Geschlechts der Drachenherz' stets Unglück beschieden. Sie wurden Opfer von Flüchen und seltsamen Todesfällen. Krankheiten rafften sie dahin oder sie erlitten manch anderes übles Schicksal. Der Thron wurde daher nur noch an die weiblichen Nachfahren weitergegeben. So lange, bis es keine Thronerbin gab.«

»War es bei dem letzten Drachenherz so?«

»Ja und nein«, erklärte Fi. »Er war tatsächlich der einzige männliche Thronfolger Albions. Aber er hatte eine Cousine aus einer illegitimen Verbindung seines Großvaters. Ihr Name war Morgoya. Morgoya hatte es nie verwunden, bei der Thronfolge übergangen worden zu sein. Und so griff sie zu fürchterlichen Mitteln, um die Krone zu erlangen, die ihr ihrer Meinung nach zustand.«

Kai dachte über all die Eröffnungen nach. In Lychtermoor wusste man von diesen Dingen kaum etwas. Oder man verdrängte die Sagen und Legenden der alten Zeiten ganz bewusst, weil sie zu schrecklich waren. Er erinnerte sich wieder an jenen König Albions, von dem ihm Eulertin berichtet hatte. Jener Herrscher, der unter dem Werwolffluch litt und nur durch das Herz der nachtblauen Stille geheilt werden konnte. Wahrscheinlich hatte Koggs Recht. Es war sicher kein Zufall, dass Morgoya die Macht über Albion hatte an sich reißen können, als mit dem letzten Drachenherz wieder ein männlicher König über die Insel herrschte. Offenbar war der alte Fluch tatsächlich noch wirksam. Doch diese Geschichtslektionen halfen ihnen in ihrer gegenwärtigen Lage nicht weiter. Außerdem begann er zu frieren.

»Und was hat es jetzt mit diesen Ketten auf sich?«, fragte Kai geradeheraus. »Heißt das, hier irgendwo lauert eines dieser neun Monster?«

Gespannt blickten auch Fi und Koggs den Magister an. Der aber schwieg, schürzte die Lippen und schwebte näher an den gespaltenen Monolithen heran, um den Riss im Gestein genauer zu studieren.

»Vielleicht«, antwortete er zögernd. »Es gibt da eine alte Legende ...«

»Nur heraus damit«, brummte Koggs. »Schlimmer als damals, als ich im Maul von diesem Riesenwal gefangen war, kann es ja wohl kaum werden. Hatte ich schon erzählt, wie ...«

»Pssst!«, zischte Fi. »Also, welche Legende?«

»Vom Hammar!«, sprach Eulertin leise. »So war der Name eines dieser Ungeheuer, das Murgurak aus den Schattenklüften heraufbeschworen hatte. In alten Schriften, die die Schattenkriege überdauert haben, heißt es, dass über dem Kerker des Hammars eine Burg errichtet wurde, um ihn für alle Zeit zu bewachen. Gut möglich, dass dies die Hammaburg war und dass sie von diesem Ungeheuer ihren Namen hat.«

»Wunderbar«, schnarrte der Klabauter und deutete auf die gesprengte Kette. »Soll uns das hier sagen, dass dieser Hammar entkommen ist?«

»Nicht unbedingt«, mischte sich Kai ein. »Magister, erinnert Ihr Euch, dass Ihr mir sagtet, dass Morbus Finsterkrähe Eurer Ansicht nach versucht habe, ein schreckliches Wesen zu wecken, das Hammaburg zerstören sollte?«

»Ja, ich begreife, worauf du hinauswillst«, antwortete der Zauberer langsam.

Koggs' und Fis Augen weiteten sich entsetzt.

Der Magister atmete tief ein und versuchte seine Gefährten zu beruhigen. »Vielleicht war das Finsterkrähes Plan. Aber es ist ihm ganz offensichtlich nicht gelungen. Denn wäre dem so, stünde Hammaburg heute nicht mehr.«

Fi sah sich argwöhnisch um und fasste sich an die Brust. Dorthin, wo sie ihr Amulett aus Mondeisen verbarg. »Wir sollten uns also darauf gefasst machen, dass dieser Hammar hier irgendwo lauert!«

»Und nicht nur das«, spann Kai aufgeregt weiter. »Vielleicht arbeiten Schinnerkroog und Eisenhand immer noch an diesem Ziel.« Für ihn stand längst fest, dass der Erste Ratsherr ein Bundesgenosse Finsterkrähes war. »Ja, vielleicht dient alles, was sie bislang getan haben, einzig dem Zweck, den Hammar zu befreien?«

»Nicht so voreilig, Junge. Das muss sich erst noch erweisen«, antwortete der Däumling.

»Ach, alles Bilgendreck!«, krähte Koggs und zückte tatendurstig sein Entermesser. »Lasst euch nicht Bange machen. Wir sind genau dort, wo wir hingehören. Suchen wir weiter nach dieser Gargyle und lasst uns meinen ungezählten Abenteuern meinethalben ein neues hinzufügen: Koggs Windjammer, der Bezwinger des schrecklichen Hammar! Ich finde, das klingt nicht schlecht.«

Kopfschüttelnd sahen Kai, Fi und Magister Eulertin dem Klabauter nach, wie dieser durch das Wasser auf die dunkle Spalte zustapfte. Dann folgten sie ihm.

Schrecken der Tiefe

Das Wasser in der Felsspalte sprudelte und schäumte. Zu Kais Leidwesen wurde der Sog immer stärker und er hatte zunehmend Schwierigkeiten, einen Halt zu finden. Jeden Augenblick konnten ihn die Fluten mit sich in die Tiefe reißen. Er sah, dass es Fi nicht besser ging.

»Koggs, so geht das nicht«, rief er. »Noch ein paar Schritte und wir können uns nicht mehr halten.«

»Dann sagt einfach was, ihr Landratten«, der Klabauter wandte sich um und zwinkerte Kai zu. »Der gute Koggs hat für jede Gelegenheit den richtigen Schluck dabei.«

Er zückte eine weitere Flasche, entkorkte sie mit den Zähnen und kippte den Inhalt ins Wasser. Die Fluten leuchteten grünlich auf und verloren an Kraft. Schon bald ähnelten sie mehr einem munter plätschernden Bach, denn einem reißendem Strom.

Kai hätte was darum gegeben, zu erfahren, woher der Klabauter all seine Zaubertränke nahm.

»Seht doch«, rief Fi aufgeregt. Sie deutete auf ein zersplittertes Regal aus der Hexenküche, das sich vor ihnen zwischen zwei vorstehenden Felsnasen verkantet hatte. An ihm hatte sich ihr Bogen verfangen. Zügig watete die Elfe auf ihre Waffe zu und fischte sie aus dem Wasser.

Nacheinander zwängten sie sich an dem verkeilten Möbel vorbei und folgten dem schräg nach unten verlaufenden Gang weiter in die Dunkelheit, wo sich nun ein Ausgang abzeichnete. Ein warmer, faulig riechender Luftzug strömte ihnen von dort entgegen.

Vorsichtig gingen sie durch die Öffnung und fanden sich auf einer Art großem, steinernem Balkon wieder, der in die Finsternis hineinragte. Das Wasser strömte beständig über sie hinweg, um sich an der Kante der Plattform in die Tiefe zu ergießen. Erst jetzt bemerkte Kai den unförmigen Brocken, der an ihrem Rand lag.

»Da seid ihr ja endlich!«, war Dystariels Stimme zu hören. Kai riss die Augen auf. Bei dem großen Brocken handelte es sich um die Gargyle. Sie war noch immer in dem grünen Netz aus Nixenhaar gefangen und wirkte wie ein großer Fisch, den man an Land gezogen hatte. Sie war nur dank einer buckeligen Felserhebung davor bewahrt worden, von den Fluten einfach über die Felskante gerissen zu werden.

Koggs und Fi eilten zu ihr und begannen damit, das Netz aufzuknüpfen. Kai indes trat an die Seite Eulertins und hob die Laterne.

Der Anblick, der sich ihnen bot, war überwältigend.

Die steinerne Plattform ragte in eine Höhle von gigantischen Ausmaßen hinein, deren Ende nur schwach zu erahnen war. Direkt zu ihren Füßen war ein tiefer Abgrund auszumachen, aus dem jene warme, faulige Luft strömte, die Kai vorhin schon gerochen hatte. Er konnte nicht erkennen, was sich dort unten befand. Nach alledem, was er vorher gehört hatte, wollte Kai das auch lieber gar nicht wisssen.

Auf Höhe ihres Zugangs zweigten sternförmig vier weitere dunkle Felsöffnungen in den Höhlenwänden ab. Vor jedem dieser Zugänge war eine steinerne Plattform zu erkennen, so wie jene, auf der sie standen. Aus den beiden Felsöffnungen weiter links von ihnen ragten straff gespannte Kettenglieder in die Tiefe, die sich in der Finsternis verloren. Ähnlich war es bei den beiden Öffnungen in der Höhlenwand weiter rechts, nur dass dort die Ketten geborsten waren und nur knapp über die Plattformen reichten. Ohne Zweifel handelte es sich auch hier um Ketten aus Titanenerz.

Kai schluckte. Der Abgrund vor ihm musste also so etwas wie ein Kerker sein. Rechnete man jene zerstörte Kette mit, die sie in der Höhle hinter sich entdeckt hatten, war, was unter ihnen lauerte, nicht mehr mit fünf Ketten, sondern nur noch mit zweien gefesselt.

»Wir müssen vorsichtig sein«, flüsterte Eulertin und entzündete den Saphir am Ende seines Zauberstabs. »Was auch immer sich dort unten befindet, es scheint zu schlafen. Und es ist nur noch unzureichend gefesselt. Finsterkrähe hat ganze Arbeit geleistet.«

Nicht weit von ihnen entfernt erhob sich jetzt die Gargyle und entfaltete ihre Schwingen. Wütend zischte sie das Netz zu ihren Füßen an, ergriff es und schleuderte es zornig hinter sich über die Felskante.

»Nicht, Dystariel!«, rief der Magister und sah dem grünen Netz nach, das bald außer Sicht war. Doch nichts passierte. Kai seufzte erleichtert.

Fi trat zu ihnen. »Wenn wir hier herauswollen, müssen wir versuchen, einen jener beiden Zugänge zu erreichen, aus denen die zerstörten Steinketten ragen«, flüsterte sie und deutete zu den beiden Schachtöffnungen rechts von ihnen.

Kai nagte zweifelnd an seiner Unterlippe. Die nächste Plattform war gut zehn Schritte entfernt, die andere mindestens zwanzig.

»Ich bin mir sicher«, fuhr die Elfe fort, »dass sich irgendwo hinter ihnen ebenfalls Stollen befinden, über die man wieder ans Tageslicht gelangt. Finsterkrähe muss die Orte, wo die übrigen Ketten verankert sind, doch ebenfalls irgendwie erreicht haben.«

»Ja, das klingt vernünftig.« Eulertin nickte und schwebte zu den anderen, um sie über den Plan zu unterrichten.

»Und wie kommen wir da rüber?«, brummte Koggs. »Die Schachtwände rings um uns herum sind ziemlich steil. Und ich sehe nichts, was wir als Brücke oder Kletterhilfe verwenden könnten.«

»Scheint, dass du heute doch noch einen Flug machst, kleiner Kapitän.« Dystariel kicherte heiser und bleckte belustigt ihre Reißzähne.

»Nur über meine Leiche!«, grunzte der Klabauter und zog seine rote Triefnase kraus. »Und Eure Luftwirbel, Geister und so, Magister, vergesst Ihr besser auch gleich. Ich fliege nicht. Auf gar keinen Fall fliege ich!«

»Koggs, du solltest ...« Weiter kam der Däumlingszauberer nicht. Denn in diesem Augenblick schoss ein gewaltiger Schleimklumpen aus der Tiefe und riss den winzigen Körper Eulertins mit sich. Die gelbliche Masse klatschte mitsamt dem Magister schwer gegen die Felswand. Die Luft stank widerlich nach Verwesung.

Kai wirbelte zu dem Däumling herum. Der wirkte inmitten des Schleims wie eine kleine Fliege, die von Bernstein umhüllt wurde. Das Licht seines Stabes erstarb.

»Runter!«, fauchte die Gargyle und riss die drei Gefährten kurzerhand zu Boden. Keinen Augenblick zu spät, denn schon flogen zwei weitere Schleimbrocken an ihnen vorbei und klatschten gegen die Decke des Zugangs hinter ihnen. Wie zäher Kleister tropfte die Masse nach unten und versperrte den Rückweg. Aus der Tiefe war das Rasseln von Steinketten zu hören.

»Bei allen Monstern der Tiefsee! Passt auf!«, Koggs, der am nächsten zur Felskante lag, deutete zur Höhlenmitte. Dort peitschten zwei gigantische Tentakel durch die Luft. Sie waren von blutroter Farbe und an den Seiten mit hunderten von Widerhaken übersät, von denen beständig zäher Schleim in die Tiefe troff. Fi spannte bereits ihren Bogen, als ein infernalisches Heulen durch die Höhle hallte. Das klagende Geräusch brach sich an den Wänden und brachte sogar die Plattform zum Zittern. Kai röchelte und presste sich gequält die Hände auf die Ohren. Aus den Augenwinkeln sah er, dass sich auch Fi und Koggs vor Pein krümmten. Kai taumelte einen Schritt nach hinten, stolperte und klatschte rücklings in eine Bodensenke.

Im nächsten Moment lag er unter Wasser. Jäh ebbte der Schmerz in seinem Kopf etwas ab. Kai begriff sofort, dass die Fluten den Lärm dämpften. Dennoch fühlte er, wie ihm nach und nach die Sinne schwanden. Auf gar keinen Fall war das ein Geheul, wie es ein gewöhnliches Tier ausstieß. Nein, dem verfluchten Schrei dieses Monsters wohnte eine Macht inne, die seinen Verstand zu umnebeln suchte. Es war so ähnlich … wie bei den Irrlichtern!

Der Schrei riss ab und Kai tauchte prustend wieder auf.

Fi und Koggs lagen bewusstlos neben ihm. Einzig Dystariel hielt sich noch auf den Beinen. Doch auch sie wankte bereits. Aus der Tiefe waren brodelnde Geräusche zu hören. Das Monster schöpfte offenbar Atem. Gleich würde das Heulen abermals losbrechen.

Verzweifelt kramte Kai nach seinem Bernsteinbeutel.

Bitte!, flehte er innerlich und hoffte, dass er sich auf die alte Gewohnheit seiner Großmutter verlassen konnte. Dann, endlich, ertasteten seine Finger, was er suchte: Mistelbeeren!

Noch vier von ihnen lagen inmitten des Bernsteinstaubs, der sich nass und verklebt am Boden des Beutels befand. Kai zögerte nicht, sondern stopfte sich zwei von ihnen in die Ohren. Keinen Augenblick zu spät. In diesem Moment hallte das grausame Heulen abermals von den Höhlenwänden wider. Es war noch immer fürchterlich, aber er spürte, dass die Zaubermacht von ihm abperlte. Kai jubelte innerlich. Die Mistelbeeren widerstanden dem Zauber!

Nur einen Schritt von ihm entfernt brach nun auch Dystariel zusammen. Röchelnd und mit trüben, geweiteten Augen starrte sie ihn an. Kai watete mühsam durch das Wasser auf die Gargyle zu und entnahm dem Beutel die letzten beiden Beeren. Rasch drückte er sie seiner unheimlichen Gefährtin in die knorpelartigen Auswüchse am Kopf. Dystariel blinzelte verwirrt.

In diesem Moment jagte ein gewaltiger Schatten heran: einer der Greifarme des Monsters. Der schleimige Tentakel wickelte sich um Koggs und zerrte den bewusstlosen Klabauter vom Felsen.

»Hilf ihm!«, schrie Kai der Gargyle zu. »Ich kümmere mich um die anderen!«

Dystariel fauchte und entfaltete kampfeslüstern ihre Schwingen. Mit einem gewaltigen Satz jagte sie über die Felskante.

Kai sah kurz zu Fi. Regungslos lag die Elfe neben einem Felsbrocken. Nein, sie musste warten. Es ging nicht anders.

Kai fischte die Waffe des Klabauters aus dem strömenden Wasser, watete zu der Felswand und säbelte damit an dem zähen Auswurf des Monsters, in dem der Däumling gefangen war. Der beißende Gestank ließ ihm schier die Sinne schwinden. Aussichtslos! Der Klumpen widersetzte sich hartnäckig seinen Befreiungsversuchen. Einer unwillkürlichen Eingebung folgend ließ Kai die Klinge fallen und griff nach seiner Flöte. Kaum berührte das Eichenholz den Schleim, zischte dieser auf. Verblüfft starrte Kai das Instrument an. Darüber würde er sich später Gedanken machen. Vorsichtig zog er den kleinen Körper des Magisters ins Freie. Eulertin war bewusstlos. Oder tot. Kai flehte alle Schicksalsmächte an, dass sie dem Magister beistanden. Schnell bückte er sich und spülte den restlichen Schleim vom Körper des Däumlings ab. Dann steckte er ihn vorsichtig in den Bernsteinbeutel. Kai achtete sogar darauf, dass dem Magister der winzige Zauberstab nicht entglitt.

Die Höhle hinter ihm war indes von tosendem Kampflärm und dem Aufprall wuchtiger Schläge erfüllt, die zitternd durch das Gestein liefen. Kai schaute sich um und entdeckte, dass Dystariel das Unmögliche gelungen war. Sie hatte dem Monster den Körper des Klabauters entrissen und jagte, Koggs in den Armen haltend, mit wuchtigen Flügelschlägen durch die Grotte. Im Zickzack flog sie mal hierhin und mal dorthin. Doch wo auch immer sie sich hinwandte, stets brach unter ihr einer der beiden schleimigen Fangarme aus der Tiefe und schlug nach ihr.

Schnell jetzt. Solange der Hammar abgelenkt war, galt es zu handeln. Kai watete geschwind durch das Wasser auf Fi zu, bückte sich und schlug ihr leicht gegen die Wange. Die Elfe stöhnte, kam aber nicht zu Bewusstsein. Eilig löste Kai seinen Gürtel. Er verhakte den Lederriemen in jenem seiner Gefährtin und schlang ihn anschließend wieder um seine Hüfte. Kurz prüfte er, ob die Last halten würde. Es musste einfach gehen.

In der großen Höhle war ein wütender Aufschrei zu hören. Kai fuhr herum und sah wie Dystariel frontal auf einen der beiden Fangarme zuhielt. Was tat sie da? Im letzten Moment brach die Gargyle zur Seite aus und erst jetzt erkannte Kai, was sie vorhatte. Sie nutzte ihren Schwung, um Koggs tief in jene Felsöffnung mit einer der zerborstenen Ketten zu werfen, die von seinem Standort aus weiter entfernt lag.

Sofort war sie wieder dem Beschuss mit Schleim ausgesetzt. Der Auswurf des Hammars jagte auf die Felsöffnung zu, hinter der Koggs lag, und versiegelte auch diesen Fluchtweg. Dystariel hatte mit dieser Attacke offenbar nicht gerechnet, denn beim Versuch, den Schleimklumpen auszuweichen, geriet sie unversehens in die Reichweite eines der hin und her peitschenden Fangarme. Der monströse Tentakel jagte auf sie zu und wie von einer Ramme getroffen, krachte die Gargyle gegen eine der Schachtwände. Benommen trudelte sie in die

Tiefe und fing sich gerade noch rechtzeitig, bevor sie der nächste Fangarm erwischen konnte. Dystariel wirkte angeschlagen, und Kai spürte, dass sie seine Hilfe benötigte. Er musste den Hammar ablenken. Irgendwie.

Kurz entschlossen griff er nach seiner Irrlichtlaterne und schleuderte diese weit von sich in den Schacht hinein. Die Fangarme ließen von Dystariel ab und jagten dem hell erleuchteten Ziel hinterher. Ängstlich blickte Kai über die Felskante – und erstarrte angesichts dessen, was sich im Licht der herabsausenden Laterne aus der Dunkelheit schälte.

Auf dem Grund des Kerkers lauerte ein wahrhaft monströses Ungeheuer. Wie eine übergroße Qualle klebte es mit seinen fünf Tentakeln halb an der Schachtwand. Es schien ganz und gar aus Schleim zu bestehen, doch unter der halb transparenten Oberfläche waren pulsierende Adern und gewaltige Muskelstränge zu erkennen. Zwei der blutig roten Fangarme wurden von straff gespannten Ketten aus Titanenerz gehalten, die um mächtige Steinrollen am Untergrund geschlungen waren. Mit dem dritten Strang stützte sich das Monster am Boden ab, um mit den beiden übrigen Tentakeln nach dem Gegner über sich zu greifen. In der Mitte des Leibes befand sich ein gewaltiges Auge, das düster und unheilvoll zu ihnen heraufblickte. Nein, viel schlimmer noch: Der komplette Körper des widernatürlichen Ungeheuers schien ein einziges großes Auge zu sein!

Kai verbot sich, weiter über diese Entdeckung nachzudenken.

Die Laterne wurde von dem Hammar gegen die Wand geschmettert und setzte das Irrlicht frei. Wie ein unscheinbares

Glühwürmchen sauste das Flammenmännlein über dem Koloss durch die Luft.

Kai hoffte, dass ihn die Dunkelheit verbarg. Er schlüpfte aus seinen Stiefeln und entstöpselte den Spinnentrank. Ein allerletzter Schluck befand sich noch darin. Ohne mit der Wimper zu zucken, trank er das eklige Gebräu und warf das Fläschchen lässig hinter sich. Dann stemmte er die Elfe hoch und fasste die Felswand ins Auge.

Sich selbst Mut zusprechend, griff er nach einem Vorsprung und zog sich empor. Er ächzte unter der Kraftanstrengung. Fi war schwerer, als er gedacht hatte. Außerdem stach ihr Bogen in seinen Rücken. Immerhin reichte die Kraft des Spinnentranks aus, sie beide zu tragen. Gerade so eben. Denn hin und wieder lösten sich seine Hände und Füße vom Gestein und er musste sofort neuen Halt suchen. Er ignorierte auch das Zerren und Reißen in seinen Muskeln und Gliedern. Er musste es schaffen. Er durfte nicht aufgeben.

Während an seiner Hüfte Fis schlaffer Körper baumelte, hangelte er sich von Sims zu Sims und von Riss zu Riss. Da erbebte neben ihm die Schachtwand und seine Füße rutschten auf den klebrigen Fäden, die sie absonderten, von einem der Vorsprünge. Kai schrie auf und konnte sich nur durch ein gewagtes Manöver vor dem Absturz bewahren. Erst jetzt sah er, dass einer der Fangarme jene Plattform zerschmettert hatte, über die sie die Höhle betreten hatten. Große Gesteinsbrocken regneten in die Tiefe und prasselten auf den Leib des Hammars. Abermals erschütterte das unheimliche Geschrei des Monsters die Höhle. Kai hoffte, dass ihm die Mistelbeeren nicht aus den Ohren fielen. Wann immer er über die Schulter blickte, sah er Dystariel. Sie jagte unentwegt durch die Dunkelheit und versuchte, die Aufmerksamkeit des Monsters abzulenken. Doch wie lange würde ihr das noch gelingen?

Kai mobilisierte all seine Reserven. Dann war die Felsnase mit der geborstenen Steinkette erreicht. Kai zog sich mit letzter Kraft empor und wuchtete Fi neben sich. Keuchend blieb er auf der Plattform liegen. Weiter. Spürte dieses unheimliche Quallenmonstrum sie hier oben auf, wäre alles umsonst gewesen.

Wie aus heiterem Himmel sauste das Irrlicht aus der Tiefe empor und blieb tänzelnd neben ihm in der Luft hängen.

»Hau ab!«, schrie Kai. Doch das Feuerwesen gehorchte nicht. Ein dumpfes Heulen brandete aus der Tiefe empor und knapp neben Kai klatschte ein weiterer stinkender Schleimklumpen gegen die Schachtwand. Er duckte sich und schleppte sich und Fi an den gewaltigen Kettengliedern vorbei in die Felsöffnung hinein. Das Irrlicht folgte ihm und sauste tiefer in den Spalt. Kai konnte erkennen, dass der dahinter liegende Gang schräg nach oben führte. Und dort floss kein Wasser heraus. Ein weiteres Mal hörte er ein unheilvolles Platschen. Doch diesmal ein gutes Stück hinter sich. Der Auswurf des Monsters rann als dickflüssige Lache von der Decke und begann damit, auch diese Öffnung zu verschließen. Keinen Augenblick zu spät rauschte aus ihr ein großer Schemen hindurch: Dystariel.

Die Gargyle erreichte die Zuflucht in jenem Moment, als der dritte Schleimklumpen den Zugang traf. Sie wurde mitten im Flug getroffen und blieb bedeckt von der stinkenden Masse im Ausgang stecken. Dystariel fauchte, doch ihre Krallen vermochten gegen die zähen Fäden kaum etwas auszurichten. Kai löste seinen Gürtel und kam ihr mit seiner Flöte zu Hilfe. Als hielte er ein glühendes Messer in der Hand, schmolz er große Löcher in die Masse. Schließlich gelang es Dystariel, sich selbst zu befreien.

»Tapfer gekämpft, kleiner Zauberer.« Die Gargyle atmete rasselnd und stampfte auf Fi zu.

Aufgrund der Düsternis um sie herum konnte Kai nicht erkennen, ob seine unheimliche Gefährtin verletzt war. Immerhin war sie mindestens einmal von einem der Fangarme getroffen und gegen die Felswand geschleudert worden. Doch im Moment bereitete ihm das die wenigsten Sorgen.

»Was ist mit Koggs?«, rief er schwer atmend.

Die Gargyle hob Fis leblosen Körper auf und wandte sich kurz zu ihm um.

»Unser kleiner Kapitän ist jetzt auf sich allein gestellt«, zischte sie. »Wenn er meinen Wurf überlebt hat, wird er sich schon irgendwie an die Oberfläche kämpfen. Und nun mach Licht, damit wir etwas sehen können.«

Kai nickte schwach und griff zum Beutel. Zunächst einmal musste er Magister Eulertin befreien. Er bettete den Däumling auf seine Hand und hielt das Ohr dicht über ihn. Doch außer dem Wüten des Hammars in der Höhle hinter ihnen war nichts zu hören.

Erneut beschwor Kai einen Feuerwusel herauf.

»Leuchte uns!«, befahl er dem Feuermännchen, als es erschienen war. Und dann ergänzte er finster: »Und wenn sich uns etwas in den Weg stellen sollte, brenne es nieder!«

Der Schatten

Dystariel stieß die Luke am Ende des alten Brunnenschachts auf und kletterte ins Freie. Frische Luft drang in Kais Nase und dankbar füllte er seine Lungen. Am Himmel konnte man bereits die aufgehende Sonne erahnen.

Mit letzter Kraft ergriff er die letzte Sprosse und zog sich ebenfalls über den Brunnenrand. Erschöpft blieb er liegen und sah sich um. Soweit er erkennen konnte, befanden sie sich in einem verlassenen Innenhof. Doch er hatte keine Ahnung, wo genau sie herausgekommen waren. Es war ihm auch egal. Hauptsache, sie hatten die Oberfläche erreicht.

Noch immer schauderte es ihn bei dem Gedanken, was sie unter der Hammaburg entdeckt hatten. Sollten die Bewohner der Hafenstadt je erfahren, auf welchem Grund ihre Stadt errichtet worden war, Kai war sich sicher, dass es zu einer Massenpanik kommen würde.

Über ihm schwebte Magister Eulertin und sah sich wachsam um. Der Zauberer wirkte ziemlich mitgenommen. Sein schlohweißes Haar war zerzaust und an seiner Kleidung klebten noch immer Reste des gelben Schleims. Zu Kais großer Erleichterung war der Däumling schon recht bald während ihrer irrwitzigen Flucht durch unterirdische Gänge und Höhlen wieder zu sich gekommen. Tatsächlich hatte es nicht lange gedauert, bis er wieder handlungsfähig gewesen war. Ganz im Gegensatz zu Fi.

Die Gargyle legte sie direkt neben Kai ab und er konnte mit ansehen, wie sich der Brustkorb seiner Gefährtin schwach hob und senkte. Den Aufstieg hatte die Elfe nur mit Dystariels Hilfe bewältigt und ihre Gesichtsfarbe hatte einen Stich ins Grünliche angenommen.

»Alles in Ordnung?«, flüsterte er.

Fi nickte, griff schwach nach ihrem Bogen und schenkte ihm ein schiefes Lächeln. »Wir erholen uns von solchen Anstrengungen schneller, als es bei euch Menschen der Fall ist. Mach dir also keine Sorgen. Außerdem darf ich nicht eher ruhen, bis wir Koggs gefunden haben«, sprach sie und atmete tief die frische Luft ein.

»Du willst noch einmal da runter?« Kai starrte Fi entgeistert an.

»Nein. Ich kenne Koggs schon lange. Ich spüre, dass er lebt. Wenn er irgendwo hier oben herauskommt, werde ich ihn finden.«

»In Ordnung, Fi! Dystariel wird dir dabei helfen!«, erklärte Magister Eulertin und schwebte zu ihnen herab.

Kai konnte deutlich die Anstrengung spüren, die der Schwebezauber dem Däumling abverlangte. Sie alle hatten in der Tiefe ihr Letztes gegeben. Und sie konnten froh sein, dass sie noch lebten.

Die Gargyle knurrte leise im Hintergrund. »Dann müssen wir uns beeilen. Ihr wisst selbst, dass mich das Tageslicht schwächt. Lange werde ich euch nicht mehr nützlich sein können.«

»Entschuldige, natürlich«, murmelte Eulertin. »Dann nutze die Zeit und nimm dir die Hammaburg vor. Gut möglich, dass doch noch ein Zugang in der Ruine verborgen ist, den wir damals nicht entdeckt haben. Kai und ich werden derweil zurück in die Windmachergasse eilen. Ich spüre, dass die Zeit drängt. Eisenhand machte auf mich den Eindruck, kurz vor dem Erreichen seines Ziels zu stehen.«

»Ja, das vermute ich auch«, stimmte ihm Kai zu. »Sprach der Pirat nicht davon, dass er das Versteck unter der Burg nicht mehr benötige?«

»Richtig, genau das ist es, was mir Sorgen bereitet«, erklärte der Däumling. »Ich muss unbedingt noch einmal meine Bücher konsultieren. Inzwischen haben wir so viele neue Hinweise gefunden, dass es schon mit den Schatten zugehen muss, wenn ich nicht endlich herausfinde, was für ein Schurkenstück Mort Eisenhand plant. Schafft ihr es, wieder auf die Beine zu kommen?«

Kai und Fi nickten und stemmten sich hoch. Kai wünschte sich in diesem Moment nichts sehnlicher als ein heißes Bad und trockene Kleider. Nicht zuletzt vermisste er seine Stiefel, die er beim Kampf gegen den Hammar zurücklassen musste.

»Also, dann treffen wir uns spätestens kurz nach Sonnenuntergang bei mir in der Windmachergasse«, schlug der Zauberer vor. »Fi, du meldest dich natürlich, sollte es dir vorher gelingen, Koggs zu finden.«

Die Elfe nickte.

Dystariel breitete ihre Schwingen aus und stieß sich in den Nachthimmel ab. Kurz darauf war sie jenseits der Hausdächer verschwunden. Auch Fi verabschiedete sich und trottete erschöpft davon. Kai seufzte. Er bot dem Zauberer nun wieder seine Schulter an, ein Angebot, dass dieser angesichts seines desolaten Zustands gerne annahm.

Wenig später hatte Kai den Hinterhof mit dem alten Brunnenschacht verlassen, um sich mit Eulertins Hilfe durch das Straßen- und Gassengewirr zur Windmachergasse durchzuschlagen. Bäcker, Dienstmägde und die ersten Brauergesellen waren zu dieser frühen Stunde bereits auf den Beinen. Alles um sie herum deutete auf einen ganz gewöhnlichen Tag hin. Doch Kai erschien das frühmorgendliche Treiben wie eine Theaterkulisse, die nur mit Mühe das wahre Bild der Stadt überdecken konnte. Und dieses war in den Farben der Finsternis gemalt.

Endlich erreichten er und Eulertin die Straße der Windmacher. Erfreut eilte Kai auf das Haus des Zunftmeisters zu – und hielt erschrocken inne. Auch der Magister setzte sich alarmiert auf: Die Irrlichtlaterne über dem Eingang war verschwunden!

»Schnell, Junge!«, zischte der Däumling.

Kai schüttelte seine Erschöpfung ab und rannte auf das Gebäude zu. Nicht nur die Laterne fehlte, auch die Haustür stand einen Spaltbreit offen. Wachsam schob sich Kai in die Eingangshalle und entdeckte, dass der Boden mit losen Pergamenten und Glassplittern übersät war. Die Spur zog sich zur offen stehenden Tür der Studierstube hin, die selbst auf die Entfernung so aussah, als sei ein Sturm durch sie hindurchgebraust. Bücher und Glasgeräte aus den Regalen lagen auf dem Boden, der Lehnstuhl mit dem Haus des Däumlings war umgestürzt, ebenso wie einige Truhen, die kopfüber im Zimmer standen.

Eulertin jagte von seiner Schulter aus zu den drei ausgestopften Tierköpfen an der Wand der Eingangshalle. Die Augen des Hirsches, des Schwertfisches und des Stiers waren geschlossen.

»Irgendjemand hat es geschafft, die Hauswächter zu bannen!«, zischte Eulertin beunruhigt. »Der oder die Elende muss Kenntnis von der Animus-Formel haben. Sie ist eigentlich mir als Zunftmeister vorbehalten.«

In diesem Moment war in der Studierstube ein leises Geräusch zu vernehmen. Der Däumlingszauberer wirbelte herum und augenblicklich leuchtete das Ende seines Zauberstabes auf.

»Der Eindringling ist noch im Haus«, flüsterte er. »Ich spüre ihn. Bleib hier und rühr dich nicht von der Stelle!«

Im nächsten Moment glitt der Magister durch die Halle in Richtung Studierstube. Kaum war er außer Sichtweite, als Kai fühlte, wie sich seine Nackenhärchen aufstellten. Quiiiitsss? Vielleicht konnte ihnen der Poltergeist berichten, was geschehen war.

Kai drehte sich um und fuhr zusammen. Mit einem Fauchen jagte aus dem Erker ein dunkles Phantom auf ihn zu. Es glich einem menschlichen Schatten mit fahlen Augen und weit von sich gestreckten Armen.

»Magister!« Kai schrie und hechtete zur Seite. Ein bitterkalter Hauch streifte ihn, dann war das dunkle Etwas vorbei und an der Ausgangstür. Kai rappelte sich wieder auf und beschwor einen Feuerwusel. Doch aufgrund seiner geschwächten Kräfte erschien das Elementar viel zu spät. Als es sich materialisierte, war das Phantom längst auf die Straße entschwunden.

Etwas war seltsam an ihm gewesen. Nur was?

»Was ist los?«, war die Stimme des Magisters zu hören. Der Däumling sauste auf seinem Gänsekiel kampfbereit in die Halle zurück und sah sich alarmiert um.

»Der Eindringling!«, rief Kai. »Er ist eben an mir vorbei zur Tür. Er hatte sich im Treppenaufgang versteckt. Es war jener Schatten, den ich schon bei unserem Kampf unter der Ruine gesehen habe.«

Eulertin stieß einen leisen Fluch aus und sauste nun ebenfalls nach draußen. Kai folgte ihm und gemeinsam sahen sie sich in der Gasse um.

Der komplette Straßenzug mit seinen im Wind schaukelnden Ladenschildern war noch immer in Dämmerlicht gehüllt. Der Schatten konnte sich überall versteckt haben. Es würde unmöglich sein, ihn hier aufzuspüren.

Sicher war er längst geflohen.

»Wo ist Quiiiitsss?«, fragte Kai. »Zumindest er muss doch etwas bemerkt haben?«

»Es geht ihm nicht gut«, schäumte Eulertin und schwebte wieder zurück in die Eingangshalle »Er befindet sich in der Studierstube und ist leider nicht ansprechbar.«

»Wie meint Ihr das?« Kai war dem Zauberer wieder ins Haus gefolgt und blickte ihn verständnislos an. Doch der schüttelte unwirsch den Kopf, schwebte vor die drei präparierten Tierköpfe und beschrieb mit den Armen eine mondförmige Geste. Sogleich war um sie herum ein geisterhaftes Schnauben und Galoppieren zu hören, das Kai nur allzu bekannt war. Schlagartig klappten die Augen der drei Köpfe auf und kurz darauf glitt die geisterhafte Gestalt des Hirsches aus der Wand. Das majestätische Geschöpf neigte vor dem Däumlingszauberer sein Geweih.

»Cerverus, kannst du mir sagen, was hier vorgefallen ist?«, fragte Eulertin.

Der Tiergeist blickte sich misstrauisch um. »Wir erhielten den Befehl zu schlafen, Zunftmeister«, schnaubte er. »Mehr vermag ich nicht zu sagen.«

Eulertin rammte wütend seinen Zauberstab auf die Feder. »Verflucht, wie ich es mir gedacht habe. Gut, nehmt eure Wache wieder auf!«

Der Geisterhirsch verneigte sich abermals und glitt wieder zurück in die Wand.

»Schließe die Tür zur Straße, Junge. Ich will etwas nachprüfen«, forderte Eulertin.

Der Junge tat es und sah mit an, wie der Däumlingszauberer einen Luftwirbel heraufbeschwor, der zu einer Winde an der Wandtäfelung fuhr. Die Winde drehte sich ratternd und ruckartig bewegte sich über ihren Köpfen die Kette mit der daran baumelnden Kogge in die Tiefe. Eulertin ließ das Elementar erst innehalten, als sich das wundersame Schiff auf Höhe von Kais Hüfte befand.

»Zieh den Mast raus«, fordert er Kai auf. »Dann hebe das Deck des Modells an.«

Abermals tat Kai, wie ihm geheißen wurde. Der Mast ließ sich leicht entfernen. Dann hob er Bug- und Heckkastell des Schiffsmodells an und stellte überrascht fest, dass sich mit ihnen der komplette Deckaufbau der Kogge abnehmen ließ.

Kai stieß einen leisen Pfiff aus. Im Schiffsbauch lag ein Salamander, der aus Rauch zu bestehen schien. Über seinen Körper zogen beständig kleine Luftwirbel. »Hier habt Ihr also Euren Schlüssel zu Berchtis' Leuchtturm versteckt!«

»Ja«, sagte Eulertin erleichtert. »Seien wir froh, dass er noch da ist. Die offensichtlichsten Verstecke sind meist die besten. Dennoch, irgendwas hat dieser Schemen hier im Haus gewollt. Nehmen wir uns die Studierstube vor.«

Kai baute die Kogge wieder zusammen und zog sie an der Winde wieder zur Decke empor. Dann eilte er dem Magister in die Studierstube nach. Das Chaos, das in dem Zimmer herrschte, war noch schlimmer, als es von der Eingangshalle aus gewirkt hatte. Sogar das Skelett der kleinen Seeschlange lag verstreut am Boden. Am schlimmsten aber war, dass schräg gegenüber die verriegelte Tür offen stand. Jemand war auf dem Dachboden gewesen!

»Wie hat der Eindringling nur all Eure Sicherungen umgehen können?«, fragte Kai. »Ich verstehe das nicht.«

»Ich ebenfalls nicht«, erklärte der Magier finster. »Aber die meisten sind schon sehr alt. Ich habe sie damals bei meinem Einzug lediglich übernommen. Eigentlich gehorchen sie nur dem jeweiligen Bewohner des Hauses. Doch offenbar wusste dieses Phantom, wie es sie umgehen konnte. Und noch etwas können wir als gesichert annehmen: Dieser Schatten versteht sich auf Zauberei! Zwar nur sehr begrenzt, aber es reicht aus, um einen Hornissenschwarm zu lenken, den Hauswächtern auf magische Weise Befehle zu erteilen und Quiiiitsss in das da oben zu verwandeln.«

Eulertin deutete mit dem Stab auf eine unförmige Wolkenballung, die dicht unter der Decke wogte.

»Bei allen Moorgeistern!«, stieß Kai aus.

»Schattenmagie, wenn ich mich nicht irre«, erklärte der Magister ernst. »Es wird leider einige Zeit dauern, bis ich ihn aus diesem Zustand befreit habe.«

Kai blickte wieder zu der offen stehenden Tür zum Dachboden. »Hat er etwas von dort oben gestohlen?«

»Das werde ich gleich herausfinden«, zürnte Eulertin. »Du schaust dich inzwischen hier im Zimmer um. Aber sei vorsichtig, verstanden?«

Kai versprach es und der Magister jagte auf seiner Feder die Treppenstufen zum Dachboden empor. Argwöhnisch sah sich Kai im Raum um. Hin und wieder knirschten Glassplitter unter seinen Füßen und man hörte das Rascheln von Papier. Am meisten tat ihm Leid, wie sehr das puppenhafte Haus des Däumlings in Mitleidenschaft gezogen worden war. Es war mitten entzweigebrochen. Daneben lagen unzählige Miniaturmöbel.

Ein leises Quaken ließ ihn innehalten. Kai entdeckte die vier Donnerfrösche. Sie hatten sich unter eines der Regalbretter geflüchtet und glotzten ihn furchtsam an. Kai wünschte, die Frösche könnten sprechen. In diesem Moment erblickte er den gusseisernen Buchständer. Auf ihm lag ein dicker Foliant, der in schwarzes Leder eingebunden war. Er war aufgeschlagen, doch beim Blick auf die Seiten wurde Kai schwindelig. Die Buchstaben tanzten wild vor seinen Augen und entzogen sich jedem Versuch, sie zu lesen.

»Magister«, rief er. »Ich glaube hier ist etwas, das Ihr Euch ansehen solltet!«

Es dauerte eine Weile bis Eulertin aus dem Treppenschacht wieder zurück in den Raum kam. Seine Gesichtszüge waren starr. »Soweit ich es überblicke, hat unser unheimlicher Besucher Sonnenfeuer gestohlen. Das Schwert von Drachenherz.«

Kai riss die Augen auf. »Ihr meint das Mondeisenschwert mit der abgebrochenen Spitze, das oben an den Steinblock gekettet war? Diese Waffe gehörte dem sagenhaften Sigur Drachenherz, nicht wahr?«

»Ja«, seufzte der Magister. »Mit ihr hat sich Drachenherz einst den Lindwürmern gestellt. Morbus Finsterkrähe hat es geschafft, das Schwert zu finden und an sich zu bringen. Warum, weiß ich nicht. Aber das gilt für viele Objekte aus seinem ehemaligen Besitz.«

»Seht nur, was ich entdeckt habe«, meinte Kai nun und deutete zum Buchständer. Der Däumling schwebte heran und beäugte den Zauberfolianten misstrauisch.

»Die *Offenbarung des Schwarzen Feuers.* Das Buch stammt vom Dachboden. Es gehörte zur Bibliothek Finsterkrähes. Dass es hier unten liegt, deutet darauf hin, dass unser Eindringling etwas in ihm nachgeschlagen hat. Womöglich etwas Wichtiges.«

»Ihr meint, auf diesen Seiten findet sich die Antwort auf die Frage, was Eisenhand und dieses Phantom planen?«

»Gut möglich«, antwortete der Däumling nachdenklich. »Aber dazu muss ich die Seiten erst lesbar machen. Du siehst es ja selbst, auf ihnen liegt ein Verhüllungsbann. Allerdings kenne ich den einen oder anderen Gegenzauber. Nur wird das eine Weile dauern.«

Kai rieb sich die Augen. »Und was soll ich machen?«

»Du, Junge«, erklärte der Magister, »hast für heute genug getan. Mehr als genug. Geh nach oben, wasch dich und leg dich schlafen. Es muss einen Grund geben, warum unsere Feinde zunehmend größere Risiken eingehen. Wenn ich mich nicht täusche, müssen wir schon bald wieder aufbrechen. Und dafür solltest du ausgeruht sein.«

Der Sturm beginnt

Kai erwachte durch einen lauten Knall. Verwirrt fuhr er in seinem Bett auf und sah sich um. Er musste mehrere Stunden geschlafen haben, denn draußen war bereits wieder die Sonne untergegangen. Es war nur noch ein schwacher rötlicher Schimmer am Horizont zu erkennen.

Was war es gewesen, was ihn geweckt hatte?

Kai schlüpfte beunruhigt in die feinen Kleider, die er neulich bei seinem Besuch im Rathaus getragen hatte. Sie waren das einzig Trockene, was er derzeit besaß. Sogar die engen Schuhe, die ihm Quiiiitsss herausgesucht hatte, zog er in Ermangelung anderen Schuhwerks an.

Als er kurz darauf in die große Eingangshalle stürmte, schwante ihm gleich, dass etwas nicht in Ordnung war. Die drei Tierköpfe musterten ihn wachsam und aus der Studierstube Eulertins drang ein stechender Geruch nach Schwefel.

»Magister! Alles in Ordnung?«

Kai vernahm keine Antwort und betrat sogleich das Gelehrtenzimmer. Magister Eulertin hatte es in der Zwischenzeit leidlich aufgeräumt. Der Lehnstuhl stand wieder dort, wo er hingehörte, das Skelett der kleinen Seeschlange hing bereits unter der Decke und neben den größtenteils leer geräumten Regalen stapelten sich hohe Büchertürme. Doch all das interessierte Kai nur am Rande. Sein Blick blieb entsetzt an dem gusseisernen Buchständer hängen, auf dem schwarz und verkohlt jenes Buch lag, das der Magister untersuchen wollte. Rauch kräuselte sich von dort zur Raumdecke empor, wo er sich schon bald mit jenem wolkenartigen Gebilde vermengte, in das Quiiiitsss verwandelt worden war.

»Bei allen Moorgeistern! Magister, wo seid Ihr?«

Hatten sich denn jetzt alle Schicksalsmächte gegen sie verschworen? Kai stieß in Panik einen der Bücherstapel um und suchte das Zimmer ab. Nichts. Der Däumlingszauberer blieb verschwunden.

Der Brandtrichter in dem unheimlichen Buch sah so aus, als seien die Seiten förmlich explodiert. Solange Kai es nicht besser wusste, musste er davon ausgehen, dass die magische Entladung den Däumlingszauberer völlig unerwartet getroffen hatte. Womöglich lag der Zauberer schwer verletzt irgendwo zwischen all dem Gerümpel. Aufgrund seiner Größe würde es nicht leicht sein, ihn zu finden.

Kai schob erschrocken einen Haufen Glasscherben beiseite, sah sich in der Laborecke um und sah sogar unter den Möbeln nach. Nichts.

Womöglich war der Däumlingszauberer sogar tot?

Nein, Kai weigerte sich, das zu glauben. Er erhob sich wieder und warf dem verkohlten Folianten abermals einen finsteren Blick zu.

Was, wenn das Buch nichts anderes gewesen war als eine Falle?

Schweißtropfen bildeten sich auf seiner Stirn. Eigentlich war es doch mehr als merkwürdig, dass dieses Buch so offensichtlich aufgeschlagen herumgelegen hatte. Wenn der Foliant tatsächlich vom Dachboden stammte, hätte der Eindringling ihn doch auch oben studieren können. Das wäre weitaus unauffälliger gewesen.

In diesem Moment pochte es draußen gegen die Tür zur Windmachergasse.

Gequält sah sich Kai um und eilte zurück in die Halle. Fi stand vor der Tür. Kai bemerkte die dunklen Ringe unter ihren Augen.

»Ich muss den Magister sprechen«, stieß die Elfe aufgebracht hervor. »Ich habe Koggs gefunden. Er ist in den Grabgewölben des Beinhauses herausgekommen. Doch aus irgendeinem Grund war das Totenhaus voll mit Gardisten. Sie haben ihn verhaftet.«

Auch das noch. Kai presste die Lippen aufeinander und fühlte sich irgendwie schuldig.

»Die Leibgarde Schinnerkroogs hat Koggs in den Hungerturm gebracht«, fuhr Fi fort. »Er wird dort sterben, wenn ihn der Magister nicht befreit. Mehr als einen Tag ohne Wasser übersteht er nicht. Er ist ein Seekobold!«

»Der Magister ist verschwunden.« Hastig berichtete Kai der Elfe, was sich zugetragen hatte. Fi blickte ihn schockiert an und stürmte sogleich in die Studierstube. Noch einmal suchten sie fieberhaft den Raum ab. Vergeblich.

»Dann haben wir verloren«, stöhnte Fi und setzte sich niedergeschlagen auf eine der Truhen. »Ohne den Magister wird es uns nicht gelingen, herauszufinden, was Eisenhand und dieser unheimliche Schatten planen. Geschweige denn, dass wir die Macht hätten, ihre Pläne zu durchkreuzen.«

»Du gibst zu leicht auf, Elfe!«, fauchte eine Stimme hinter ihnen. »Das war schon immer die Schwäche deines Volkes.«

Fi sprang zornig auf und auch Kai wirbelte herum. Unbemerkt von ihnen war die Geheimtür hinter der Regalwand aufgeschwungen und der steinerne Leib Dystariels schob sich lautlos in das Zimmer.

»Zeig lieber, dass wenigstens du zu mehr als nur zu einem Sklaven taugst.« Kalt starrte die Gargyle mit ihren gelben Raubtieraugen auf die Elfe herab.

»Wage es nicht noch einmal, mein Volk zu beleidigen, Schattengezücht!«, platzte es wütend aus Fi heraus. »Dir und deinesgleichen hat mein Volk sein Schicksal zu verdanken. Und eines Tages werde ich mich dafür rächen.«

Wovon sprachen die beiden? Vage fühlte sich Kai wieder an jene mysteriöse Unterhaltung erinnert, die Dystariel und der Magister vor einigen Wochen geführt hatten.

»Flüchte dich nur weiter in deine Träume, Spitzohr«, schnaubte die Gargyle höhnisch. »Viel mehr hat dein Volk ja nicht zum Kampf gegen Morgoya beigetragen.«

Fi riss ihren Bogen in die Höhe und Dystariel fuhr mit einem tiefen Grollen ihre Klauen aus.

»Hört auf damit!«, brüllte Kai und sah die beiden fassungslos an. »Hat die Schattenmacht eure Sinne schon so weit vernebelt, dass ihr jetzt aufeinander losgeht, statt euch den wahren Feinden zu stellen? Koggs ist gefangen! Und Eulertin ist verschwunden. Verschiebt eure kindischen Streitereien gefälligst auf ein anderes Mal. Ich bin der Zauberlehrling von Thadäus Eulertin! Solange er nicht da ist, werde ich in seinem Sinne handeln. Und ich werde es nicht zulassen, dass unsere

Schicksalsgemeinschaft zerbricht. Nicht, nachdem wir es bis hierher geschafft haben!«

Dystariel und Fi starrten ihn erstaunt an. Beschämt senkte die Elfe ihren Bogen.

»Recht so!«, nickte die Gargyle und bleckte ihr Fänge. »Vielleicht schaffst du es, unser Spitzohr zu lehren, was Härte bedeutet.«

»Hör auf damit, Fi zu beleidigen!«, brauste Kai auf und sah der Unheimlichen geradewegs in die Augen. Ruhig fuhr er fort: »Ich gehe davon aus, dass du mitbekommen hast, was geschehen ist?«

»Ja«, zischte Dystariel und verengte ihre Augen. »Ich war bereits im Haus, als du unserem Spitzöhrchen berichtet hast, was geschehen ist.«

»Gut«, antwortete Kai aufgewühlt. »Dann akzeptiere endlich, dass wir drei aufeinander angewiesen sind. Ich brauche dich. Wir brauchen dich. Magister Eulertin war davon überzeugt, dass Mort Eisenhand und sein unheimlicher Verbündeter schon bald zuschlagen werden. Und irgendetwas sagt mir, dass Hammaburg das Ziel sein wird. Also lasst uns im Sinne des Magisters handeln. Lasst uns nachdenken!«

Nach Art des Däumlings ging Kai in der Studierstube auf und ab. Er ignorierte die Blicke, mit denen ihn Dystariel und Fi bedachten, und versuchte für eine Weile, die Sorge um Eulertin aus seinen Gedanken zu drängen.

»Eisenhand stiehlt Irrlichter«, sann er laut nach. »Und er hat eine ganze Ladung Feenkristall gestohlen. Warum?«

Fi zuckte mit den Schultern. »Die Windmacher benutzen das Glas, um daraus Gefäße zu formen, in die sie ihre Elementare sperren. Sie verkaufen sie dann weiter an die Kapitäne der Stadt. Auf See zerbrechen diese die Gefäße und entlassen die Geister, um ihre Segel mit Wind zu füllen, Nebelbänke fortzuwehen und dergleichen Dinge mehr.«

»Das weiß ich«, murmelte Kai. »Wichtig scheint mir, dass man aus diesem Material Gefäße formen kann. Gefäße …«

»Eisenhand hat daraus keine Gefäße gefertigt, sondern Scheiben!«, korrigierte die Gargyle.

»Ja«, antwortete Kai nachdenklich. »Scheiben, aus denen sich eine große Kugel zusammensetzen lässt.« Abrupt hielt er inne. »Irrlichter sind ebenfalls Elementare! Und zwar jene des Feuers! Was, wenn die Kugel als Gefäß für sie dient?«

»Ja, du hast Recht. Das scheint mir möglich«, meinte Fi nachdenklich.

»Dann dürfte es darin für diese Wichte ziemlich eng werden«, schnaubte die Gargyle. »Eisenhand muss inzwischen weit über hundert von ihnen geraubt haben.«

»Bei allen Schicksalsmächten, natürlich! Ich muss blind gewesen sein«, entfuhr es Kai. »Das ist es. Diese Kugel würde in diesem Fall … Oh nein, ich muss dringend etwas nachprüfen. Beiseite!«

Kai hetzte von dunklen Ängsten erfüllt zurück in die Eingangshalle und betätigte die Winde an der Wand. Ratternd sauste das Modell der Kogge nach unten. Dystariel und Fi traten an seine Seite und sahen ihm beunruhigt zu.

»Was soll das, Kai?«, fragte Fi.

Der war längst zu dem Schiff geeilt und hob die Deckaufbauten an. Misstrauisch fixierte er den im Schiffsbauch verborgenen Windsalamander.

»Vier elementare Schlüssel!«, presste er hervor. »In Berchtis' Turm gelangt man nur mittels vier elementarer Schlüssel. Dieser Salamander ist einer davon. Und erst kürzlich ist auch bei Ratsherrn Hansen eingebrochen worden.«

»Dem Stadtkämmerer?«, fragte die Gargyle.

»Richtig«, antwortete Kai. »Auch er hütet einen der Schlüssel. Jenen des Feuers. Von den anderen beiden kenne ich nur einen Aufenthaltsort: Schinnerkroog bewacht ihn. Und dem ist nicht zu trauen.«

»Ich begreife, was du uns sagen willst«, meinte Fi. »Du glaubst, die Einbrüche galten den Schlüsseln? Aber jener hier ist doch noch da. Ebenso wie der Schlüssel, den der Stadtkämmerer hütet.« Sie war dicht neben ihn getreten und betrachtete den scheinbar aus Wind bestehenden Salamander voller Bewunderung.

»Denkt daran, was wir in dieser Hexenküche entdeckt haben«, wisperte Kai und trat vorsichtig zurück. »Ist er es wirklich? Oder ist dieser Salamander in Wahrheit … ein Gestaltwandler?«

Die Gargyle fuhr mit einem kreischenden Geräusch ihre Krallen aus und Fi legte rasch einen Pfeil an.

»Lasst es uns herausfinden.« Kai beschwor einen kleinen Feuerwusel herauf. Prasselnd erschien das bärtige Flammenmännchen zu seinen Füßen.

»Was kann ich für Euch tun, Herr?«, knisterte es.

»Überprüfe, ob sich in diesem Raum weitere Manifestationen der Elemente befinden. Vornehmlich jene der Luft.«

»Hm«, brummte die Feuergestalt und flackerte schlecht gelaunt. »Im Boden zu euren Füßen, Herr.«

»Und in diesem Schiffsmodell dort?«

»Nein.«

»Dann verbrenne, was sich darin befindet!«, befahl Kai zornig.

Der Feuerwusel stob jaulend auf und rotierte wild in der Luft. In diesem Moment fauchte es im Bauch des Schiffsmodells und eine Katze sprang hervor, die mit einem Satz auf dem Boden aufkam. Fis Pfeil durchbohrte das Geschöpf, kaum, dass es die Fliesen berührt hatte. Doch schon nahm die Schattenkreatur die Gestalt einer Qualle an und glitt, hässliche Quiektöne von sich gebend, an dem Schaft des Pfeils entlang. Bevor Dystariel heran war, schlug die kleine Flammenkugel im Quallenleib ein. Sie explodierte und alle wurden mit Schleim bespritzt.

»Elende Schattenmacht! Das heißt, Eisenhand hat es diesmal auf den Leuchtturm abgesehen!«, rief Fi entsetzt. »Aber wie können sie das wagen? Berchtis' Zauberfeuer verbrennt Schattengeschöpfe wie Eisenhand oder diesen Schatten, von dem du berichtet hast.«

»Nicht unbedingt«, schnaubte Dystariel. »Bei Tage erlischt das Feuer. Gelingt es unseren Feinden, das Zauberfeuer tagsüber gegen eine strahlend helle Kugel aus Irrlichtern auszutauschen, wird bei Nacht niemand etwas von dem Schurkenstreich bemerken.«

»Richtig«, stöhnte Kai. »Selbst die Lyren, die die Küste abfliegen, würden auf das trügerische Licht hereinfallen. Niemand wird Alarm schlagen.«

»Und die Riesenkrebse am Fuß des Turms?«, fragte Fi hoffnungsvoll. »Koggs hat mir berichtet, dass der Zugang zum

Turm am Grund der Insel liegt. Diese Wächter prüfen jeden, der sich dem Leuchtfeuer nähert. Eine Schattenkreatur wie Eisenhand würden sie auf jeden Fall bekämpfen.«

»Deswegen also«, stieß Kai hervor. »Unsere Feinde haben Sonnenfeuer in ihrem Besitz, die legendäre Klinge von Sigur Drachenherz. Sie besteht aus Mondeisen. Und vergesst den gepanzerten Arm Eisenhands nicht.«

Dystariel grollte zornig. »Was Drachenschuppen durchdringt, wird auch den Panzer eines Riesenkrebses zerschlagen.«

»Bleiben nur noch die Funkenschmetterlinge«, seufzte Kai. »Aber ich wette, unsere Gegner haben sich auch da etwas einfallen lassen.«

»Wir müssen Eulertin finden. Dringend!«, beschwor die Elfe ihre beiden Gefährten. »Wir brauchen ihn, damit er den Rat der Stadt warnt. Ich kenne Morgoya. Ich gehe jede Wette ein, dass da draußen auf dem Meer bereits eine große Invasionsflotte bereitsteht, die nur auf das Zeichen zum Angriff wartet!«

»Ich weiß nicht, wo der Magister ist«, sagte Kai bekümmert. »Dieses elende Buch war eine Falle. Dessen bin ich mir sicher. Ich weiß ja noch nicht einmal, ob er überhaupt noch lebt.«

»Wage nicht einmal, daran zu denken, Junge!«, grollte Dystariel. »Gehe gefälligst in dich, und überlege, was dir Thadäus für solche Situationen beigebracht hat.«

»Ich kenne keinen Zauber, der uns jetzt helfen kann«, rief Kai aufgebracht. »Verdammt, überlegt doch, wie kurz ich erst hier bin. Ich …« Schlagartig kam ihm eine Idee. »Moment.

Wartet, vielleicht weiß ich doch einen Weg, um ihn zu finden!«

Kai rannte in die Studierstube und suchte das große Schreibpult ab. Eulertins Gänsekiel steckte noch im Tintenfass. Wo aber war die Wünschelrute? Vorsichtig schob er einige Schreibutensilien beiseite und atmete erleichtert auf. Da lag das kleine Hölzchen. Wie immer direkt neben dem Brieföffner. Doch wie aktivierte man das Ding?

Kai wandte sich zu seinen Gefährtinnen um und bedeutete ihnen, sich still zu verhalten. Vorsichtig legte er die Wünschelrute auf seine Fingerkuppe. Dann konzentrierte er sich und lenkte etwas von seiner Macht auf die Rute.

»Wo ist Magister Eulertin?«, sagte er leise.

Das gespaltene Hölzchen zitterte und drehte sich dann wie die Nadel eines Kompasses. Kai hätte jubeln mögen. Doch bedeutete das auch, dass der Däumling noch lebte?

»Die Wünschelrute weist auf jenen Eingang dort«, meinte Fi und zeigte zu der aufgebrochenen Erkertür mit dem zerstörten Schloss, hinter der sich schwach Treppenstufen nach oben abzeichneten.

»Thadäus soll auf dem Dachboden sein?«, fragte die Gargyle ungläubig. »Ich dachte, der Unfall habe sich in diesem Raum zugetragen?«

Schon rauschte die Unheimliche an ihnen vorbei. Der Windzug, den sie auslöste, war so heftig, dass die winzige Wünschelrute fast von Kais Finger rutschte.

»Warte, Dystariel!«, rief Kai, doch längst waren nur noch ihre stampfenden Schritte zu hören. Er und Fi blickten sich unglücklich an, dann eilte die Elfe schnurstracks zu einem Rosenholzkästchen in einem von Eulertins Regalen und klappte es auf.

Sie kramte jene taubeneigroße Leuchtkugel hervor, die sie schon in Lychtermoor bei sich getragen hatte. Mit einem goldenen Schein flammte das wundersame Objekt auf.

»Ich denke, der Magister hat nichts dagegen, wenn ich sie mir noch einmal ausleihe«, sagte sie und bedeutete Kai, ihr zu der Treppe zu folgen.

Auch die Dachkammer war durchwühlt worden. Aus der Regalwand neben dem aufrecht stehenden Sarg waren mehrere Zauberbücher herausgefallen und auch einige andere Objekte, die sich hier oben befanden, schienen verschoben und verstellt worden zu sein. Weiter hinten im Dachstuhl waren schnaubende Geräusche zu hören. Im goldenen Lichtschein der Glaskugel sahen sie Dystariel, die unwirsch eine der Truhen aufriss und vernehmlich darin schnüffelte. Die Tatsache, dass nicht sofort die Tierwächter erschienen, zeigte Kai, wie viel Vertrauen der Magister Dystariel entgegenbrachte. Sie schien sich hier oben ungehindert bewegen zu dürfen.

Kai fragte sich zum wiederholten Mal, welches Geheimnis sie wohl umgab. Ob er ihr doch Unrecht tat?

Andererseits schien Dystariel daran beteiligt gewesen zu sein, Fis Volk großes Leid zuzufügen. Unwillkürlich wandte sich Kai seiner Begleiterin zu. Was war mit Fi und den anderen Elfen Albions nach Morgoyas Machtübernahme passiert?

»Das bringt nichts«, flüsterte Fi, die Dystariel kritisch bei ihrer Suche zuschaute. »Vielleicht probierst du es noch einmal mit der Wünschelrute?«

Kai nickte.

Er legte die Wünschelrute abermals auf seine Fingerspitze und aktivierte sie. Sie drehte sich zu der Wand neben dem Erker. Aber da war nichts. Da hing nur dieses seltsame Ölgemälde, das sich ständig veränderte.

Argwöhnisch näherte er sich dem Bild. Es zeigte noch immer ein ausgetrocknetes Stück Land, über dem heiß die Sonne flirrte. Im Hintergrund waren verbrannte Bäume und geschwärzte Ruinen zu sehen, durch die ein staubiger Wind brauste. Im Grunde war alles genau wie vor wenigen Tagen. Alles, bis auf …

»Bei allen Moorgeistern! Kommt her, ich habe Magister Eulertin gefunden. Da!«

Kai deutete auf eine Gestalt im Vordergrund des Bildes. Sie war neben einem der geborstenen Bäume zusammengebrochen und winkte kraftlos mit den Armen.

Ohne Zweifel, das war der Däumlingszauberer! Er war in dem Gemälde eingesperrt.

»Magister! Magister!«, rief Kai. Doch der Zauberer schien ihn nicht hören zu können. Zumindest reagierte er nicht auf seine Rufe.

Dystariel und Fi traten dicht an Kai heran und schnappten beide entsetzt nach Luft.

»Los, befreie ihn!«, fauchte die Gargyle.

»Verdammt noch mal, wie denn?«, schrie Kai und wirbelte zornig herum. »Ich bin nicht der Zauberer. Ich bin bloß sein Schüler.«

Die Gargyle beugte sich zu ihm herunter und tippte ihm mit einer ihrer Krallen ungeduldig gegen die Brust. »Dann bemühe dich gefälligst!«

»Hört auf«, meinte Fi. »Seht doch. Magister Eulertin hat neben sich etwas in den Sand geschrieben. Es ist nur schwach zu erkennen, aber ich glaube es lautet … ›Kugel‹!«

Verblüfft trat Kai neben die Elfe. Tatsächlich. Vielleicht hatte dort noch mehr gestanden, aber der Wind in dem Gemälde hatte die Schrift verwischt.

»Kugel?«, röhrte Dystariel. »Was soll uns das sagen?«

Fi zuckte hilflos mit den Achseln, während ihre schlanken Finger unglücklich über die raue Leinwand glitten.

Abermals winkte Eulertin. Es wirkte verzweifelt. Der Magister schien sich seiner verzwickten Lage durchaus bewusst zu sein, doch ganz offensichtlich konnte er seine Freunde nicht sehen, da er ziellos in alle Richtungen blickte.

»Im ganzen Haus gibt es nur eine Kugel, die Magister Eulertin gemeint haben könnte«, sagte Kai.

»Was meinst du damit?«, fauchte Dystariel.

Kai stürmte an der Gargyle vorbei zum Schornstein im hinteren Teil des Dachstuhls, wo die Zauberkugel aus dem ehemaligen Besitz von Morbus Finsterkrähe stand. Noch immer war sie von einem Tuch verhüllt. Ungeduldig zog Kai den Stoff herunter und starrte die trägen Schlieren an, die in dem Bergauge wallten.

»Werden die Tierwächter wieder erscheinen, wenn ich die Kugel berühre?«, wollte er wissen.

»Nein«, zischte die Gargyle. »Denn ich bin hier. Du darfst die Zauberkugel allerdings nicht bewegen.«

»Das habe ich nicht vor«, erklärte Kai und atmete tief ein. Was auch immer für ein Bann auf diesem Artefakt lag, er hatte ihn schon einmal durchbrochen.

Kai umschloss die Kugel fest. Jäh wallte der Nebel in ihrem Innern auf und abermals stachen Flammen aus seinen Händen, die schlagartig über seine Arme züngelten. Fi schrie erschrocken auf.

Kai verdrängte das brennende Gefühl auf seiner Haut und konzentrierte sich auf Königin Berchtis' Leuchtfeuer. Zugleich war ihm, als hätten die Flammen in ihm nach etwas gesucht und es auch gefunden. Eine Erklärung dafür hatte er immer noch nicht. Sogleich erstarb die wabernde Glut auf seinen Armen und in der Zauberkugel tauchte das Abbild des Leuchtturms aus den Schlieren. Oben von der Plattform strahlte gleißendes Silberlicht und beschien die abendliche Szenerie der Elbmündung. Doch der Schein war trügerisch.

»Ich wusste es.« Als Irrlichtjäger erkannte Kai sofort das unruhige Flackern. »Die Quelle dieses Lichts ist keinesfalls Berchtis' Zauberflamme. Dort oben prasseln hunderte von Irrlichtern!«

»Oh nein!«, klagte die Elfe. »Unsere Feinde sind uns zuvorgekommen.«

»Hör auf zu jammern, Spitzohr!«, fauchte die Gargyle und deutete mit ihren Krallen auf das magische Abbild. »Schaut euch besser den Turm an.«

Jetzt sah auch Kai, was Dystariel meinte. Die Felsinsel, auf der sich der Leuchtturm erhob, war förmlich übersät mit roten Flecken. Funkenschmetterlinge. Sie waren tot. Ebenso wie die beiden Riesenkrebse. Zerhackt und zerschlagen lagen sie zu Füßen des stolz aufragenden Gebäudes. Ein großer Schwarm Krähen hatte sich auf den Kadavern niedergelassen und pickte an ihnen.

Kai knirschte vor Wut mit den Zähnen. »Mal sehen, ob uns dieses Ding noch mehr zeigen kann«, fluchte er.

In rasender Fahrt glitt das Abbild in der Kugel weit aufs Meer hinaus. Eine Weile waren nur Wellen zu erkennen, deren helle Gischt sich vage in der Dunkelheit abzeichnete. Dann blieb das Zauberbild an einer wahren Armada von Drachenschiffen hängen. Es mussten dreißig oder vierzig von ihnen sein. Schemenhaft waren auf ihnen bedrohliche Gestalten mit Äxten, Speeren und Hörnerhelmen auszumachen, die im Takt eines Trommlers die Ruder ins Wasser tauchten.

»Nordmänner!«, zürnte Fi. »Morgoya muss das Reich König Hraudungs inzwischen ebenfalls unterworfen haben.«

»Nein, von einem Krieg im Norden hätten wir gehört«, widersprach die Gargyle. »Immerhin haben die Runenwirker Hraudungs einen Pakt mit den Frostriesen geschlossen.«

»Dann hat er sich eben mit Morgoya verbündet«, ereiferte sich die Elfe. »Hraudung ist ein Schlächter. Ihm war noch nie zu trauen.«

»Auch das bezweifle ich«, entgegnete Dystariel. »König Hraudung würde ebenso wenig wie Morgoya jemanden an seiner Seite dulden. Nein, das da sind Tote, die die finstere Königin vom Grund des Meeres geholt hat. Ich sehe es an ihren Bewegungen.«

»Schattenkreaturen!«, murmelte Kai.

»Ja, und diese Streitmacht ist nur die Vorhut, Junge. Wende den Blick der Kugel mehr nach Westen. Richtung Albion.«

Kai tat es und wieder war nur die endlose Weite des Meeres zu erkennen, das schal im Licht einiger weniger Sterne glitzerte. Einmal glaubte er, etwas Großes, Dunkles unter der

Wasseroberfläche ausmachen zu können. Doch im nächsten Augenblick war das Bild in der Kugel schon weiter nach Westen gerast.

Die Zauberkugel begann zu flackerten und Kai spürte, wie es ihn zunehmend anstrengte, zu verhindern, dass sich das Bild in ihr trübte.

»Es ist, als würde ich zurückgedrängt«, ächzte er.

»Morgoyas Schattenmacht«, wisperte Fi. »Sie lässt sich nicht gern ausspionieren.«

Dennoch waren über dem Meer undeutliche, dunkle Schemen zu erkennen. Ein Vogelschwarm?

»Gargylen!«, brüllte Dystariel. Kai fuhr zusammen und einen Moment lang flackerte das Abbild in der Kugel.

»Dann ist auch Kruul nicht fern!«, dröhnte sie.

»Wer ist das, dieser Kruul?«, fragte Kai und ließ das Bild in der Kugel wieder zurück zu Berchtis' Leuchtfeuer wandern.

»Der Fürst der Gargylen!«, stöhnte Fi. »Abgesehen von ihm kommt niemand Morgoyas Grausamkeit gleich.«

»Die Zeit zum Handeln ist gekommen! Jetzt!«, zischte die Gargyle und peitschte mit ihrem Schwanz durch die Luft. »Wir müssen dieses elende Feenlicht wieder einsetzen oder in den nächsten Stunden wütet hier in Hammaburg der Tod!«

»Eines will ich noch ausprobieren«, sagte Kai und biss sich vor Anstrengung fast auf die Lippen. Er konzentrierte sich mit aller Macht auf das unheimliche Phantom, das sie schon zweimal ausgetrickst hatte. Würde die Zauberkugel ihren unbekannten Gegner zeigen?

Plötzlich flammte in dem Bergauge ein im Dämmerlicht liegender Raum mit grün-weißen getäfelten Wänden auf. Am

Boden war ein Kreis mit einem neunzackigen Enneagramm zu sehen, um das unzählige Zauberzeichen gemalt waren. Es war noch nicht vollständig, denn dort glitt ein dunkler Schemen entlang, das weitere Zeichen hinzufügte.

Kai hätte jubeln mögen. Da war ihr unbekannter Gegner! Endlich war es ihm möglich, dieses Ding näher zu studieren. Er rückte den lebenden Schatten näher heran – und seine Euphorie wich jähem Entsetzen.

Plötzlich fuhr das Phantom in die Höhe und starrte mit seinen fahlen Augen direkt in seine Richtung.

Kai ließ die Zauberkugel hastig los und sogleich trübte sie sich.

»War das dieser Schatten, von dem du berichtet hast?«, drängte Fi.

»Ja, das war er«, keuchte Kai. »Bei allen Moorgeistern! Habt ihr ihn denn nicht erkannt?«

Dystariel fauchte ungehalten und sah ihn ebenso ratlos an wie die Elfe. Natürlich, woher sollte sie? Doch wenigstens Dystariel hätte es auffallen müssen.

»Diesem verfluchten Schatten fehlt die rechte Hand!«, stieß Kai hervor. »Schon damals in der Kaverne der Winde habe ich mich darüber gewundert, dass mit seinem Standbild etwas nicht in Ordnung war. Es fehlte der Schatten! Versteht ihr? Unser unbekannter Gegner ist der Schatten des Hexenmeisters. Es ist Morbus Finsterkrähe!«

Einen Moment lang lastete Schweigen über der Dachkammer, das nur von einem leisen Knacken durchbrochen wurde. Dystariels Klauen hatten sich in einen Dachsparren gekrallt, der unter ihrem zornigen Griff splitterte. »Also deswegen existiert Finsterkrähe noch. Aber wie konnte sich der Elende retten? Ich war dabei, als ihn Thadäus zu Stein verwandelt hat.«

Kai zuckte die Achseln. »Ich weiß es nicht. Ich bin nicht Magister Eulertin.«

»Unmöglich ist es nicht«, meinte Fi. »Die Legenden meines Volkes künden davon, dass einige Menschenmagier damals in den Schattenkriegen ihren Schatten und damit ihre Seele endgültig an die Finsternis verkauft haben. Der finstere Murgurak war nur einer von ihnen. Der Handel sollte ihnen ein zweites Leben garantieren.«

»Dann wird Finsterkrähe eben ein weiteres Mal sterben!«, grollte Dystariel. »Ich werde persönlich dafür sorgen. Und ich weiß auch schon, was ich zu tun habe. Seht ihr nur zu, dass ihr Thadäus aus dem Bild befreit. Zur Not nehmt das Gemälde und flieht damit aus der Stadt. Habt ihr mich verstanden? Überlasst den Rest mir!«

Brüsk wandte sie sich ab und rauschte zum Ausgang des Dachbodens zurück. Kai und Fi sahen sich überrumpelt an.

»Spinnst du? Du kannst uns doch jetzt nicht einfach hier zurücklassen? Dystariel!«, brüllte Kai ihr zornig hinterher. Doch die Gargyle war längst verschwunden. »Ich habe ihr doch gesagt, dass ich nicht weiß, wie ich den Magister aus dem Bild befreien soll«, wandte sich Kai Fi zu.

Die Elfe starrte den Treppenaufgang noch immer stirnrunzelnd an. »Seltsam. Es ist nur ein Gefühl. Aber ich glaube, sie will nicht, dass du dich in Gefahr begibst. Sie macht sich Sorgen um dich.«

»Sorgen? Um mich?« Kai sah die Elfe verblüfft an. »Hör mal, wenn ich tatsächlich diese verdammte letzte Flamme bin, dann werde ich hier doch ganz gewiss nicht tatenlos herumstehen, während unsere Feinde da draußen den Angriff auf die Stadt vorbereiten!«

Fi riss die Augen auf. »Was sagst du da? Wiederhole das noch einmal. Das mit der letzten Flamme.«

»Ach«, wiegelte Kai ab. »Der Magister hat mir von so einer Prophezeiung erzählt. Er meint, sie betrifft vielleicht mich, weil mein Element das Feuer ist. Ist doch jetzt egal. Ich weiß vielleicht einen Weg, wie wir ohne Dystariel zur Elbmündung gelangen. Bist du dabei?«

Die Elfe sah ihn noch immer mit glänzenden Augen an. »Kai, wenn du tatsächlich die letzte Flamme bist, verändert das alles. Alles. Denn dann gibt es wieder Hoffnung.« Feierlich berührte sie seine Brust, und Kai fühlte, wie von ihrer Hand ein angenehmes, prickelndes Gefühl ausging.

»Licht oder Schatten. Leben oder Tod. Mein Schicksal ist von nun an dein Schicksal. Verlasse dich darauf, ich werde stets treu an deiner Seite kämpfen«, erklärte sie. »Und ich werde bereitwillig mein Leben für dich geben, wenn es nötig sein sollte!«

»Fi«, schnauzte Kai rüder, als er es eigentlich wollte. »Verflixt noch mal. Ich bin kein richtiger Feuermagier. Ich bezweifle auch, dass ich je einer werde. Und wenn du nicht sofort mit diesem Unsinn aufhörst, lasse ich dich ebenfalls hier zurück. Verstanden? Und jetzt komm. Wir müssen uns beeilen.«

Kai stürmte zurück zum Treppenaufgang, warf noch einmal einen besorgten Blick auf das Gemälde, in dem klein und verloren der Magister auf sich aufmerksam zu machen versuchte, und war mit einem Satz auf den Stufen.

»Was hast du denn vor?«, rief Fi dicht hinter ihm.

»Du musst mir beim Suchen helfen. Irgendwo in der Studierstube liegt eine goldene Stimmgabel, nur weiß ich nicht wo.«

Elbkrieg

Ein blasser Mond versuchte durch die Wolken zu brechen und es hatte angefangen zu nieseln, als Kai und Fi durch die Nacht der Elbmündung entgegenjagten. Sie krallten sich beide in Kriwas Gefieder fest, während die Möwe mit machtvollen Flügelschlägen auf das trügerische Silberlicht am Horizont zuhielt.

Diesmal war Kai gezwungen, ohne den Spinnentrank auszukommen. Er war schon froh gewesen, dass er den Verkleinerungstrank Magister Eulertins noch an seinem Platz gefunden hatte. Im Moment ähnelte er eher einem nassen Sack, den jemand auf den Rücken Kriwas geworfen hatte, als einem erfahrenen Luftreiter. Beständig lief er Gefahr, vom Flugwind in die Tiefe gerissen zu werden. Zweimal wäre dies fast geschehen, doch stets hatte ihn Fi vor dem Absturz bewahrt. Sie saß direkt hinter ihm und bewältigte den Ritt auf der Möwe mit ebensolcher Leichtigkeit, wie sie ihm damals in Lychtermoor davongaloppiert war.

Nach und nach wurde es heller. Kai hob vorsichtig den Kopf und bemerkte, dass sie längst vom Schein des Irrlichtfeuers angestrahlt wurden. Vor und unter ihnen erstreckte sich die breite, im Leuchtfeuer glitzernde Elbmündung. Und sie hielten direkt auf den rosenförmigen Leuchtturm zu.

»Krähen!«, krächzte die Möwe plötzlich. »Viele!«

Obwohl ihm der Wind messerscharf ins Gesicht schnitt, erkannte Kai die Gefahr sofort. Vom Grund der Leuchtturminsel stob ein ganzer Schwarm der düsteren Aasfresser auf. Gleich einem lebendigen Wolkenwirbel rauschten die Vögel um das schlanke Gebäude herum und Kai ahnte, wie Finsterkrähe und Eisenhand mit den Funkenschmetterlingen fertig geworden waren. Diese Krähen schienen zu spüren, dass sie sich ihnen in feindlicher Absicht näherten.

Fi hielt bereits ihren Bogen gespannt und Kai fragte sich einmal mehr, wie sie es fertig brachte, sich nur mit den Beinen am Rücken der Möwe festzuklammern.

»Siehst du Dystariel irgendwo?«, rief er Kriwa zu.

»Nein«, kreischte sie.

Fi stieß einen Fluch aus. »Wäre sie hier, hätte sie längst die Aufmerksamkeit der Krähen auf sich gezogen. Ich wusste, dass wir dieser elenden Gargyle nicht trauen können.«

»Na gut. Es hilft nichts«, stöhnte Kai. »Wir müssen da durch, Kriwa. Irgendwie!«

»Allein werden wir es nicht schaffen. Wartet!« Die Möwe kippte seitlich ab und jagte dicht über dem Wasser hinweg in Richtung Elbufer. Kai klammerte sich an ihr Gefieder.

Unvermutet stieß Kriwa einige lange, spitze Schreie aus. Es dauerte nicht lange, und ihre Rufe wurden mit ähnlich klingenden Lauten beantwortet.

Kriwa schraubte sich jenseits der Uferböschung wieder in die Höhe, um sich von einer Böe majestätisch durch die Lüfte tragen zu lassen. Silbrige Flecken zeichneten sich nun überall am Nachthimmel ab. Möwen. Zwei. Fünf. Acht. Und es wurden immer mehr. Innerhalb kürzester Zeit hatte sich um Kriwa ein Schwarm aus fünfzig oder sechzig Vögeln versammelt, deren Schreie kampflustig durch die Nacht hallten.

Kai kam ein Verdacht. In den Büchern des Magisters hatte er davon gelesen, dass über jede Tierart ein König oder eine Königin geboten. War Kriwa vielleicht keine gewöhnliche Möwe? Angeblich waren diese Tierkönige zu Beginn aller Zeiten als Erste ihrer Art aus dem unendlichen Licht getreten. In diesem Fall musste Eulertins Vertraute uralt sein.

»Haltet euch fest!«, krächzte die Möwe. Kriwa stieß einen zornigen Schrei aus, der von den Möwen augenblicklich beantwortet wurde. Der Schwarm formierte sich zu einem spitzen Keil, der in rasender Geschwindigkeit auf das Leuchtfeuer zuschoss.

Kai ächzte. Ihnen stand noch immer eine ebenso große Anzahl Krähen gegenüber, die sich vor dem Irrlichtfeuer zu einer dunklen Wolke zusammenballten. Kai presste sich dicht auf Kriwas Rücken und im nächsten Moment erstickte das Säuseln des Flugwindes im Schreien, Prasseln und Flattern ungezählter Vogelleiber, die in der Luft zusammenprallten und wild aufeinander einhackten.

Weiße und schwarze Federn wirbelten um sie herum und die Nacht war von ohrenbetäubendem Kampfeslärm erfüllt. Wie gern hätte Kai Kriwa und den ihren beigestanden, doch im Moment konnte er an nichts anderes denken, als sich festzuhalten. Die Möwe beschrieb ein waghalsiges Manöver, öffnete ihre Krallen und riss einer Krähe im Vorbeiflug das Gefieder auf. Ihre Gegnerin stürzte ab. Doch schon stießen über ihnen zwei neue Angreifer herab. Fis Bogen surrte und das laute Krächzen der vordersten Krähe erstarb. Auch ihre Artgenossin wurde von einem Pfeil erwischt und trudelte in die Tiefe. Die Elfe schoss nun Pfeil um Pfeil auf die dunklen Aasfresser um sie herum ab und sorgte dafür, dass sich Kriwa immer weiter der Turmplattform nähern konnte. Mehrfach musste die Möwe gefährliche Haken in der Luft schlagen und Kai kämpfte verzweifelt gegen Wind und Fliehkräfte. Fi hingegen ließ sich nicht beirren. Beständig schnurrte die Sehne ihres Bogens. Sie räumte unter Finsterkrähes Dienern mit einer Präzision auf, dass Kai schwindlig wurde. Keiner ihrer Schüsse ging daneben. Jeder von ihnen bohrte sich in Kopf, Hals oder Brust eines der Vögel.

Doch auch die Möwen hatten einen hohen Blutzoll zu entrichten. Entsetzt und traurig wurde Kai Zeuge dutzendfachen Sterbens. Überall um sie herum taumelten, stürzten und flatterten kreischende Vogelleiber in die Tiefe. Der Fluss unter ihnen war längst übersät mit hellen und dunklen Körpern. Inzwischen war kaum noch eine Möwe auszumachen, deren Gefieder nicht blutverschmiert war.

Fi holte eine weitere Krähe aus der Luft, als Kriwa endlich die Brüstung des schlanken Leuchtturms überflog. Das Geländer bestand aus kunstvollen, rot-weißen Marmorelementen, die nach dem Vorbild von Rosenblättern gestaltet waren. Von außen wirkte die Turmspitze wie ein Blütenkelch. Direkt hinter der Brüstung aber verlief ein breiter, frei laufender Rundgang, der sie von der eigentlichen, knospenförmigen Turmkappe mit dem gleißenden Leuchtfeuer in ihrem Innern trennte. Auch dieser Teil des Bauwerks war aus Marmor, nur dass die Außenwände ganz aus Glas gefertigt waren. Die Konstruktion war atemberaubend schön. Ganz sicher hatten hier feeische und menschliche Baumeister Hand in Hand gearbeitet. Leider brachte das helle Gleißen, das aus dem Innern der Turmspitze strahlte, Kais Augen zum Tränen. Hastig wandte er seinen Blick ab. Er hatte genug gesehen. Inmitten all des Lichts zeichnete sich schemenhaft eine gewaltige Kugel ab, in der es hundertfach flackerte und brannte.

Nach einem waghalsigen Landemanöver setzte Kriwa sie auf dem Rundgang ab.

»Viel Glück«, krächzte die Möwe. »Lasst unser Opfer nicht umsonst gewesen sein.«

Kai und Fi sahen mit an, wie sich Kriwa wieder erhob und sich unter das Kampfgetümmel am Himmel mischte.

»Was meinst du? Sollen wir uns wieder groß machen?«, rief Kai und starrte beklommen zu Fis Köcher. Dort ragten nur noch zwei befiederte Schäfte heraus. Den Rest ihrer Pfeile hatte sie während des Luftkampfs verschossen.

»Warte damit«, meinte die Elfe und schaute zu der gleißenden Turmspitze auf. »Unsere Däumlingsgröße mag uns noch eine Weile von Nutzen sein. Dann finden uns die Krähen nicht so leicht. Siehst du die vielen Scherben da hinten auf der anderen Seite des Rundgangs?« Sie deutete zu der seewärts gelegenen Seite des Turms. »Die Fensterfront auf der Rückseite des Leuchthauses wurde durchbrochen. Ich vermute, damit Finsterkrähe und Eisenhand die große Kugel aus Feenkristall in den Turm hineinschaffen konnten.«

»Du meinst von außen?«, rief Kai zweifelnd. »Warum haben sie dann die vier Schlüssel geraubt? Wenn es stimmt, was du sagst, hätten sie doch bloß die Funkenschmetterlinge bekämpfen müssen, um dann von hier oben in den Turm einzudringen!«

»Nein.« Fi schüttelte den Kopf. »Der Leuchtturm galt als unberührbar. Nicht einmal stärkster Hagelschlag hätte den Fenstern etwas anhaben können. Mit dem Erlöschen des Feenlichts scheint vielmehr auch Berchtis' Schutzsegen von dem Bauwerk abgefallen zu sein.«

Das klang in Kais Ohren überaus Besorgnis erregend. »Gut, dann lass uns schnell machen. Vielleicht gelingt es uns, über die Fensterfront in den Turm einzusteigen.«

Während jenseits der Brüstung noch immer die schrillen Kampfschreie der Vögel erklangen, liefen er und Fi den marmornen Rundgang entlang. Angesichts ihrer Däumlingsgestalt war das ein weiter Weg. Ein starker Seewind blies ihnen entgegen und ständig mussten sie den Überresten großer Funkenschmetterlinge ausweichen. Die samtroten Flügel der Falter waren zerfetzt, die rubinfarbenen Fassettenaugen getrübt und ihre Fühler oftmals abgeknickt. Normalerweise hätte Kai die vielen toten Schmetterlinge nur mit einem hastigen Blick gestreift, doch bei seiner jetzigen Größe war das Ausmaß der Verstümmelungen und Bissverletzungen nicht zu übersehen. Die Körper der Insekten waren immerhin fast so groß wie die ihren. Kai wurde schlecht und sein Hass auf Finsterkrähe und Eisenhand wuchs.

Endlich erreichten sie jenen Bereich des Rundgangs, auf dem ungezählte Scherben in unterschiedlicher Größe herumlagen. Sie erinnerten ihn an große Eisschollen, wie sie in manch strengem Winter auf der Elbe zu sehen waren. Fi hatte Recht gehabt. In der kühn geschwungenen Turmkonstruktion schräg über ihnen war ein gewaltiges Loch in die Kuppelwand gesprengt worden. Es war nur von der Seeseite aus zu erkennen.

»Bei allen Schicksalsmächten! Wie haben Finsterkrähe und Eisenhand die große Kugel hier hochgebracht?«

»Zauberei? Ein Netz, das die Krähen getragen haben? Ich weiß es nicht«, erwiderte die Elfe. »Es ist mir auch egal. Wir müssen so schnell wie möglich Berchtis' Zauberlicht wieder einsetzen.«

Angesichts der Höhe, in der das gewaltige Loch in der Wand aufragte, schüttelten sie einvernehmlich die Kräfte des Verkleinerungstranks ab. Wie immer war die Rückverwandlung mit einem schmerzhaften Zerren und Reißen verbunden. Kai stöhnte, schirmte seine Augen gegen das blendende Licht ab und sah wachsam zum Himmel auf. Jeden Moment erwartete er, dass sich einige Krähen auf ihn stürzten. Doch die waren den Möwen weiter auf den Fluss hinaus gefolgt. Dann blickte er sich zur Seeseite um und erstarrte.

»Fi!«, rief er.

»Ich sehe es selbst«, sagte die Elfe tonlos.

Am Horizont, tief im Lichtkreis des falschen Leuchtfeuers, nahte die Flotte der Drachenboote. Die Ruder hoben und senkten sich in mörderischem Takt und sogar das dumpfe Trommeln der Pauken war bereits zu hören. Unvermittelt schäumte zwischen den Schiffen das Wasser und der Leib einer gewaltigen Seeschlange schoss aus den Fluten.

»Wir kommen zu spät!«, stammelte Kai.

»Natürlich kommt ihr das!«, dröhnte hinter ihnen eine Stimme.

Kai und Fi wirbelten herum. Jenseits der zerstörten Glasfront stieg eine monströse Gestalt aus dem Fenster, die in dem gleißenden Licht nur schemenhaft zu erkennen war. Die eckigen Bewegungen, der gepanzerte Arm, das Schwert mit der zerbrochenen Spitze – vor ihnen stand Eisenhand.

Kai taumelte zurück. Vage konnte er erkennen, dass das Gesicht des Piraten Blasen warf. Auch wenn es nur Irrlichter waren, die das konzentrierte Leuchtfeuer erschufen, sie schienen dem Piraten zu schaden.

»Respekt, ihr beiden«, röhrte Eisenhand. »Ihr lasst euch nicht aufhalten. Klebt an meinem Arsch wie eitrige Furunkel. Wisst ihr nicht, dass das sehr ungezogen ist?«

»Stirb endlich!«, fauchte Fi und feuerte den ersten ihrer Pfeile ab. Eisenhand ruckte mit dem Kopf und der Schaft blieb seitlich in seinem Hals stecken. Ihr letztes Geschoss wehrte er kurzerhand mit Sonnenfeuer ab.

»Spiel woanders, Spitzohr!« Eisenhand ballte seine Faust, ein greller Blitz flammte am Himmel auf und jagte auf den Turm zu.

»Nein!«, schrie Kai. Doch es war zu spät. Krachend fand das Himmelsgeschoss sein Ziel und die Elfe flog in hohem Bogen gegen die Brüstung. Ihre Kleider rauchten und wimmernd brach sie zusammen.

»Du elender Dreckskerl!«, brüllte Kai hasserfüllt. Er wollte Eisenhand sterben sehen! Jetzt. Doch seine magische Kraft reichte zu seiner Enttäuschung gerade aus, um einen neuen Feuerwusel heraufzubeschwören. Das Elementar verwandelte sich sogleich in einen Kugelblitz, der im Zickzack auf den Piraten zustob.

Der lachte dröhnend und fing die knisternde Kugel flink mit seiner Mondeisenhand auf.

»Glaubst du, ich habe Zeit, schon wieder mit dir Ball zu spielen, Kleiner?«, höhnte er und schleuderte den Kugelblitz zurück. Kai sprang erschrocken zur Seite. Der Kugelblitz explodierte und schleuderte ihn mit Wucht zu Boden. Er landete zwischen den Glassplittern, die tief in seine Arme und Hände stachen.

Stöhnend richtete er sich wieder auf und betrachtete seine blutenden Handflächen.

»So ist das, wenn man nicht auf den Rat von Erwachsenen hört«, röhrte Eisenhand. Der Pirat baute sich vor ihm auf und starrte spöttisch auf ihn herab. Er hob Sonnenfeuer an. »Wusstest du, dass diese Klinge dazu geschaffen wurde, einen Drachen zu besiegen? Ich denke, ich werde hoch in Morgoyas Gunst aufsteigen, wenn ich mit ihr nun den letzten Feuermagier beiseite räume. Irgendwie gefällt mir das!«

»Lauf weg, Junge!«, brüllte eine Stimme über ihnen.

Jenseits der strahlenden Turmkuppel wirbelte ein monströser Schatten in die Tiefe. Eisenhand flog herum und konnte doch nicht verhindern, dass Dystariels Krallen sich tief in seine Seite bohrten. Der Pirat wurde nun seinerseits gegen die Brüstung geschleudert. Hasserfüllt schlug er mit Sonnenfeuer zu. Die Gargyle duckte sich, doch die Klinge aus Mondeisen drang durch ihre steinerne Haut, als bestehe sie aus Butter. Ein tiefer Riss klaffte in ihrer Schulter und schwarzes Blut tropfte zu Boden.

Ungeachtet der Schmerzen, die sie empfinden musste, ging die Gargyle ungestüm in den Nahkampf über. Offenbar hatte sie vor, Eisenhand die Drachenklinge zu entwinden. Wild ineinander verkeilt rollten Dystariel und der Piratenkapitän über den Rundgang und droschen aufeinander ein.

Kai stemmte sich wieder hoch, ignorierte das Blut, das ihm von den Händen tropfte, und taumelte hinüber zu Fi. Dabei fiel sein Blick auf den Fluss. Überrascht weiteten sich seine Augen. Von Hammaburg aus tauchte eine Vielzahl von Kähnen und Fischerbooten aus dem Zwielicht auf: die Schmuggler aus Koggs' Viertel!

Dystariel musste den Klabauter aus dem Hungerturm befreit haben. Es waren zwar mehr Schiffe, als die Angreifer aufzubieten hatten, doch im Gegensatz zu den Drachenbooten der Nordmänner wirkten die Schmugglerschiffe klein und zerbrechlich. Einzig die Galeere der Seeschlangenjäger unter Kapitän Asmus hatte sich den Schmugglern angeschlossen.

Noch immer rangen Dystariel und Eisenhand um die Drachenklinge und prügelten mit wuchtigen Schlägen aufeinander ein. Kai beugte sich besorgt zu der Elfe herab und tätschelte ihre Wangen. Ihre Haare rochen verbrannt.

»Fi, bitte. Sag doch was!«

Sie rührte sich nicht. Erst jetzt bemerkte Kai den schwachen Schimmer, der von ihrem Amulett ausging. Er flehte darum, dass das Schmuckstück sie beschützt hatte.

»Was stehst du da rum!«, schrie die Gargyle weiter hinten und versuchte zornig die Faust Eisenhands an ihrer Kehle abzuschütteln. »In den Turm mit dir. Sei die Flamme. *Sei verdammt noch mal die letzte Flamme!*«

Die Prophezeiung

Kai verzog schmerzerfüllt das Gesicht, rupfte einen weiteren Glassplitter aus seiner Handfläche und hoffte, dass ihm bei all dem Blut nicht Fis Jagdmesser entglitt. Er hatte keine Ahnung, ob dies die geeignete Waffe war, mit der er Morbus Finsterkrähe entgegentreten konnte. Einem Zauberduell mit dem Hexenmeister, wie schwach dieser in seiner Schattengestalt auch immer sein mochte, war er sicher nicht gewachsen.

Aufgrund der vielen Irrlichter war es glühend heiß im Leuchthaus. Kai hielt Abstand zwischen sich und der gleißenden Kugel aus Feenkristall und versuchte mehr schlecht als recht, sich gegen die Helligkeit und die Hitze abzuschirmen. Doch der grelle Schein der Irrlichter brach sich auch in den intakten Fensterfronten. Geblendet von dem vielen Licht war es schwer, überhaupt einen Weg zu finden.

Soweit Kai erkennen konnte, hing das große Irrlichtgefäß an straff gespannten Ketten von der Kuppeldecke, die ganz offensichtlich für etwas anderes geschaffen waren. Denn am Boden des Leuchthauses, direkt unter der Kugel aus Feenkristall, waren die hölzernen Flügel einer großen Klappe auszumachen, die zu einem Geschoss weiter unten führte.

Das Treppengeländer befand sich nahe der Wand zu seiner Rechten. Kai hastete darauf zu und sah marmorne Stufen, die in die Tiefe führten. Er rupfte sich die letzte Scherbe aus der Hand, wischte das Blut an seiner Kleidung ab und eilte nach unten.

Kurz darauf umfing ihn Dunkelheit, doch noch immer tanzten ihm Funken vor den Augen, sosehr hatte ihn das falsche Leuchtfeuer geblendet. Die Stufen führten spiralförmig in die Tiefe. Kaum hatte er zwei oder drei Schritte zurückgelegt, als er an einer Art Schießscharte vorbeikam, die ihm einen Blick auf den hell erleuchteten Fluss gestattete. Der Ausblick, der sich ihm von hier aus bot, war beängstigend.

Rund um den Leuchtturm hatten sich in einer langen Reihe bis hin zum Ufer die Schiffe der Angreifer und Verteidiger ineinander verkeilt. Enterhaken flogen durch die Luft, Speere wurden geschleudert und Säbel blitzten im Irrlichtfeuer auf. Im Wasser trieben die Trümmer zermalmter Schmugglerboote und an Deck vieler Schiffe tobten erbitterte Gefechte Mann gegen Mann. Dort trieben die untoten Nordmänner die Verteidiger mit großen Äxten vor sich her. Koggs Leute wehrten sich, indem sie Ölflaschen auf die Decks der Drachenboote schleuderten und versuchten, sie mit brennenden Fackeln zu entzünden. Eines der Drachenboote brannte lichterloh, doch es krachte in diesem Moment gegen einen Kahn der Schmuggler, auf den die Flammen im Nu übersprangen. Indes war irgendwo im Hintergrund die monströse Seeschlange zu erkennen. Sie war halb skelettiert und an einigen Stellen fiel moderndes Fleisch aus ihrem Schlangenkörper. Zornig hatte sie sich im Schanzkleid eines der Kähne verbissen, als die Galeere von Kapitän Asmus zu Hilfe eilte. Die Männer feuerten ihre Harpunen auf das Ungeheuer ab, das getroffen in die Fluten klatschte und dabei mit seinem Leib einen weiteren der kleinen Flusssegler zertrümmerte.

Wo war Koggs? Kai entdeckte eher zufällig ein grünliches Leuchten auf dem Fluss. Dort entstand ein gewaltiger Mahlstrom im Wasser, der eines der Drachenboote packte und kurzerhand mit sich in die Tiefe zerrte. Da irgendwo musste der Seekobold sein. Kai war sich sicher.

Doch so sehr sich die Verteidiger auch anstrengten, der Armada aus Drachenbooten war die leichte Schmugglerflotte kaum gewachsen. Sie würden ihm nur etwas Zeit verschaffen.

Kai löste sich von der Horrorszenerie und hastete auf den Stufen weiter nach unten. Endlich erreichte er das Turmgeschoss unter der Leuchtkammer. Über ihm zeichneten sich die Flügel jener großen Klappe ab, die er unter der Kugel aus Feenkristall entdeckt hatte. Das Irrlichtfeuer drang durch Ritzen und Spalten der Lukenkonstruktion und erfüllte die vor ihm liegende Turmkammer mit Dämmerlicht. Kai rieb sich heftig die Augen. Er war noch immer so geblendet, dass er sich erst wieder an die neuen Sichtverhältnisse gewöhnen musste. Vorsichtshalber beschwor er einen Feuerwusel herauf, dem er befahl sich bereitzuhalten.

An der Wand ganz hinten war eine Art Kronleuchter aus Kristall und Silber zu erkennen, der unter einem gewaltigen Berg aus Flussschlamm begraben lag. Die Muschelreste auf der Oberfläche wiesen darauf hin, dass der Schlamm aus der Elbe stammte.

Lag dort das Feenlicht begraben?

Inzwischen hatten sich Kais Augen wieder etwas an die Dunkelheit gewöhnt. In der Mitte des Raumes erblickte er nun jenes verfluchte Enneagramm, das er bereits im Bergauge gesehen hatte. Der neunzackige Stern war von einem perfekt gezogenen Beschwörungskreis umgeben – und in seiner Mitte lag etwas, was verdorrt und verschrumpelt aussah: eine menschliche Hand!

Tapfer, tapfer, kleine Flamme. Endlich lernen wir uns kennen!, wisperte eine Stimme in Kais Kopf.

Kai wirbelte herum und entdeckte hinter der Wendeltreppe einen großen Schatten, der sich vom Boden löste. Finster und majestätisch ragte er vor ihm auf und starrte ihn mit fahlen Augen an.

Lass mich raten? Dein niederträchtiger kleiner Lehrmeister hat es vorgezogen, dich die Drecksarbeit erledigen zu lassen, während er sich intensiv den, sagen wir mal, schönen Künsten widmet. Habe ich Recht?

Das Phantom kicherte hämisch, und da Kai sich nicht anders zu helfen wusste, befahl er seinem Feuerwusel, sich in einen Kugelblitz zu verwandeln.

Der Kugelblitz verpuffte jedoch sogleich in einer kleinen Rauchwolke.

Wie niedlich, flüsterte Finsterkrähe, während Kai überrascht den Rauch anstarrte.

Hat dir dieser verräterische Däumling verschwiegen, dass mein Element ebenfalls das Feuer ist?

Kai schüttelte erschrocken den Kopf und wich vor dem Schemen zurück.

Ich befürchte, er hat dir vieles nicht erzählt, hallte die Stimme abermals hinter Kais Stirn. *Vertraut er dir nicht? Oder ist es nur so, dass er seine Macht mit niemandem teilen will?*

Kai stieß gegen die Wand. Weiter zurück konnte er nicht. Er schluckte. »Was soll das? Wenn Ihr mich töten wollt, dann bringt es endlich hinter Euch!«

Der Schatten baute sich direkt vor ihm auf.

Nicht doch, Junge. Im Gegenteil. Ich will dir helfen und dir jene Hilfe angedeihen lassen, die dir der verräterische Däumlingszauberer verweigert.

»Wofür sollte ich Euch brauchen?«, giftete Kai.

Um deine Ausbildung zu vollenden, kleine Flamme. Hat dir der Magister nicht gesagt, dass ich der Einzige bin, der dies vermag? Außer uns beiden gibt es keine Feuermagier mehr. Willst du für immer ein kleiner Lehrling bleiben, der nicht mehr zuwege bringt, als kleine Elementare anzurufen? Willst du tatsächlich auf deine wahre Macht verzichten? Macht! Verstehst du? Du könntest Großes schaffen!

»Hört auf damit!«, stammelte Kai verunsichert.

Du könntest ebenso mächtig werden wie ich. Erinnere dich an meine Hand! Diese verräterische Gargyle hat sie mir abgebissen, aber inzwischen bin ich ihr fast dankbar dafür. Denn sie wurde nicht in Stein verwandelt. Und nun sieh!

Kai starrte zu dem Beschwörungskreis und glaubte seinen Augen nicht zu trauen. Die Schriftzeichen, die Finsterkrähe darum gezogen hatte, pulsierten jetzt in einem blauen Licht. Doch viel entsetzlicher war, dass aus der Hand inmitten des neunzackigen Sterns nach und nach neue Armknochen wuchsen, um die sich ein Gespinst aus frischen Adern rankte. Der unheimliche Prozess war inzwischen bis hinauf zum Ellenbogen fortgeschritten.

Dort entstand ein neuer Körper!

Siehst du, so belohnt die Nebelkönigin treue Vasallen. Schon in wenigen Augenblicken wird sich mein Schatten mit meinem neuen Körper vereinen.

Kai keuchte entsetzt auf.

Willst du auf solche Macht wirklich verzichten, Junge? Nein, sicher nicht. Ich spüre doch deine Neugier. Entscheide dich einfach für die richtige Seite, raunte Finsterkrähe. *Entgegen dem, was dir Eulertin erzählt hat, haben weder die Nebelkönigin noch ich vor, dich zu töten. Auch das war eine Lüge dieses elenden Däumlings. Niemand muss sterben. Du nicht, dein kleiner Elfenfreund nicht, nicht einmal der winzige Eulertin, wenn du das nicht willst. Sei er auch noch so fehlgeleitet. Nein. Es liegt in deiner Hand, sie alle zu retten. Sterben müssen nur jene, die sich uns in den Weg stellen. Bedauerlicherweise ist dies notwendig, um das Land zu befreien.*

»Zu befreien?«, zischte Kai angewidert. »Ausgerechnet Ihr wagt es, das Wort ›Freiheit‹ in den Mund zu nehmen? Euresgleichen will die freien Völker unterwerfen und nicht befreien!«

Aber nicht doch, wisperte der Schatten. *Die angebliche Freiheit, von der du sprichst, existiert nicht. Sie ist eine Lüge, wie alles, was man dir erzählt hat. Überlege: Der Knecht dient dem Bauern, dieser dem Vogt, dieser dem Fürsten und jener dem König. Ist das etwa Freiheit? Nein, meine kleine Flamme. Das sind Fesseln! Wahre Freiheit ist es, allein über sich selbst zu bestimmen und sich ohne Vorschriften das zu nehmen, was man will. Diese Freiheit gewähren dir allein die Mächte des Schattens. Die Mächte des Lichts unterdrücken uns. Sie sind es, die uns in Unfreiheit leben lassen!*

Kai starrte den Schatten entgeistert an. Er fühlte sich hin und her gerissen. Finsterkrähes Worte klangen auf unheimliche Weise logisch und folgerichtig. Aber dennoch schienen sie ihm … falsch.

Tapfer schüttelte Kai den Kopf. »Ihr lügt. Ihr verdreht alles. In einer Welt, in der sich jeder nimmt, was er will, gibt es keinen Respekt mehr voreinander. In einer solchen Welt zählt kein Mitgefühl. In einer solchen Welt regiert allein die Angst und nicht die Freiheit. Niemand will in einer solchen Welt leben!«

Du wirst es, kleine Flamme!, antwortete Finsterkrähe. *Du wirst es! So oder so, denn du bist es, den die Prophezeiung ausersehen hat, uns alle in diese Finsternis zu führen!*

»Nein, das ist nicht wahr!«, schrie Kai und stieß sich von der Wand ab. Doch das Phantom versperrte ihm den Fluchtweg und warf ihn mit Geistermacht wieder zurück.

Ich wusste, dass dir dieser kleine Lügenmagister die Wahrheit vorenthalten hat. Du kennst den genauen Wortlaut des Orakels vom Nornenberg nicht, richtig?

Kai starrte den Schatten an. Ihn schauderte.

Dann hör gut zu! Nur wenige kennen die Prophezeiung zur Gänze.

Finsterkrähe schwebte zurück und mit einer triumphalen Geste rezitierte er die Weissagung der Schicksalsweberinnen:

Wenn der Verfluchte den Drachenthron besteigt,
wird Nebel die Lande Albions verhüllen.
Der Tag wird gehen und die Nacht wird kommen.
Von Nord nach Süd wird die Finsternis ziehen.

Erlöschen werden die Feuer,
und wo viere waren, sind nur noch drei.
Licht und Dunkel werden um die letzte Flamme ringen,
die den Keim des Schattens in sich trägt.

Ihr Feuer entscheidet die letzte Schlacht.
Die Flamme wird brennen, die Flamme wird flackern,
im Ringen mit der Dunkelheit.
Doch am Ende wird sie unterliegen.

»Niemals!«, brüllte Kai entsetzt. »Ihr lügt. Ihr lügt. Ich weiß es!«

Er versuchte abermals zu flüchten und wurde erneut gegen die Wand geschleudert. Inzwischen lag im Enneagramm ein kompletter Arm, der bereits in eine Schulter auslief. Der schauderhafte Prozess schritt rasend schnell voran.

Warum sollte ich dich anlügen?, wisperte das Phantom bedauernd. *Die Prophezeiung besagt, dass du sterben oder dich unserer Sache anschließen wirst. Also sei kein Narr. Lebend bist du für uns wertvoller. Morgoya selbst will dich an ihrer Seite haben.*

»Lieber sterbe ich!«, krächzte Kai standhaft.

Nein, das wirst du nicht. Du wirst dich unserer Sache verschreiben. Finsterkrähes Schatten rotierte wie ein Luftwirbel. Ein hässliches Kreischen drang an die Ohren des Zauberlehrlings und …

… farbige Schlieren tanzten vor Kais Augen. Stöhnend kam er unter einem Baum zu sich. Was war geschehen? Einen Moment lang schien es ihm, als habe er etwas Wichtiges vergessen. Aber was? Er blinzelte. Sein ganzer Körper schmerzte. Als er es endlich schaffte, seinen Kopf zu heben, wusste er endlich wieder, wo er sich befand: in Lychtermoor. Im verwilderten Garten der Mühle seiner Großmutter. Richtig. Er hatte eben gegen diesen untoten Piratenkapitän gekämpft und war weit in die Nacht geschleudert worden. Fi, der Elfenjunge, er hatte ihren Gegner Mort Eisenhand genannt. Doch dieser Mort Eisenhand war nirgendwo auszumachen. Irgendwie war ihm, als hätte er all das bereits schon einmal … Der Gedanke verging.

Erst jetzt wurde ihm bewusst, dass all das Lärmen und Kreischen vorn beim Gebäude einer unheimlichen Stille gewichen war. Sogar das Feuer, das während ihres Kampfes im Innern der Mühle ausgebrochen war, war erloschen. Schlagartig erinnerte sich Kai wieder an seine tote Großmutter.

»Nein!« Ächzend richtete Kai sich auf und entdeckte Fi nahe der beiden verbliebenen Irrlichtlaternen vor dem Eingang zur Mühle. Der Elf half Dystariel, die sich von Eisenhands Blitzschlag offenbar wieder erholt hatte, dabei, einen Körper aus dem Gebäude zu tragen.

Seine Großmutter! Oh nein!

Ungeachtet der Schmerzen, die seinen Körper peinigten, schleppte sich Kai zurück. Der Elf hatte die alte Frau mittlerweile auf seinen Flickenumhang gebettet. Kummervoll blickte er ihn an.

»Großmutter! Großmutter!« Schreiend ging Kai neben der Greisin in die Knie. Auf Höhe ihres Herzens war ein tiefer Einstich zu erkennen. Leblos lag der Körper seiner Großmutter vor ihm. Kai war, als zerreiße es ihm das Herz.

»Nein, nicht du! Nicht du!« Er schluchzte laut und sank verzweifelt über ihrem Leichnam zusammen. Er bemerkte kaum, wie sich der dunkle Schatten Dystariels über ihn beugte.

»Ich allein bin an ihrem Tod schuld«, wimmerte er. »Ich allein!«

»Ja, das bist du. Du. Nur du. Aber sieh hin, Irrlichtjäger«, zischte die Unheimliche. »Sie ist noch zu retten. Und du allein hast die Macht dazu! Denke an unseren Kampf. Du hast Zauberkräfte, Irrlichtjäger. Magie! Du kannst sie ins Leben zurückrufen. Mach es, wenn du die alte Frau liebst. Jetzt!«

Kai starrte Dystariel an. Sie hatte Recht. Tief in sich fühlte er eine unbeschreibliche Macht. Er öffnete sich der Kraft und ließ sie in den Leib seiner Großmutter fahren. Sie stöhnte und ihre Augen flatterten. Doch mehr geschah nicht.

»Mehr, Junge! Mehr. Du bist es ihr schuldig!«, zischte die Unheimliche ihn an. »Du musst dich der Macht ganz hingeben. Ganz!«

Ein melodischer Ton lag in der Luft.

»Nein, tu das nicht, Kai!«

Tränenüberströmt sah Kai auf und spürte den Griff des Elfen. Fi versuchte ihn vom Leib seiner Großmutter fortzuziehen. Was tat er da?

»Lass mich!«, schrie Kai. »Ich muss sie retten.«

Dystariel fauchte laut auf. Sie schien ebenfalls überrascht zu sein. Mit einem mächtigen Schlag ihrer Klauen riss sie den Elf zur Seite und schleuderte ihn hinter sich. Fi krachte stöhnend neben die Schubkarre mit den beiden verbliebenen Irrlichtlaternen.

»Mach weiter, Junge! Kümmere dich nicht um den kleinen Verräter. Rette die alte Frau!«, drängte ihn die unheimliche Gestalt und sah sich lauernd nach Fi um. »Gib dich ganz der Macht hin. Ganz. Wenn du sie retten willst, musst du über den Schmerz hinausgehen. Reiß die Grenzen in deinem Innern ein. Nur so ist das Unmögliche möglich!«

»Großmutter!« Kai konzentrierte sich wieder auf den Strom der Macht tief in seinem Inneren und öffnete sich. Die Kraft schien ihn zerreißen zu wollen. Ihm war, als kratzte und biss tief in ihm ein Tier an alten Narben. Es war ihm gleich.

Seine Großmutter gab abermals ein leises Stöhnen von sich.

»Ja, Junge. Weiter! Öffne dich über den Schmerz hinaus! Lass es frei!«

Ein Stein traf ihn am Kopf und riss ihn aus seiner Konzentration. Der verdammte Elf war wieder auf die Beine gekommen.

»Nicht, Kai!«, ächzte Fi. »Sie versucht dich zu täuschen. Das alles hier ist nicht wahr! Wenn du zu viel Macht anrufst, dann wird sie dich …«

Weiter kam der Elf nicht. Denn Dystariel war mit einem gewaltigen Sprung bei ihm, riss Fi über ihren Kopf und schleuderte den schmalen Körper weit auf das Dach der Mühle hinauf. Wie eine verrenkte Gliederpuppe krachte der Elfenjunge auf die Dachschindeln, rutschte und blieb an der Dachkante hängen.

Aber was war das? Fis Haare hatten sich gelöst. Er wirkte jetzt wie ein Mädchen. Verzweifelt starrte die Elfe ihn an und bewegte schwach ihre Lippen. Ein Mädchen?

»Mach weiter, Irrlichtjäger«, fauchte Dystariel. »Rette deine Großmutter. Rette sie oder du bist schuld an ihrem Tod!«

Nein, das wollte er nicht. Seine Großmutter sollte leben.

Seltsam, irgendwie hatte er gewusst, dass Fi ein Mädchen war. Warum hatte sie sich verkleidet? Und wieso wusste er von ihrem Geheimnis?

Er schob den Gedanken beiseite und besann sich ein weiteres Mal auf seine Kräfte – und hielt inne. Natürlich, er erinnerte sich wieder: Er hatte Fi in einem Garten gesehen. Das war aber nicht der ihre gewesen, sondern ... Irgendetwas stimmte hier nicht. Kai blickte auf und starrte die Gargyle an.

Gargyle? Woher kannte er nun diesen Namen wieder? Das alles hier war ... falsch! Seine Großmutter war bereits tot. Wer war das vor ihm? Kai beschwor wütend einen Feuerwusel herauf und ...

... riss zitternd die Augen auf. Schweißgebadet lag er an der marmornen Wand des Turmzimmers und sah sich einer entsetzlichen Kreatur gegenüber. Es war eine rabenschwarze Katze mit Fledermauskopf und spindeldürren Gliedmaßen, die ihn mit glühenden Augen anstarrte. Kai erkannte das Monster sofort: Es war ein Alb! Das Wesen sah genau so aus wie auf dem Bild im *Kaleidoskop der heimlichen und unheimlichen Kreaturen.*

Zornig stieß er den Alb von sich und zog sich stöhnend an der Wand hoch. Kai griff instinktiv zu seiner Flöte. Das Schattengeschöpf fauchte und löste sich von einem Augenblick zum anderen auf.

Kai schüttelte den Kopf. Ein Albtraum. Bloß ein verfluchter Albtraum. Aber was war mit Fi? Sie hatte ihm irgendwie bei dieser Sache beigestanden. Sie war da gewesen, um ihn zu warnen. Ohne sie hätte er das Tier in sich sicher ein weiteres Mal heraufbeschworen.

Erst jetzt entdeckte Kai den nackten Menschenkörper, der aufrecht in der Mitte des neunzackigen Enneagramms stand. Er schien zur Gänze aus blutigen Muskelsträngen zu bestehen, über denen bereits eine dünne Fettschicht lag. Die Zauberrunen pulsierten noch immer in düsterem Blau und soeben sprossen am Kopf und am Kinn des schrecklichen neuen Körpers Haare.

Kai musste würgen. Finsterkrähes Verwandlung war fast abgeschlossen. Sogar mit seinem Schatten hatte er sich bereits wieder vereint.

Der Hexenmeister lachte kehlig. »Ich kümmere mich gleich um dich, Junge. Lass mich das hier nur eben noch hinter mich bringen. Geh da rüber und bring mir meine Kleider!«

Finsterkrähe deutete auf ein Bündel unweit des Schlammberges, aus dem die Streben des silbernen Kronleuchters ragten.

Kai stutzte. Finsterkrähe dachte offenbar, dass ihn der Alb bezwungen hatte.

In ihm reifte ein kühner Plan. Er musste an das Feenlicht herankommen. Mit seiner Hilfe konnte er Finsterkrähe vernichten. Möglichst unauffällig und mit ergebenem Blick trottete er zu dem Kleiderbündel hinüber.

Der Hexenmeister starrte derweil seine Hände an, die sich soeben mit Haut überzogen. Kai nutzte die Ablenkung, schlich etwas weiter seitlich zu dem Schlammberg und vergrub seine Hände darin.

Berchtis' Zauberfeuer. Wo war es?

Kai wühlte tief im Schlick und tastete sich in die Nähe des kronleuchterartigen Dings vor. Er erwartete etwas Heißes. Sicher keine Flamme. Vielleicht ein Artefakt aus Mondeisen? Doch was er fand, war ein runder Bergkristall.

Der Stein war kaum größer als ein Taubenei und lag weich und angenehm in seiner Hand. Die wie poliert wirkende Oberfläche schimmerte sanft. Doch davon abgesehen war an ihm nichts Besonderes.

»Nicht schlecht, Junge. Nicht schlecht. Aber eben nicht gut genug!«, erklang hinter ihm die belustigte Stimme Finsterkrähes. »Jetzt müssten wir lediglich die Gelegenheit erhalten, dieses unsägliche Ding noch einmal zum Leuchten zu bringen, was? Aber wie soll das gehen? Tja, es ist zu spät, sich über all das Gedanken zu machen. Zu spät.«

Eine brachiale Macht zerrte sturmesgleich an Kais Körper, entriss ihm den Kristall und wirbelte seinen Körper zur Decke empor. Hart schlug Kai gegen die Falltür, über der die Kugel mit den Irrlichtern waberte. Finsterkrähe lachte gehässig und blieb mit hochmütigem Grinsen direkt unter ihm stehen. Davon abgesehen, dass er vollständig unbekleidet war, sah der Hexenmeister genau so aus, wie Kai ihn von der Basaltstatue in der Kaverne der Winde her in Erinnerung hatte. Sogar ein schwarzer, kurzer Spitzbart war dem Hexenmeister gewachsen. Fieberhaft hielt der Junge nach dem runden Stein Ausschau. Er war unbeachtet zur gegenüberliegenden Seite des Raums gerollt, etwa dorthin, wo er ihn vorher gefunden hatte. Und genau an dieser Stelle lag auch Fis Jagdmesser. Er musste es während seines Ringens mit dem Alb verloren haben.

»Zum letzten Mal!«, tobte Finsterkrähe, während er Kai mit seinen magischen Kräften knapp unter der Raumdecke hielt. »Schließ dich uns an oder stirb einen qualvollen Tod!«

Kai spuckte verächtlich in die Tiefe und versuchte sogleich einen neuen Feuerwusel heraufzubeschwören. Doch der Hexenmeister ließ die Erscheinung mit einer unwirschen Geste verpuffen, bevor sie sich vollständig materialisiert hatte. Jäh zog ihn Finsterkrähe zu sich herunter und lächelte böse.

»Dummer Junge. Dann eben nicht!«

Eine unsichtbare Macht schloss sich um Kais Hals und drückte zu.

Japsend strampelte Kai in der Luft und stemmte sich mit aller Macht gegen den unsichtbaren Griff. Und plötzlich, als er versehentlich seine Flöte berührte, gelang ihm das schier Unmögliche. Es war, als würden sich ihre beiden Zauberkräfte gegenseitig abstoßen. Wie von einem Katapult geschleudert schoss er wieder hinauf an die Decke und durchbrach die Luke. Holz splitterte rings um ihn herum und im nächsten Moment krachte er mit dem Rücken gegen etwas Heißes und Helles. Die Kugel aus Feenkristall! Das Kristall knackte und knisterte.

Kais Haut zischte. Er schrie gellend auf und stürzte im nächsten Moment wieder zurück in die Tiefe. Mit sich nahm er einen neuerlichen Regen an Holzsplittern.

Er landete direkt auf Finsterkrähe, der von dem blendend hellen Licht, das jetzt über ihm aus der Raumdecke stach, vollkommen überrascht wurde. Sie gingen beide zu Boden, und Kai rollte sich, so gut es ging, neben seinem Gegner ab. Er fühlte sich, als wären alle seine Knochen gebrochen. Sein Körper musste mit Prellungen und Brandwunden übersät sein und die Schmerzen, die ihn peinigten, waren unerträglich. Wenigstens war Finsterkrähe noch immer geblendet. Taumelnd richtete sich der Hexenmeister auf.

»Meine Augen! Ich werde dich zerreißen, du kleiner Bastard!«, brüllte er.

Kai suchte verzweifelt nach einem Ausweg.

Indes schlug der geblendete Finsterkrähe ein seltsames Zeichen. In der Luft tat sich ein dunkler Sphärenriss auf. Eine pechschwarze, wie in flirrender Hitze wabernde Krallenhand schob sich in den Raum.

»Komm zu mir, Kadavror«, brüllte der Hexer wutentbrannt. »Töte diesen Jungen. Töte ihn!«

Kai machte vor Schreck einen Satz zurück, stolperte und krachte rücklings auf den Boden. Noch im Fallen griff er mit seinen Gedankenkräften nach Fis Jagdmesser. Die Waffe schlitterte über den Boden, dann hob sie ab. Kai wirbelte die Klinge mit aller Macht durch die hell erleuchtete Luke an der Decke. Das improvisierte Geschoss schlug mit einem singenden Knall gegen die Kugel aus Feenkristall. Abermals knackte und knisterte es. Es war wie Musik in seinen Ohren.

Der unheimliche Dämon hatte bereits drei weitere Klauen durch den Dimensionsspalt gezwängt und erweiterte ihn ruckartig. Ein Schnauben war zu hören und widerwärtiger Fäulnisgestank durchflutete den Raum.

»Schnapp ihn dir, Kadavror!« Der Hexenmeister deutete blinzelnd auf Kai.

Kai kroch entsetzt vor dem unheimlichen Spalt davon und riss hastig den Bernsteinbeutel seiner Großmutter vom Gürtel. Mit einer gewaltigen Anstrengung wirbelte er den Staub in Finsterkrähes Richtung.

»Was wird das?«, höhnte der. »Noch ein kleiner Zauberlehrlingstrick?«

»Nein«, keuchte Kai. »Ein Gruß von meiner Großmutter. Und nun verabschiedet Euch von dieser Welt!«

Finsterkrähe starrte alarmiert zur Decke hinauf, von wo einige Kristallscherben in die Tiefe fielen. Mit ihnen kam ein Irrlicht. Dann ein zweites, dann hunderte.

»Aaaaaaahhhh!« Der Hexenmeister brüllte, als sich ein wahrer Strom von brennenden Lohenmännchen unterschiedlichster Größe und Gestalt über ihn ergoss. Mit gierigem Wehklagen stürzten sich die Flammenwesen auf den Bernsteinstaub, mit dem Finsterkrähe über und über bedeckt war.

»Hilf mir, Kadavror! Hilf mir!« Doch aus dem Dimensionsriss gellte schadenfrohes Gelächter und der Spalt schloss sich von einem Moment zum anderen.

Finsterkrähe ähnelte längst einer lebenden Fackel und noch immer prasselten Irrlichter auf ihn herab. Die Hitze im Turmzimmer war unerträglich.

Kai kroch zu dem Bergkristall und nahm ihn auf. Er schleppte sich zur Turmtreppe und stolperte mühsam nach oben. Hinter ihm gellten die Todesschreie des Hexers, die zunehmend leiser wurden.

Kai hatte keine Ahnung, wie lange sein Kampf mit Finsterkrähe gedauert hatte. Als er den Außengang des Leuchtturms erreichte und kalte Nachtluft über seine Wangen strich, wurde er Zeuge von Eisenhands letztem Kampf. Der Pirat wand sich brüllend am Boden.

Über ihn gebeugt stand Dystariel. Die Gargyle schnaubte erschöpft und blutete aus zahlreichen tiefen Wunden. Hoch erhoben hielt sie Sonnenfeuer, dessen Klinge sie mit einem mächtigen Stoß in den Brustkorb des Piraten rammte. Die Bewegungen Eisenhands erstarben und er zerfiel knirschend zu Staub.

Schräg hinter den beiden lag Fi. Die Elfe lehnte noch immer dort an der Brüstung, wo er sie zurückgelassen hatte. Es schien, als ob sie schliefe. Ihr Körper aber wurde zur Gänze von wundersamem Mondlicht umhüllt, dessen Quelle nur ihr Amulett sein konnte.

Da ließ ihn ein lauter, vielstimmiger Kampfschrei herumfahren. Am Nachthimmel über der See entdeckte Kai eine ganze Heerschar von Gargylen, die mit wuchtigen Schwingenschlägen auf die Elbmündung zuhielten.

Angeführt wurden sie von einem gewaltigen Krieger, der allen voran durch die Nacht jagte.

»Kruul!«, röhrte Dystariel und hob müde Sonnenfeuer an. »Ich muss mich ihm stellen und es zu Ende bringen!«

»Nein!«, keuchte Kai. »Du wirst dich in irgendeinen Schatten flüchten. Denn jetzt werde ich diesem Spuk ein Ende bereiten.« Er zeigte ihr Berchtis' Kristall. »Hau ab!«

Die Gargyle bedachte ihn mit einem durchdringenden Blick. Dann nickte sie langsam und schleppte sich zur Brüstung, wo sie ihre Schwingen ausbreitete und in die Tiefe kippte.

Kai atmete noch einmal tief ein, hielt den Kristall in die Höhe und richtete etwas von seinen magischen Energien auf ihn.

Es geschah – nichts.

Er verstärkte den Machtstrom. Der Kristall blieb stumpf.

Fassungslos starrte Kai den Stein in seinen Händen an. Das durfte nicht sein. Nicht nach allem, was er durchgemacht hatte. Von unten drangen die Schreie der Kämpfenden an seine Ohren.

»Was soll ich tun?«, brüllte er verzweifelt in die Nacht. »Berchtis, bitte. Hilf uns!«

Auf dem Stein spiegelte sich ein Frauengesicht. Es war jung und schön, doch in seinen Augen leuchtete die Weisheit von Jahrtausenden. Es war nur kurz zu sehen. So wie Sternenlicht, das sich für einen Moment auf der Oberfläche eines Sees bricht. Der Wind trug eine Flüsterstimme herbei.

»Akzeptiere das Schicksal, Kind des unendlichen Lichts.«

Kai riss die Augen auf. War das wirklich Berchtis, die zu ihm gesprochen hatte? Doch die Erscheinung war bereits wieder verschwunden.

Was meinte sie damit? Die Feenkönigin war auch nicht viel besser als Eulertin.

»Verdammt noch einmal«, brüllte Kai aufgebracht. »Könnt ihr euch nicht einmal deutlich ausdrücken?«

Das Schicksal. Welches Schicksal? Das sie hier und heute alle zum Sterben verurteilt waren? Nein, das konnte nicht gemeint sein.

Und mit einem Mal war ihm klar, was Königin Berchtis gemeint hatte.

Er war die letzte Flamme, die die Macht des unendlichen Lichts in sich trug. Das war sein Schicksal. Es machte einen Unterschied, ob ihn jeder für die letzte Flamme hielt oder ob er dieses Schicksal auch selbst akzeptierte. Die Wahrheit war, dass er Angst davor hatte. Die letzte Flamme würde unterliegen. Was würde dann mit ihm geschehen?

Gequält sah er hinüber zu Fi und sein Atem wurde ruhiger.

Er war nicht allein. Gab es wirklich keine Hoffnung?

Kai beschloss in diesem Moment, alles zu geben, es herauszufinden.

Der Bergkristall in seiner Hand begann plötzlich zu schimmern.

Es war ein angenehmes Licht.

Friedlich, ruhig und silbern mit einem Stich ins Goldene.

Obwohl das Leuchten des Steins nur ganz sanft war, breitete sich sein Lichtschein ringförmig in Wellen aus. Zuerst erfasste er den Leuchtturm, dann reichte er weit über den Fluss, die See und die Ebenen hinweg.

Kai stellte sich verblüfft an die Brüstung und hielt den leuchtenden Kristall in den hoch erhobenen Händen. Betäubt sah er mit an, wie die Gargylen am Himmel ins Taumeln gerieten und vor dem Licht Reißaus nahmen. Und er sah auch mit an, wie unter ihm die halb vermoderte Seeschlange zusammenfiel. Ebenso wie die Heerschar der untoten Nordmänner, von denen schon bald nur noch lange Staubfahnen übrig waren, die der Wind mit sich trug.

Sein wahres Augenmerk aber galt den vielen Toten, die unter ihm im Wasser trieben. All die Leichen, die der Fluss zusammen mit den Schiffstrümmern langsam aufs Meer hinaustrug.

Kai presste die Lippen aufeinander. Vereinzelt drangen von unten Jubelschreie an seine Ohren, doch ihm war alles andere als froh zumute. Diese Schlacht hatten sie gewonnen, doch der wahre Krieg stand noch bevor. Die Nebelkriege hatten begonnen.

Kai trug Berchtis' Kristall zurück zum Leuchthaus und als er ihn ablegte, liefen ihm Tränen über das Gesicht.

Entscheidungen

Am Himmel war das Krächzen der Möwen zu hören. Kai saß in Gedanken versunken auf der Elbhöhe am Rand des Schmugglerviertels und ließ sein Gesicht von der Sonne bescheinen. Der Wind rauschte durch die Linden, die den Hügel hinter ihm säumten, und hin und wieder raschelte es in den verwilderten Hecken. Sein Blick glitt über das Meer von Hütten und Zelten unter ihm, dann betrachtete er die stolze Silhouette Hammaburgs auf der Flussseite gegenüber.

Seltsam, irgendwie mochte er die Stadt. Dabei hatte sie ihm eigentlich nicht viel Grund gegeben, sie gern zu haben. Immerhin wusste er jetzt, dass irgendwo unter der Burgruine ein gewaltiges Monster lauerte. Außerdem hatte man ihn für seinen Geschmack ein paarmal zu oft durch ihre Gassen und Kanäle gejagt. Alles keine angenehmen Erinnerungen.

Ob es vielleicht daran lag, dass er dazu beigetragen hatte, die Stadt zu retten? Oder hatte es damit zu tun, dass Hammaburg im Sonnenlicht doch recht hübsch wirkte? Nein, die Wahrheit war wohl: Er mochte sie, weil er hier Freunde gewonnen hatte: Magister Eulertin, Fi, Koggs, ja, und auf gewisse Weise vielleicht auch Dystariel.

Was wohl seine Großmutter zu alledem gesagt hätte? Und wie Rufus wohl reagieren würde, wenn er ihm von seinen haarsträubenden Abenteuern erzählte? Zum ersten Mal seit jener Nacht auf dem Leuchtturm huschte ein Lächeln über seine Lippen. Sicher würde der alte Fischer staunen, wenn er erfuhr, dass Kai jetzt der Lehrling eines Zauberers war.

Inzwischen lag die Schlacht an der Elbmündung eine Woche zurück. Fast jeder dritte Schmuggler, der zur Rettung Hammaburgs beigetragen hatte, war zu Tode gekommen. Die Hälfte ihrer Schiffe war zerstört worden und viele hatten schlimme Verwundungen davongetragen. Doch noch immer debattierten die Pfeffersäcke im Stadtrat über die Höhe der Belohnung, die man den ungeliebten Bewohnern der anderen Elbseite zukommen lassen sollte. Es war eine Schande. Auch wenn Magister Eulertin es Politik nannte.

Am schlimmsten aber war, dass man Ratsherrn Schinnerkroog keine Beteiligung an Finsterkrähes Verbrechen hatte nachweisen können. Es war zum Haareausraufen. Sie würden ihn also künftig im Auge behalten müssen.

Kai hörte Fis Schritte hinter sich. Sie setzte sich neben ihn und streckte ihr feines Elfengesicht ebenfalls der Sonne entgegen.

Sie alle wussten, dass die Schlacht nicht zu Ende war. Jeder von ihnen konnte spüren, dass Morgoya noch lange nicht aufgegeben hatte. Jenseits des Nordmeeres braute sich etwas Finsteres zusammen.

Kai schüttelte den unangenehmen Gedanken ab und musterte Fi unauffällig von der Seite. Aus einiger Entfernung winkte ihnen Koggs zu. Wie durch ein Wunder hatte der tapfere Seekobold die Schlacht völlig unbeschadet überstanden. Und wenn man die Liste seiner neuen Heldentaten als Maßstab nahm, schien er der Einzige unter ihnen zu sein, der dem Kampf gegen Finsterkrähe und Eisenhand sogar etwas Gutes abgewinnen konnte. Die Welt war schon verrückt.

»Und, hat sich Magister Eulertin erholt, nachdem ihn die Windmacher aus dem Bild befreit haben?«, wollte Fi wissen.

Kai nickte. »Ja. Er ärgert sich zwar immer noch, dass er sich so hat überrumpeln lassen. Aber er ist fast schon wieder der Alte.«

Er verdrängte bei dem Gedanken an den Däumlingszauberer ganz bewusst, dass er mit ihm noch immer nicht über die düstere Prophezeiung der Schicksalsweberinnen gesprochen hatte. Irgendwie wusste er, dass ihn sein Lehrmeister nicht angelogen hatte. Und er ahnte auch, warum ihm der Magister den genauen Wortlaut verschwiegen hatte. Aber im Moment wollte er nicht darüber nachdenken.

»Er hat sich natürlich sofort auf Eisenhands Mondeisenpanzerung gestürzt, um sie zu untersuchen«, fuhr Kai leichthin fort. »Ich bin gespannt, was er über sie herausfindet. Na ja, und mich hat er auch mit überaus wichtigen Tätigkeiten bedacht. Er hat mir aufgetragen, alle eintausendundelf Bücher seiner Bibliothek nach Tintenwanzen abzusuchen.«

»Nach *was*?«

»Ach, irgendwelche Biester, die die Buchstaben vom Papier fressen«, antwortete Kai. »Der Magister meint, das sei ein beliebter Hexerfluch, dessen Wirkung sich oft erst einige Tage nach einem magischen Überfall zeigt.«

»Und, welche gefunden?«

»Nein.« Kai grinste. »Ich selbst habe aber auch noch nicht mit der Suche begonnen. Ich hab's Quiiiitsss aufs Auge gedrückt, indem ich ihm klar gemacht habe, dass ihn der Magister unmöglich von seinem Kontrakt befreien kann, wenn er seine Bücher nicht mehr hat. Seit dem Überfall in der Windmachergasse ist Quiiiitsss sowieso vorsichtig geworden.«

Fi lachte, und Kai kam es vor, als würde neben ihm eine weitere Sonne aufgehen.

»Du hast mir übrigens noch nicht erzählt, wie du es geschafft hast, mir bei dieser Begegnung mit dem Alb beizustehen.«

»Doch«, sagte sie mit einem geheimnisvollen Lächeln. »Du hörst mir nur nicht zu. Ich hab es dir in jener Nacht schon gesagt. Du bist von nun an Teil meiner Träume – so, wie ich ein Teil deiner Träume bin. Deswegen.«

»Aha«, meinte Kai in bemüht lässigem Tonfall und starrte wieder hinaus auf den Fluss. Doch in Wahrheit lagen ihm mindestens einhundert Fragen auf der Zunge. Die Tatsache, dass Fi so dicht neben ihm saß, trug jedenfalls nicht dazu bei, dass sich seine Verwirrung legte.

»Dies sind die letzten Tage des Sommers«, seufzte Fi. »Auf uns wird ein langer, harter Winter zukommen.«

Kai nickte. Er wusste, wovon sie in Wahrheit sprach.

Er sah sie schüchtern an und gab sich einen Ruck. »Wenn du willst, na ja, vielleicht können wir ja mal spazieren gehen? Also, ich meine, äh, solange die Sonne noch scheint, meine ich.«

Er kämpfte den dringenden Wunsch nieder, seinen Kopf mal eben gegen einen Stein zu schlagen.

»Ja, das wäre schön. Wenn du magst, gleich nachher?«, sagte Fi.

»Ob ich mag? Äh, ja. Natürlich!«, stammelte Kai völlig überrumpelt.

»Ich muss nur noch mal eben zu Koggs. Er hat heute Morgen irgendetwas aus dem Fluss gefischt, was ich mir ansehen soll. Warte einfach, ich bin bald wieder zurück.« Mit diesen Worten erhob sich die Elfe, zwinkerte ihm zu und eilte anmutig den Hügel hinab.

Kai starrte ihr sehnsüchtig nach – und erinnerte sich wieder daran, dass Fi fünfzig oder sechzig Jahre alt war. Elfen konnten sogar bis zu fünfhundert Jahre alt werden.

Ob er nun der letzte Feuermagier war oder nicht, in diesem Moment schwor er sich, dass aus ihm ein richtiger Zauberer werden würde. Es war ihm einerlei, welche Prüfungen er auf sich nehmen musste, um dieses Ziel zu erreichen. Und es war ihm auch gleichgültig, welche Schwierigkeiten sich ihm in den Weg stellen würden. Er würde es nicht nur wegen dieser elenden Prophezeiung tun und auch nicht, um die Welt vor irgendeiner Finsternis zu bewahren.

Nein. Er hatte noch einen anderen, viel wichtigeren Grund. Der Magister hatte ihm verraten, dass Zauberer ebenfalls alt werden konnten.

Sehr alt sogar.

Kai lauschte dem Krächzen der Möwen, sah, wie Fi ihm noch einmal zuwinkte – und lächelte.

Thomas Finn wurde 1967 in Chicago geboren
und lebt heute in Hamburg. Zunächst durchlief er eine
Ausbildung zum Werbekaufmann und Diplom-Volkswirt.
Bekannt und preisgekrönt wurde er als Mitautor
des bekanntesten Fantasy-Rollenspiels *Das schwarze Auge.*
Nach einigen Jahren als Lektor und Dramaturg arbeitet
er heute hauptberuflich als Roman-, Spiele-, Theater- und
Drehbuchautor. *Das unendliche Licht* ist sein
erster Jugendroman.
Mehr unter *www.thomas-finn.de*